Vom Leben und Sterben der Pinguinfische

Dies ist nicht Bens Geschichte

Ich bin tot, jedenfalls so tot, wie man sein kann, wenn man noch lebt.

Ben starrte auf diese Zeile. Er starrte auf das Schreibheft vor sich. Er starrte auf den Schreibtisch, auf dem es lag. Sein Sichtfeld vergrößerte sich: in der Mitte das Heft, darum herum das Zimmer, in dem er stand. Und für einen Moment hatte er den Eindruck, er könne in sein ganzes Leben hineinsehen, wie durch ein verkehrt herum gehaltenes Fernglas. Er sah immer mehr, aber alles schien so weit entfernt, dass er doch nichts wirklich erkennen konnte.

Immer wieder las er diesen einen Satz: Ich bin tot, jedenfalls so tot, wie man sein kann, wenn man noch lebt.

Ben wusste genau, wer das geschrieben hatte. Er kannte die gleichmäßig geschwungene Schrift von Helene und er kannte auch die Sorte Heft. Es war ein schlichtes blassblaues Schulheft aus rauem Karton. Helene hatte diese Hefte geliebt. Irgendwo musste sie einen großen Restposten ergattert haben, und das musste mehr als vierzig Jahre her sein. Denn damals, kurz nach der Jahrtausendwende, als er noch mit Helene und seiner Mutter im Süden lebte, hatten diese Hefte überall in Helenes kleinem Haus herumgelegen. Sie hatte darin aufgeschrieben, welche Besorgungen sie machen musste, wenn sie das nächste Mal in die Stadt fuhr. Adressen und Telefonnummern fanden sich darin, und mit zunehmendem Alter hatte Helene begonnen, auch Gesprächsfetzen darin festzuhalten.

»So viele Dinge gehen verloren«, hatte sie ihm einmal erklärt, als er ein kleiner Junge war, »wir glauben immer, wir können uns alles merken, weil wir so klug sind. Dabei sind wir so unendlich dumm und vergessen fast alles. Und weißt du was, mein kleiner Benito, das Vergessen gehört zu den größten Gaben des Menschen.«

Ben hatte das natürlich nicht verstanden. Was versteht ein Kind schon von der Welt der Erwachsenen? Doch jetzt fragte er sich: Was kann ein Erwachsener von den Verstorbenen verstehen? Oder überhaupt je ein Mensch von einem anderen?

Wie war dieses Heft hierher in den Bücherschrank seiner Mutter gelangt? Nach Helenes Tod hatte Ben seine Mutter nach Deutschland geholt, damit sie in der Nähe seiner kleinen Familie leben konnte.

Seine Frau und die beiden Kinder hatten Leah gemocht – nach einer ersten komplizierten Phase des Kennenlernens. Leah war schließlich eine recht unkonventionelle Oma, was sich nicht nur in ihrer Leidenschaft für schwarze Lippenstifte ausdrückte. Nicht ganz das Großmutterformat, mit dem sich seine Gott sei Dank so normale Familie schnell anfreunden konnte. Aber schließlich hatten sie Leah in ihrem Leben willkommen geheißen und sich die letzten Jahre liebevoll um sie gekümmert.

Ben hatte immer ein gutes Verhältnis zu Leah gehabt, auch wenn er sich durchaus bewusst war, dass es ohne Helene nicht halb so gut gewesen wäre. Helene hatte bis ins hohe Alter einen großen Einfluss auf Leah gehabt. Helene war bis zu ihrem Tod sogar der wichtigste Mensch in Leahs Leben gewesen. Neben Ben natürlich. Aber der war ihr Sohn und das war schließlich etwas anderes. Ohne die Begegnung mit Helene wäre vieles in Leahs Leben anders und gewiss sehr viel schlechter gelaufen. Das hatte Ben jedenfalls den Erzählungen seiner Mutter entnommen.

Über die Umstände ihrer ersten Begegnung wusste er nicht allzu viel. Und gerade aus diesem Grund erschien ihm nun das blaue Heft wie ein Wegweiser in die Vergangenheit. In die der beiden Frauen, die ihn großgezogen hatten, und somit natürlich auch in seine eigene. Oder möglicherweise sogar in eine Vergangenheit, die noch weit vor seiner eigenen lag?

Wieso nur befand sich das Heft im Nachlass seiner Mutter?

Es stand nichts weiter darin als dieser eine Satz. Alle übrigen Seiten waren leer.

Als Helene Mitte siebzig war, das war kurz bevor er endgültig nach Deutschland umzog, hatte sie Ben eines Tages zu sich gebeten und ihn verschmitzt angesehen.

»Komm, wir machen etwas, wie früher, als du klein warst. Wir bringen mal wieder Ordnung in unser Leben. Ich bin jetzt doppelt so alt, wie ich rein theoretisch überhaupt hätte werden können, und da wird es Zeit, mit diversen Dingen abzuschließen. Zum Beispiel mit dieser Zettelwirtschaft. Ich habe alle meine Notizhefte zusammengesucht und wir werden heute Abend unsere ganz private Heftverbrennung feiern.« Das mit dem Alter hatte Ben nicht verstanden, für solche Sprachwendungen war er wenig empfänglich, aber trotzdem war er Helenes Vorschlag gern nachgekommen. Mit einer guten Flasche Wein hatten sie im Patio gesessen, vor ihnen ein kleiner Scheiterhaufen, auf den ein blauer Karton nach dem anderen segelte. Und sie hatten ein sehr tiefsinniges und zugleich humoriges Gespräch über die Bedeutung von Bücherverbrennungen aller Art geführt.

Dies war eine von unzähligen wunderbaren Erinnerungen an Helene. Ben hatte sie ebenso wie Leah geliebt. Er war in dem Glauben aufgewachsen, er sei ein Kind mit zwei Müttern. Und wenn er ganz ehrlich zu sich war, hatte er diesen Glauben nie ganz verloren.

War dieses Heft übrig geblieben? Hatte Helene es bei ihrer Aufräumaktion übersehen? Das wäre eigentlich untypisch für sie. Außerdem gab es ja auch noch die Möglichkeit, dass Leah dieses Heft bereits besaß, lange bevor die anderen verfeuert wurden. Nur erschien Ben das irgendwie ungehörig. Der Satz über den Tod hörte sich nicht nach Helenes Humor an. Da klang eine ganz andere Stimmung durch. Eine sehr persönliche Verzweiflung, von der Ben nichts gewusst hatte. Aber Leah musste doch davon gewusst haben, und es musste auch ihr etwas bedeutet haben. Schließlich befand sich das Schriftstück als einziges Zeugnis der Vergangenheit unter den wenigen Dingen, die seine Mutter sorgfältig ausgewählt hatte, um sie nach Deutschland mitzunehmen.

Und so starrte Ben weiter auf das Heft.

Dies ist nicht Leahs Geschichte

Ich bin tot, jedenfalls so tot, wie man sein kann, wenn man noch lebt.

Helene fiel der Stift aus der Hand. Oder ließ sie ihn fallen? Was machte das schon für einen Unterschied? Aktiv oder passiv, solche Begrifflichkeiten hatten sich längst aufgelöst. Sie rannte aus dem kleinen Häuschen, durch den Patio hinaus auf den von Olivenbäumen gesäumten Feldweg. Sie hastete weiter durch das grüne Tal Richtung Süden, Richtung Sonne. Ein kühler Märzmorgen am Atlantik. Helene begann leicht zu keuchen, als sie oberhalb des zweiten Felsvorsprungs die Klostergebäude erblickte. Nachdem sie den Klosterberg umrundet hatte, lief sie auf dem oberen Küstenweg mit Blick auf das Meer weiter und verfiel in ein tiefes, gleichmäßiges Atmen. Luft und Schritt, Schritt, Schritt, Luft und Schritt, Schritt, Schritt. Immer schneller, nahe der Steilküste, weg von Punta del Cambio, die feuchte, weiche, kühle Meeresluft im Gesicht, spürbar in Nase, Mund und Augen, und in den Ohren das Rauschen des eigenen Körpers, das Rauschen der Wellen und des darüber wehenden Windes.

Ihr Laufen verlangsamte sich. Jetzt marschierte sie schnell und, als hätte ihr Körper nun den Einklang mit den Elementen gefunden, bewegte sie sich rhythmisch vorwärts, Meter um Meter, bis ganz an das südliche Ende der Bucht. Dahinter begann ein neues lang gezogenes Küstenstück mit herrlichen Sanddünen, das an den Wochenenden von jungen Leuten aus Santiago besucht wurde. Helene wollte es auf jeden Fall vermeiden, irgendjemanden zu treffen. Ganz egal, ob an Wochenenden oder an anderen Tagen.

Wenn sie gewusst hätte, was sie suchte, dann wäre es genau das gewesen, was sie auf diesen ausgedehnten Streifzügen fand: in der Einsamkeit einen Hauch der Natur spüren.

Seit gut drei Wochen schon war sie täglich auf diese Weise unterwegs. Die Bewohner von Punta del Cambio hatten sich noch nicht an ihren Anblick gewöhnt. Doch war das Erstaunen nach und nach einem verständnislosen Kopfschütteln gewichen, immer wenn man ihre Silhouette oben an der Klippe sah oder wenn sie auf dem Rückweg irgendwo am Strand Halt machte, sich in den Sand fallen ließ oder auf einem Felsvorsprung Platz nahm und dann eine Weile auf das Meer hinausstarrte. Was sollte man auch schließlich davon halten? Erst rauscht sie mit einem großen Auto an, sucht einige Tage im Kloster Unterschlupf und zieht dann in die kleine Casa Floreciente außerhalb des Ortes. Und das alles, ohne sich beim Bürgermeister vorzustellen, beim Priester oder zumindest bei einer der alten Familien ihre Aufwartung zu machen. Die Puntas waren es zwar gewöhnt, dass immer mal wieder jemand auf einen Abstecher vom Kap Finisterre bei ihnen vorbeischaute – und das schon seit Jahrhunderten. Aber diese Frau schien nicht mehr fortgehen zu wollen.

In den Sommermonaten verirrten sich immer wieder Reisende hierher, die abseits der großen Pilgerroute malerische Orte suchten, an denen sie sich vom Wander- und Gebetsstress erholen konnten. An der Küstenspitze, die dem Ort seinen Namen gegeben hatte, beobachteten sie begeistert die Umkehr der Fluten. Punta del Cambio, der Punkt des Wechsels. In Sichtweite von Finisterre, wo die Costa de la Muerte begann, ragte an der Nordseite der Bucht, gleich am Ende der Ortschaft, ein hohes Riff aus dem Wasser, das am Meeresgrund bis zum Festland durchlief und bei Wind- und Wetterwechsel für eine dramatische Drehung der Wellenrichtung sorgte. Dieses Schauspiel, das in keinem Reiseführer erwähnt wurde, hatte schon Generationen von Naturliebhabern entzückt. Die Puntas nahmen die Bewegungen des Wassers allerdings genauso gelassen wie ihr eigenes Dasein. Viele Menschen lebten ohnehin nicht mehr dort. Die Jungen wanderten wie überall auf der Welt in die Städte ab, und diejenigen, die blieben, liebten ihre kleine Heimatgemeinde, den Fischfang, den Olivenanbau, die Landwirtschaft im fruchtbaren Hinterland.

Seit kurzem hatte Punta del Cambio eine neue Bewohnerin. Mit der seltsamen rennenden Frau waren es eigentlich zwei. Die erste war den Puntas allerdings zunächst viel interessanter vorgekommen. Jedenfalls ließ sich über das junge Mädchen aus Deutschland ausgiebig klatschen und tratschen. Zahllose Geschichten drangen aus dem Haus der Gomez auf die Gassen hinaus, und der Anblick der jungen Blonden bot immer wieder Anlass, die Köpfe zusammenzustecken.

Leah hatte, obwohl sie nun schon vier Monate im Haus ihres Onkels lebte, von dem Getuschel bislang nur wenig mitbekommen. Allerdings hatte sie auch kaum etwas von den Lebensgewohnheiten der Dorfbewohner miterlebt, obwohl sie tagtäglich durch den Ort schlenderte, zum Strand hinunterspazierte oder oben auf den Felsen herumkletterte. Anderen Menschen begegnete sie dabei nur selten. Wie in allen spanischen Siedlungen spielte sich das Leben von Punta del Cambio selbst in den Wintermonaten meist im Inneren der kühlen Häuser ab. Die Straßen, so schien es, waren nur zum Überqueren da, und außerhalb der traditionellen Feste traf man nur am Sonntag vor der Kirche auf einen Plausch zusammen.

Leah langweilte sich. Nie zuvor im Leben war ihr so langweilig gewesen. Sie war gerade achtzehn geworden, überdurchschnittlich groß, blond, eigentlich schlank, hatte aber ein breites Becken und einen gewölbten, weichen Bauch, den sie hasste. Zu Hause in Deutschland hatte sie andauernd Ärger mit den Eltern gehabt, in der Schule hatten sich die Klagen über ihre unerlaubte Abwesenheit gehäuft; es war zum Eklat gekommen. Die Mutter hatte sogar einen Nervenarzt eingeschaltet. Schließlich hatte Leah ihre Rebellion mit einer frontalen Attacke gegen das Wohnzimmerfenster gekrönt. Nach dieser Eskalation war man übereingekommen, das Mädchen brauche erst einmal eine Luftveränderung.

Leah fühlte sich zwar weiterhin unverstanden, ungeliebt und überflüssig. Aber die Entscheidung, dass sie einige Zeit beim Onkel in Punta del Cambio bleiben sollte, hatte ihr zumindest eine gewisse Erleichterung verschafft. Niemand kannte sie und vorerst konnte sie alle lästigen Auseinandersetzungen hinter sich lassen.

Dass sie der spanischen Tante bei den Kindern zur Hand gehen und dabei die Landessprache erlernen sollte, war allerdings Teil der Vereinbarung mit ihren Eltern.

Ein Ausflug in die nähere Umgebung hatte sich als Reinfall herausgestellt. Leah hatte an die Bustour entlang der Küste große Hoffnungen geknüpft. Doch ihre Erwartungen, auf etwas Aufregendes zu stoßen, waren enttäuscht worden. Kein einziger Ort auf der Strecke von Corcubión bis Muros war so schön wie die Bucht von Punta del Cambio mit dem an die Steilküste geklebten Dorfkern. Kein Gebäude konnte jünger als dreihundert Jahre sein. Jetzt im Winter waren die Außenmauern, die Wand an Wand gebaut waren, von einem dichten Bewuchs aus Flechten und Moosen überzogen. An etlichen Stellen wuchsen sogar Farne und Blütensträucher aus dem braunen Mauerwerk. Die Orte jedoch, die sich Bucht um Bucht an der Küste entlangzogen, machten nicht gerade einen geschichtsträchtigen Eindruck. Im Gegenteil, die pastellfarbenen Häuser im modernen Leichtbau schienen gerade eben erst in diesen von Dolmen, römischen Mauerresten und Kirchenruinen überzogenen Landstrich geworfen worden zu sein. Leah gefiel dieser Gegensatz nicht. Deshalb hatte sie Punta, den Ort, an dem auch ihr Onkel nur mehr oder weniger zufällig gestrandet war, seither nicht mehr verlassen.

Sie schrieb. Ihr Tagebuch nannte sie in Anlehnung an die Lieblingsautorin ihrer älteren Schwester »Das schwarze Notizbuch«. Das war auch im wörtlichen Sinne passend. Denn es besaß einen glänzenden schwarzen Lackeinband. Leah hütete dieses Buch, schließlich enthielt es all ihre Geheimnisse. Sie schrieb nur selten über ihren Alltag. Stattdessen versuchte sie, ihre Gefühle in Worte zu fassen. Und weil es ihr schien, dass es für ihre Gefühle eigentlich keine

Wörter gab, versuchte sie, poetische Bilder zu malen. Es wäre ihr höchst peinlich gewesen, wenn jemand davon erfahren hätte. Aber nur im Schreiben sah sie eine Möglichkeit, etwas aus ihrem verwirrenden Innenleben nach außen zu tragen.

Hier in diesem verschlafenen Winter Nordspaniens hatte sich ihr inneres Chaos keineswegs entwirrt.

Während sie versuchte, sich in der fremden Familie und neuen Umgebung einzuleben, kam ihr das Schreiben zuweilen so vor, als wäre es die einzige Tätigkeit, die überhaupt noch etwas mit ihrer ursprünglichen Person zu tun hatte. Deshalb hatte sie in diesen Wochen viele Gedichte aufgeschrieben.

Leicht
Läuft
Leere
Schwaches
Schweigen
Schwebt
Zeitlos
Zeichnet
Zauberei
Willensschwäche
Willenlos
Wieder nicht

Seit einigen Tagen allerdings ging Leah einer neuen Beschäftigung nach. Auch sie hatte die Frau entdeckt, die regelmäßig am späten Vormittag über die Klippen rannte, anschließend für eine gute halbe Stunde aus dem Blickfeld verschwand, um später unten am Strand, weit weg vom Ort, wieder aufzutauchen, die dann durch den Sand marschierte, ohne nach links und rechts zu blicken, und schließlich ein Plätzchen fand, wo sie sich für Stunden nicht rührte.

»Ganz schön verrückt«, dachte Leah und spürte doch eine seltsame Anziehungskraft. Wer war diese geheimnisvolle Person? Tante Muriella hatte berichtet, sie stamme wie Leah aus Deutschland und habe Hermana Consuelo oben im Kloster besucht. Dort sei sie einige Tage geblieben, bevor sie sich mit ein paar Koffern und Taschen in der Casita eingenistet habe. Muriella wusste das alles so genau, weil Hermana Consuelo sie gebeten hatte, mit ihr gemeinsam das Häuschen herzurichten. Als Leah die Tante vor kurzem von diesem Hausputz abgeholt hatte, konnte sie selbst einen Blick in die Räumlichkeiten werfen. Zu diesem Zeitpunkt wusste sie natürlich noch nicht, wer hier künftig wohnen sollte, denn darüber hatte die Klosterschwester kein Wort verloren.

Nun beobachtete Leah diese Frau täglich. Das Zimmer, das sie im Haus ihres Onkels bewohnte, lag zur Seeseite, und so konnte sie von dem winzigen Balkon aus gut erkennen, wann die Fremde ihre Tour begann. War sie auf der Klippe zu erblicken, borgte sich Leah das Fernglas des Onkels und verfolgte ihre Laufschritte. Gelangte sie zum Strand, bewegte sich Leah durch den Ort, immer auf der Suche nach einem günstigen Aussichtspunkt.

Über den Häusern lag der Geruch von Holzfeuern. In vielen Küchen wurde noch auf offener Flamme gekocht. Sehr gut sogar. Und darunter litt Leah in diesen Tagen. Ihr Bauch wölbte sich so stark über dem Hosenbund, dass sie sich zunehmend unwohl fühlte in ihrer Haut.

Eines Tages zog sie einen schwarzen Minirock, dicke schwarze Strumpfhosen und einen weiten schwarzen Pullover an, unter dem sich die ungeliebten Rundungen gut verbergen ließen. Die Füße steckte sie in ein Paar alte, halbhohe Gummistiefel, denn heute wollte sie zum Strand gehen, um die fremde Frau etwas näher zu betrachten. Um sich Mut zu machen, schminkte sie sich die Lippen mit einem Kajalstift auffällig schwarz. An das Gezeter der Tante über ihren Aufzug hatte sie sich längst gewöhnt.

Leah schlüpfte aus ihrem Zimmer und stieg vorsichtig die Treppe hinunter. Unten wäre sie fast mit dem kleinen Carlos zusammengeprallt, der sie freudig anstrahlte. »Pscht, ahora no«, flüsterte sie und zog die Haustür sachte hinter sich zu. Im Patio war niemand zu sehen, und so erreichte sie schnell das große Tor und gelangte in die Gasse. Hinter der ersten Wegbiegung erschien das dunkle Wasser in ihrem Blickfeld, und auch die fremde Frau konnte sie sehen. Leah rannte Richtung Meer und entdeckte auch eine männliche Gestalt. Das fehlte ihr gerade noch. Sonst war der doch um diese Zeit schon längst unterwegs. Der Typ mit den weißen, auch im Winter hochgekrempelten Hosen stand am Strand und versorgte sein Boot. Dabei hob er ab und zu seinen Kopf Richtung Süden, von wo aus ihm die Frau entgegentrabte. Doch wie immer machte sie lange vor der natürlichen Mole, dem Landeplatz der Fischer, Halt, setzte sich in den Sand und starrte hinaus aufs Wasser.

Leah drückte sich eine Zeit lang an der Promenade herum und beobachtete zwei junge Kätzchen beim Spiel mit einem kopflosen Fischkadaver.

Endlich war der Typ mit seinem Boot fertig. Um zu den Treppen zu gelangen, musste er an ihr vorbei. Er kam auf Leah zu. Sein Blick war ihr unangenehm, obwohl er eigentlich irgendwie ganz gut aussah. Gar nicht wie ein Fischer. Mit einem anständigen Anzug und einem korrekten Haarschnitt hätte er prima zu ihrem Vater in die Bank gepasst. Er schaute ihr direkt in die Augen und grüßte höflich: »¿Qué tal? ¡Disfrute del día!« Wie geht's? Genieße den Tag, so viel konnte Leah inzwischen verstehen, dann lachte er ihr geradewegs ins Gesicht. Sie war sich sicher, dass er über ihre schwarzen Lippen lachte. Dieser Scheißtyp, der hatte doch keine Ahnung. Schippert hier jeden Tag von diesem Kaff aus aufs Meer hinaus und bringt niemals auch nur eine einzige Krabbe mit.

Zum Glück verschwand er zügig hinter der ersten Hausecke. Leah konnte sich vorsichtig der Frau nähern. Sie hatte dunkles, vermutlich schulterlanges Haar, das unordentlich mit einem Gummi zu einem verschlungenen Zopf zusammengebunden war. Sie trug eine helle Hose, die weich und warm und teuer aussah, und einen grob gestrickten Wollpullover in verschiedenen Naturtönen mit

Zopfmuster. Ein Designerteilchen, schätzte Leah und kam sich in ihrem billigen Minirock albern vor. Die Füße der Frau steckten in Turnschuhen. Kein Wunder, sie lief ja den halben Tag lang. Jetzt saß sie jedoch still wie eine Statue und starrte in die Ferne. Dass sie das Wasser oder die Schiffe, die vereinzelt vorübertuckerten, wahrnahm, bezweifelte Leah. Es kam ihr vielmehr so vor, als würde sie überhaupt nichts bemerken, nicht einmal die Gestalt, die sich ihr näherte. Deshalb wagte sie sich noch ein paar Schritte weiter vor. Nun konnte sie das Profil der Frau erkennen. Es war kantig und scharf und die Konturen waren so streng, dass die Form ihres Schädels unter der Haut zu erahnen war. Obwohl die Frau seit Wochen jeden Tag stundenlang an der frischen Luft war, schimmerte ihre Haut käsig, talgig und grau.

Leah machte zwei weitere Schritte auf sie zu.

»Hallo«, sagte sie leise, »störe ich?«

Einige Sekunden vergingen, bevor die Frau sie überhaupt zu hören schien. Mit einem kleinen Schwung, so als müsse sie ihren Hals zu dieser Bewegung zwingen, drehte sie ihren Kopf ein Stück in Richtung Leah und sah sie an.

Leah erschrak. Die Frau hatte offensichtlich geweint. Kleine feuchte Rinnsale glitzerten auf ihrer hellen Haut, und die Augen, die sie jetzt direkt ansahen, waren traurig und leer.

»Hallo«, erwiderte die Frau den Gruß mit belegter Stimme.

Sogleich richtete sie ihren Blick wieder auf den Horizont.

Leah blieb ratlos vor ihr stehen. Die Frau ist krank, dachte sie, die sieht total krank aus. Was sollte sie denn jetzt machen? Sie konnte sich doch nicht einfach nach dem ›Hallo‹ umdrehen und wieder zurückgehen. Also beschloss Leah, sich ebenfalls in den Sand zu setzen und der seltsamen Frau etwas Gesellschaft zu leisten. Der Boden war feucht, ihr Po wurde kalt, aber sie wollte ihr kleines Experiment nicht abbrechen. Mal sehen, was als Nächstes passieren würde.

Es passierte gar nichts. Außer dass in Leah, die jetzt ebenfalls aufs Meer hinausstierte, das ungeliebte Sausen anfing. Fast immer, wenn sie sich in so einer Ruheposition befand, begannen in ihrem

Kopf die Gedanken zu flitzen. Ihre Körperfunktionen sorgten obendrein für eine äußert unangenehme Selbstwahrnehmung: Ihr Magen grummelte, als wolle er schon wieder etwas zu essen haben. Ihr Herz fing stärker an zu klopfen, sodass sie fürchtete, die Frau neben ihr würde es gleich hören. Das Blut rauschte in ihrem Kopf und wirre Gedanken schlugen wie Blitze an ihre Stirn. Ob sich wohl noch irgendjemand auf dieser verdammten Welt so fühlte wie sie? So ganz in sich und außer sich zugleich, so, dass es kaum auszuhalten war? So empfindlich, dass das gleichmäßige Gurgeln des Wassers in ihren Ohren lärmte und ihr jeder Windhauch wehtat. Wahrscheinlich hatte ihre Mutter Recht, in einer geschlossenen Anstalt wäre sie viel besser aufgehoben, und langweiliger konnte es dort schließlich auch nicht sein. Doch bei diesem Gedanken fühlte sie sich minderwertig und das war genau das Gefühl, das sie am meisten hasste.

Sie wusste, dass sie clever war, vielleicht sogar ein bisschen zu clever für manchen aus ihrer Umgebung. Und außerdem war sie fest davon überzeugt, dass es ihr unter gewissen Voraussetzungen hätte erheblich besser gehen können. Auch zu Hause, in der Familie. Sie wusste, dass sie sich anders fühlen würde, wenn ihre Eltern sie so hätten lieben können, wie sie war, und aus ihr nicht einen Menschen hätten machen wollen, der besser in die Familientradition passte. Und schon hasste sich Leah wieder selbst, denn diese Gedankenspiele hatten sich schon so oft wie durch einen Fleischwolf durch ihr Hirn gedrückt. Sie waren müßig und unfruchtbar. Sie war überzeugt, dass niemals jemand diese quälenden Gedanken verstehen würde und dass sie nie das Gefühl haben könnte, dass sie irgendwo säße und es einfach okay sei. Dass sie dasitzt, einfach so, irgendwo auf diesem Planeten, auf dem sie nur durch einen schlechten Scherz gelandet sein konnte. Ob diese Frau neben ihr jemals einen einzigen solchen Gedanken gehabt hatte? Ob sie sich jemals so elend gefühlt hatte? Sie konnte sich nicht mehr an eine Zeit erinnern, in der es ihr anders gegangen war. Dabei soll sie ein so fröhliches, unkompliziertes Kind gewesen sein. Gewiss waren der fremden Frau solche Gefühle unbekannt. Die saß da so, als wäre es das

Normalste auf der Welt, jeden Tag durch die Gegend zu rennen und dann am Strand zu sitzen und auf das Meer zu starren. Es störte sich ja auch niemand daran. Jeder schien diese Gewohnheit zu respektieren. Obwohl Leah, wenn sie ganz ehrlich war, zugeben musste, dass hier, an diesem versteckten Platz kurz hinter dem Ende der Welt, ja kaum jemand war, der sich über diese Frau hätte aufregen können. Vielleicht hatte sie ja diesen Ort genau aus diesem Grund ausgewählt. Leah beneidete die Fremde um diese Freiheit. Sie musterte sie noch einmal und spürte es jetzt ganz deutlich. Bei allem, was mit ihr los sein mochte – egal ob sie krank, verrückt oder unglücklich war – sie war auch frei. Befreit von allem, womit sich andere Menschen herumschlagen mussten.

Dieser Eindruck machte Leah zugleich neugierig und eifersüchtig. Deshalb fasste sie einen Entschluss: Sie, Leah, zu jung, gequält, verlassen und abgeschoben, sie würde dem Geheimnis dieser Frau auf die Spur kommen. Ganz für sich allein, nur zu ihrem persönlichen Vergnügen. Und damit sollte sie am besten jetzt gleich beginnen. Sie sprang auf, klopfte sich feuchte Sandkrümel vom Rock, sagte kurz angebunden »Wiedersehen« und rannte über den Strand zurück zum Dorf.

Wenn sie sich jetzt beeilte und die fremde Frau zuverlässig, wie an den vorangegangenen Tagen auch, noch zwei oder drei Stunden am Ufer sitzen bliebe, hätte sie genügend Zeit, einen Abstecher zur Casa Floreciente zu machen.

Leah rannte den oberen Klippenweg entlang, dann durch den Olivenhain. Dort, im Schutz der Bäume, würde man sie nicht einmal vom Klosterturm aus sehen. Dieser Umstand erschien irgendwie günstig. Der Boden unter den Bäumen war nachgiebig an der Oberfläche und fest darunter. Angenehm lief es sich darauf, und Leah registrierte erfreut, wie schnell ihre Quälgedanken verschwunden waren, um dem Projekt »Etwas über einen anderen Menschen erfahren« Platz zu machen.

Sie lief schwungvoll, ihre langen Beine federten über die Erde und sie empfand beinahe Freude über die Beweglichkeit ihres Körpers. Dort, unterhalb des Haines, schimmerte schon die Fassade des

Häuschens, davor stand der weiße Kombi der fremden Frau. Leah ging mit klopfendem Herzen auf das Eingangstor zu und drückte leicht dagegen. Es gab sogleich nach. Der Innenhof war nicht sehr groß. Auf der einen Seite standen ein Steintisch und eine Steinbank, auf der anderen Seite wuchs aus einem ungepflasterten Stück Erde der alte Oleanderbusch, der dem Haus seinen Namen gegeben hatte. Jetzt, am Ende des galicischen Winters, blühte er noch nicht, doch Leah konnte sehen, dass zwischen den tiefgrünen Blättern schon langsam kleine helle Knospen heranwuchsen. Das Haus hatte zum Hof hin eine große Fensterfront mit Tür, die erst vor wenigen Jahren in die alte Mauer eingesetzt worden sein konnte. Eigentlich sah das Gebäude wie eine kleine Kapelle aus, eingefasst von einer Kirchhofsmauer. Über der Fensterfront befand sich ein winziger Glockenturm mit einer kleinen Glocke, von der ein langes Seil nach unten neben die Eingangstür baumelte. Leah trat ohne zu läuten ein. Sie hatte das Haus schon bei ihrem ersten Besuch gemocht. In die Wände waren Regale und Sitzgelegenheiten aus getünchtem Stein eingelassen. Es war nur ein großer Raum hinter der Glasfront, er beherbergte einen alten Holztisch mit einigen Korbstühlen, rechts führte eine kleine Treppe in einen Seitentrakt, in dem die Küche untergebracht war. Links führte eine ähnliche Treppe auf eine halb erhöhte Galerie, wo ein Sofa und kleine Kisten als Tischchen standen. Wenn man den Raum durchquerte, landete man in einem offenen Flur, der in einem halbrunden Badezimmer endete. Gerade dieser Raum war es, der den Eindruck, es handele sich eigentlich um eine Kapelle, verstärkte. An dieser Seite hätte der Altar gestanden. Kurz davor führte rechts eine weitere Tür in ein kleines Schlafzimmer. Leah drückte die Klinke herunter und trat ein. In der Mitte stand ein schlichtes großes Bett, daneben eine kleine Lampe auf dem Boden. An den Wänden einfache Haken, an denen nun verschiedene Kleidungsstücke ordentlich auf Bügeln hingen. Leah befingerte die Stoffe und suchte nach den Etiketten. Die Frau hatte einen guten Geschmack und offensichtlich genügend Geld, um sich eine solche Garderobe leisten zu können. Dabei waren es eher praktische und keine modischen, Aufsehen erregenden Kleidungsstücke. Naturfarben und gute Schnitte. Leah presste ihre Nase gegen eine Jacke. Sie roch angenehm nach Parfüm. Ansonsten gab es nichts weiter zu entdecken. Im Bad reihten sich auf dem stumpfen weißen Marmorwaschtisch nur wenige Utensilien. Auch bei den kosmetischen Produkten schien die Frau die natürlichen, aber teuren Linien zu bevorzugen. Eine silberne Armbanduhr lag auf dem Fensterbrett. Sie tickte nicht.

Leah ging wieder nach vorne. In der Küche sah sie nur wenig Essbares. Auf einem Regal standen etliche verschlossene Gläser, die offenbar Tee enthielten.

In dem direkt angrenzenden großen Raum waren die Regale fast leer. Nur auf einer der Ablagen stand eine Dose, die Leah bislang nicht aufgefallen war, daneben eine Muschelschale und ein kleiner winziger Holzrahmen, in dem das Foto einer Pinguinfamilie steckte. Leah betrachtete die Dinge, die aus dem Vorleben der fremden Frau stammen mussten. Als sie den Deckel der Blechdose öffnete, fand sie darin nur ein Häuflein hellen Pulvers. Sie stellte das Behältnis zurück ins Regal, denn etwas anderes hatte ihr Interesse geweckt. Auf dem großen Tisch lag eine halb geöffnete Handtasche und dahinter ein Heft. Leah umrundete den Tisch, damit sie es von der anderen Seite genauer in Augenschein nehmen konnte. Die erste Seite war aufgeschlagen, ein einziger Satz stand darin.

Ich bin tot, jedenfalls so tot, wie man sein kann, wenn man noch lebt.

Ein unverschlossener, kostbarer Füllfederhalter lag achtlos neben dem Heft. Seine Kappe war unter einen Stuhl gerollt. Behutsam hob Leah sie auf, verschloss den Füller sorgsam und legte ihn vorsichtig auf die Tischplatte. Dann nahm sie das Heft. Es hatte einen blassblauen Kartoneinband. Was sollte das bloß heißen? Würde die Frau bald sterben, war sie also tatsächlich krank? Aber warum war sie dann hier so alleine? Wahrscheinlich doch ein bisschen verrückt.

Plötzlich fragte sie sich, ob sie eigentlich einen Knall hatte, hier einfach so einzudringen und im Privatleben der Frau vom Strand herumzuschnüffeln. Also legte sie das Heft schnell zurück. Was war denn das? So ein Mist. Beim Schließen des Federhalters hatte sie sich Tinte an die Finger geschmiert, und jetzt prangte ein hübscher halber Abdruck ihres Daumens am unteren Ende der beschriebenen Seite. Das hatte ihr gerade noch gefehlt. Spielte hier Detektiv und hinterließ selbst die deutlichste aller Spuren. Was würde die Frau machen, wenn sie den Abdruck entdeckte? Heiß und kalt lief es dem Mädchen den Rücken hinunter. Sie fröstelte und bemerkte, dass ihre Strumpfhose vom feuchten Sand durchnässt war. Das durfte doch alles nicht wahr sein. Sie musste irgendetwas tun. Das Geschickteste wäre vermutlich, das Heft einfach mitzunehmen. Vielleicht hatte sie Glück und die Frau war so mit ihrer Lauferei und Heulerei und Im-Sand-Sitzerei beschäftigt, dass sie es gar nicht bemerken würde. Also schob sie den dünnen Karton unter ihren Pullover und verließ das kleine Haus.

Unter der Kleidung scheuerte dieser Satz vom Tod.

Erst als sie das Heft später im Haus von Onkel und Tante ganz unten in ihrem Koffer vergraben hatte, konnte sie sich wieder ein bisschen beruhigen.

Nachdem sie mit den Kindern gegessen hatte, stapelte sie mit Carlos und Ricarda Bauklotztürmchen auf und versuchte, ihre Entdeckungen noch einmal in klare Gedanken zu fassen. Diese Frau ging ihr einfach nicht aus dem Kopf. Binnen einer Stunde hatte sie das Kunststück fertig gebracht, sie gleich mehrfach wütend zu machen. Und das wegen so unterschiedlicher Dinge wie teurer Klamotten, der Freiheit, die sie ausstrahlte, und nun auch noch, weil sich Leah durch ihre Neugierde schuldig gemacht hatte. Dabei war doch einzig die Frau schuld. So wie die hier nach Punta del Cambio reingeschneit war, zwang sie einen ja geradezu, sich für sie zu interessieren. Das war doch krank. Total krank, genauso krank wie die Tatsache, dass Leah hier bei den Verwandten geparkt wurde, damit daheim in Deutschland nicht auffiel, was für eine beknackte Familie sie waren. Alle krank. Und die fremde Frau eben auch.

Dies ist nicht Helenes Geschichte

Helene war nicht krank. Jedenfalls nicht wirklich. Helene litt eher unter Entzugserscheinungen, und das gleich in mehrfacher Hinsicht. Doch sie hatte das Versprechen gegeben, den körperlichen Entzug durchzuführen, und sie glaubte, dass man solche Versprechen halten musste, wenn man nicht den Zorn der himmlischen Mächte endgültig auf sich ziehen wollte. Deshalb ging Helene am späten Nachmittag, nachdem das junge Mädchen sie am Strand angesprochen hatte, wie immer seit ihrer Ankunft in die Casa Floreciente, in der sich seit einigen Tagen ihr totes Leben abspielte.

Als sie vor einem Monat aus der Privatklinik entlassen worden war, hatte sie sich vergewissert, dass sich tatsächlich nur die Dinge, die ihr von Bedeutung waren, in ihrem Gepäck befanden, hatte sich in den Wagen gesetzt und war Richtung Süden losgefahren. Sie hatte sich Zeit gelassen für die Fahrt, denn noch immer musste sie viel schlafen. Das Mittel, das sie nur während der Reise einnehmen wollte, hatte ihr häufig die Konzentration geraubt. Irgendwann war sie in Nordspanien angelangt, hatte das zu dieser Jahreszeit erwachende Galicien auf den Pilgerrouten durchquert und war zu dem kleinen Klosterhügel gelangt, der so oft durch ihre langen, milchigen Träume gegeistert war.

Espíritu Hijo. Das Kloster, das niemand mehr kennt.

Sie stellte das Auto ab und schleppte sich zu Fuß den Pfad nach oben. Dort musste sie lange gegen das schwere Tor klopfen, bis es endlich geöffnet wurde. Vor ihr stand die Frau, die schon vor einem halben Jahr den Schatten auf Helenes Herz vorausgesagt hatte.

Für einen kurzen Moment stockte sie, als müsse sie die Situation erst erfassen, dann grüßte sie freundlich: »Da sind Sie.«

»Ja«, antwortete Helene und die beiden Frauen wussten nicht, wohin sie schauen sollten.

»Sie sind allein«, stellte die Frau dann fest.

»Ja, ich bin allein«, bestätigte Helene und begann zu weinen.

Die Frau nahm sie in den Arm und zum ersten Mal seit Monaten konnte Helene sich hemmungslos an der Schulter eines anderen Menschen ausweinen.

Sie wurde an der Hand genommen und ins Innere des Klosters geführt, in ein kleines Nebengelass, in dem ein Ofen heimelige Wärme verströmte.

Hermana Consuelo setzte sich mit Helene davor und ließ sie lange schluchzen und zittern.

»Es ist gut, dass Sie da sind. Ich habe Sie nicht so früh erwartet. Aber das ist kein Problem. Während Sie ausruhen, werde ich ein paar Vorbereitungen treffen. Sagen Sie mir, wann ich sie alleine lassen kann.«

Und tatsächlich war Helene bald in einen unruhigen Schlaf gefallen.

Als sie erwachte, war sie allein. Auf dem Ofen stand eine Kanne mit einer heißen Flüssigkeit. Helene hatte gierig einen Schluck davon gekostet und ihn sogleich wieder ausgespuckt. Auf der Suche nach etwas Wasser hatte sie draußen den Brunnen gefunden und dort ein paar Tabletten eingenommen. Danach war sie im Klosterhof umhergeschlichen, voller Angst, dass sie den Anblick des Anwesens möglicherweise nicht verkraften könnte. Doch die stillen alten Gemäuer hatten einen wohltuenden Einfluss auf ihre Stimmung.

Sie war wieder in das Zimmer mit dem Ofen zurückgegangen und hatte auf Consuelo gewartet. Als diese schließlich eintraf, hielt sie das Heftchen Tabletten, das Helene achtlos am Brunnen hatte liegen lassen, in ihren Händen.

»Ich hatte mir schon so etwas gedacht, deshalb habe ich Ihnen diesen Tee gebrüht«, sagte sie und zeigte auf die Kanne.

»Das kann ich nicht trinken – Entschuldigung.«

»Doch, das können Sie trinken, Sie müssen sogar, oder wollen Sie ewig diese Dinger nehmen?« Sie zeigte auf die Tabletten.

»Nein, natürlich nicht. Ich habe sogar versprochen, dass ich damit aufhöre, sonst hätte ich gar nicht herkommen dürfen.«

»Gut. Ich werde Ihnen helfen. Hören Sie gleich auf. Die ersten Tage sind hart, da bleiben Sie bei mir. Danach werden Sie es alleine schaffen. Es gibt hier in der Nähe eine Casita, die leer steht. Es ist eine sehr, sehr besondere Casita, und ich möchte gerne, dass Sie darin wohnen.«

»Wo liegt das Haus?«

»Hinter den Olivenplantagen, ganz abgeschieden. Eines Tages werde ich Ihnen die Geschichte dieses Hauses erzählen. Immer wenn Sie zu mir kommen, werde ich Ihnen eine Geschichte erzählen, und dann werden Sie eines Morgens erwachen und vielleicht wird ein kleines Wunder geschehen, wer weiß?«

»Ich glaube nicht an Wunder!«

»Vielleicht ist Wunder auch das falsche Wort. Verzeihen Sie, ich spreche so selten Ihre Sprache.« Schweigend nahm sie einen Becher und schenkte Tee ein. Bevor sie ihn Helene reichte, fischte sie aus einem Tontopf noch ein paar gemahlene Kräuter und mischte sie unter. Helene kostete vorsichtig ein weiteres Mal und stellte fest, dass sie die Flüssigkeit nun zu sich nehmen konnte.

»Zeichen, vielleicht ist Zeichen das richtige Wort. Ein Zeichen, nur für Sie. Ein Zeichen, das Ihnen Frieden bringen wird.«

Helene begann zu schwitzen. Voller Vertrauen trank sie weiter und ließ sich bemuttern. Als ihr heißer und heißer wurde, schwanden ihre Sinne. Consuelo entkleidete den mageren Körper und bettete sie im Nebenzimmer auf ein Lager. Helene erwachte erst tief in der Nacht, ihre eigenen Schreie ließen sie hochschrecken.

Sie befand sich immer noch in dieser Kammer im Kloster. Kerzen flackerten, neben ihr saß in einem grauen Kittel die Schwester und summte leise vor sich hin. Mit einem großen Schwamm rieb sie Helenes Körper ab. Der Duft von sonnengereiften Kräutern und Ölen stach ihr in die Nase. Sie trank von dem Tee oder vielleicht auch von einem anderen, denn sie konnte sich an den Geschmack nicht mehr erinnern. Schließlich schlief sie wieder ein.

Nachdem sie aufgewacht war, hatte Helene zum zweiten Mal binnen kurzer Zeit das Gefühl für Raum und Zeit verloren. Doch im Gegensatz zum Erwachen aus künstlichen Träumen hinter verschlossenen Klinikmauern war ihr nun, als hätte sie die Spitze des Schmerzes sowie die des dagegen ankämpfenden Betäubungsmittels ausgeschwitzt. Tief verborgen in ihrem verkrampften Magen war eine kleine wattige Blase entstanden, die sie entfernt an das Gefühl von Unversehrtheit erinnerte.

Unter der Fürsorge von Hermana Consuelo bezog sie einige Tage später ihr neues Heim hinter dem Klosterhügel. Gleich am ersten Morgen hatte sie mit ihren ausgedehnten Streifzügen an der Küste begonnen. Zuerst genoss sie, dass ihr Körper beim Laufen schmerzte. Später löste sich der Schmerz in der gleichförmigen Bewegung auf.

Nach einigen Wochen wurden die Märsche und die verstärkte Sauerstoffzufuhr zu einer Art Ersatz für die pharmazeutische Flucht. Nur in der fortlaufenden Bewegung sowie der lang anhaltenden Starre am Meer konnte sie das Gefühl von Teilnahmslosigkeit herstellen. Wenn sie am späten Nachmittag in die Casita Florecienteziente zurückkehrte, tauchte regelmäßig, als hätte sie den richtigen Zeitpunkt vom Kloster aus abgepasst, Consuelo auf, um sie mit weiterem Gebräu und zunehmend auch mit fester Nahrung zu versorgen.

An dem Tag, an dem Leah das blaue Heft an sich genommen hatte, war die Schwester nicht erschienen. Unruhig ging Helene im Patio auf und ab und bemerkte, dass sie wartete. Diese Feststellung überraschte sie. Worauf wartete sie? Auf die Fürsorge, auf ein paar Worte, auf etwas zu essen?

Da die Schwester nicht kam, betrat Helene nach einiger Zeit das Haus und betrachtete die Dinge darin. Ihr Blick blieb an dem in Stein gemauerten Regal hängen, in dem die wenigen persönlichen

Gegenstände lagen, die sie hierher gebracht hatte. Muschel, Pinguinbild, Dose. Nachdem sie vor allem die Dose wieder und wieder betrachtet hatte, nahm sie sie vorsichtig von ihrem Platz und trug sie nach draußen. Es wurde schon dunkel und kalt. Also holte sie rasch noch einen weiteren warmen Pullover und ein großes Umschlagtuch. Dann verließ sie, mit der Dose unterm Arm, erneut das Haus und machte sich auf in Richtung Meer.

Als sie am Strand ankam, war es über der See bereits stockfinster. Nur hier und da blinkte in der Ferne eine Schiffslampe oder das Licht einer Boje auf. Die erleuchteten Fenster des Dorfes warfen einen matten Schein über den Sand. Helene suchte den kleinen Felsen, auf dem sie sich schon so oft nach ihren Strandläufen niedergelassen hatte. Sie setzte sich darauf, die Dose fest an sich gepresst. Sie versuchte zu weinen, sie hatte noch immer so viele Tränen in sich, aber in dieser Nacht blieb ihre Sicht beinahe ungetrübt.

Dann tat sie das, was sie hatte tun wollen. Das, weswegen sie überhaupt nach Punta del Cambio zurückgekehrt war.

Sie erhob sich und machte ein paar Schritte in Richtung Ufer. Schon spürte sie das kalte Wasser in ihre Schuhe sickern. Einige Schritte weiter und auch ihre Hosenbeine waren durchnässt. Sie stand bis zur Hüfte in den Fluten, der Untergrund wurde weich. Als sie gen Himmel schaute, erspähte sie zwischen den Wolken ein paar glitzernde Sterne. Der Anblick dieses Nachthimmels kam ihr seltsam vertraut und deshalb fast tröstlich vor. Endlich entfernte sie den Deckel der rotweiß gezackten Blechdose, blickte in den mehligen Staub und ließ den Inhalt mit ausgestrecktem Arm über dem Wasser verwehen. Von einer auflebenden Brise getragen, flogen die feinen Partikelchen durch die Dunkelheit, und nicht einmal Helene konnte sehen, wie sie langsam auf die Wasseroberfläche fielen, um dann im Meer zu versinken.

Einen Moment lang blieb Helene noch in dem bestäubten Wasser stehen, dann watete sie ans Ufer zurück.

Einige Meter vor ihr glimmte eine Zigarettenspitze auf. Helene verbarg die Dose unter ihrem wollenen Tuch und ging auf den Mann mit den hochgekrempelten Hosen zu. »Buenas tardes«, nickte sie ihm schüchtern zu. »Buenas tardes, Señora«, entgegnete er, »Sie müssen jetzt in Ihr Haus gehen. Der Wind wird drehen und ein Sturm wird vom Hinterland auf das Meer hinausjagen. Manchmal dauert das einige Tage.«

»Gracias.« Sie verließ die Bucht, ohne sich umzublicken.

Tatsächlich erreichte der Sturm mit seinen Orkanböen die galicische Westküste noch in derselben Nacht. Helene erwachte, weil die Glastür am Eingang klapperte. Sie versuchte, das Häuschen wetterfest zu verschließen und weiterzuschlafen. Albträume quälten sie. Kirchen, Kreuze und Kerzenschein flackerten durch ihr Unterbewusstsein. Bilder ihrer Fotoarbeiten wurden lebendig. Pittoreske Fratzen und apokalyptische Figuren entstiegen Heiligenbildern, lösten sich aus den Verzierungen der christlichen Architektur und bedrängten sie. Helene versuchte aufzuwachen, konnte sich aber nicht gegen den Traum wehren. Sie wurde von seinen Bildern hin und her geschüttelt, wie die Bäume draußen im Hain vom Wind.

Am Morgen erwachte sie zerschlagen und einsam. Es goss in Strömen, ans Hinausgehen war nicht zu denken. So saß sie stundenlang vor der Glasfront und spähte in den Regen. Zu sehen gab es nichts. Helene spürte in sich Leere, Ödnis und das vielfache Echo des Schmerzes. Ihre Zukunft war ungewiss, und es war ihr auch vollkommen gleichgültig, was geschehen würde.

Dieses Gefühl der Gleichgültigkeit verringerte sich am zweiten Tag des Unwetters. Es machte dem banalen Verlangen nach Nahrung Platz. Zwei Stückchen Obst hatte sie gestern noch gehabt sowie einen Kanten Brot. Da aber Schwester Consuelo nicht mehr gekommen war, wurde Helene plötzlich die Abhängigkeit, die sie an die Klosterfrau band, bewusst. Zu trinken gab es genug. Wasser kam aus dem Hahn, aber Helene beschloss, das Regenwasser in einem Krug aufzufangen. Es schmeckte leicht süßlich. Mit Wasser allein ließ sich ihr Magen jedoch nicht mehr beruhigen. Sollte sie es wagen, durch den Sturm zum Kloster zu rennen? Aber was, wenn niemand dort war? Vielleicht wäre es besser, sich zum Ort durchzuschlagen und da um Hilfe zu bitten? Schnell verwarf sie diesen Gedanken wieder. Sie würde es nicht aushalten, von fremden Menschen angestarrt zu werden. Wie könnte sie schweigen und gleichzeitig um Nahrung bitten – ein unmögliches Unterfangen. Als sie das nächste Mal kurz in den Patio schlüpfte, um Regenwasser zu holen, entdeckte sie an der Mauer zwischen Eingangstor und Oleanderbusch ein seltsames Bündel am Boden. Bei näherer Untersuchung erwies es sich als eine Art kleiner wasserdichter Seesack. Sie klemmte ihn unter den linken Arm und eilte zurück ins Trockene. Dort öffnete sie den Beutel und fand ordentlich in Folie gewickelt kalten Braten, eingelegtes Gemüse und eine ganze Tortilla. Kein Zweifel, jemand hatte an sie gedacht und sich Sorgen um ihr Wohlergehen gemacht. Ein warmer Schauer durchfuhr sie, bevor sie gierig diese Köstlichkeiten in sich hineinstopfte.

Der nächste Morgen war friedlich und hell. Die Wolken hatten sich endgültig verzogen und einem strahlenden Blau am Himmel Platz gemacht. Helene streckte ihre Nase in die Luft, roch den würzigen Duft von gut durchfeuchteter Erde und von Pflanzen, die sich sehnsüchtig der Sonne entgegenreckten. Der Sturm hatte den Frühling ins Land gepustet. Helene stand vor ihrem Haus und schloss für einen Moment die Augen. Das Sonnenlicht drang rötlich durch ihre Lider und die Wärme fuhr in sie, tief hinein in ihre wunden Knochen, in die entzündeten Organe; und die Starre in ihr wich für ein paar Sekunden dem angenehmen Gefühl von Ruhe und Geborgenheit.

Als Helene die Augen wieder öffnete und sich umblickte, stürzte sie sogleich zurück in ihre Trostlosigkeit. Und doch hallte etwas in ihr nach, als hätte der kurze Augenblick der Entspannung ihr geholfen, sich selbst klarer zu sehen. Und so beschloss sie, nicht länger ausschließlich Gefangene ihrer traurigen Zwänge zu sein. Sie kleidete sich an diesem Morgen sorgfältig und anstatt wie sonst über die Küstenwege zu jagen, ging sie entschlossenen Schrittes zum Kloster hinüber, um nach ihrer Wohltäterin zu sehen.

Ihre Sorge, der Frau könnte während des Sturmes etwas geschehen sein, war überflüssig. Hermana Consuelo stand fröhlich in ihrem Gärtchen und hatte offenbar schon eine Weile darin herumgewirtschaftet.

»Helene! Guten Morgen. Ich freue mich, dass Sie kommen. Ich hoffe, Sie haben den Wetterwechsel gut überstanden. Kommen Sie, Sie müssen ja vollkommen ausgehungert sein. Drei Tage habe ich Sie vernachlässigt. Aber es gibt eben Zeiten, die muss man allein mit sich durchstehen.«

»Sie haben mir doch den Beutel gebracht, ich danke Ihnen dafür, ich war wirklich hungrig gestern.«

Consuelo hob kurz die Augenbrauen. Dann überlegte sie einen Moment, schließlich verkündete sie ganz offen: »Das war ich nicht. Ich war nicht bei Ihnen. Aber ich habe Ihnen ja schon einmal angedeutet, dass hier bei uns Dinge geschehen, die man nicht sofort verstehen kann. Kommen Sie, wir werden uns gemeinsam ein kleines Frühstück schmecken lassen und dann werde ich Ihnen etwas erzählen – etwas über das Haus, in dem Sie jetzt leben. Das ist bei uns so ein Brauch. Jeder Gast bekommt bei seinem Besuch eine Geschichte geschenkt. Die beiden ersten Male, die Sie zu mir gekommen sind, waren ja keine Besuche im eigentlichen Sinne. Aber heute sehe ich, dass Sie gekommen sind, nur um mich zu sehen. Und das wird mit einer Geschichte belohnt.«

Die beiden Frauen setzten sich an den Tisch beim Garten, an dem sie schon einmal, in einer anderen Zeit, zusammen im Sonnenschein gesessen hatten. Nachdem Consuelo ein leichtes Mahl aufgedeckt und dampfenden Kaffee in große Tassen eingeschenkt hatte, begann sie mit ihrer Erzählung.

Dies ist die Geschichte der Casa Floreciente

»Vor fast tausend Jahren lebte ein sehr reicher Mann in Punta del Cambio. Er soll klug und fleißig und sehr stolz gewesen sein. Sein Makel: Er konnte keine Kinder zeugen. Um zu beweisen, dass er dennoch ein ganzer Kerl war, nahm er sich jede Frau des Dorfes. Waren sie ihm nicht zu Willen, so nahm er sie mit Gewalt. Seine Familie stammte von weit her. Er war mit den ersten großen Pilgerzügen zum Jakobsgrab auf dem Sternenfeld gekommen. Vielleicht hatte er für die Stärkung seiner Männlichkeit gebetet, vielleicht hatte es ihn aus einem anderen Grunde hierher verschlagen. Jedenfalls soll er schon auf der langen Reise aus dem Fernen Osten jungen Pilgerinnen und ihren weiblichen Begleitpersonen nachgestellt haben. Diese Sünden sollen den Hütern des Grabes zu Ohren gekommen sein, sodass sie ihm den Segen des heiligen Jakobs verweigerten. Darauf hatte sich der Mann hier an der Küste angesiedelt und ein kleines Handelsimperium aufgebaut. Er muss etwas von der Seefahrt verstanden und über einflussreiche Kontakte in seiner Heimat verfügt haben, denn sein Geld verdiente er mit dem Verschiffen von Waren, die er der stetig wachsenden Pilgerschar in Santiago verkaufte. Später soll er sogar manchen Pilger, dem die Reise nach Santiago de Compostela zu lang war, für eine ungeheure Summe an der nördlichen Küste abgesetzt und somit den Betrug unter Wallfahrern unterstützt haben. So wurde er reich, aber nicht glücklich.

Keine der ortsansässigen Familien wollte ihm eine Tochter zur Frau geben, und aus der Schar der Fremden mochte keine freiwillig bei ihm bleiben. So wurde er, um Lust und Kraft unter Beweis zu stellen, mit der Zeit immer gewalttätiger.

In einer der stürmischen Nächte vor dem für Punta del Cambio so typischen Wind- und Wetterwechsel soll er eine blutjunge Señorita in sein Haus gelockt und vergewaltigt haben. Wie durch ein Wunder wurde sie von dem unfruchtbaren Mann schwanger und gebar ein gesundes Kind. Der Reiche liebte dieses Kind, betrachtete es jedoch nicht nur als sein größtes Glück, sondern auch als sein Eigentum. Seine menschliche Wärme ging nicht so weit, dass er sich auch, wie es sich eigentlich gehörte, um das Wohl der jungen Mutter gekümmert hätte. Er ließ seine Macht spielen, nahm ihr das Kind fort, zog es in seinem Haus auf und nahm es auch auf all seine Seereisen mit. Keine einzige Minute wollte er ohne das Kind verbringen.

Eines Tages, das Kind war vielleicht drei oder vier Jahre alt, kehrten sie gemeinsam von einer langen Fahrt zurück. Vor der Küste wütete wieder einmal ein Sturm und das Kind wurde von Deck gespült und ertrank. Das Schiff des Mannes strandete auf einer kleinen unbewohnten Insel einige Meilen südlich von hier, vor der portugiesischen Küste. Noch halb ohne Bewusstsein, nachdem das Wrack auf Grund gelaufen war, hörte der Mann das fröhliche Lachen seines Kindes. Er schleppte sich an Land und blickte um sich, konnte jedoch niemanden entdecken.

Drei Tage und drei Nächte blieb er mit dem Rest der Besatzung auf der Insel und jede Nacht hörte er im Traum oder im Wachen das Lachen seines geliebten Kindes.

In der Zwischenzeit hatten seine Leute aus den zerschellten Teilen des Schiffes ein Floß gebaut, welches sie heil nach Punta zurückbrachte. Doch auch hier war der unselige Mann von dem Lachen seines Kindes besessen. So ließ er ein anderes Boot richten und segelte zurück zu dem Eiland. Es war nicht leicht zu finden. Erst als sie weit aufs Meer hinausgefahren waren, konnten sie es von einem Mast aus erkennen. Angekommen schickte der Mann einen Suchtrupp los, der sich über die ganze Insel verteilte. Die Männer mussten die steilen Klippen erklimmen und oben das ganze Plateau ablaufen. Später umrundeten sie die Insel noch einmal mit dem Boot und machten in jeder Bucht Halt. Doch die Suche dauerte nicht lange. Das Kind fanden sie nicht.

Im Kopf des Mannes jedoch tönte weiter das Lachen.

Und so bat er seine Mannschaft, ein letztes Mal den Punkt anzusteuern, an dem sie nach dem Unwetter gestrandet waren. Gut erkennbar war diese Stelle, an der die Überreste seines stolzen Handelsschiffes aus dem Sand ragten.

Er ging alleine an Land, stand in einer stillen Bucht, vor sich das schroffe, fast schwarze Felsmassiv. Plötzlich entdeckte er am Rande der Bucht eine kleine Öffnung, durch die die Wellen im Stein verschwanden. Er vermutete eine Grotte, zerrte sich die Kleider vom Leib und zwängte sich durch den Einlass.

Ein schmaler Spalt führte ihn etwa einen Meter tief durch das Gestein, dann wurde er von gleißendem Sonnenlicht geblendet. Er war in einer kleinen Lagune gelandet, die ringsherum so eng von Felsen umzingelt war, dass man sie von außen nicht hatte erahnen können. So hoch ragten die steilen Felswände, dass die Suchmannschaften oben auf dem Plateau angenommen haben mussten, es handele sich schon um die Steilküste mit dem offenen Meer gleich dahinter.

Zwischen den Felsmassiven echote das Lachen seines Kindes, und bald darauf entdeckte der Mann es.

Auf einem schmalen Streifen Erde am Rande der Lagune wuchsen meterhohe Oleanderbüsche mit den herrlichsten und größten Blüten, die er jemals gesehen hatte. Alle Blüten leuchteten in strahlendem, unschuldigem Weiß. Unter einem dieser Bäume lag friedlich das Kind. Es sah unversehrt aus und schien zu schlafen. Der Mann rief seinen Namen. Im gleichen Moment verhallte das Lachen. Das Kind reckte und streckte sich und blickte verträumt in das Gesicht des Vaters. Und als der Mann sein Kind lebendig und wohlbehalten in die Arme schloss, da wechselten die Blüten binnen Sekunden ihre Farbe und leuchteten nun in einem strahlenden Rot.

Der Mann betrachtete das Auffinden des Kindes als göttliches Geschenk. Aus Dankbarkeit für die wundersame Führung durch den Klang des Lachens ließ er einen der Oleanderbäume ausgraben. Hinter Punta del Cambio errichtete er eine kleine Kapelle, auf ihrem Vorplatz pflanzte er den blühenden Baum.

Das ist die Geschichte der Casa Floreciente.«

Hermana Consuelo schwieg und auch Helen dachte einen Moment über das Gehörte nach. Die Sonne stand schon höher und den Frauen wurde beinahe warm. Helene räkelte sich vorsichtig und fragte leise: »Das Kind war ein Junge, oder?«

»Ich weiß es nicht«, entgegnete die Schwester, «die Legende spricht immer nur von dem Kind.«

»Dann wohne ich also tatsächlich in einer Kapelle?«, erkundigte sich Helene skeptisch.

»Nein. Die Casa Floreciente ist schon seit vielen hundert Jahren keine Kapelle mehr. Aber das ist eine andere Geschichte. Das hängt mit der Gründung des Klosters zusammen. Davon erzähle ich Ihnen ein anderes Mal.«

»Was ist mit dem Oleander?«, wollte Helene noch wissen.

»Was soll mit ihm sein? Angeblich ist es immer noch derselbe Strauch aus der Lagune.«

»Und in welcher Farbe blüht er?«

»Normalerweise in Weiß.«

»Was heißt denn normalerweise?«

»Nun, ab und zu soll es vorgekommen sein, dass er noch einmal während einer Blütenperiode ins Rote gewechselt hat.«

»Das ist doch aus botanischer Sicht unmöglich.«

»Ach, Señora, es ist doch so vieles unmöglich«, lachte Consuelo.

Helene wollte es genauer wissen: »Haben Sie es denn selbst schon einmal gesehen?«

Consuelo blickte sie lange durch ihre Brillengläser an. Dann antwortete sie leise: »Ja, Señora, ich habe es selbst einmal gesehen, vor sehr langer Zeit.«

»Wann war das? Was war passiert?«

»Oh, Señora, so weit sind wir noch lange nicht. Diese Geschichte ist später dran. Kommen Sie jetzt, wir gehen zusammen ins Dorf. Ich kann doch schließlich nicht jeden Tag mit dem Essen zu Ihnen kommen. Sie müssen Punta kennen lernen.«

Und damit hakte sie sich bei Helene unter, schnappte einen Weidenkorb und spazierte mit ihr den Pfad hinunter über die Küstenstraße zum Ort.

Es war, als hätte der Sturm nicht nur wärmere Luft herbeigefegt. Auch dem Ort war Leben eingehaucht worden. So zumindest kam es Helene vor. Sie sollte erst viel später den eigenen Rhythmus der Dorfbewohner kennen und verstehen lernen.

An diesem späten Vormittag jedenfalls war schon vom Küstenweg aus zu sehen, dass sich der Platz vor der Kirche bevölkert hatte. Die Holzläden vor den Fenstern und Türen waren zurückgeklappt, und Menschen kamen aus dem Treppenviertel von unten herauf, um einzukaufen und zu plaudern.

Als sich Hermana Consuelo mit Helene im Schlepptau der Ladenreihe an der Nordseite näherte, wurden sie höflich, fast ehrerbietig gegrüßt. Helene hatte dennoch den Eindruck, dass die Menschen nicht nur ihr gegenüber auf Distanz blieben, sondern dass auch Consuelo nicht wirklich als ein Teil der Gemeinschaft betrachtet wurde, dass sie irgendwie etwas Besonderes war. Doch schien sie den respektvollen Umgang gar nicht zu bemerken. Entschlossen ging sie in die Bäckerei, grüßte freundlich die junge Frau hinter der Ladentheke und stellte Helene als neue Bewohnerin der Casita vor.

»Bueno, das ist die Dame aus Deutschland, von der ihr ja sicher schon gehört habt. Sie wird bei uns bleiben und ich bitte euch, sie zu unterstützen. Sie kennt sich hier ja noch nicht aus und braucht, wenn sie sich selbst versorgen will, so manchen Tipp. Und gib ihr niemals altes Brot, Suzanna, du siehst ja selbst, dass sie gut essen muss.«

Lachend verließ sie mit ihren Einkäufen und Helene das kleine Geschäft.

Helene staunte. Sie selbst war ja schon häufig in den Genuss der herzlichen und zupackenden Art der Klosterschwester gekommen. So forsch und pragmatisch jedoch war Consuelo im Kloster niemals aufgetreten.

Willenlos ließ Helene sich weiterziehen an ein Fenster, aus dem Obst und Gemüse verkauft wurde, in einen Hauseingang, in dem frischer Fisch, Hummer und kleine Muscheln in Körben lagerten, und ein paar Treppen hinunter in eine kleine Cava, eine Art Kellerloch, in dem Wein angeboten wurde.

Hermana Consuelo redete viel an diesem Vormittag. An allen Orten stellte sie Helene vor, immer verbunden mit dem Aufruf, sie gut zu versorgen, wenn sie in Zukunft selbst Einkäufe machen würde. Wenn sie sich nicht direkt an ihr Gegenüber wandte, dann wechselte sie ins Deutsche und erklärte Helene in einem fort, wo und wie sie was am besten bekäme.

Nach einer guten Stunde war die Einkaufstour beendet und Helene total erschöpft.

Als sie beim Verlassen des Dorfplatzes beinahe in die Arme des jungen Mädchens gelaufen wäre, das sie vor wenigen Tagen am Strand angesprochen hatte, war sie nur zu einem kurzen Nicken fähig. Das war also ein Teil des Dorflebens von Punta del Cambio. Helene hatte bei ihrem ersten Kontakt mit den Einheimischen nicht ein einziges Wort gesprochen.

Dies ist ein Teil von Leahs Geschichte

Leah war vor Schreck zusammengezuckt, als die Frau plötzlich auf dem Marktplatz vor ihr gestanden hatte. Mühsam hatte sie sich die vielen Treppen nach oben geschleppt, war aus dem Schatten der Gassen ins Licht des Platzes getreten, und da stand vor ihr das Symbol ihres schlechten Gewissens. In der Nacht hatte sie von der fremden Frau am Strand geträumt. Bedingt durch das schlechte Wetter war sie ihr einige Tage aus dem Blickfeld geraten. Doch ihr Albtraum hatte ihr nur zu deutlich ins Bewusstsein gerückt, dass sie etwas getan hatte, was sie besser nicht hätte tun sollen. Leah hatte davon geträumt, wie sie das blaue Heft stahl, und sich selbst dafür gescholten. Mit aller Kraft hatte sie versucht, sich weiszumachen, dass diese Tat nur ein Teil ihrer nächtlichen Fantasie war, und noch während des Aufwachens redete sie sich ein, dass es ja gar nicht so schlimm war, weil sie den Diebstahl ja nur erfunden hatte. Nachdem sie dann den Schlaf endgültig abgeschüttelt hatte, war sie aus dem Bett gesprungen und hatte ihren Koffer aus dem Schrank gezerrt. Wie um sich selbst noch einmal den Trugschluss zu beweisen, hatte sie darin herumgewühlt und dann leider doch das schmale Heft in der Hand gehalten. Sie hatte es tatsächlich genommen und es brannte in ihren Fingern wie Feuer. Schlagartig wurde ihr heiß und übel und nur unter Mühen gelang es ihr sich anzuziehen, um rechtzeitig zum Frühstück mit den Kindern zu erscheinen. Später hatte ihr die Tante aufgetragen, einige Einkäufe zu erledigen. Während ihres Aufstieges zu den Geschäften an der morgenfrischen Luft hatte sie gerade damit begonnen, die Schrecken der Nacht zu verarbeiten, als ihr ausgerechnet diese Frau leibhaftig gegenüberstand. Leah verstand die Welt nicht mehr. Warum hatte sie unbedingt in die Casita eindringen müssen? Warum begegnete ihr diese Frau ausgerechnet in diesem Moment zum ersten Mal völlig unerwartet fernab des Strandes? Warum musste sie auf den Schrecken bloß so heftig reagieren? Warum schließlich musste sie überhaupt so sein, wie sie war? Fragen über Fragen schossen ihr durch den Kopf. Auf Fragen gibt es Antworten, dachte sie, und Antworten helfen allen Menschen, die Welt zu verstehen. Nur mir nicht. Mich überfordern Fragen, und jede Antwort bringt nur neue Fragen. Strukturen, die ich zu erkennen versuche, verweben sich zu immer neuen verschlungenen Mustern, zwischen denen ich untergehe. Und mit diesem Gedanken hatte sich Leah hinter die Kirche geflüchtet. Auf einer schattigen Bank saß sie und blickte zur Küstenstraße. Ab und zu kam ein Auto vorbei, doch sie hörte keine Geräusche. Sie blickte vor sich auf den Boden, dann wieder in die Ferne, dann wieder auf den Boden. Sie musste genauer hinsehen, denn ihr war klar, dass das eigentlich nicht sein konnte, was sie dort auf den Pflastersteinen unter sich sah. Doch auch bei genauerem Hinsehen verschwand der rotbraune Fleck nicht. Im Gegenteil. Er wurde immer größer. Vor ihren Füßen wuchs ein waberndes Gebilde von der Form einer Pfütze, jedoch völlig trocken. Zunächst hatte es die Größe eines Apfels gehabt, doch inzwischen war es längst auf einen Durchmesser von gut zwei Metern gewachsen und es sah aus wie getrocknetes Blut, nur in seiner Konsistenz irgendwie geschmeidig. So etwas gab es nicht. Das wusste Leah. Dennoch musste sie zugeben, dass dieser Fleck vor ihrem Auge sein Eigenleben führte. Die Abwesenheit sämtlicher Geräusche um sie herum beunruhigte sie. Das Rufen und Fußgetrappel, welches eben noch vom Marktplatz herüberschallte, war schon seit einiger Zeit verstummt. Kein Windhauch, überhaupt kein Geräusch war zu hören. Und als sie den Blick hob und einen Lastwagen an sich vorbeifahren sah, stellte sie fest, dass es offensichtlich Fahrzeuge gab, die weder Motoren- noch anderen Lärm von sich gaben. Stumme Straßen, stumme Orte, stumme Welt. Leah schlug die Hände vors Gesicht. Wie sollte sie jemals einem anderen Menschen verständlich machen, was in ihr vorging, was mit ihr passierte, wieso ihr Zugang zur Welt offenbar so ganz anders als der anderer Menschen war. Sie fühlte sich ausgeschlossen, einfach nicht dazugehörig. Genauso empfand sie es. Ganz egal, wo auch immer auf diesem Planeten sie sich befinden mochte. Vor sich selbst konnte sie nicht weglaufen. Ihr war zum Heulen, zum Kotzen, zum Wüten, zum Lügen, zum Stehlen, zum Wehtun. Allen anderen war das offenbar egal und das war das Schlimmste.

Leah hatte ihr Zeitgefühl verloren. Nach einer stumpfen Weile bemühte sie sich, wieder etwas zu hören. Mit großer Anstrengung gelang es ihr, die Geräuschkulisse zurück in ihr Ohr zu holen. Sie musste nach Hause zur Familie des Onkels, sonst würde es Krach geben, und darauf wollte sie in diesem unglücklichen Moment gerne verzichten. Also besorgte sie die Dinge, die ihr aufgetragen worden waren, und dachte währenddessen darüber nach, wie lächerlich es doch war, hinter einer Kirche auf einem Bänkchen zu sitzen, sich dem eigenen Wahn hinzugeben, um wenige Minuten später völlig automatisch genau die Dinge zu tun, die von einem erwartet wurden. Vollkommen unauffällig.

Nachdem sie ihre Einkäufe in der Küche bei Tante Muriella abgegeben hatte, war sie in ihr Zimmer gestürmt und hatte erleichtert die Tür hinter sich zugeschlagen. Was sie jetzt brauchte, war ein Augenblick der Besinnung. Sie musste ihre Gefühle loswerden. Anderenfalls würde sie den heutigen Tag nicht überstehen. Sie schnappte sich ihr Tagebuch, nahm einen abgekauten Bleistift zur Hand und ließ einfach ihre Gedanken aus dem Kopf auf die nächste Seite fallen.

Bleibende, bleierne Schwere

Zu tief
Viel zu tief
Und lange
Vielleicht schon viel zu viele Jahre
Rinnt rennend
Dieselbe silberne Seuche
Dorthin wo es dunkel ist
Ganz dumpf
Nur noch nicht ganz stumm

Am späten Nachmittag füllte sich das Haus mit Gästen. Eine unverheiratete Schwester Muriellas hatte Namenstag. Da der Onkel die Tradition der Namenstagsfeiern genauso fanatisch liebte wie die meisten anderen spanischen Familienbräuche, hatte er angeboten, dieses Fest für die arme, weil ehelose Schwägerin in seinem Haus auszurichten. ›In seinem Haus‹ war gut, fand Leah. Onkel Kurt hatte sich in einen echten Macho verwandelt. Das Haus stammte selbstverständlich aus dem Besitz von Muriellas Familie, die schon seit Generationen ortsansässig war. Aber nachdem Kurt vor ungefähr fünf Jahren seine Liebe zu seiner reinrassigen Galicierin, wie er seine Frau voller Besitzerstolz nannte, als wäre sie eine Stute, entdeckt hatte, hatte er umgehend reinrassiges spanisches Machoverhalten an den Tag gelegt. So unkte man zumindest in Leahs Familie in Deutschland.

Onkel Kurt sei kein Kostverächter, hieß es, allen Abenteuern gegenüber jederzeit aufgeschlossen. Deshalb war er auch einer knabenhaften Katholikin gefolgt, die sich in den Kopf gesetzt hatte, von ihrem Heimatort in Deutschland nach Santiago de Compostela zu pilgern. Gern in Begleitung des berüchtigten Kurt, allerdings willens, auf der Wallfahrt ihre Jungfernschaft zu behalten. Das Vorhaben der jungen Dame war von Erfolg gekrönt, nur leider musste sie die Rückreise ohne ihren Wandergefährten antreten.

Leah kannte diese Geschichte inzwischen in- und auswendig. Nicht nur, weil ihre eigenen Eltern in der Vergangenheit häufig von der seltsamen Wandlung ihres Onkels gesprochen hatten, sondern weil Kurt selbst diese Episode leidenschaftlich gerne zum Besten gab. Was lag da näher, als auch die schöne Tradition der Puntas anzunehmen und seinen Gästen eine Geschichte zum Geschenk zu machen. Nur dass sich die Geschichten von Onkel Kurt wieder und wieder um die aufregende Begegnung mit Muriella am Ende der Pilgerfahrt drehten.

Und so wurde auch auf dieser Namenstagsfeier bei Anbruch der Dunkelheit dieselbe alte Leier aufgetischt. Wie der Onkel zunächst eben nur aus Jux und Dollerei den Jakobsweg angetreten hatte. Wie unverständlich ihm die Ernsthaftigkeit seiner Gefährtin gewesen war. Wie beeindruckend er dann letztlich doch die Sehenswürdigkeiten im schönen Santiago gefunden hatte, und wie er schließlich im Hafen von Finisterre zum ersten Mal Muriella gesehen und dabei beobachtet hatte, wie sie vergeblich versuchte, eine andere Pilgerschar am Weiterwandern Richtung Süden, Richtung Punta del Cambio, zu hindern. Die beiden waren mit Händen und Füßen ins Gespräch gekommen, und Kurt hatte sich von der Reinheit und Rassigkeit der jungen Frau verzaubern lassen. Er war nicht mehr nach Deutschland zurückgekehrt. Undsoweiterundsoweiterundsoweiterundso…

Leahs Spanisch reichte glücklicherweise nicht aus, um jede Einzelheit zu verfolgen. Aber der Onkel hatte sie selbst schon mehrfach höchstpersönlich mit weiteren Details dieser multikulturellen Liebesgeschichte vertraut gemacht, sodass ein genaueres Zuhören gar nicht nötig war. Leah schaute sich am üppig gedeckten Tisch um. Da saßen mindestens fünfzehn Menschen, mit denen sie außer einem angeheirateten Verwandten nichts verband.

»¡Come chica, come, la comida está deliciosa!«

Das war wahr. Das Essen schmeckte tatsächlich vorzüglich und Leah häufte sich ihren Teller bereits zum dritten Mal voll. Das Komische war, dass sie schon längst keinen richtigen Hunger mehr hatte. Im Gegenteil, ihr Magen war bereits stockvoll, ihr Bauch stand prall hervor. Wenn sie unauffällig mit der Hand hinter der Tischkante dagegenstieß, erschrak sie über sein erstaunliches Ausmaß. Dennoch: Obwohl ihr das Festmahl so schwer im Magen lag, spürte sie in Kehle, Schlund und Speiseröhre hinter ihrem Brustbein entlang in die Tiefe ihrer Eingeweide eine so uferlose Leere, dass sie immer weiter aß. Noch während des Kauens wurde ihr klar, dass sie diese Fressattacke bitter würde büßen müssen. Stundenlange aufgeblähte Völle würde sie nicht nur die kommende Nacht über, sondern auch noch mindestens einen weiteren Tag lang malträtieren. Von ihrem verhassten Bauch, der von dem vielen Essen auch nicht gerade flacher wurde, ganz zu schweigen.

Die Kinder lärmten in einer Ecke des Speisezimmers. Es waren unschuldige Geschöpfe, die Leah ohne Wenn und Aber in ihr Herz geschlossen hatten. Auch sie mochte die beiden Kinder. Die Tante saß stolz neben ihrem deutschen Gatten und war ihm stets lautstark zu Diensten. Der deutsche Onkel saß noch stolzer inmitten der spanischen Sippe und diese saß ebenfalls sehr stolz am Tisch von Muriella, die ihr zu so interessantem deutschen Familienzuwachs verholfen hatte. Irgendwie sind die hier genauso undicht wie die zu Hause, dachte Leah.

Ihr Blick schweifte über ein kleines Tischchen, auf dem jeden Morgen die Post abgelegt wurde, und sie entdeckte den dicken Briefumschlag, der dort noch immer ungeöffnet wartete. Sie lehnte sich weit mit dem Stuhl zurück und angelte mit lang ausgestrecktem Arm danach. Tatsächlich, der Umschlag war an sie adressiert. Ein kleiner Freudenschauer durchfuhr sie. Man hatte an sie gedacht und ihr etwas Liebes ins Kuvert gesteckt. Sie schnappte sich eine kleine sehr spitze Schere, mit der Muriella ihre Post zu öffnen pflegte, und schlitzte den Brief längs auf. Heraus quollen eine weiße Hochglanzseidenstrumpfhose mit eingearbeitetem Schneeflöckchenmuster sowie ein abgerissener Schmierzettel aus dem Küchenblock der Mutter.

»Die ist mir zu klein, sicher kannst du sie gebrauchen. Liebe Grüße, deine Mami«, stand darauf gekrakelt.

Leah wusste nicht, ob sie weinen oder schreien sollte. Eine gebrauchte Strumpfhose in Weiß, und das ihr, die sich seit Jahren ausschließlich schwarz kleidete. Ein Stück, das der Mutter zu klein geworden war. Zu klein für eine Figur, die nur halb so groß und doppelt so füllig war wie ihre eigene. Das Ding konnte gar nicht passen. Auf so eine Idee konnte man eigentlich überhaupt nicht kommen. Schon gar nicht, wenn man die leibliche Mutter war. Zumindest nicht, wenn man eine Mutter war, so wie Leah sich eine Mutter vorstellte.

Das Öffnen des Briefes hatte die Aufmerksamkeit der Gäste geweckt und mit übertriebener Anteilnahme wurde das glänzende, knisternde Stück bewundert. Leah geriet aus der Fassung. Als sich das Gespräch endlich wieder um die spanischen Familienangelegenheiten drehte, nahm sie zum zweiten Mal die Schere zur Hand und begann, sich gelassen kleine Stücke Haut vom linken Handrücken abzutrennen. Es war faszinierend. So wenig, wie die Menschen um sie herum von der Schneiderei mitbekamen, so wenig spürte sie den Schmerz. Fünf dunkelrote Blutstropfen hatten sich schon auf der Haut gebildet, doch tat es überhaupt nicht weh. Leah schnitt noch etwas weiter und versuchte sich auch an einer Stelle näher an den Fingergelenken, wo die Haut so schön weich und nachgiebig war, auch hier kein Gefühl. Langsam begann sie sowohl ihre eigene als auch die Unempfindlichkeit der Gäste zu irritieren, und bevor die Schnitte doch noch wahrgenommen werden konnten, legte sie eine Serviette locker um ihre Hand, verabschiedete sich kurz angebunden und verließ das Zimmer.

Dies ist die Geschichte der ersten Begegnung

Es war April geworden. Die Sonne stieg täglich ein kleines Stückchen höher, immer länger flossen ihre hellen Strahlen über die Wipfel der Olivenbäume und erwärmten die Erde.

Helene trat in ihren Patio und untersuchte den Oleanderbaum. Nach dem erstaunlichen Regen vor einiger Zeit verlor der Boden nun langsam seine Feuchtigkeit. Sie beschloss, Hermana Consuelo zu fragen, ab wann sie die Pflanze gießen müsse. Sie brauchte schon nicht mehr genau hinzusehen, um die Knospen der zukünftigen Blüten zu erspähen. Der Wachstumsprozess war in vollem Gange. Schon gut zwei Zentimeter ragten hellgrüne Spitzen aus den Astgabeln.

Zurück in ihrer Klause, untersuchte Helene die Vorräte. Von den Tee- und Kräutermischungen, zu deren Genuss Consuelo sie noch immer drängte, gingen verschiedene zur Neige und es fehlten etliche Nahrungsmittel. Sie verspürte zwar immer noch keinen großen Appetit, aber hin und wieder überkam sie ein Schwächegefühl, das sich nur durch Essen vertreiben ließ. Eigentlich ganz normal: Hunger – Essen.

Sie wollte heute gegen Mittag ins Dorf gehen. Zweimal bereits hatte sie sich alleine aufgemacht und wie durch ein Wunder war sie fast ohne Worte zu ihren Lebensmitteln gekommen. Die Ladenbesitzer und Händler schienen sich streng an die Aufforderung der Klosterschwester zu halten. Helene brauchte nur auf dieses oder jenes zu deuten und schon legte man es ihr in den Korb, dazu noch das passende Gewürz oder ein Fläschchen Öl. Denn wer in Punta wusste nicht, dass man zum Zubereiten eines Salates noch etwas mehr benötigte als nur grüne Salatblätter. Die Menschen sprachen kaum mit ihr, fühlten sich wohl auch nicht verstanden und schrieben ihr am Ende der Einkäufe auf eine Ecke Zeitungspapier jeweils eine beinahe lächerlich niedrige Summe als Endpreis.

Helene ging nicht gerne in das Dorf. Doch sie spürte den zurückhaltenden Umgang, der ihr allemal lieber war als die Verpflichtung, sich aus Gründen der Höflichkeit mit den Bewohnern befassen zu müssen. Dazu fühlte sie sich nicht in der Lage, eher wäre sie verhungert.

Fürs Erste schob sie den Gedanken an den Einkauf wieder von sich und beschloss stattdessen, ihre allmorgendliche Küstenrunde zu drehen.

Helene rannte nicht mehr. Jedenfalls nicht mehr so häufig. Wenn sich ihre Eingeweide zu drehen begannen, steigerte sie nach wie vor ihr Tempo, um das schmerzende Gefühl abzuarbeiten, doch meist glichen ihre Ausflüge den strammen Märschen begeisterter Wanderer. Mit dem Unterschied, dass Helene nicht aufhören konnte. Es ging einfach nicht. Sie hatte weiterhin das Bedürfnis, ihren Körper so lange zu bewegen, bis er zunächst in einen gefühllosen und fast automatischen Zustand verfiel, um dann völlig erschöpft zusammenzubrechen. Dies geschah nach wie vor irgendwo am einsamen Strand, wo sie dann stundenlang kauerte, unfähig zu einer weiteren Bewegung. Dafür kreisten dann die Gedanken in ihrem Kopf, die sie mit dem ausdauernden Blick auf den Horizont zu stoppen versuchte.

Als Helene an diesem Vormittag aufbrach, war es recht diesig. Der Klosterberg lag hinter Nebelschwaden, und am Küstenweg angelangt war auch der Blick auf Punta del Cambio durch dunstige Luft versperrt. Draußen auf dem Meer konnte sie dunkel das Kap erahnen, doch die Wasseroberfläche mit ihren Wellen war nicht deutlich vom Festland abgegrenzt. Helene gefiel dieser Anblick. Es sah aus, als würden sich Wasser und Land auflösen, um miteinander zu verschmelzen.

Mit zügigen Schritten wanderte sie auf ihren üblichen Pfaden, verkürzte die obere Küstenstrecke ein wenig und bewegte sich viel früher als sonst Richtung Strand. Diese schleierige Atmosphäre tat ihr wohl, und sie wollte prüfen, ob in unmittelbarer Wassernähe die gleiche Stimmung herrschen würde. Das tat sie tatsächlich, deshalb suchte sich Helene einen Felsen, richtete ihren Blick in das neblige Nichts vor sich und lauschte dem gedämpften Murmeln der Wellen.

Obwohl die Welt um sie her undeutlich hinter dem milchigen Dunst verschwamm, nahm sie wahr, dass sich vom Ort her eine Gestalt näherte. Das Mädchen trug eine schwere schwarze, viel zu große Lederjacke und eine weite schwarze Hose. Nachdenklich schlurfte sie durch den Sand und als sie plötzlich neben dem Felsen auftauchte, auf dem Helene saß, fuhr sie erschrocken hoch.

»Oh, Entschuldigung! Ich habe Sie in dem Nebel auf dem Stein gar nicht gesehen.«

Helene antwortete nicht.

»Also Entschuldigung noch mal, ich, ich wollte Sie wirklich nicht stören«, stotterte das Mädchen.

Langsam zog Helene ihren inneren Blick aus der Ferne zurück und begann zu verstehen, was das Mädchen gerade gesagt hatte. Sie wandte sich um, sah in ihre ängstlichen Augen und fragte mit brüchiger Stimme: »Wofür entschuldigst du dich?«

Leah war verblüfft, dass sie überhaupt eine Entgegnung bekommen hatte. »Ich, ich möchte Sie nicht stören, ich meine, ich weiß nicht, was Sie hier immer machen, hier am Strand, aber ich dachte, Sie wollen sicher nicht gestört werden, und ich, ich renn Ihnen immer in den Weg.«

»Immer?«

»Na ja, natürlich nicht immer«, lachte Leah unsicher, »dreimal, um genau zu sein.«

Helene schaute sie mit ihren blassen blauen Augen an und dabei kam es Leah so vor, als fahre binnen einiger Sekunden etwas Farbe, etwas Tiefe, etwas Leben in diese Augen.

Also traute sich Leah, die Frage zu stellen, die sie schon seit Wochen beschäftigte.

»Was machen Sie hier eigentlich?«

»Was ich hier mache?«

»Ja, hier in Punta del Cambio. Was machen Sie hier?«

Helene schwieg wieder eine Weile, bevor sie leise und fast freundlich entgegnete: »Ich mache nichts.«

»Aha, also nichts außer hier herumzuspazieren und auf das Meer zu starren?«

»Ja, so ist das wohl«, und damit wandte sich Helenes Kopf zurück zum Wasser. Das Mädchen war noch immer neben ihr und obwohl es Helene schwer fiel, raffte sie sich selbst zu einer Frage auf, denn sie wollte diesem großen Kind gegenüber nicht unhöflich sein. »Und du, was machst du hier?«, fragte sie also.

»Och, eigentlich auch nichts«, lächelte Leah schüchtern.

»Na, dann sind wir also weit und breit die beiden einzigen blauäugigen Wesen, die hier sind, um nichts zu tun«, lächelte nun auch Helene. Ihr Blick folgte Leahs hübschen schlanken Händen, mit denen sie sich ein paar Haarsträhnen aus dem Gesicht strich. Auf der linken Handoberfläche waren deutlich mehrere kleine verkrustete Narben zu erkennen.

»Wie heißt du?«, wollte Helene unvermittelt wissen.

Leah, die zusammengezuckt war, als sie merkte, dass die Frau ihre Wunden entdeckt hatte, grummelte: »Leah, ich heiße Leah, so wie die Frau von Jakob aus der Bibel, die ihm statt Rahel untergeschoben wurde.«

»Oh!« Helene sah Leah noch einmal freundlich an. »Dabei ist Leah ein sehr schöner Name.«

»Schon, aber erinnert mich immer daran, dass man nur Ersatz ist.«

»Nimm die alten Bibelgeschichten doch nicht so ernst, wenn dich das traurig macht.«

Leahs Herz begann zu klopfen. Wie konnte diese Frau so zu ihr sprechen? »Kennen Sie die Geschichte etwa?«

»Ein wenig.«

»Und Sie glauben überhaupt nicht daran?«

»Wie meinst du das?«

»Ich meine, glauben Sie nicht an die Bibel, Gott und all das?«

Helene lächelte traurig. »Glauben, Leah? Ich habe keine Ahnung vom Glauben.«

»Aber Sie haben doch gerade gesagt, dass Sie die Geschichte von Leah kennen, und ich kenne überhaupt niemanden, der sich mit diesen Bibelstorys auskennt und dabei nicht schwer gläubig ist.«

»Glaubst du nicht, dass es verschiedene Formen von Glauben gibt?«

»Doch schon, aber welche ist die richtige? Solche Fragen machen mich manchmal ganz verrückt.« Leah hatte sich in Erregung geredet, was ihr plötzlich auffiel und furchtbar peinlich war. Deshalb fügte sie noch mit einem schüchternen Lächeln hinzu: » Also sind wir weit und breit die beiden einzigen blauäugigen Wesen, die hier nichts tun und vom Glauben keine Ahnung haben.«

»Ja, das sind wir wohl«, bestätigte Helene sanft. »Ich heiße übrigens Helene, in Anlehnung an Helena, die Tochter von Zeus und Leda, dem Schwan. Auch so eine Geschichte …«

»Die Puntas erzählen andauernd von irgendwelchen alten Geschichten. Und Glauben und Götter spielen darin immer irgendeine Rolle.«

»Und – interessiert dich das?«

»Na ja, manchmal. Ich versteh' aber nicht immer alles. Ich mein', wegen der Sprache. Ich sprech' noch nicht so gut Spanisch.«

»Ach so«, und einer plötzlichen Eingebung folgend fragte sie das Mädchen: »Du möchtest immer alles ganz genau verstehen, oder? Du machst mir zumindest einen sehr genauen Eindruck.«

»Keine Ahnung. Wie kommen Sie darauf? Ich mein', natürlich möchte ich schon was verstehen, vom Leben und so. Aber meistens hab' ich das Gefühl, man kann überhaupt nichts verstehen.«

»Doch, das zum Beispiel: Ich kann das verstehen, ich kenne dieses Gefühl, dass man nichts verstehen kann.«

»Wirklich?«

»Mhm.« Helene schaute zum Himmel. Ihr war während der Unterhaltung gar nicht aufgefallen, dass sich der Nebel langsam verzogen hatte. Über ihnen war schon ein zartes Blau zu erkennen.

Helene blickte zurück zu Leah und musterte sie von oben bis unten. »Es war nett, mit dir zu reden, Leah. Ich möchte jetzt noch ein bisschen spazieren gehen und nichts tun.« Helene erhob sich. »Vielleicht läufst du mir ja ein anderes Mal wieder über den Weg. Das würde mich freuen.«

»Ja? Oh ja!« Leah stutzte. »Ich mein', vielleicht können wir ja mal zusammen spazieren gehen und nichts tun.«

»Ja, vielleicht.« Damit drehte sich Helene um und stapfte durch den Sand Richtung Süden.

Leah blieb verwirrt zurück. Ihr gefiel, dass ihr die fremde Frau ein Maß an Aufmerksamkeit geschenkt hatte, das weit über das hinausging, was zu erwarten gewesen war. Aber gleichzeitig schämte sie sich. Was sollte denn bloß ihre eigene Anbiederei? »Vielleicht können wir ja mal zusammen spazieren gehen und nichts tun!«

Wie unangenehm. Was musste die jetzt bloß von ihr denken? Doch trotz dieser Scham überwog in Leah das kleine Glücksgefühl. Wenn sie es nüchtern betrachtete, war es doch schlicht so: Die Frau war irgendwie nett und gar nicht mal so verrückt. Sie hatte keine komischen Kommentare abgegeben, sie ernst genommen und vor allem schien sie verstanden zu haben, dass ein Name und seine Geschichte auch ein Fluch sein konnten.

Am südlichen Ende des Strandes wurde die wandernde Gestalt immer kleiner, und Leah beneidete die Frau um die Klarheit und Gradlinigkeit, mit der sie ihren Weg ging.

Wenige Tage später, an einem frühlingshaften Nachmittag, Helene war gerade von ihrer täglichen Tour zurück, horchte sie plötzlich auf. Wie bei einem Wildtier empfingen ihre Sinne warnende Signale, lange bevor sie die Unruhe und schließlich das Läuten und Scheppern am Tor hörte.

»¡Ayúdeme, Señora, rápido, por favor. Mire, mi hija está enferma. Necessito un coche, Señora. Por favor!«

Helene rannte zur Tür, riss sie auf und erfasste die Situation im Nu. Vor ihr stand eine wild gestikulierende Suzanna, erhitzt, mit auseinander fallendem Haarknoten. In ihren Armen hielt sie ein kleines Bündel: die Bäckerstochter, die ganz offensichtlich von hohem Fieber geschüttelt wurde. Mit weit aufgerissenen Augen redete Suzanna noch immer auf Helene ein, die bereits ins Haus gestürzt war, um eine Decke für das Kind und den Autoschlüssel zu holen.

»Hilfe, Hilfe, schnell bitte. Meine Tochter ist krank. Ich brauche ein Auto. Bitte!«

Helene hatte die verstörte Mutter bereits entschlossen unter den Arm gehakt und an die Seite der Casa Floreciente gezogen, wo ihr Wagen parkte. Sie öffnete die hintere Tür, nahm der jammernden Mutter das Kind aus den Händen, schob sie auf die Rückbank und drückte ihr das Mädchen auf den Schoß. Dann reichte sie die Decke nach und ermahnte die junge Frau: »Cálmese, es mejor para su niña.« Die Aufforderung sich zu beruhigen musste sie noch ein-, zweimal wiederholen, doch da waren sie schon längst den von Olivenbäumen gesäumten Weg zur Küstenstraße entlanggerumpelt.

»¿Adónde vamos, a Corcubión?«

»No, a Santiago. Conozco un doctor en el Hospital Xeral de Galicia.«

»Bueno. Una hora y estamos allí. Usted sabe el camino?«

»Ja, ja, ich zeig Ihnen den Weg zum Krankenhaus in Santiago«, jammerte Suzanna weiter und berichtete, dass ihr kleines Mädchen schon seit Tagen matt und fiebrig sei. Nach der Siesta heute sei es wieder heiß und verschwitzt aufgewacht, doch gar nicht richtig zu sich gekommen. Ihr Mann sei nicht da und weder die Fischer auf dem Meer noch die Frauen von Punta könnten Auto fahren, weil das hier einfach nicht nötig sei. Und dann habe sie das Kind geschnappt und sei zur Residenz von Don Salvo gelaufen, aber der sei nie da, wenn man ihn brauche.

»Machen Sie sich keine Sorgen«, versuchte Helene die aufgebrachte Frau ein weiteres Mal zu beruhigen. »Fieber ist eine kraftvolle Reaktion, die nur ein starker Körper hervorbringen kann. Ich verstehe Ihren Kummer, aber ich bin sicher, im Krankenhaus werden Ihnen die Ärzte schnell helfen können.« Sie schaute in ihren Rückspiegel und sah die junge Mutter, die ihrem Kind wieder und wieder über die Beine strich. Helene atmete tief durch und konzentrierte sich auf den Verlauf der Landstraße.

»Señora«, entfuhr es Suzanna nach einer kleinen Gesprächspause, »Sie sprechen ja Spanisch. Sie, ich, wir dachten alle, Sie können uns gar nicht verstehen.«

»Doch, doch«, entgegnete Helene, »ich verstehe Sie sehr gut.«

»Aber seit wann denn?«

»Oh, eigentlich schon immer.«

»Sie meinen, Sie konnten schon Spanisch, als Sie zu uns gekommen sind?«

»Sí ...«

Noch den Kopf schüttelnd begann Suzanna plötzlich lauthals zu schluchzen und weiter zu jammern. Helene konnte ihr im Rückspiegel die Erschöpfung der letzten Tage ansehen.

Als sie an der Stadtgrenze von Santiago angelangt waren, folgte Helene den Straßenschildern, die mit einem roten Kreuz markiert waren, denn letztlich konnte sich Suzanna doch nicht mehr so ganz an den Weg zur Klinik erinnern.

Das Gebäude mit seiner glatten, grauen Fassade ähnelte mehr einem Gefängnis denn einem Krankenhaus. Helene parkte den Wagen am Hinterausgang direkt vor der Notaufnahme, sprang heraus, wechselte ein paar Worte mit einer ihr entgegeneilenden Schwester und half Suzanna und dem Kind aus dem Fond.

Kurzes Zögern, dann berührte sie die Bäckersfrau am Arm und hielt sie, die gerade in das Innere des Gebäudes stürmen wollte, zurück.

»Hören Sie, ich warte hier auf Sie. Ich komme nicht mit. Aber ich bin hier. Wenn Sie mit mir sprechen möchten oder ich Ihnen etwas aus Punta holen soll oder Sie irgendwann wieder mit mir zurückfahren möchten, müssen Sie herauskommen und hier mit mir sprechen.«

Suzanna nickte verständnislos und folgte der Schwester, die ihr längst das fiebernde Kind aus den Armen genommen hatte.

Helene schlenderte die Auffahrt hinunter und stand am Eingang eines kleinen Parks. Porta Alegra, Tor der Freude, stand in geschwungenen Lettern am Portal. Sie setzte sich auf einen gekalkten Stein, der den Gehweg von der Fahrbahn abgrenzte. Vor sich hin starren konnte sie hier genauso gut wie am Strand von Punta del Cambio.

Das Hospital lag unterhalb der Altstadt. Von ihrem Platz aus bot sich ein prachtvoller Blick auf die goldschimmernde Kathedrale. Umringt von historischen Bauten, wie eine Theaterkulisse bei Sonnenuntergang. Helene kannte das Stadtzentrum von Santiago ein wenig und sie wollte auf gar keinen Fall dorthin.

So ist das jetzt mit mir, dachte sie und drehte sich noch einmal dem Krankenhaus zu. Hinter mir liegt das Schreckliche, da kann ich nicht hin, und vor mir liegt das Schöne und dorthin kann ich ebenso wenig. Dann blickte sie weiter geradeaus auf die Türme der Kirche, die still und majestätisch auf den Einbruch der Dunkelheit zu warten schienen. Um sie herum das lange nicht gehörte Gesumme und Gebrumme einer großen Stadt. Die Lichter gingen an und Helene fühlte die Anwesenheit von vielen tausend Leben um sich her.

Auf der gegenüberliegenden Straßenseite stand ein großer Bürokomplex mit Lagerhallen und einem lang gestreckten zweistöckigen Neubau neben der Einfahrtsschranke. Hinter den Fenstern waren Apparate zu erkennen, die auf ein Labor schließen ließen. Glaskolbenkonstruktionen, verbunden mit Röhren und Spiralleitungen sahen in den hellen Fenstern wie moderne Kunstwerke aus. Helene wurde bei diesem Anblick übel. Die rotweiß gestreifte Schranke öffnete sich und ein großes, altmodisches Auto glitt auf die Straße. Der Fahrer setzte den schwarzen Wagen kurz zurück, um zu wenden, und als er sich wieder nach vorne drehte, hatte Helene für eine Sekunde den Eindruck, sein Gesicht schon einmal gesehen zu haben. Dunkle Locken mit Pomade am Hinterkopf gebändigt, ein Anzug und eine dicke schwarz gerahmte Brille, das alles passte zwar nicht, und dennoch ähnelte diese Silhouette der des Zigaretten rauchenden Fischers vom Strand mit den hochgekrempelten Leinenhosen. Doch das war ja völlig unmöglich, und bevor Helene weiter darüber nachdenken konnte, waren nur noch die roten Rücklichter des Autos zu erkennen.

Die Abendluft war kalt und sie fror erbärmlich.

Endlich kam Suzanna die Einfahrt zu ihr herunter und rief: »Señora, Señora, muchísimas gracias. Es wird alles gut, hat der Doktor gesagt. Es ist ein Infekt. Meine kleine Dolores hat nur sehr stark darauf reagiert und deshalb so hohes Fieber. Wenn wir heute nicht gekommen wären, um sie behandeln zu lassen, dann hätte es in der Nacht bös werden können, hat er gemeint. Jetzt haben sie ihr eine Spritze gegeben und sie schläft.«

»Soll ich Ihnen etwas bringen, von zu Hause?«, fragte Helene.

Aber Suzanna schüttelte erstaunt den Kopf. »Nein, nein, ich kann jetzt mit Ihnen zurückfahren und morgen komme ich dann wieder mit meinem Mann, um Dolores zu besuchen.«

»Wollen Sie denn die Nacht über nicht bei Ihrem Kind bleiben?«

»Hier im Krankenhaus, meinen Sie? Das geht doch nicht.«

»Ach so«, antwortete Helene und schwieg.

Auf der Rückfahrt saßen beide Frauen nebeneinander und sprachen lange nicht. Doch ihr Schweigen hatte nichts Peinliches. Es war eher eine Art Übereinkommen nach gemeinsamer Anstrengung. Nachdem sie die Stadt verlassen hatten, fuhren sie unter klarem Sternenhimmel auf der Landstraße durch Pinien- und Kiefernwälder. Ab und zu blendete unerwartet der Gegenverkehr hinter einer Kurve auf. Auf der Küstenstraße fand Helene diesen Teil Nordgaliciens zum ersten Mal seit ihrer Ankunft in seiner Abgeschiedenheit ein bisschen zu einsam, beinahe gruselig. Das Leben, die Sehnsüchte und das Streben der Menschen hier waren ihr total verschlossen. Dieser Umstand wurde ihr nun klar, da sie in ihrem Auto an der Seite dieser jüngeren Frau fuhr. Was mochte sie sich für ihre Zukunft wünschen, fragte sich Helene, mit welchen Gedanken stand sie am Morgen auf?

Zugleich mit diesen Fragen wurde ihr deutlich, dass sie in den knapp drei Monaten, die sie bereits in Spanien verbracht hatte, niemals zuvor auf das Wesen oder die Eigenarten ihrer Mitmenschen geachtet hatte. Hermana Consuelo vielleicht ausgenommen. Aber führte die nicht ein ähnliches Eremitendasein wie sie selbst? Helenes Gedanken schweiften weiter dahin, bis ihr beim Nachdenken über das Denken plötzlich ein alter Lehrer in den Sinn kam: Cogito ergo sum, hatte der gern seine Unterrichtsstunden begonnen, um sich sogleich über den Satz des so überhaus hässlichen französischen Philosophen Descartes lustig zu machen. Der habe den Zweifelnden dieser Welt ein wahres Geschenk gemacht. Diesen einen Satz, an dem man nicht mehr zweifeln könne. Ich zweifle, aber Zweifeln ist eine Art zu denken, und Denken ist eine Art zu existieren. Ich denke, also bin ich. Die Erinnerung versetzte Helenes Herz einen Stich, und gleichzeitig begann sie zu lachen und zu weinen. So liefen ihr wieder einmal die Tränen über die Wangen und Suzanna weinte mit.

Nachdem sie oberhalb von Punta del Cambio angelangt waren, stoppte Helene das Fahrzeug am Rande des Marktplatzes und schaltete die Scheinwerfer aus.

Durch die Nacht blinkten die Lichter des Ortes. Das große Haus auf einer der mittleren Terrassen war im Mondlicht so deutlich zu erkennen, als ob es angestrahlt würde. Lange Holzfensterläden standen weit aufgeschlagen auf den Balkonen. »Jetzt ist er da«, flüsterte Suzanna.

»Wer?«, wollte Helene wissen.

»Na, Don Salvo, da unten. Ich habe während der Wache am Krankenbett von Dolores immer gedacht, wenn es schlimmer wird, lauf ich rüber und er fährt und holt einen Arzt. Aber ausgerechnet heute ist er nicht da gewesen.«

»Es tut mir Leid.« Helene sah wieder zu dem alten Haus. »Ich kenne Don Salvo nicht. Aber Sie können mich jederzeit wieder holen, wenn Sie Hilfe brauchen.«

»Danke, Señora. Vielen Dank für alles. Und, ach, Sie kennen

zwar niemanden hier, aber das muss ja nicht immer so bleiben. Mich haben Sie ja jetzt kennen gelernt. Ich bin Suzanna.«

»Ich weiß, ich kaufe doch mein Brot bei Ihnen und ich bekomme niemals altes«, lächelte Helene.

»Ja.« Suzanna sah jetzt sehr erschöpft aus. »Ich muss jetzt runter, mein Mann ist bestimmt schon da und macht sich Sorgen.«

»Ja, gehen Sie. Buenas noches.«

»Buenas noches, Señora.«

Dies ist die Geschichte von weiteren Begegnungen

Hermana Consuelo stand im Klostergärtchen und begutachtete die frischen Triebe ihrer Kräuterzucht. Bis zur Ernte würde es noch viele Wochen dauern. Sonnenlicht und Wärme mussten erst noch das Ihre zur Reifung beitragen. Sie hatte nicht schlafen können. Also hatte sie durch den oberen Gang das alte Refektorium betreten und vom Fenster aus den Klosterhof beobachtet, der in den Schatten der endenden Nacht nur schemenhaft zu erkennen war. Sie dachte an Helene, die dort unten im Gästehaus mehr Tage im Delirium gelegen hatte, als es ihr bewusst war. Consuelo hatte gewusst, dass sie ihre ganze Kraft und auch die Vorräte aus ihren Kellern brauchen würde, um dieser Frau zu helfen. Während der Waschungen und Packungen mit Heilölen und Tinkturen hatte Consuelo bei der Berührung des Frauenkörpers das Gefühl gehabt, über rohes Fleisch zu streichen. Den Schmerz, den sie dabei zu spüren bekam, kannte sie selbst nur allzu gut.

Und wenn sich nicht bald Besserung einstellen würde, dann müsste sie in die Stadt fahren und anderweitig Hilfsmittel besorgen, ihr Depot ging zur Neige.

In den frühen Morgenstunden hatte sie sich durch die grobe Holztür in das zweite, versteckte Treppenhaus gezwängt und war in ihr Kellergewölbe hinabgestiegen. Immer hing hier ein schwerer Duft in der Luft. Die Aromen der Kräuter, die schon vor Jahrhunderten in den zahlreichen irdenen Gefäßen lagerten. Gleich neben einem riesigen Kupferkessel, in dem Consuelo ihre Tinkturen nach geheimen Rezepten destillierte, hing ein aus Stein gemeißelter Bogen an der Kellerwand. Darunter ein tiefes feuchtes Loch, ein weiterer Zugang zur Quelle unter dem Klosterberg. Eine Quelle, die die Menschen schon über Jahrhunderte zu diesem Ort gezogen hatte. Darüber ein in die Wand gemeißelter Spruch von Ignatius von Loyola:

Wir sollten nicht allzu ängstlich um unseren Körper besorgt sein. Doch sollten wir alles tun, was nötig ist, die Gesundheit und Stärke des Körpers zu bewahren, damit wir Gott nach besten Kräften dienen können.

Bei der Durchsicht der Vorratsbehälter war schnell deutlich geworden, dass sie im kommenden Sommer dringend auf eine reiche Ernte ihres Kräutergartens angewiesen war. Helene würde noch einige Zeit von den unterschiedlichen Gebräuen trinken müssen, um ihren Körper zu stärken.

Deshalb wartete sie darauf, dass die Natur ihr ewig wiederkehrendes Werk vollbringen würde. Vom Zusehen allein würde natürlich nichts wachsen, und so stieg Consuelo hinauf in den Turm neben dem Eingangstor und suchte den Horizont nach einem Anzeichen von Wolken ab. Für diese Jahreszeit regnete es eindeutig zu wenig. Wo blieben die Frühjahrsstürme? Es hatte erst einen Wellenwechsel gegeben. Während sie die Treppen wieder hinunterstieg, hörte sie wie aus weiter Ferne und doch direkt aus dem Kreuzganz ein Johlen und Toben. Sie schloss die Augen. Da war es wieder, leise, aber deutlich, und fast konnte sie die Erschütterung der Steinplatten unter dem Fußgetrappel hören. Sie lächelte still bei diesem Echo der Vergangenheit.

Consuelo holte aus der Küche eine Kräutermischung, die sie in der Casa Floreciente vorbeibringen wollte, und beschloss, später Don Salvo zu besuchen, um ihn um ein paar Ingredienzien zu bitten.

Helene war nicht mehr in der Casita, als Consuelo dort ankam, deshalb legte sie ihr Päckchen einfach auf den Tisch. Sie blickte sich um und stellte zufrieden fest, dass Helene begonnen hatte, das Leben zumindest in Teilen wieder wahrzunehmen. In einer Glasschale lagen einige kleine Muscheln in Wasser, die Helene wohl auf ihren Spaziergängen gesammelt haben musste. Über einem Stuhl hing ein frisch gewaschener Wollpullover zum Trocknen und oben auf dem kleinen Absatz, auf dem früher einmal eine winzige Orgel gestanden hatte, stand eine Kiste. Consuelo hatte im Dorf von der schweren Sendung gehört. Helene hatte ohne Absender ein paar Bücher geschickt bekommen. Von allem war etwas in dieser Kiste: ein Krimi, ein Kunstbuch, ein Führer durch die nordspanische Kunstgeschichte, zwei, drei moderne Romane, für jeden Geschmack etwas. Aufgeschlagen auf dem Fußboden lag ein alter Schinken über Höhlenzeichnungen als Zeugnis der ersten Menschen auf diesem Planeten. Helene befasste sich also mit den Ursprüngen. Das ließ hoffen.

Consuelo schnürte das Umschlagtuch fester um ihre Schultern und machte sich auf den Weg nach Punta, um ihren Besuch zu machen.

Auch Helene war an diesem Morgen schon im Dorf gewesen und hatte dort eingekauft. Überall war sie ausnehmend freundlich empfangen worden und die Menschen hatten wild auf sie eingeredet. Dass sie tatsächlich Spanisch verstehen konnte und Suzanna unverzüglich in ihrer Not geholfen hatte, fand viel Anerkennung. Beim Bäcker durfte sie nicht bezahlen. Am Fischstand musste sie einen kräftigen Schluck scharfen Schnaps aus einer Flasche trinken und vor dem Café wurde sie von einem der älteren Männer, die dort täglich ein paar Stunden zusammenhockten, mittels eines Stocks herangewinkt. Eine kleine, zusammengefallene Gestalt mit zerknittertem Gesicht hinter wenigen weißen Bartfusseln tätschelte ihr immer wieder die Hand und wiederholte mit erstaunlich vitaler Stimme die Ankündigung, dass man ein Fest feiern würde, sobald die kleine Dolores aus dem Krankenhaus entlassen sein würde. Sie, Helene, »la mano ayuda«, die helfende Hand, müsse selbstverständlich dabei sein. Helene fühlte sich von so viel Aufmerksamkeit überfordert. Es gelang ihr erst nach mehreren Anläufen, den Abschied einzuleiten. Auf dem Weg zurück zur Casa Floreciente war ihr dann auch noch das Mädchen Leah wie zufällig in den Weg getreten. Da ihr von den in aufgeregtem Ton geführten Gesprächen der Dorfbewohner noch immer der Kopf schwirrte, sah sie in einer eilig getroffenen Verabredung für den kommenden Tag die einzige Möglichkeit, sich endlich zurückziehen zu können.

So kam es, dass sich Helene und Leah am nächsten Morgen um zehn Uhr wie ausgemacht an der Wegbiegung Küstenstraße, Klosterberg trafen, um einen gemeinsamen Sparziergang zu unternehmen.

»Ich möchte so gerne ans Ende der Welt«, bat Leah, »ich bin schon so lange hier, aber ich war noch nie an diesem nördlichen Kap, dem Cabo Finisterre. Mein Onkel fährt da immer nur mit seiner Frau alleine hin.«

»Das ist sehr weit zu laufen«, entgegnete Helene, »vielleicht sollten wir auch ein Stückchen mit dem Auto fahren.«

»Ja, das wäre toll. Wissen Sie eigentlich, dass hier im Ort keine einzige Frau einen Führerschein hat? Das ist keine Frauensache, heißt es, total wie im Mittelalter.«

»Vielleicht finden sie es ganz schön, wenn sie von ihren Männern gefahren werden, das wäre doch immerhin möglich?«, mutmaßte Helene.

Sie holten den Wagen und Leah trippelte nervös neben der Frau, mit der sie nun einen gemeinsamen Ausflug machen wollte. »Kennen Sie denn das Ende der Welt?«

»Ich glaube, das Ende der Welt ist in Wahrheit überall, es ist nur eine Frage des Standpunktes, wo man sich gerade befindet. Aber falls du meinst, ob ich den Weg zum Kap kenne, dann kann ich dich beruhigen, ja.«

Helene holte noch zwei warme Pullover aus dem Haus, denn sie wusste, dass an ihrem Ziel meist ein kräftiger Wind um die Felsen wehte. Leah schlug sich einen Pullover um die Schulter, ergötzte sich heimlich immer wieder an dem anschmiegsamen, weichen Material und versuchte den Duft der Frau ganz in sich einzusaugen.

Der Pullover war naturfarben und hell, wie fast alle von Helenes Kleidungsstücken, das wusste Leah ja schon von ihrem ersten heimlichen Eindringen in die Casita.

»Ich trage normalerweise keine farbigen Sachen«, sagte sie, als sie während der Fahrt neben Helene saß.

»Der Pullover hat doch gar keine Farbe – er besteht aus ungefärbter Wolle.«

»Ja, schon«, lachte Leah. »Aber ich meine, für mich ist das trotzdem ungewöhnlich. So hell.«

Helene schwieg darauf. Dann, als hätte sie sich erst zu dieser Äußerung entschließen müssen, sagte sie unvermittelt: »Vielleicht solltest du nicht immerzu Schwarz tragen, auch wenn dir das zu deinem blonden Lockenkopf ausgezeichnet steht. Aber Schwarz blockiert.«

»Wie meinen Sie das denn?«, wollte Leah wissen.

»Schwarz ist nicht nur die Farbe des Todes und der Trauer, sondern auch des Stillstandes und der Unbeweglichkeit.«

»Mmh, dann passt es ja ganz gut zu mir.«

Sie waren auf einem kargen Feld angekommen, von dem man einen freien Blick auf das Kap hatte, Helene parkte den Wagen direkt unter dem Steinkreuz mit der Inschrift *Cruz de la Costa de la Muerte.*

Nachdem sie ausgestiegen waren, schaute Helene dem jungen Mädchen direkt ins Gesicht. »Leah, ich finde, wenn wir schon zusammen das Ende der Welt besuchen und auch noch über solche Themen reden, dann solltest du mich nicht siezen. Ich heiße Helene, das hab ich dir ja schon am Strand von Punta gesagt.«

»Ja. Oh. Ja. Danke. Helene.«

So starteten sie ihre erste Wanderung über das Ende der Welt. Vor ihnen lag der achteckige Leuchtturm in der Mitte eines lang gestreckten Gebäudes, welches auch ein hübsches Rathaus abgegeben hätte. Davor lag das letzte Stück der Landzunge, sanft zum Wasser abfallend, bis es in den zerklüfteten Steilküsten endete. Überall lagen riesige helle Steine herum, Dolmen, Hinkelsteine, Eiszeitreste, letzte Grüße einer anderen Zeit. Sie kletterten ein ganzes

Stück abwärts, um den freien Blick auf beide Meerseiten zu genießen. In der Ferne lagen hie und da Schiffe auf dem Wasser wie hingeworfene Spielfiguren.

Leah kam auf das Gespräch über die Farben zurück.

»Warum trägst du denn immer so helle Sachen, so beige und so?«

»Keine Ahnung, mir ist weder nach bunt noch nach schwarz, in keinem würde ich mich wohl fühlen.«

»Steht beige auch für irgendwas?«

»Klar, alle Farben haben eine Bedeutung oder sagen wir besser, sie bewirken etwas. Wobei das Beige eher für Neutralität steht.«

»Und«, Leah wollte unbedingt mehr über Helene wissen, »bist du neutral?«

»Wohl eher nicht, wer ist das schon, aber sagen wir mal, ich suche eine neutrale Haltung.«

»Und ich? Glaubst du, ich suche den Stillstand oder den Tod?«

»Diese Frage kannst du dir nur selber beantworten.«

»Woher weißt du das eigentlich alles, das mit den Farben?«

»Hab ich mal gelernt.«

»Und du glaubst, dass das stimmt?«

»Glauben oder nicht glauben. In beiden Fällen glaubt man nur an etwas, oder?«

»Puh, wie wahr«, Leah blickte an ihrer Kleidung hinunter. »Trotzdem, ich mag meine schwarzen Sachen. Ich könnte mir gar nicht vorstellen, überhaupt jemals etwas anderes anzuziehen. Ich finde, bunte Farben tun weh. Und Leute, die bunte Klamotten tragen, machen zu viel Wirbel um sich.«

»Ja, das kann schon so sein. Stillstand beispielsweise muss auch nicht zwangsläufig etwas Negatives bedeuten; wenn es einem richtig gut geht, wird man diesen Zustand schließlich auch festhalten wollen.«

Leah grinste verlegen: »Das kann ich von mir nicht gerade behaupten. Aber es wird sich ja doch nie etwas verändern.«

»Was meinst du?«

»Ach, so wie ich mich in meiner Haut fühle, so werde ich mich noch in tausend Jahren fühlen. Man kann nun mal nicht aus sich heraus, selbst wenn ich wie ein bunter Pfau umherlaufen würde.«

»Leah, wie alt bist du?«

»Gerade achtzehn geworden.«

»So, gerade achtzehn und du glaubst im Ernst, dass du dich in sagen wir mal genau achtzehn Jahren genauso fühlen wirst wie heute?«

»Na ja, vielleicht nicht ganz genauso, vielleicht ein bisschen freier, aber im Großen und Ganzen, warum sollten sich meine Gefühle ändern?«

Helene schüttelte den Kopf: »Weil Dinge geschehen werden, von denen du heute nichts weißt, nichts ahnst. Wenn ich daran zurückdenke, wie mein Leben mit achtzehn ausgesehen hat und wie ich mich damals gefühlt habe, und das mit heute vergleiche, dann ist nichts, aber auch gar nichts mehr so, wie es einmal war.«

Sie waren an einer der Klippen angelangt. Vorsichtig gingen sie noch ein paar Schritte weiter. Der Wind tobte mit solcher Kraft um ihre Körper, dass sie sich aneinander festhielten. Schweigsam schauten sie auf das Wasser unter ihnen. Die Wellen klatschten mit gewaltigen Stößen gegen den Stein. Einige Kliffspitzen ragten immer wieder kurz aus dem Wasser, bevor sie von meterhohen Brechern überspült wurden. Es brauste und toste um sie her. Wieder und wieder presste das Meer dem Land seinen Willen entgegen. Lange standen die beiden Frauen und blickten nach unten. Dann flüsterte Leah in den Wind: »Es ist so wundervoll hier. So schön – man könnte glatt runterspringen.«

»Ja, könnte man«, bestätigte Helene langsam. Doch nach einigen Sekunden wurde sie sich der Verantwortung bewusst, die sie in diesem Moment für dieses Mädchen empfand, und führte sie sanft einige Schritte zurück, sodass beide dem Sog der tobenden Gischt ein wenig entzogen wurden. Helene hatte Tränen in den Augen. Weinte sie oder war es nur der Wind, der ihre Bindehaut gereizt hatte? Vorsichtig fragte Leah noch einmal, wie schon vor einiger Zeit am Strand: »Helene, was machst du hier, warum bist du aus dem Nichts hier an der Küste aufgetaucht?«

Es dauerte eine Weile, bis Helene antwortete. Sie verdrehte beide

Hände in die Ärmelenden ihres Pullovers und schlug die Arme um sich. Als ringe sie um Fassung, holte sie tief Luft und sagte in Richtung Horizont: »Tja, also, sagen wir mal, ich warte auf ein Zeichen oder auf ein Signal. Also eine Art Hinweis, damit ich etwas verstehen kann. Aber leider verstehe ich gar nichts und darum kann ich dir auch deine Frage nicht beantworten.«

»Was soll das für ein Signal sein?«

»Wie soll ich das erklären? Eben etwas aus dieser Welt, das mir zeigt, dass etwas richtig ist.« Sie lachte ein wenig: »Klingt ganz schön verrückt, oder?«

»Ja, ach nö.« Leah schüttelte den Kopf. »So verrücktes Zeug geistert mir manchmal selber durchs Hirn. Aber so richtig kapiert hab ich's glaub ich noch nicht.«

»Ich wohl auch nicht.«

Zögerlich schlug Helene vor, zum Wagen zurückzukehren.

Es begann zu tröpfeln. Die beiden Frauen saßen schweigend nebeneinander und hingen ihren Gedanken nach. Leah warf ab und zu einen Seitenblick auf Helene am Steuer. Ohne Zweifel mochte sie diese in sich gekehrte Frau, die im Gespräch so viel klarer und geradliniger war, als Leah gedacht hatte, als sie noch glaubte, eine Irre am Strand zu beobachten. Dennoch löste diese Person immer wieder aufs Neue ein seltsames Unbehagen in ihr aus. Sie fühlte sich von der sanften Ruhe der Frau magisch angezogen und im selben Moment gleich wieder abgestoßen. Ihr war nur allzu bewusst, dass, obwohl sie neben ihr saß, im Leben dieser Frau überhaupt niemand einen Platz haben konnte. Allein diese Gewissheit löste in Leah wieder und wieder Unmut aus. Sie verabschiedete sich nach einer wortlosen Heimfahrt kurz angebunden auf dem Marktplatz und trottete in das Haus von Onkel und Tante, wo sie von zwei lärmenden fröhlichen Kindern empfangen wurde, die nicht die leiseste Ahnung davon haben konnten, dass sich Leah durch ihr eigenes Dasein und neuerdings auch durch ihre jüngste Bekanntschaft bis ins Mark gequält fühlte.

Helene fuhr auf dem holperigen Weg durch den Olivenhain und traf kurz vor der Casita auf die Klosterfrau. Fast hätte sie sie in ihrem grauen Gewand vor dem Hintergrund der grauen Baumstämme gar nicht bemerkt und sie um ein Haar mit dem Kotflügel am Rockzipfel erwischt. Consuelo erschrak ein wenig, stieg aber dann zu Helene in den Wagen, denn der Korb, den sie mit sich schleppte, zog beschwerlich an ihren Armen.

In der Casita Floreciente angekommen stellte sie das neueste Kräutergebräu vor.

»Ich denke, noch diese Ration und dann hören wir auf.«

»Wie meinen Sie das?«, fragte Helene.

»Ich habe noch einmal eine neue Kombination zusammengemischt. Die müsste Ihnen ein ordentliches Stück weiterhelfen, dann bin ich mit meiner Kunst erst einmal am Ende.«

Helene starrte sie ratlos an. Sie hatte sich so sehr daran gewöhnt, dass Hermana Consuelo ihr Wohl in die Hand nahm und allzeit das Richtige tat, dass sie gar nicht auf die Idee gekommen war, dies könnte irgendwann ein Ende haben. Schließlich war die Frau ihr zur Freundin, Schwester und Krankenpflegerin geworden – einfach so, ohne dass sie beide über diese Fürsorge jemals ein Wörtchen verloren hatten. Natürlich konnte das so nicht weiter gehen, dämmerte es Helene langsam. Aber da für sie ja ohnehin nichts weiterging, war das letztlich auch ohne Belang. Doch dieser Gedanke war falsch, das konnte sie spüren, schon während sie ihn hatte.

»Sie belügen sich nicht selbst«, sagte Consuelo eindringlich, als ob sie hellsehen könnte, und führte Helenes Gedankengang laut fort. »Es ist ein langer Weg, das weiß ich wohl. Aber Sie werden ihn gehen und zwar auf Ihren eigenen Füßen. Sie glauben das nicht, aber es ist so, Helene.« Sie fasste nach ihren Händen: »Wir werden geboren, um zu leben, zu nichts anderem.«

»Ich weiß«, brach es aus Helene heraus, »aber das gilt offensichtlich nicht für alle Menschen gleichermaßen. Und damit werde ich einfach nicht fertig. Ich kann das nicht, ich kann nicht weiterleben.«

»Doch, natürlich können Sie das. Sie tun es doch jeden Tag. Sie atmen, Sie trinken, Sie reinigen sich in jeder Hinsicht. Und wenn ich Sie jetzt sehe im Vergleich zu vor zwei Monaten, dann kann ich nur zufrieden sein.«

»Warum tun Sie das alles für mich, Consuelo?«

»Weil es irgendjemand tun muss und weil ich weiß, wie es geht – ein bisschen zumindest.«

»Erzählen Sie mir irgendwann von sich?«

»Ja, das verspreche ich. Aber erst, wenn Sie auch von sich erzählen.«

»Sie wissen doch alles von mir, was es zu wissen gibt.«

»Sie müssen es ja auch nicht mir erzählen«, lächelte die Klosterschwester, »aber wenn Sie überhaupt von sich sprechen, dann weiß ich, dass Sie auch mir zuhören werden.«

Helene blieb, nachdem Consuelo gegangen war, leicht irritiert zurück. Sie verspürte das dringende Bedürfnis, noch eine Runde an der frischen Luft zu drehen, deshalb zog sie sich wieder etwas über und rannte los. Vom Meer, seinem Kommen und Gehen und seinen kreiselnden Strudeln an den Klippen hatte sie für heute genug. Sie schlug sich in wirrem Zickzack durch die Baumstämme bis zum Ende der Olivenplantage durch. Von dort aus hatte sie einen freien Blick über die kargen Felder im Abendlicht. Dahinter waren Land und wieder Land und Siedlungen und Menschen und Städte, und überall auf der Erde befanden sich Wesen, die lebten, weil sie nur zu diesem einzigen Zweck geboren worden waren. Helene legte sich bäuchlings auf die feuchte Erde und streifte mit ihrem Gesicht den dunklen Boden, roch und schnupperte, krallte sich mit den Fingern tief hinein und presste ihren Körper gegen die Oberfläche der Welt. Dieser Fleck ist genauso gut wie jeder andere, dachte sie, ein Stückchen von diesem Planeten, auf dem wir uns einige Zeit aufhalten. Jedes Lebewesen in der für es vorgesehenen Spanne. So war es schon Generationen vor mir und es wird Generationen nach mir genauso sein. Keine Menschenseele interessiert wirklich, was in einer anderen vor sich geht. Niemals werde ich erfahren, ob auf dieser Ackerscholle jemals zuvor schon ein Mensch so gelegen hat; und niemand wird je wissen, dass ich jetzt hier liege und mit dem Himmel um die Wette heule.

Plötzlich fiel ihr Leah ein. Leah würde diesen Gedanken verstehen. Sie dachte mit Wohlwollen an das große Mädchen.

Hermana Consuelo hatte Recht. Verglichen mit dem Zustand bei ihrer Ankunft in Punta del Cambio war sie nicht mehr die Gleiche.

Einige Tage später pochte es erst zögerlich, dann heftiger am Hoftor der Casa Floreciente. Helene, die nach reichlichem Teekonsum gerade auf der Toilette saß, bemerkte an sich eine unglaubliche Veränderung. Sie spürte ihren Körper, doch sie spürte ihn ohne Schmerzen. Vergeblich suchte sie in ihrem Gedächtnis nach einem ähnlichen Gefühl. Der warme Urinstrahl schoss aus ihr heraus, sie nahm dabei ihr Geschlecht wahr, das von der Flüssigkeit gestreift wurde, und tiefer in sich fühlte sie sogar den engen Kanal, der zu ihrer Blase führte, die sie selbst als kleinen dehnbaren Ballon in sich spürte, mit zwei winzig kleinen Verbindungen zu ihren Nieren im unteren Rücken, die ununterbrochen arbeiteten und ihrem Organismus alles entzogen, was nicht gut für ihn war. In der Luft hing ein Hauch von Rinderbouillon. Dort, wo noch vor wenigen Tagen ein Brennen und Reißen darauf hatte schließen lassen, dass pures Gift durch Helenes Leib gewandert war, schwemmte jetzt mit einem gewaltigen Druck, ausgelöst durch Consuelos heilenden Trank, ein letzter unangenehmer Strom durch ihren Unterleib, landete prasselnd auf dem Porzellan der Kloschüssel, gefolgt von einem leicht durch sie hindurchgleitenden Rieseln, welches kein Ende nehmen wollte. Dieses Wasserlassen empfand sie als so überaus angenehm, dass sie mit Wonne dem Rauschen und Plätschern aus ihrem Unterleib lauschte.

Deshalb hatte sie auch das Klopfen einige Minuten überhört. Während sie sich noch über dieses erstaunliche Vergnügen wunderte, wurde das Pochen ungeduldig. Offenbar stritten dort vor ihrem Haus mehrere Stimmen miteinander.

Helene zog ihre Hose hoch, strich den Pullover glatt, durchquerte den kleinen Innenhof und öffnete vorsichtig den Riegel der hölzernen Tür.

Draußen standen drei alte Männer. Alle klein von Statur, zwei dick, einer dünn, alle temperamentvoll miteinander gestikulierend.

Als Helene vor ihnen im Türspalt auftauchte, verstummten sie.

»Ja, bitte?«, fragte Helene scheu.

Der eine Dicke stupste den anderen, der Dünne zog sein abgetragenes dunkelgraues Jackett zurecht, drei neugierige Augenpaare blinzelten ihr aus zerfurchten Gesichtern entgegen.

»Du«, drängelte der eine Dicke den anderen. »Nein du, oder er«, und der Zweite zeigte auf den kleinen zierlichen Mann.

Der holte tief Luft und sagte: »Bueno, gut, ja ich. Also …«

»Ja, bitte?«, wiederholte Helene nun beinahe ängstlich.

»Also«, hob der Dünne erneut an. »Ich bin Antonio Subida de Horno und das ist unser Dorfältester Pepino Campa.« Er zeigte auf den ersten Dicken, der einen weißen buschigen Schnurrbart trug. »Und der andere hier vertritt uns in offiziellen Sachen als so eine Art Bürgermeister, Rodrigo Campa, die beiden sind Brüder.«

»Ja, das sind wir, aber ich bin kein richtiger Bürgermeister, so etwas haben wir hier nicht«, ergänzte der Dicke ohne Bart.

»Nein, haben wir hier nicht, brauchen wir hier nicht, so was. Nein«, fuhr der Dünne fort. »Nein. Also. Bueno.«

Man konnte Helenes Gesichtsausdruck entnehmen, dass sie mit diesem Gespräch überfordert war, doch die drei alten Herren taten sich mit der Situation offensichtlich ebenso schwer.

»Also ich«, sprach der, der sich als Antonio Subida de Horno vorgestellt hatte, »also, ich bin der Großvater väterlicherseits, also der Schwiegervater. Früher einmal war ich hier derjenige, der das Brot für die Leute gebacken hat. Ja.«

»Ja«, nickten die Brüder zustimmend im Chor.

»Ja und also, wir möchten, dass Sie kommen. Sie sind fremd hier, aber wir möchten, dass Sie kommen.«

»Sie müssen sogar kommen. Wir machen das Fest ja nur, weil Sie, nun ja, ohne Sie wäre das kleine Mädchen vielleicht nicht so schnell wieder gesund geworden.«

»Oh, Sie sprechen von Dolores«, sagte Helene langsam.

»Ja, ja, Dolores, meine kleine Enkeltochter. Sie haben sie doch mit Suzanna ins Krankenhaus gefahren. Und also, jetzt ist sie wieder daheim und es geht ihr gut. Ja, und wir feiern ein Fest. Morgen. Und Sie müssen kommen.«

»Ja, Sie müssen kommen«, echoten die Dicken.

»Sie möchten tatsächlich mit mir feiern?«, fragte Helene ungläubig.

Der Dünne nickte und strich sich immer wieder über die Jacke. »Ja, ja, natürlich. Sie sind fremd hier. Aber Sie sind hier. Und wir feiern ein Fest. Das machen wir manchmal in Punta. Ein Fest mit allen Menschen, die hier leben. Jeder kommt und Sie sollen auch kommen.«

»Dann ist das jetzt also so eine Art Einladung?«, wollte Helene wissen.

Drei alte Köpfe nickten im Takt und Helene schaute in drei Gesichter, die sie aufmunternd anblickten.

»Ja.« »Also.« »Bueno.«

»Wenn das eine Einladung ist, entschuldigen Sie bitte, meine Herren, aber vielleicht verraten Sie mir dann auch noch, wohin ich kommen soll. Ich meine, ich kenne mich hier doch nicht so gut aus.«

Jetzt lachten die drei. »Sie kennen sich sehr gut hier aus, Señora«, meinte der Dicke mit dem Bart und hob schelmisch den Zeigefinger. »Sie erkunden doch den ganzen Tag lang die Gegend, dann werden Sie doch wohl unsere alte Backstube finden. Da findet das Fest statt. Morgen ab nachmittags. Und Sie kommen!«

»Ja, Sie kommen«, nickten die anderen.

»Und wir gehen jetzt«, erklärte der Dünne. »Kommt, wir wollen die Señora nicht länger stören. Bis morgen. Einen schönen Tag noch.«

»Bis morgen«, verabschiedeten sich auch die anderen und trotteten mit halb hüpfenden, halb stolpernden Bewegungen den Weg Richtung Punta davon.

Helene stand noch lange an den Türrahmen gelehnt und schaute den drei Gestalten hinterher.

Die folgende Nacht verbrachte Helene in tiefem, traumlosem Schlaf. Als sie daraus erwachte, hatte sie das deutliche Gefühl, ein wenig fester in ihrem Körper zu stecken. Sie fühlte, dass sie es hier aushalten würde, hier in diesem kleinen Häuschen, nahe dem Ende der Welt. Aber um wirklich für immer dableiben zu können, müsste sie sich der kleinen Welt in ihrer Umgebung ein klein wenig aufgeschlossen zeigen. Und dazu gehörte zweifelsohne, dass sie zu dieser Feier ging, zu der sie die drei Männer gebeten hatten.

Helene beschloss also, dieser Einladung nachzukommen und sich dem Anlass entsprechend vorzubereiten. Im Badezimmer stellte sie sich unbekleidet vor den großen Spiegel, schaltete das Licht an und betrachtete sich ausgiebig. Wie sehr sie sich verändert hatte. Das Gespenst, das einst, als sie sich zuletzt mit ihrem Spiegelbild auseinander gesetzt hatte, von ihren Zügen Besitz ergriffen hatte, war verschwunden. Dennoch fiel es ihr schwer, sich wiederzuerkennen. So schmal die Konturen, so versteinert die Augen, so dünn und pergamenten die Lippen. Doch die Augenränder waren fort, ihre Haut war ebenmäßig, zwar sehr blass, aber klar. Beim Anblick ihres Körpers stiegen Helene jedoch Tränen in die Augen. Und zum ersten Mal seit langer Zeit trauerte sie um sich selbst. Sie sah aus wie ein Gerippe, Brust- und Beckenknochen waren deutlich unter der dünnen Haut zu erkennen, die Beine standen viel zu dünn in den Hüftpfannen, als seien diese mindestens zwei Nummern zu groß, und selbst ihre vollen Brüste schienen geschrumpft, sie senkten sich vor ihrem mageren Oberkörper, als gehörten sie gar nicht dazu.

Nach einer Weile beendete sie diese unerfreuliche Musterung. Niemand in Punta del Cambio konnte etwas für ihren Zustand, man hatte ihr unerklärliches Aufkreuzen toleriert und sie nun sogar in die Gemeinschaft gebeten. Helene war entschlossen, dieses Angebot dankbar anzunehmen.

Also hatte sie sich die Haare gewaschen und frisiert, ihren Händen und Fingernägeln ein gepflegtes Aussehen gegeben, sich ein wollenes Kleid übergezogen, das ihre ausgemergelte Gestalt fließend umspielte, und zu guter Letzt sogar einen Hauch Lippenrot aufgelegt. Die Puntas sollten nicht den Eindruck haben, dass ihr nichts an dieser Einladung liege.

Und dann war alles ganz einfach. Helene wurde freundlich begrüßt. In dem großen Raum mit unverputzten Mauerwänden standen lange Tischreihen, auf denen sich schon verschiedene Schüsseln mit duftenden Speisen befanden. Für mehr als hundert Personen war gedeckt. Viele der Dorfbewohner waren bereits anwesend. Sie saßen auf geflochtenen Stühlen und winkten Helene herbei. Suzanna, die junge Bäckersfrau, trat an der Seite ihres Mannes zu Helene und dankte ihr noch einmal für die Fahrt ins Hospital. Sofort kam der dünne Großvater herbeigeeilt, auf dem Arm das Mädchen Dolores, herausgeputzt in weißen Spitzen, in den kleinen feuchten Händchen ein Blumengebinde, welches sie Helene übergeben sollte. Doch das kleine Mädchen wollte nicht, zuckte immer wieder zurück und versteckte die Blumen schließlich im Hemdkragen ihres Großvaters. Dafür erntete sie gutmütiges Gelächter. Helene wurde zu einem der Tische geführt, an dem auch schon Hermana Consuelo saß, vertieft in ein Gespräch mit den Gebrüdern Campa.

»Buenas tardes, bienvenido«, schallte es von allen Seiten und Helene war erstaunt, wie viele Gesichter ihr hier bekannt waren. Da saßen die Fischer, die sie schon so oft beim Netzeflicken auf der Mole beobachtet hatte, samt ihren Familien. Leah stand lässig im Hintergrund an eine Wand gelehnt und musterte die Gesellschaft. Die beiden neben ihr mussten Onkel und Tante sein.

Kerzen standen auf den Tischen und wurden angezündet, als die Kinder den Wein ausschenkten. Helene trank ein Glas Rotwein, dann noch eines und lauschte verzaubert den Gesprächen der Leute. Consuelo schien sie an ihrer Seite ein wenig vor zudringlichen Fragen zu beschützen. Nötig war das allerdings nicht, in der Gesellschaft der Menschen von Punta del Cambio brauchte sie keine unhöfliche Neugierde zu befürchten.

Leah setzte sich zu ihr. »Wie findest du denn das hier?«

»Es ist geradezu bezaubernd«, antwortete Helene, »so wie man es sich vorstellt, wenn man in einem Buch über ein spanisches Dorffest liest.«

»Ich finde es ätzend«, bemerkte Leah verächtlich.

Helene sah das Mädchen aufmerksam an.

Leah fühlte sich ermuntert und fuhr fort: »Wenn so viele Leute zusammenhocken, dann passiert gar nichts Wirkliches zwischen den Menschen. Die salbadern so daher über lauter Nichtigkeiten, das kenn ich von zu Hause zur Genüge.«

»Vielleicht fühlen sie sich einfach wohl, wenn sie beieinander sind, und freuen sich, dass sie das gute Essen miteinander teilen können«, versuchte Helene sie zu besänftigen.

»Ach Quatsch. Die fühlen sich doch gar nicht alle wohl. Die tun doch nur so. Meine Tante und mein Onkel haben sich vorhin noch so gefetzt, dass ich geglaubt habe, die prügeln sich gleich. Und jetzt grinsen sie hier um die Wette.«

»Weshalb bist du denn hier, wenn's dir gar nicht gefällt?«, wollte Helene wissen.

»Ja, was soll ich denn machen. Soll ich alleine den Strand entlanglaufen, so wie du den ganzen Tag, oder was?«

Helene sagte nichts, sondern griff nach Leahs Hand und hielt sie fest. Vorsichtig streichelte sie ihre Handoberfläche. »Ich hab gar nicht mehr so oft Lust alleine zu spazieren. Gehst du mal wieder mit mir?«

Leah schaute auf ihre Schuhspitzen und traute sich nicht mehr, die Lider zu heben. »Ja«, grummelte sie vor sich hin. »Ja, mach ich.«

Einige alte Männer erhoben sich und begannen rhythmisch zu klatschen, erst leise, dann immer lauter klatschend gingen sie zwischen den Tischreihen hindurch, um die Aufmerksamkeit der Gäste auf sich zu lenken. Als sie an der Eingangstür vorbeikamen, wurde diese aufgestoßen. Helene erkannte den rauchenden Mann vom Strand, der auch gleich zu klatschen begann.

»Ah, du nicht, du bist noch immer viel zu jung.« Der alte Pepino Campa schlug ihm freundschaftlich auf die Schulter und schickte ihn zu den hinteren Tischreihen: »Trink, kremple deine Hosen runter, rauch dir die Lungen kaputt und werd endlich älter. Irgendwann brauchen wir dich zum Geschichtenerzählen.«

Gutmütig schmunzelnd setzte sich der Mann an den Tisch der Fischer, prostete allen zu und begann doch wieder in das Klatschen einzufallen. Nach und nach verstummten die Gespräche und auch die anderen Puntas klatschten mit, einige klapperten mit dem Besteck auf den Tellern, die Kinder stapften mit ihren Füßen und so entstand ein mitreißendes Spektakel. Solche Klänge hatte Helene nie zuvor gehört. Ein Teil der Takte erinnerte an die typische südspanische Flamencomusik, doch bei genauerem Lauschen entdeckte sie afrikanische Rhythmen, die sie an rituelle Stammeszusammenkünfte erinnerten. Dieser Eindruck verstärkte sich noch, als die Älteren im Raum einen Singsang anstimmten. Das war kein richtiges Lied, sondern eher ein einlullender melodischer Sprechgesang, bei dem jede Textzeile nach der gleichen Tonfolge gesungen wurde. Weil die Männer immer wieder von vorne anfingen, hatte Helene beim dritten oder vierten Mal das Gefühl, den Text heraushören zu können:

> Es gibt keine Zeit und es gibt keinen Raum.
> Was einst geschah, ist heute noch da.
> Was jetzt geschieht, wird immer sein.
> In anderer Gestalt, mit fremden Namen.
> Sichtbar oder unsichtbar, was ist, das ist.
> Vergänglichkeit ist nur ein anderes Wort
> für Veränderung.
> Es kommt auf den Punkt an, von dem aus der
> Wechsel betrachtet wird.
> Selbst wenn sich die Dinge in ihr Gegenteil
> verkehren, so bleiben sie doch, was sie immer
> waren.

Helene saß, noch immer Leahs Hand in der ihren haltend, und beide starrten verwundert um sich. Alle Dorfbewohner hatten sich ganz selbstverständlich auf die Musik konzentriert und schienen in eine Art gemeinschaftliche Trance gefallen zu sein. Sie klatschten, trommelten und stampften, einige summten, andere sangen lauthals mit, aber jeder folgte mit seinem Körper irgendwie dem Sog des Rhythmus.

Plötzlich löste sich die magische Stimmung in lautes Jubeln und tosenden Applaus auf und die alten Männer lachten und wieherten.

Darauf trat Antonio Subida de Horno an Helenes Tisch und setzte zu einer kleinen Ansprache an.

»Also. Bueno. Señora. Wie schön, dass Sie heute da sind und mit uns feiern. Also, Señora, meine Familie möchte sich bei Ihnen bedanken für die Rettung unserer geliebten Dolores und wir möchten Ihnen etwas schenken. Vielleicht haben Sie schon davon gehört, dass es bei uns Brauch ist, einem Gast eine Geschichte zu schenken? Allerdings freuen sich die anderen Anwesenden meistens genauso über die Geschichte wie der Gast«, grinste er verschmitzt in die Runde. Dieser Kommentar fand durch Gelächter und Geklapper wohlwollenden Zuspruch. »Also. Ja«, fuhr das schmächtige Männlein fort, »deshalb schenken wir Ihnen jetzt eine Erzählung, die wir alle hier sehr mögen. Denn es ist unsere Geschichte.«

Ruhe kehrte ein. Der alte Mann setzte sich mit halbem Gewicht auf Helenes Tisch, steckte zwei Finger hinter seine Festtagskrawatte, lockerte sie ein wenig, schaute sich noch einmal um, dann sah er nur noch Helene an und begann zu erzählen.

Dies ist die Geschichte von Punta del Cambio

Am Anfang, zu einer Zeit, an die sich niemand erinnern kann, gab es nur Wasser und Land. Aus der Dunkelheit der Geschichte tauchten die Iberer auf, die entdeckten, wie man die Metalle mischt. Sie entwickelten eine Sprache, die keiner auf der Welt gleicht. Es sollen stolze, hochfahrende Menschen mit hitzigem Temperament gewesen sein. Und sie waren musikalisch und etwas frivol. Die Frauen hielten die Männer beim Tanz an den Händen.

Aus der Dunkelheit der Geschichte tauchten dann die Kelten auf, vermischten sich mit den Ureinwohnern und brachten ihnen das Wissen der Druiden von der Medizin aus der Erde und den Geistern der Luft. Unter dem Klosterhügel wurde die erste Siedlung gebaut, eine heilige Quelle soll die Menschen angezogen haben. Sie wurde zum Treffpunkt für jene, die sich unter dem Schutz der Götter kennen lernen wollten.

Es kamen viele: Ligurer, Karthager und Phönizier aus dem Purpurland. Sie alle hatten auf ihren Wanderungen vom Ende der Welt und dem südlich gelegenen Kap gehört, an dem sich von Zeit zu Zeit die Fluten drehen. Das wollten sie sehen und sie wollten vom Wasser der Quelle trinken. Sie brachten ihr Können und sie brachten ihre Bräuche. Manche blieben ein Leben lang.

Aus der Dunkelheit der Geschichte kamen als Nächstes die Römer und überzogen das Land mit ihren Straßen und ihren Gesetzen. Doch das abgelegene Punta del Cambio blieb von dieser Entwicklung unberührt. Gleichmütig hatte man hier die Kunde von der

Unterwerfung vernommen, es wurde weiter gefischt und getanzt, und mit Fremden das Quellwasser geteilt.

Aus der Dunkelheit der Geschichte reisten Christen an, um den Glauben an Gottes Sohn, den Erlöser, zu verbreiten. Doch statt Erlösung brachten sie Streit. Sie stritten mit Andersgläubigen und sie stritten untereinander. Vor allem stritten sie über ihren Gott und über seine Fähigkeiten. Ihre Bischöfe befassten sich sogar mit Zinssatz, Ehebruch und Prostitution. An unserer Küste fand man wenig Gefallen an den Regeln dieser neuen Herren, bis ein gnostischer Priester eintraf und über der Quelle einen Tempel baute. Den Menschen gefiel besonders der große Stein, der in den Bodengrund eingemauert wurde. In ihn waren verschiedene Namen Gottes gemeißelt sowie Wasser, Sonne und Mond. Seine Bedeutung weist auf das ewige Spiel von Verwandlung und gleichzeitiger Unveränderlichkeit: Alle Götter sind eins. Der Priester glaubte an Magie und lehrte, dass übernatürliche Mächte in das Leben eingreifen und das Schicksal beeinflussen. Namen für diese Mächte spielten dabei keine Rolle. Das war in den Augen der Kirchenwächter Häresie; der kleine Tempel über der Quelle wurde von römischen Schergen gewaltsam geschlossen.

Den Küstenbewohnern war diese brutale Einmischung zuwider und so beschlossen sie aus Protest, die Quelle zu verlassen und direkt am Punta del Cambio eine neue Siedlung zu errichten.

In der Dunkelheit der Geschichte verstrichen viele Jahre. Die Menschen fischten, tanzten und pflegten alle Traditionen, die mit den Reisenden zu ihnen gekommen waren. Erst als die Westgoten auf der Iberischen Halbinsel nach der Herrschaft strebten, wurde südlich vom Ende der Welt auf den Trümmern des Tempels eine neue Kirche errichtet. Die weit gewanderten Goten glaubten an Gott und Jesus, doch sie predigten, er sei ein Mensch aus Fleisch und Blut – ein leuchtendes Beispiel, aber keinesfalls Gottes Sohn. Ihre Messen wurden regelmäßig besucht, denn wissen wollten die Puntas schon, was es von diesem auserwählten Menschensohn zu lernen gab.

Als mit dem Ende der Gotenzeit das katholische Glaubensbekenntnis abgelegt werden sollte, brannten unsere Vorfahren diese Kirche nieder, bevor dem Ort erneut Gewalt angetan werden konnte. Über der Quelle entstand ein Schotterhügel, bedeckt mit der Asche ihres Glaubens.

Als aus der Dunkelheit der Geschichte die Mauren über das Meer setzten, fanden auch einige von ihnen in unsere Bucht. Die Seefahrer aus Nordafrika hatten schon längst von dem seltsamen Wellenspiel gehört und besuchten uns von ihren Häfen in Andalusien aus. Die Puntas vernahmen die Kunde von Mohammed gelassen und so mancher dachte an den unvergessenen Glaubensstein unter der Erde und meißelte in Gedanken einen weiteren Namen in seine Oberfläche. Alles ist eins.

Später, als dann die spanischen Könige das Land zurückerobert hatten und unsere Küste durch den Fund des heiligen Jakobs berühmt wurde, fielen die Pilgerscharen ein. Neben reuigen Sündern und gläubigen Fürbittern waren auch Mönche unterwegs. Am Ende ihrer Wallfahrt nach Santiago entdeckten sie bei einem Abstecher in die südliche Umgebung den versteckten Ort und fanden zu ihrer Überraschung gläubige Menschen, jedoch kein Gotteshaus vor.

Dann versiegte der Strom der Fremden. Wallfahrten ins Heilige Land nach Jerusalem und nach Rom waren in Mode gekommen. In Punta kehrte Ruhe ein. Ein friedliches Plätzchen, das von den Großen der Welt kaum wahrgenommen wurde. Und so fischen wir und tanzen und erzählen die Geschichten, die die Menschen hierher gebracht haben.

Dies ist die Geschichte von Freundschaften

Nach dem Regen bestand der Weg von der Küste am Kloster entlang Richtung Casa Floreciente aus einer einzigen breiigen Schlammmasse. Helene lief durch den Matsch, der bei jedem Schritt zäh an ihren Schuhen kleben blieb, als wolle er nicht zulassen, dass sie sich vom Fleck bewegte.

Sie spürte den Muskelkater in ihren Waden. Schließlich bezwang sie den unwegsam gewordenen Pfad von der Casita zum Kloster schon drei Tage hintereinander. Sie wunderte sich, dass ihr die Bewegungsabläufe so schwer fielen, obwohl sie ihren Körper doch seit Wochen beständig auf Trab hielt. Aber bei dieser Rutschpartie waren offensichtlich ganz andere Muskeln gefordert. Sie hob den Kopf Richtung Himmel, fahles Gelb kam hinter dem dunklen Grau hervor. Die Regenwolken zogen Richtung Norden ab.

Helene war auf dem Weg zu Hermana Consuelo. Wie selbstverständlich hatte sie begonnen, sich um die Frau zu kümmern. Auf dem Fest der Bäckersfamilie hatte es im Überschwang einen Unfall gegeben. Nach der wundersamen Geschichte des Ortes wurde mehr Wein ausgeschenkt, jemand hatte unter einem Tischtuch eine Art Dudelsack hervorgezogen und Consuelo, die besonnene, gelassene, über allem stehende Consuelo hatte tatsächlich unbeschwert abwechselnd mit dem einen und dann wieder mit dem anderen der Gebrüder Campa getanzt. Vom Rotwein und der ungewöhnlichen Atmosphäre berauscht, hatte Helene schweigend zugesehen. Das Schattenspiel der Kerzen sorgte auf den Wänden hinter den Tanzenden für eine flimmernde Kulisse. Staunend und gierig hatte sie versucht, einen Tropfen dieser überschäumenden Lebenslust für sich einzufangen. Und dann hatte Hermana Consuelo mit einer besonders schwungvollen Drehung die Arme des bärtigen Señor Campa verlassen, war ins Schlingern geraten und hatte sich, immerhin noch einigermaßen elegant, auf ihr Hinterteil gesetzt. Zunächst hatte diese Pirouette für Gelächter gesorgt. Als man dann aber sah, dass Consuelo ganz weiß um die Nase wurde und weder aufstehen mochte noch konnte, hatte man die Feier dann doch abgebrochen. Mit ihrem stark verstauchten Knöchel war es ihr unmöglich, alleine zurück zum Klosterhügel zu kommen. Nach kurzen Untersuchungen und Beratungen war der dunkellockige Mann mit der ewig glühenden Zigarette im Mundwinkel vorgetreten und hatte Consuelo knapp und klar in die Augen geschaut. In einem seltsamen Einverständnis hatte sie mit einem angedeuteten Nicken ihre Zustimmung signalisiert, worauf er sie kurzerhand mit beiden Armen packte und wie ein kleines Mädchen aus dem Raum trug.

Sie war nach Hause gefahren und umsorgt worden. So viel hatte Consuelo Helene am nächsten Tag berichtet. Mehr nicht.

Helene, die bei dem anhaltenden strömenden Regen, der nach der Fiesta eingesetzt hatte, ohnehin keine großen Küstentouren unternehmen konnte, hatte Consuelo gleich am nächsten Morgen besucht, um ihr Essen zu kochen. Zunächst war es ihr schwer gefallen, sich in den alten Gemäuern zurechtzufinden, doch unter Consuelos Anweisungen fand sie mit der Zeit, was sie brauchte.

»Buen día, wie geht es dem Bein heute?«, fragte sie gleich beim Hereinkommen.

»Es geht. Es tut noch weh und ich kann mich kaum bewegen. Es hat aufgehört zu regnen, Helene. Können Sie für mich im Garten nach dem Rechten sehen? Vielleicht müssen einige Pflanzen aufgerichtet und an Stäben befestigt werden.«

Als Helene zum ersten Mal allein im Klostergarten war, vergaß sie die Zeit. Von den jungen Trieben der verschiedenen Kräuter und Gemüse fühlte sie sich eigenartig angezogen. Nie zuvor waren ihr so viele unterschiedliche Grüntöne aufgefallen, nie zuvor hatte sie die Vielfalt der Blattformen beachtet. Langsam fuhr sie mit ihren Fingerspitzen über dunkelgrüne Fasern, handtellergroße Blätter, dann über kleine, lindgrüne Spitzen, andere fühlten sich höckerig, knotig, runzelig, rau oder wächsern an. Sie schüttelte Regentropfen aus kleinen Büschen, steckte einige Stauden fest und bewunderte die Fülle dieses kleinen Kosmos. So kam es, dass Consuelo nach und nach das Geheimnis einer jeden Pflanze preisgab und Helene immer wieder mit kleinen Aufträgen in den Garten schickte, um Knollen zu setzen, Unkraut zu jäten und vertrocknete Spitzen zu kappen.

In den folgenden Tagen verbrachte Helene die Vormittage im Kloster, wusch, bettete und bekochte die Frau, die dasselbe eine Zeit lang für sie getan hatte.

Mit der Genesung des verstauchten Knöchels wurden Helenes Aufgaben im Haus weniger, Consuelo humpelte vor die Tür, saß auf der Bank im Garten und erklärte Nutzen und Wirkung der verschiedenen Gewächse. Nachmittags, nach einem kleinen gemeinsamen Mahl, setzte Helene ihre Strandläufe fort.

Es war milder geworden nach den Regengüssen. Zuweilen wurde ihr so warm, dass sie Schuhe und Strümpfe auszog und mit bloßen Füßen durch den feuchten Sand marschierte.

An einem Nachmittag sah sie schon von weitem auf dem Felsen, auf dem sie selbst schon so viele Stunden verbracht hatte, eine Gestalt sitzen. Von Kopf bis Fuß schwarz gekleidet, wobei das Schwarz sich heute besonders von dem hellen Haarschopf abhob. Leah hockte wie versteinert da und sagte kein Wort, als Helene näher kam. Dennoch hatte sie das Gefühl, dass Leah sie erwartet hatte.

Erst nachdem Helene sie zwei-, dreimal behutsam angesprochen hatte, brach es plötzlich aus ihr heraus.

»Ich kann nicht mehr. Ich weiß nicht, wie ich leben soll. Ich fühl mich scheußlich. Ich habe die ganze Nacht nicht geschlafen. Es ist ganz egal, wo ich bin, ich werde von mir selbst verfolgt und ich fühl mich so unendlich beschissen.«

»Was ist denn passiert?«, fragte Helene.

»Nichts! Gar nichts! Nichts, was erklären könnte, warum ich nicht so leben kann wie die anderen Menschen.«

»Möchtest du denn überhaupt so leben wie andere Menschen?«

»Ach, keine Ahnung. Natürlich nicht! Aber ich glaube nicht, dass es irgendjemanden innerlich so zerreißt wie mich. Und darum beneide ich die anderen. Egal, was ich mache, wo ich hingehe, was ich auch anpacke, immer endet alles in einem Drama.«

»Leah, irgendetwas muss doch passiert sein. Hast du Ärger mit deinem Onkel oder was ist sonst nicht in Ordnung?«

»Ärger mit dem Onkel – das geht doch gar nicht, der schnallt doch überhaupt nicht, was um ihn herum los ist. Der vergöttert seine Kinder und sich selbst. Und dass Muriella ihn hier in ihr Leben reinlässt und ihm für seine zehndimensionalen Eitelkeiten das Bett bereitet, das nimmt der einfach so selbstverständlich hin.«

»Und das bereitet dir selber so großen Kummer?«

»Nee, natürlich nicht. Aber ich hasse es, dass ich das immerzu direkt vor meiner Nase mit ansehen muss.«

»Vielleicht kannst du versuchen so zu tun, als ob es dich gar nichts angeht, was dein Onkel macht?«

»Aber wenn ich es miterleben muss, geht es mich doch was an, weil ich eben dabei bin und so seinem Scheißverhalten ausgeliefert bin. – Aber das ist es ja nicht wirklich …«

»So?«

»Nein.«

Helene setzte sich neben Leah in den Sand und schaute auf das Meer und sah nichts als die blanke See, den gelben Horizont, die wabernden Wassermassen, die vom Strand bis weit vor das Kap reichten, ein paar Mowen, die vorbeisegelten und spitze Schreie von sich gaben. »Es ist schön heute nach dem vielen Regen«, murmelte sie versonnen.

»Na ja – ich habe heute einen Brief bekommen.«

»Mhm.«

»Von Christof. Das war mein Freund.« Sie zog einen zerknitterten Umschlag aus der Hosentasche.

»Aha.«

»Er hat sich extra von meinen Eltern meine Adresse in Spanien besorgt, das fand ich total süß. Es ist ein ziemlich langer Brief. So viel hat er mir nie geschrieben, als wir noch zusammen waren. Er meint, es wäre total schön, dass es mich gibt und wir uns so gut verstehen und dass er mir total vertraut – der Arsch.«

Helene blickte fragend zu Leah auf.

»Superarsch. Auf der nächsten Seite schreibt er nämlich, dass er jetzt doch wieder mit Suse zusammen ist. Lockerer, als es mit uns war, aber im Bett so toll und das findet er gut. Und mit mir sei es eben was anderes, mir könnte er so was eben ungehemmt mitteilen und ich würde ihn immer verstehen und das sei so super.«

»Mhm.«

»Wie findest du denn so was?«

»Na ja, offensichtlich schätzt er euer Verhältnis ein bisschen anders ein als du.«

»He?«

»Na ja, wenn er wirklich das Gefühl hat, er kann dir so etwas schreiben, kann das schon Ausdruck seiner Verbundenheit sein.«

»Aber mir tut das doch einfach weh, so was von der blöden Pottsau Suse zu lesen.«

»Das mein ich ja. Da schätzt er dich und deine Gefühle offenbar falsch ein. Für dich ist der Brief ja anscheinend, sagen wir mal, geschmacklos.«

»Genau. Sag ich ja. Superarschloch, geschmackloses.«

»Aber dir macht es noch 'ne Menge aus?«

»Logisch. Ich mag den total gerne. Er hat mir gesagt, dass er in mich überhaupt das erste Mal richtig verliebt gewesen wäre. Dabei ist er zwei Jahre älter als ich. Dieser ganze romantische Liebesschmonzes lief über ein halbes Jahr lang und es hat mir total viel bedeutet. Wenn wir zusammen waren, dann konnte ich auch meine Familie besser ertragen. Der hat mich verstanden und bei ihm hab ich mich gut aufgehoben gefühlt. Und dann so Knall auf Fall hat er mir im Herbst erzählt, dass er mit dieser Suse geschlafen hat. Das musste er angeblich tun, das sei so eine Art Notwendigkeit gewesen und so'n Scheiß. Und da war's dann natürlich aus. Erst bin ich in ein Riesenloch gefallen und dann bin ich zu Hause ausgerastet, weil ich meine Mutter mit ihren gut gemeinten Ratschlägen nicht mehr ertragen konnte. Von wegen ›Du bist so jung und das Leben hat gerade erst angefangen‹ und diese ganze Leier. Dabei hat das doch mit den Gefühlen, die man in einem ganz bestimmten Moment hat, überhaupt nichts zu tun, ob man jung ist oder alt.«

Helene nickte zustimmend: »Da hast du sicher Recht.«

Sie wusste nicht, ob sie dieses Gespräch unbedingt fortsetzen sollte, doch für Leah war längst ein Damm gebrochen, ihr Herz lief über, und ohne Luft zu holen sprudelte es aus ihr heraus.

»Nach kurzer Zeit war's dann mit dieser Suse wieder vorbei. Das kann noch so'n Abenteuer auf der Matratze sein, der Christof kann auf die Dauer mit so einem hirnlosen Huhn überhaupt nichts anfangen. Wir haben uns dann wieder gesehen auf Partys und manchmal sind wir uns auch auf dem Schulweg begegnet und haben ein bisschen miteinander gequatscht. Ich hab gedacht, den lass ich jetzt mal ein bisschen in Ruhe, dann kommt der schon wieder. Aber dann musste ich ja im Winter hierher und da haben wir uns natürlich erst mal aus den Augen verloren. Deshalb war ich ja so froh, als der Brief kam.«

»Und nun bist du enttäuscht über das, was drinsteht.«

»Ja, natürlich, ist doch logisch, oder?«

»Ich weiß nicht«, Helene zögerte. »Vielleicht hast du ihn auch ein bisschen falsch eingeschätzt. Vielleicht ist dieser Christof gar nicht so, wie du gedacht hast.«

»Vielleicht – was würdest du denn jetzt an meiner Stelle machen?«

»Keine Ahnung. Wahrscheinlich nichts.«

»Gar nichts?«

»Ja. Wenn du ihm nicht antwortest, wird er vielleicht drauf kommen, dass sein Brief nicht so gut angekommen ist. Wenn ihm was an dir liegt, wird er es ein weiteres Mal versuchen. Wenn nicht, dann weißt du, woran du bist.«

»Und wenn er denkt, der Brief ist gar nicht angekommen?«

»Na, dann wird er sicher noch einmal probieren, Kontakt zu dir aufzunehmen.«

»Hach, das macht der nicht.«

»Na, dann überleg dir genau, ob er den Kummer wirklich wert ist.«

»Nee, isser nicht, das weiß ich doch schon. Aber wovon soll ich denn sonst träumen?«

»Brauchst du denn was zum Träumen?«

»Logisch, die Realität ist doch schlicht nicht zum Aushalten!«

»Ich kenne dieses Gefühl«, bekannte Helene vorsichtig. «Aber ob Träume in deiner Situation wirklich helfen – ich weiß nicht.«

»Nee, tut's auch nicht. Nix hilft. Ist alles egal.«

»Na komm, wenn alles egal ist, dann können wir auch noch ein bisschen spazieren gehen, bevor es dunkel wird.«

»Ich hab heut keine Lust. Ich hab auch keine Lust nach Punta zu gehen. Ich bin nämlich abgehauen nach dem Brief und hab Muriella mit den Kindern allein gelassen, obwohl sie heute eigentlich nach Santiago zum Zahnarzt wollte.«

»Das wird sie vermutlich nicht so nett finden und denken, du hast sie einfach im Stich gelassen.«

»Kann schon sein. Deshalb geh ich da jetzt auch nicht hin.«

»Was willst du denn nun machen?«

Leah verzog ihr Gesicht und schob die Lippen nach vorn, Tränen quollen aus ihren Augen.

»Ich weiß nicht.« Geräuschvoll zog sie die Nase hoch. »Nirgendwo kann ich hin und nirgendwo fühl ich mich wohl.«

Zögerlich stand Helene vor dem Mädchen. Dann nahm sie Leah in den Arm. »Komm mit mir in die Casa Floreciente. Ich mache uns etwas Warmes zu trinken und du hilfst mir, Feuer im Kamin zu machen. Den habe ich nämlich jetzt erst hinter einer Kiste mit Holz entdeckt und ich weiß noch gar nicht, wie der Abzug funktioniert. Vielleicht kriegen wir das zusammen hin. Was meinst du?«

Leah, der zwar für einen Moment tatsächlich alles egal gewesen war, spürte ihr Herz schlagen. Helene hatte sie zu sich gebeten, das war eigentlich fast das Schönste, was sie sich an diesem verdorbenen Tag vorstellen konnte. Und so erklomm sie an der Seite der schlanken Frau die Klippenböschung und rutschte dann gemeinsam mit ihr durch den matschigen Olivenhain.

In der Casita war es dunkel und kalt. Helene bemühte sich, es Leah angenehm zu machen. Ein Petroleumlicht auf dem großen Tisch warf heimelige Schatten über den Raum. Nachdem sie Tee gebrüht und zwei Tassen aufgedeckt hatte, zeigte sie Leah den Kamineinsatz in der Wand unter dem Podest, und die beiden machten sich daran, mit ein paar Spänen ein Feuer zu entfachen. Als es endlich zu prasseln begann und die beiden Frauen sich davor gesetzt hatten, fiel Helene auf, dass sie schon seit einer halben Ewigkeit nicht mehr so mit einem anderen Menschen zusammengesessen hatte.

»Bist du eigentlich einsam?«, wollte Leah unvermittelt wissen.

»Einsam? Ich weiß nicht. Ich glaube, das spielt keine Rolle für mich.«

»Hast du keinen Mann, keine Familie?«

»Nein.«

»Hast du denn nie einen Mann gehabt oder einen Freund?«

»Doch, natürlich.«

»Viele?«

»Was sind viele? Ja, vermutlich schon viele.«

»Echt? Und wo sind die?«

»Keine Ahnung, vermutlich an dem Ort, der für sie richtig ist.«

»Das hört sich reichlich komisch an«, wunderte sich Leah. »Hast du gar kein Bedürfnis, mit jemandem zusammen zu sein?«

»Nein. Ich glaube, mir geht es besser, wenn ich allein bin.«

»Das könnt' ich nicht aushalten. Ich kann das gar nicht glauben, dass man keine Sehnsucht und keine Wünsche hat.«

»Nein –«

»Du bist echt 'ne komische Frau, Helene. So jemanden wie dich habe ich noch nie kennen gelernt.«

Helene lächelte abwesend in die tanzenden Flammen hinein.

»Hast du was zu trinken, ich meine, was Alkoholisches?«, wollte Leah wenig später herausfordernd wissen.

»Ja, schon. In der Kühlkammer hinter der Küche lagern ein paar Flaschen Wein, such dir was aus.«

Leah holte eine Flasche Rotwein und Gläser, entkorkte fachmännisch, schenkte ein und begann in großen Zügen zu trinken. »Willst du nichts?«

»Der ist mir noch zu kalt, ich trinke einen Schluck, wenn er etwas wärmer ist.«

Leah schien der Temperatur gegenüber unempfindlich und trank auf einen Rutsch ein zweites Glas. Dann erzählten sie noch ein wenig über das Fest und wie die Leute aus Punta am nächsten Tag davon geschwärmt hatten, und bald war die Flasche leer. Helene, die selbst nur an ihrem Glas genippt hatte, erlaubte Leah ohne zu zögern, eine weitere Flasche zu öffnen, was diese sogleich tat und Helene dabei misstrauisch fixierte. »Du kannst mir das ruhig sagen, wenn's dich stört, dass ich mich hier besaufe.«

»Wenn es mich stören würde, hätte ich dir keine zweite Flasche genehmigt.«

»Auch wieder wahr. Und willst du gar nicht wissen, ob ich das öfter mache und warum?«

»Wenn du möchtest, dass ich es weiß, wirst du es mir sicher sagen«, entgegnete Helene gelassen. Sie hatte sehr wohl den Stimmungsumschwung registriert. Das Mädchen versuchte sie zu provozieren. Nach zwei weiteren Gläsern erhob sich Leah und patrouillierte mit langen Schritten durch das Haus. Helene hatte den Eindruck, dass sie sehr außer sich war, und da schwenkte Leah auch schon die Weinflasche über ihrem Kopf und schleuderte sie mit einem gewaltigen Hieb auf den Boden. Sie hielt inne, die Zeit schien für einen Moment stillzustehen. Dann begann sie zu schreien: »Siehst du, so geht's mir. Ich kann machen, was ich will, nie reagiert auch nur eine Menschenseele auf mich! Immer hab ich das Gefühl, ich befinde mich in einem anderen Film als die anderen Menschen um mich herum. Als wäre zwischen uns eine Spiegelwand, durch die aber nur ich die anderen beobachten kann. Ich selbst werde gar nicht gesehen. Ob ich Scheiße baue oder nicht, alles egal. Das Einzige, was passiert, ist, dass niemand etwas mit mir zu tun haben will.«

Helene sah sie stumm an.

»Sag doch endlich was, lass mich doch hier nicht einfach so untergehen!«

»Ich weiß nicht, was du möchtest«, erklärte Helene ganz ruhig.

»Nee, natürlich weißt du das nicht. Keiner weiß das.«

»Ich glaube, Leah, das weißt du nicht einmal selbst.«

»Kann sein. Stimmt. Ich weiß nichts und ich bin verrückt und eine Belästigung für die Menschheit. Wahrscheinlich bin ich überhaupt nicht so ein Mensch, wie ihr das alle seid. Bei mir ist irgendetwas schief gelaufen.«

»Kein Mensch ist wie der andere.« Helene stand auf und holte einen Handfeger und einen Lappen, um die Scherben vom Boden zu kehren. Schließlich hatte Leah ihre Schuhe vor dem Kaminfeuer ausgezogen und Helene war besorgt, das Mädchen könnte in die Scherben treten. Nachdem sie den Abfall weggebracht hatte, schaute sie nach Leah. Die lag schluchzend eingerollt vor dem Kamin und war nicht mehr ansprechbar. Helene wuchtete die schlaffe Gestalt hoch und schleppte sie Richtung Schlafzimmer. Dort legte sie sie behutsam auf das Bett, zog sie aus und deckte sie vorsichtig zu. Dann löschte sie das Feuer und die Lichter, zog sich selber aus und schlüpfte zu Leah unter die Decke.

Das betrunkene Mädchen zitterte und Helene begann ihr zärtlich über das Haar zu streicheln. Nach einer geraumen Weile schien sich ihr Körper zu entspannen und sie rollte sich unauffällig in Helenes Arme. Diese verstand das Zeichen und fuhr weiter mit ihren Händen über den Kopf, die Schultern entlang, Richtung Körpermitte. Ihr war, als könne sie im Bauch des Mädchens einen großen, harten Stein spüren, der sie als schmerzende Last quälte. Behutsam rieben ihre Fingerkuppen im Uhrzeigersinn wieder und wieder über diese verhärtete Wölbung und sie hörte so lange nicht auf, bis Leah sich langsam beruhigte und einschlief.

Helene machte in dieser Nacht kein Auge zu. Der junge Körper an ihrer Seite war zu befremdlich. Er versetzte sie in Panik, doch wollte sie das Mädchen auf keinen Fall wecken und fortschicken. Und so blieb ihr keine andere Möglichkeit, als über ihren Schlaf zu wachen.

Am Morgen dauerte es eine Weile, bis Leah zu sich kam. Helene konnte förmlich sehen, wie sich das Wesen neben ihr mühsam aus einer anderen Sphäre zurückzog. Lange saß das Mädchen auf dem Rand des Bettes und stierte Löcher in die Luft.

»Komm, Leah«, versuchte Helene es aufmunternd. »Ich mach dir einen Tee und dann begleite ich dich heim.«

»Ich kann da jetzt nicht hingehen. Das gibt nur Ärger.«

»Meinst du, es gibt keinen Ärger, wenn du noch später gehst?«

»Nee.«

Helene machte in der Küche Wasser heiß, und als der Tee fertig war, kam das Mädchen tatsächlich nach vorne.

»Du bist doch sechsunddreißig, hast du mir erzählt, oder?«

»Sechsunddreißig, ja. Der sechsunddreißigste ist jedenfalls der letzte Geburtstag, an den ich mich erinnern kann.«

Leah grinste. »Dann bist du genau doppelt so alt wie ich.«

»Offenbar.«

»Eigentlich könntest du auch so was wie meine Mutter sein, so kommt es mir jedenfalls gerade vor.«

Helene zuckte zusammen. »Dafür bin ich vielleicht doch ein bisschen zu jung – oder?«

»Wieso? Man kann doch mit achtzehn ein Kind bekommen.«

»Stimmt. Aber für mich wäre das sicher nicht das Richtige gewesen.«

»Ist ja auch egal.« Leah winkte ab. »Ich finde trotzdem, dass du auf so eine komische Weise was Mütterliches hast. Ich mein, ich will dich nicht beleidigen, nicht dass du so alt aussiehst. Ich hätte nicht schätzen können, wie alt du bist. Irgendwie wirkst du so ohne Alter. Als ob das Alter keine Bedeutung hat. Aber du hast so was, von dem ich finde, dass das ganz gut zu einer Mutter passen würde.«

»Was ist denn mit deiner eigenen Mutter?«

»Ach, die ist ganz anders.«

»Und?«

»Die ist furchtbar.«

Helene sah zu Leah hinüber. »Ich bin sicher, sie wäre sehr gekränkt, wenn sie dich jetzt hören würde.«

»Soll sie doch, sie kränkt mich ja auch dauernd.«

»Oh!«, entfuhr es Helene. Sie schlürften lautstark ihren Tee, um das entstandene Schweigen mit Geräuschen zu füllen.

Dann setzte Leah noch einmal an: »Ich hasse meine Mutter. Sie ist in allem ganz anders als ich. Nichts findet sie schön, was ich schön finde. Aber gleichzeitig will sie mir ihren Willen aufzwingen, dass ich alles toll finden soll, was sie macht und was ihr so gut gefällt. Sie will immer, dass ich so bin wie sie. Aber ich bin total anders. Genau das Gegenteil und das kann sie nicht leiden. Und ich kann sie nicht leiden. Jetzt kannst du dir vielleicht vorstellen, was bei uns los ist. Und dann ist da noch meine Schwester. Die ist viel älter als ich, lebt aber immer noch zu Hause. Auf gewisse Weise verhält die sich immer so, dass sie bei meiner Mutter gut ankommt, obwohl sie total ätzend ist. Und mich macht sie immer runter. Am liebsten natürlich vor meinen Eltern. Mir ist es ja im Prinzip scheißegal, wie die alle sind, aber die sollen mich in Ruhe lassen. Ich will so leben, wie ich will. Ich will vor allem so sein können, wie ich bin, und nicht von morgens bis abends gezeigt bekommen, dass ich falsch bin, so wie ich bin.«

Helene hatte still zugehört und war unsicher, was sie erwidern sollte. Einer Eingebung folgend fragte sie dann leise: »Aber du fühlst dich manchmal schon selber falsch, oder?«

Leah begann wieder zu weinen. »Ja, natürlich, wenn einem ein Leben lang gezeigt wird, dass man nicht richtig ist, glaubt man das doch irgendwann selbst. Gerade wenn man noch klein ist. Ich kann mich nicht daran erinnern, dass es jemals anders war.«

Sacht berührte Helene Leahs Arm. »Aber du wirst älter und eines Tages wirst du ganz alleine über dein Leben bestimmen und dann kann dir wirklich ganz egal sein, was jemals irgendwer über dich gesagt oder gedacht hat. Das ist in Wirklichkeit gar nicht wichtig.«

Als Antwort war nur ein Schniefen zu hören. Helene fühlte sich überfordert von der stürmischen Verzweiflung des Mädchens, von ihrer Wut und der unersättlichen Sehnsucht nach Trost. Sie schaute in den Hof, wo sich der Oleanderbusch leicht hin und her wiegte. Sie war keinesfalls die richtige Person, um diesen Trost zu spenden.

Sie holte ein Taschentuch, räumte den Tee und die Weingläser vom Abend in den Spülstein und half Leah auf die Beine.

»Na, komm jetzt.«

»Ja, ich komme. Siehst du, du bist doch wie eine Mutter. Schade, dass du nicht meine bist.«

»Nein Leah, das ist nichts, was man schade finden könnte. Es ist eben jemand anderes deine Mutter. Vielleicht hat das sogar einen Sinn. Ich kann jedenfalls weder deine Mutter sein noch sie ersetzen. Aber vielleicht können wir so etwas wie Freunde sein.«

»Mmh, ja, das wäre schön – Helene?«

»Ja?«

»Es tut mir Leid wegen gestern Abend, mein Ausbruch und so. Ich wollte dich nicht erschrecken.«

»Du hast mich nicht erschreckt.«

»Gut. Ich, ich … ich würde gern versuchen dir zu erklären, was in solchen Momenten mit mir passiert.«

»Wenn du möchtest.«

»Ja, aber ich kann das nur aufschreiben. In einer Sprache mit Ton und Klang geht das nicht. Denn es ist ein ganz stummer Zustand.«

»Okay, ja. Aber vielleicht nicht jetzt, oder? Ich denke, wir sollten mal zu deinem Onkel gehen, bevor der sich richtig Sorgen macht.«

»Kommst du mit?«

»Ja, ich komme mit und werde dir helfen, falls es wirklich schwierig wird.«

»Danke«, murmelte Leah und umfasste Helenes Schultern mit einem heftigen Ruck. »Danke für alles.«

Als das ungleiche Gespann in Punta del Cambio vor der Tür der Gomez' stand, hörten sie eine wütende männliche Stimme auf Deutsch schimpfen.

»Ach, du alte Hexe, mach, dass du wieder in dein Zimmer kommst. Dein Geplärr versteht sowieso kein Mensch.«

Leah öffnete das Holztor und steckte den Kopf in den Innenhof. Der Onkel stand wutschnaubend mit erhobener Faust und schwang diese immer wieder in die Richtung eines kleinen Fensters im Seitenflügel. Daneben, oben an der Treppe, über die das Seitengelass zu erreichen war, stand eine kleine, uralte, verrunzelte Person mit einem kaffeewärmerartigen schwarzen Hut auf dem Kopf. Als sie Leah erspähte, fing sie an, gleichmäßig mit dem Kopf zu wackeln. »Sí, sí, las estrellas. Die Sterne sind es«, krächzte sie heiser.

»Wer ist das denn?«, flüsterte Helene, die sich hinter Leah in den Hof geschoben hatte.

»Das ist die Großmutter oder Urgroßmutter von Muriella. So genau hab ich das noch nicht kapiert. Muriella sagt, es sei die Mutter ihrer Großmutter, aber ich kann das nicht so recht glauben. Niemand weiß, wie alt sie ist.«

»Kommst du auch mal wieder vorbei?«, meldete sich nun der Onkel zu Wort. »Oh, und das in so beeindruckender Gesellschaft«, fügte er mit einem ironischen Seitenblick auf Helene hinzu. »Du hast sie ja wohl nicht mehr alle, Leah, was? Erst versetzt du deine Tante und lässt sie mit den Kleinen im Stich und dann kommst du gleich gar nicht mehr nach Hause.«

»Ich war bei Helene. Es tut mir Leid. Es ging mir nicht gut«, versuchte Leah ihre Lage zu erklären.

»Und Sie glauben wohl auch, dass es normal ist, fremde Kinder bei sich zu haben und den Verantwortlichen nicht Bescheid zu geben, was?«

»Hören Sie …« Helene war plötzlich eingefallen, dass man mit seinen Mitmenschen durchaus Probleme haben konnte und dass diese meistens einer Lösung bedurften, wenn man einigermaßen friedlich weiterleben wollte. »Bitte«, fuhr sie also fort, »Sie können sich Ihren Zynismus sparen. Leah hat sicher einen Fehler gemacht und sie versucht ja gerade, sich dafür zu entschuldigen. Es ging ihr gestern Abend wirklich nicht besonders, deshalb habe ich ihr erlaubt, bei mir zu bleiben. Es tut uns beiden Leid, wenn Sie sich gesorgt haben.«

»Bitte, Onkel Kurt, sei nicht sauer. Ich hab solche Angst, dass du mich zurückschickst. Dabei möchte ich wirklich gerne hier bleiben. Es tut mir echt Leid.«

Der Mann starrte die beiden immer noch wütend an. »Ich weiß

gar nicht, auf was ich mich hier alles eingelassen habe. Eine total verrückte Urgroßmutter, eine durchgedrehte Nichte, und die schleppt jetzt hier auch noch so ein Weib an, von dem man kaum glauben kann, dass es mitkriegt, wie die Welt sich dreht.«

»Ah, cierra la boca. Halt den Mund, du unwissender Fremder«, schallte es jetzt von oben in den Hof. Die alte Frau hatte sich auf die ersten Treppenstufen begeben und hatte den Gesprächsverlauf genau verfolgt. Dann wandte sie sich ruhig an die beiden Frauen unter ihr: » Es sind die Sterne. Die sind schuld. So ist das immer, wenn etwas Besonderes passiert. Aber der Trottel da unten hat von so was keine Ahnung. Es war Sturm, aber es gab keinen Strömungswechsel am Kap. Das ist das Zeichen. Die Gestirne warten noch. Da ist eine Aufgabe und die ist noch nicht erledigt. Wenn der Himmel fertig ist, wird er es uns sagen. Aber so lange sind alle etwas durcheinander. Besonders du. Du wirst noch einiges anstellen.« Sie richtete ihren kleinen Finger auf Leah. »Und du bist sowieso schon durcheinander genug, aber das wird bald besser«, krächzte sie heiser in Helenes Richtung. »Und du bist sowieso nicht ernst zu nehmen, weil du dich mit den wirklich wichtigen Dingen überhaupt nicht befasst.« Die letzte Äußerung schleuderte sie mit einer behänden Körperdrehung dem verdutzten Mann ihrer Urenkelin entgegen. Dann machte sie sich daran, ihren kleinen Körper wieder ins Innere des Hauses zu bewegen. Doch nach wenigen Sekunden erschien ihr Gesichtchen noch einmal am geöffneten Fenster. Wie eine Bühnendiva versuchte sie, ihrer Stimme mehr Volumen zu geben, und brachte ihren letzten Satz mit großem Pathos an die Zuhörer: »Mein Freund und ich, wir wissen Bescheid!«

Leah und Helene sahen sich fragend an. Auch Leahs Onkel wusste nach dieser Ansprache nicht mehr recht weiter. Schließlich murmelte er etwas wie: »Verrückte alte Hexe. Also, komm jetzt rein, Leah.« Damit zog er das Mädchen hinter sich her und ließ Helene einfach stehen.

Dies ist die Geschichte von Schmerzen

Helene besuchte regelmäßig vormittags das Kloster und arbeitete mit Hermana Consuelo. Die Nachmittage verbrachte sie nach wie vor mit langen, einsamen Strandspaziergängen. Leah war für einige Tage wie vom Erdboden verschluckt. Helene dachte oft an das Mädchen und hoffte, dass Leah im Hause der Verwandten nicht allzu viele Schwierigkeiten erleiden musste.

Eines Morgen beschloss sie, Consuelo von dem Ausbruch zu berichten. Die beiden Frauen saßen gerade auf der Bank bei einem Plausch und genossen die warmen Sonnenstrahlen auf ihren Gesichtern.

»Da ist dieses Mädchen«, begann Helene. »Sie ist auch aus Deutschland und es geht ihr nicht besonders gut.«

»Leah, das Mädchen, das Muriella hilft?«

»Ja, Leah. Sie ist Kurts Nichte. Ich wollte fragen, ob ich sie vielleicht einmal mit hierher ins Kloster bringen kann. Sie geht immer sehr direkt auf mich zu. Ich glaube, sie hat niemanden, dem sie so recht vertraut, und ich bin sicher die Letzte, die imstande wäre, ihr zu helfen.«

»Meinen Sie, Helene?« Consuelo wischte ein wenig Erde von ihren Armen. »Ich glaube schon, dass Sie es könnten, aber vielleicht möchten Sie es nicht.«

»Ja, vielleicht. Ich weiß nicht. Doch, es ist nur so, dass da Energien am Werk sind, von denen ich glaube, dass Sie hier oben mehr damit anfangen können.«

»Gut, dann bringen Sie sie her, wann immer Sie es für richtig halten.«

Nachdem sie diese Abmachung getroffen hatten, erzählte Helene vom Auftritt der alten Frau im Hause des Onkels und brachte Consuelo damit herzlich zum Lachen: »Ja, das ist die alte Muriella. Sie ist wirklich die Urgroßmutter, wenn nicht sogar schon die Ururgroßmutter. Wenn man mit ihr spricht, hat man das Gefühl, sie ist schon immer hier gewesen. Hier in Punta und auch sonst überall. Sie kennt alles und jeden und kann sich jede Geschichte merken. Bloß je älter sie wird, desto ulkiger verdreht sie die Dinge, oder besser: Sie erzählt ausschließlich das, was ihr persönlich wesentlich erscheint, und das klingt für Außenstehende zwangsläufig unsinnig. Aber ich versichere Ihnen, die alte Muriella erzählt keine Märchen. Zum Beispiel die Geschichte mit den Sternen und dem Wasser. Sie hat Recht und sie kennt sich damit bestens aus. Seit Jahren ist das schon nicht mehr vorgekommen. Wir haben bereits fast Frühsommer, längst hätte die Strömung schon zwei-, dreimal drehen müssen. Aber in diesem Jahr ist anscheinend alles anders. Es sind ja auch andere Menschen hier, das mag das Gleichgewicht der Natur verändern.«

»Consuelo, ich verstehe Sie nicht.«

»Noch nicht, Helene, noch nicht. Aber ich weiß, dass Sie verstehen werden, wenn es so weit ist. Und dann werden Sie einsehen, dass Sie eigentlich schon immer verstanden haben. Schließlich sind Sie doch freiwillig nach Punta gekommen.«

Helene seufzte: »Freiwillig, na ja.«

»Ja, freiwillig«, insistierte Consuelo, »es hätte eine Menge anderer Orte auf dieser Welt gegeben, die Sie hätten wählen können, und eine Menge anderer Möglichkeiten, Ihre Zeit zu verbringen. Aber Sie sind hierher gekommen.«

»Ja, das bin ich«, musste Helene zugeben.

Am folgenden Nachmittag war Helene nicht alleine am Ufer. Bei blassblauem Himmel waren einige Dorfkinder ans Wasser gekommen und tobten durch den Sand. Von der Unruhe ein wenig verstört, beschloss Helene, sich nicht wie sonst auf einem der Felsen niederzulassen, sondern weiter Richtung Punta del Cambio zu gehen. Sie kam an dem Boot des Mannes vorbei, den sie so oft bei den Klippen gesehen hatte. Noch nie hatte sie über diese Gestalt nachgedacht, obwohl sie sich jetzt dunkel daran erinnern konnte, dass irgendjemand erwähnt hatte, er sei gar kein richtiger Fischer. Angekommen bei dem alten Holzruderboot, welches weit auf den Strand hinaufgezogen und an einem in der Erde befestigten Poller vertäut war, warf sie einen Blick über den Rand in das Innere. Gut geölte Planken sonderten einen Duft von Pinien und Meerwasser ab. Zwei schlichte Bänke in der Mitte und die festgehakten Ruder, mehr konnte Helene nicht sehen. Doch dann fiel ihr unter dem vorderen Sitzbrett etwas Kreisrundes ins Auge. Etwas, das sie nicht kannte. Es sah aus wie ein riesengroßes Tamburin mit einem Durchmesser von mehr als einem Meter, und der Holzrahmen war fast ebenso hoch. Wie bei dem Rhythmusinstrument waren am oberen Ende zwei geschwungene Handgriffe eingelassen. Doch am Boden befand sich keine straff gespannte Tierhaut, sondern eine dicke Glasscheibe. Helene hob den eigenartigen und – wie sie feststellen musste – recht schweren Behälter aus dem Boot, musterte ihn von allen Seiten, konnte aber nicht herausfinden, wozu so etwas gut sein sollte. Also legte sie das Gerät behutsam zurück und ging weiter. Schon wenige Schritte später bemerkte sie, dass der Besitzer des Bootes soeben die letzte Treppe aus dem Dorf heruntergekommen und Zeuge ihrer Neugier geworden war. Der Mann mit der obligatorischen Zigarette im Mundwinkel krempelte seine Hosenbeine hoch, schlenderte mit diesem speziellen, leicht federnden Gang an ihr vorbei, grinste, wobei sich die wettergegerbte Haut wie ein kleiner Vorhang über seine Wangen hoben, und winkte ihr fröhlich zu: »Un día vamos juntos.« Mit dieser Ankündigung, dass sie eines Tages gemeinsam gehen würden, zeigte er mit auslandender Bewegung weit über das Meer. Helene nickte höflich, senkte dann schüchtern den Blick und ging weiter.

Eigentlich hatte sie vorgehabt, eine kleine Runde durch das Treppenviertel zu drehen, doch einem unerklärlichen Instinkt folgend begab sie sich auf dem schnellstmöglichen Trampelpfad hoch zur Küstenstraße und lief auf der inzwischen rissigen eingetrockneten

Erdkruste an den Olivenbäumen entlang. Nach ein paar hundert Metern erspähte sie zwischen den Baumstämmen eine menschliche Gestalt. Beim Näherkommen bestätigte sich ihre Vermutung, dass es sich nur um das deutsche Mädchen handeln konnte. Leah lehnte völlig in sich zusammengesunken an einem knorrigen Stamm und schien die Welt um sich herum nicht wahrzunehmen. Ihre Hände hatte sie unter ihrer schwarzen Jacke eng um den Oberkörper geschlungen, als wolle sie sich in ihrer Apathie ein wenig stützen. Ihr Atem ging so flach, dass Helene schon sehr genau hinhören musste, um sicherzugehen, dass dieser Körper überhaupt noch mit Sauerstoff versorgt wurde. Der ins Nirgendwo gerichtete Blick wurde kaum durch einen Wimpernschlag gestört.

Helene seufzte tief und ließ sich neben die Erstarrte fallen.

Was sollte sie tun? Wer hätte besser als sie selbst den Wunsch verstehen können, in eine andere Welt abzutauchen? Um nichts verkehrt zu machen und um Leah weder zu erschrecken noch zu stören, beschloss sie erst einmal abzuwarten, ob das Mädchen sich entschließen würde, von alleine zurückzukehren.

Es dauerte lange, vielleicht war eine halbe Stunde vergangen, vielleicht auch schon schon eine ganze. Da regte sich Leah plötzlich neben ihr. Erst zitterten nur leicht die Mundwinkel, dann löste sie ruckartig ihre ineinander geklappten Beine und fragte mit erstaunlich klarer Stimme, so als wäre es nichts Besonderes, so lange allein in einem Olivenhain zu hocken: »Wo bist du gewesen?«

»Im Kloster, so wie jeden Tag, und danach am Meer.«

»Ich habe versucht, die Welt zu verstehen. Das versuche ich schon so lange, aber es will mir nicht gelingen.« Leahs Stimme klang seltsam hohl. Sie bewegte ihre Arme, wollte sie nach vorne ziehen, unterbrach dann die Bewegung und stand auf, die Hände immer noch um ihren Leib geschlungen. Diese Haltung sah recht grotesk aus und erinnerte Helene an das traurige Bild einer Figur in schwarzer Zwangsjacke.

Als sie sich ebenfalls erhoben hatte, zog das Mädchen die Hände heraus und schob sie schnell hinter ihren Rücken.

»Du brauchst deine Hände nicht vor mir zu verstecken. Ich weiß, dass sie verletzt sind, und ich denke, sie brauchen Hilfe.«

Leah holte ihre Hände hervor, hob sie auf Augenhöhe und flüsterte: »Es tut nicht weh. Jetzt nicht. Der Schmerz kommt immer erst viel später, wenn ich ihn nicht mehr brauche.«

Helene kramte in ihren Taschen nach einem Taschentuch, zog einen recht zerdrückten, aber sauberen Fetzen hervor und tupfte bedächtig ein paar Blutstropfen von den Schnittstellen.

»Ich hasse mich«, flüsterte Leah weiter, »und ich hasse die ganze Welt.«

»Gut. Aber du wirst nicht von der ganzen Welt gehasst und deswegen werden wir jetzt etwas für deine Hände tun. Ich möchte gerne, dass du mit mir ins Kloster gehst und keine Fragen stellst.«

Leah ließ sich willenlos mitzerren.

Nachdem sie endlich das Torhaus durchquert hatten, setzte Helene das Mädchen auf einen Steinsockel, lehnte sie gegen eine Mauer und machte sich auf die Suche nach Consuelo. Aber die Klosterschwester war weder im Haupthaus noch in den Nebengebäuden zu finden. Erst als Helene zum zweiten Mal in der großen Halle des Haupthauses stand, hörte sie aus dem Treppenaufgang zum Kalfaktorium dumpfe Geräusche. Niemand war zu sehen. Doch als sich Helenes Augen an das Halbdunkel gewöhnt hatten, fiel ihr die angelehnte kleine Holztür unterhalb der Treppe auf. Consuelo erschien ächzend im Türrahmen.

»Das ist nicht die Zeit, zu der Sie normalerweise kommen, Helene, Sie müssen entschuldigen. Was kann ich tun? Es ist doch etwas geschehen, das sie beunruhigt?«

»Das Mädchen ist draußen«, erklärte Helene hastig, »sie hat sich selbst verletzt. Es ist nicht das erste Mal. Aber ich glaube, sie hat eine ganze Menge Blut verloren. Ich meine, sie ist bei Bewusstsein, sie kann selbstständig gehen, aber sie ist nicht ganz da.«

»Ja, dann wollen wir sie nicht so lange alleine lassen. Bringen wir sie ins Hospitium.«

Und so führten die beiden Frauen Leah in das schlichte Gästezimmer, in dem auch Helene schon einige Zeit verbracht hatte. Es kam ihr wie eine halbe Ewigkeit vor, dass sie hier selbst unter dem Einfluss von heißen Essenzen, Kräutern und Ölen gelegen hatte. Und als hätte Consuelo wieder einmal ihre Gedanken gelesen, bemerkte sie ganz nebenbei, während sie vorsichtig Leahs Hände reinigte: »Zeit heilt nicht alle Wunden. Aber es ist richtig, dass die Zeit bei der Heilung hilft. Immer!«

Leah hatte keinen Laut mehr von sich gegeben. Wie einst Helene hatte sie sich der Obhut Consuelos anvertraut. Das Mädchen war so kraftlos, dass es, noch während die Klosterschwester ihre Wunden versorgte, einschlief.

Als die Hände verbunden waren, verließen die Frauen den schmucklosen Raum.

Draußen bemerkte Helene die wohlige Milde der Abendluft. »Es wird Sommer«, lächelte Consuelo ihr zu, »die Zeit heilt, indem sie vergeht. Sie zieht ihre Kreise, kehrt immer wieder, manchmal denken wir, sie wiederholt sich. Aber die Zeit ist wohl doch eher wie eine Spirale, die sich immer weiter fortdreht. Wenn man eine bestimmte Stelle dieser Zeitspirale markieren könnte, würde man nach einer Weile wieder auf diese Stelle treffen, aber auf einer anderen Stufe. Und schon ist man an diesen früheren Ereignissen vorübergezogen.«

Helene ließ sich diesen Gedanken durch den Kopf gehen. Plötzlich fiel ihr Onkel Kurt ein. Wie würde der wohl reagieren, wenn seine Nichte zum wiederholten Male unangekündigt fernblieb? Schnell fragte sie deshalb: »Was machen wir denn jetzt?«

»Sie werden auf jeden Fall zu Muriella und ihrem Mann gehen müssen. Ich werde hier bleiben. Zwar kann ich im Moment nicht viel für das Mädchen tun, aber ich kann sie zumindest durch ihre Träume begleiten und verhindern, dass sie sich noch mehr antut. Das heißt, Sie müssen erklären, dass Leah ein paar Tage im Kloster bleibt.«

»Wie lange?«

»Nicht lange, vielleicht vier oder fünf Nächte. Ich fühle, dass ihr Herz einen Weg eingeschlagen hat, den sie zu Ende gehen muss, und wir dürfen sicher noch auf die eine oder andere Überraschung gespannt sein. Erst dann werden wir erfahren, inwieweit wir ihr wirklich zur Seite stehen können.«

Helene verstand kein Wort, war aber überzeugt davon, dass diese Frau wie immer das Richtige tun würde.

»Wie alt sind Sie eigentlich?«, entfuhr es ihr plötzlich in Erinnerung an Leahs Fragen über ihr eigenes Alter.

»Wie kommen Sie denn jetzt darauf, Helene? In meinem Pass steht, dass ich vierundfünfzig bin, aber Alter hat, im Gegensatz zu Zeit, nun wirklich überhaupt keine Bedeutung.«

»Das hat Leah auch schon mal gesagt.«

»So?«

»Ja, ich bin achtzehn Jahre älter als sie, und das, so meinte sie, würde ausreichen, um ihre Mutter zu sein – zumindest theoretisch.«

»Die Mutter ist das Thema?«

»Wenn man es so sieht, vermutlich schon.«

»Dann wird sie wohl demnächst eine Reise unternehmen.«

»Zurück zu den Eltern etwa?« Helene riss vor Staunen die Augen auf. »Das glaube ich niemals. Das macht sie nicht.«

»Wir werden sehen … und noch etwas, Helene. Das Folgende werde ich in den nächsten Tagen auch Leah sagen, denn für sie ist es sicher noch wichtiger, doch auch zu Ihrem Schutz gilt: Vermischen Sie nicht Ihre Geschichten miteinander. Ihr deutsches Wort trägt in sich so eine schöne Verständlichkeit. Ge-schichten. Da sind verschiedene Schichten und die sind in Bewegung. Doch bedeuten sie nicht für jeden das Gleiche, das könnte einen nämlich ganz schön verwirren.«

»Sie sprechen in Rätseln. Sind Sie sicher, dass Sie wirklich möchten, dass ich Sie verstehe?«, fragte Helene mit einem Hauch von Ironie in der Stimme.

»Sie verstehen schon. Aber zur Verdeutlichung gebe ich Ihnen gern ein Beispiel: Ich bin auch achtzehn Jahre älter als Sie. Denken oder wünschen Sie sich deshalb etwa auch, dass ich Ihre Mutter wäre?«

»Nein, natürlich nicht.«

»Sehen Sie! So einfach ist das mit den Geschichten. Leahs Muttergeschichte geht ganz andere Wege als Ihre Muttergeschichte; und sollten sie sich doch einmal kreuzen, dann sicherlich komplett anders, als wir uns das vorstellen.«

Helene griff langsam nach Consuelos Hand: »Ich bin sehr froh, dass es Sie gibt.«

»Und ich bin sehr froh, dass Sie hier sind. Auf diese Weise gehen eine Menge Geschichten weiter. Und jetzt sollten Sie sich auf den Weg machen, damit der gute Onkel Kurt keinen Grund hat, ein weiteres Mal aus der Haut zu fahren. Gute Nacht, Helene.«

Also machte sich Helene in der Dunkelheit noch einmal auf den Weg nach Punta del Cambio. Es war schon fast Mitternacht, als sie bei Leahs Familie ans Tor pochte.

Es dauerte nicht lange und die Tür wurde schwungvoll aufgerissen.

Helene blickte dem deutschen Mann gerade in die Augen.

Die funkelten und spiegelten die Lampen, die angebracht waren, um den Patio bei Nacht zu beleuchten.

»Kommen Sie rein, sind Sie allein? Ich bin auch allein, meine Frau ist mit den Kindern zu Freunden nach La Coruña gefahren und bleibt über Nacht.«

Mit festem Schritt durchquerte er den Hof, betrat das Haus und setzte sich im Wohnzimmer vor ein großes Fenster, das den Blick auf das darunter liegende Dorf freigab. Dass dahinter irgendwo das Meer anfing, ließ sich nur erahnen. Das dunkle Wasser war mit dem nächtlichen Himmel verschmolzen.

»Nehmen Sie Platz und schauen Sie nicht so ängstlich. Ich beiße nicht, aber wir zwei werden wohl miteinander reden müssen.«

Helene nickte zustimmend, kam der Aufforderung sich zu setzen zögernd nach und dankte mit der Andeutung eines weiteren Kopfnickens für das Glas Wein, das ihr der Mann aus seiner Flasche einschenkte und vor sie hinschob.

»Also, wo ist sie?«

»Sie ist im Kloster und sie wird dort ein paar Tage bleiben.«

»Du lieber Himmel, will sie sich jetzt der spleenigen Hermana da oben anschließen und so tun, als ob sie eine Nonne wäre, oder was?«

»Nein. Sie wird dort nur kurz bleiben, bis es ihr besser geht.«

»Bis es ihr besser geht? Was hat das verrückte Huhn nun schon wieder angestellt? Irgendetwas, das ich wissen muss, oder etwas, was ich vielleicht lieber gar nicht wissen möchte?«

Helene kostete von dem Wein und konterte dann mit ruhiger, fester Stimme: »So wie Sie sich aufführen, sicher Letzteres.«

»Ach, so wie ich mich aufführe, ja? Sie sind ja mit Ihrem Erscheinen an diesem Ort und dem monatelangen wilden Rumgerenne sicherlich die Richtige, die beurteilen kann, wie man sich aufführt, ja?«

»Sicher nicht. Sie können mich ruhig beleidigen, wenn es Ihnen Freude macht. Das ist mir ganz egal. Ich bin nur gekommen, weil ich nicht möchte, dass Sie sich wieder Sorgen über Leahs Verschwinden machen, und um Ihnen zu sagen, dass sie erst in ein paar Tagen wiederkommt.«

Kurt musterte Helene einen Augenblick interessiert. Dann wechselte er in einen versöhnlichen Tonfall.

»Kommen Sie, so verrückt, wie Sie immer rumlaufen, sind Sie doch in Wirklichkeit gar nicht. Genauso wenig, wie ich mich wirklich schlecht aufführe.« Doch er hatte sich getäuscht, wenn er glaubte, Helene auf diese Weise für sich einnehmen zu können.

»Ich bin weder gekommen, um mit Ihnen über mich zu sprechen noch über Sie«, lautete ihre schlichte Entgegnung. »Ich hoffe einfach nur, dass Sie Leah ein paar Tage Zeit geben und ihr danach nicht die Hölle heiß machen. Das wäre sicher hilfreich.«

»Glauben Sie im Ernst, schöne Frau, dass diesem verrückten Ding irgendwie zu helfen ist?«

»Keine Ahnung. Aber im Moment geht es ihr nicht gut und diesen Zustand muss man ja nicht auch noch von außen verschärfen.«

»Was soll denn das heißen, zum Teufel? Der geht es doch nie richtig gut. Ein verzogenes, verwöhntes Ding, das keine Ahnung hat, wie gut sie es in Wahrheit hat. Verstehen Sie mich nicht falsch, ich habe nichts gegen jugendliche Rebellion und Selbstfindung, aber soll ich Ihnen mal ein paar von den Geschichten auftischen, die mir meine Schwester erzählt hat, als sie mich gebeten hat, das Mädchen für einige Zeit zu uns zu nehmen? Dann stellt sich nämlich manches ganz anders dar.«

»Nein, lieber nicht. Ich denke, das sind Dinge, die mich nichts angehen und die ich besser gar nicht erst wissen sollte.«

»Na ja, meinetwegen. Jedenfalls spinnt sie reichlich, das zumindest werden Sie ja immerhin in der Zwischenzeit mitgekriegt haben?«

Helene schwieg. Abwechselnd schaute sie den Mann an, mit dem sie in dieses unsägliche Gespräch verwickelt war, dann wieder blickte sie durch das Fenster in das Nichts der pechschwarzen Nacht.

»Leah ist einfach total durchgeknallt. Eine Zeit lang ist sie die Liebste und Netteste, hilfsbereit und lustig mit den Kindern, und dann dreht sie ohne erkennbaren Grund ab und baut Mist.« Kurt versuchte jetzt, Helene auf andere Weise auf seine Seite zu ziehen. Doch diese wiederholte nur leise: »Es geht ihr nicht gut.«

»Nein, natürlich geht es ihr nicht gut. Wie soll es einem auch gehen, wenn man seine Mitmenschen plötzlich anbrüllt und dafür zurückgestoßen wird. Wenn man lügt und klaut und dann bestraft wird. Wenn man für alles Elend, das man empfindet, grundsätzlich immer die anderen verantwortlich macht, natürlich geht es ihr nicht gut. Aber es liegt an ihr und nicht an uns, die wir uns in Ihren Augen angeblich falsch aufführen.«

»Es tut mir Leid, ich sehe nur ein junges Mädchen, das leidet, woran auch immer.«

»Sind Sie wirklich daran interessiert? Dann sollten Sie mal Kontakt mit den Eltern aufnehmen. Sie können sich sicher denken, dass die schon einiges mit dem Kind durchgemacht haben. Bei zig Seelenklempnern waren die. Eine Zeit lang hieß es, es sei etwas Endogenes. Dagegen gibt es Tabletten. Aber Leah hat es vorgezogen, die Tabletten im Klo runterzuspülen. Hat sie Ihnen das auch erzählt?«

Helene schüttelte den Kopf. Sie hatte den Eindruck, dass es dringend an der Zeit war, dieses Gespräch zu beenden. Also stand sie auf und versuchte einen einigermaßen höflichen Schluss zu finden. »Hören Sie, ich bin hier nicht die Anwältin Ihrer Nichte. Ganz bestimmt nicht. Ich möchte Sie nur bitten, Leah in Ruhe zu lassen, wenn sie kommt. Sie waren doch auch mal jünger und erinnern sich an Schwierigkeiten, die man als junger Mensch mit sich selbst hat. Sie müssen doch ein Herz für dieses Mädchen haben, sonst hätten Sie sich doch niemals bereit erklärt, sie hier bei sich aufzunehmen.«

Offenbar wusste Leahs Onkel nicht, was er darauf erwidern sollte. So erhob er sich schließlich wortlos, um Helene zur Tür zu begleiten. »Meinen Sie denn, ich soll Leah oben im Kloster besuchen, oder vielleicht Muriella, so als Frau?«

»Ich weiß nicht, was richtig ist«, antwortete Helene, »ich kann Ihnen nur versichern, dass Leah dort oben bei Hermana Consuelo in besten Händen ist. Gute Nacht.«

Damit wendete sie sich ab und ließ den Mann im erleuchteten Patio stehen.

Als Helene am späten Abend in die Casa Floreciente zurückkehrte, entdeckte sie, dass Leah am Nachmittag bei ihr gewesen sein musste, bevor sie im Olivenhain zusammengebrochen war. Sie verstand nicht, warum das Mädchen nicht erwähnt hatte, dass es sie gesucht hatte, aber vielleicht wollte sie tatsächlich nur das eng beschriebene Blatt Papier für Helene hinterlassen. Es lag auf dem großen Tisch neben Helenes brauner Krokoledertasche.

Leah hatte ihr Versprechen also gehalten und aufgeschrieben, was in ihr vorging. Wann mochte sie das getan haben? Schon vor einigen Tagen, gleich nachdem sie sich hier betrunken hatte, oder erst kürzlich, vor oder nachdem sie sich selbst verletzt hatte? Helene war mulmig zumute. Möglicherweise hatte sie sich ja erst hier die Verletzungen zugefügt, als sie feststellen musste, dass Helene nicht zu Hause war? Hektisch suchte sie nach Spuren von Blut, nach einem Messer oder einem anderen spitzen Gegenstand, den Leah benutzt haben konnte. Doch es war nichts zu erkennen. Die Casa Floreciente kam ihr friedlich und unschuldig vor. Ihre Behausung, ihre Höhle, ihr Schlupfwinkel, in dem sie ihre eigenen Wunden versteckte. Ihr Blick wanderte an den alten, geweißten Wänden entlang, bis hinten zu dem Kuppelraum, der ihr Badezimmer beherbergte. Alter spielt keine Rolle. Zeit hilft heilen. Dieser Raum bot ihr Unterschlupf und Schutz. Die heilsame Atmosphäre war durch das Eindringen des Mädchens weder beleidigt noch beschädigt worden.

Und dies ist, was Leah aufgeschrieben hatte:

Sternenklare Nachtgefühle
Traumverschwommene Nebelfelder
Inseln in der Einsamkeit
Reiter beflügelt durch Glücksboten
Treffen schwarze Abenddämonen
Tanzen verworren nach kaum hörbarer Musik
Lächeln – schreien
Nicht erkenntlich ihre Botschaft
Tief versunken schläft ein Schloss
Umgeben rings von Rosenhecken
Winde lauschen, pfeifend, krachend
Versuchen ihren Weg zu machen
Kinder rufen, wollen leben
Knochenmänner Schwerter heben
Köpfe rollen, Trommelschlag
Dürre, alte Weiber
Werden von zerfetzten Kleidern
Davongetragen in geheime Stille
Ausgerissene Seiten kluger Bücher
Festgeklebt an Baum und Strauch
Verstoßen, befleckt und ungeachtet
Hauchen sie die Weisheit aus
Durstige Züge, Karawanen von Befallenen
Schleppen sich gen Nirgendwo

Suchen nichts, können nichts finden
Sind verflucht zum Wandern so.
Liebende schrecken auf im Gebüsch
Unheimliches scheint umzugehen
Unglaubliches Vergessen
Tröpfelt wie Sommerregentropfen
Ein weiches, warmes Wiegen, Wippen
Kleines Knacken
Zitterndes Zittern
Lang ersehnt der Schlaf
Bleibende, bleierne Schwere
Zu tief, viel zu tief
Und viel zu viele Jahre
Rinnt rennend
Dieselbe silberne Seuche
Dorthin, wo es dunkel ist.

Dies ist die Geschichte von Zeichen

Das kleine Mädchen fixierte Helene misstrauisch aus ihren dunklen Knopfaugen. Es saß auf der Dachterrasse der Bäckerei und saugte an einem Stück Weißbrot. Sein rotweiß kariertes Kleidchen bauschte sich in der warmen Brise, die vom Wasser herüberwehte.

Helene lag träge in einem Liegestuhl und drehte ihr Gesicht Richtung Sonne. Die Wärme war ihr in die Glieder gefahren, ihre Knochen saugten Licht und Hitze ein.

Fast unbemerkt hatte ein neuer Sommer begonnen.

Die feuchte weiche Luft des Atlantiks hatte lange dafür gesorgt, dass die Vormittage noch frisch blieben, und auch in den Nächten führte die Abkühlung mitunter zu erheblichen Temperatursprüngen und so hatte sich Helene ihr Wärmeempfinden weiter mit der körperlichen Arbeit im Klostergarten oder der Anstrengung bei ihren langen Wanderungen erklärt. Über das Wetter hatte sie sich nur wenig Gedanken gemacht. Doch jetzt erschien ihr das Sonnenlicht absolut lebensnotwendig, sie konnte gar nicht genug davon kriegen.

Dort oben auf der Dachterrasse der Bäckersfamilie trug sie nur einen leichten hellen Rock, hatte Pullover und Leinenturnschuhe abgelegt und saß in einem kleinen Hemd da, aus dem ihre dünnen, weißen Arme etwas spitz herausstakten. Vielleicht sieht mich Dolores deshalb so funkelnd an, weil ich aussehe wie ein Gespenst, durchfuhr es Helene. Aber sie wusste, dass das nicht sein konnte. Bei der Morgentoilette in der Casa Floreciente hatte sie selbst festgestellt, dass sie längst nicht mehr so ausgemergelt aussah wie noch vor einigen Wochen. Noch immer schlank, hatte sie doch wieder etwas rundere Körperformen angenommen. Haut und Augen waren klarer, die allgemeine Erschöpfung schien gewichen und sicherlich bedingt durch ihr enormes Bewegungspensum hatte ihr Körper eine gewisse Spannung zurückerhalten. Mit der Helene, die sie einmal gewesen war, hatte ihre äußere Erscheinung allerdings noch immer nichts gemein, darüber täuschte auch das neue Spiegelbild nicht hinweg.

Sogleich verscheuchte sie den Gedanken, denn diese alte Helene existierte sowieso nicht mehr.

Das kleine Mädchen begann, eingeweichte Brotstückchen in Helenes Richtung zu spucken. Es saß etwa einen Meter entfernt von ihr, zu weit, um sie zu treffen, aber nah genug, um genau beobachten zu können, wie sie wohl reagieren würde.

»He«, lachte Helene, »du musst mich ja gar nicht leiden können, aber wenn wir beide deiner Mutter keinen Ärger machen wollen, sollten wir zumindest so tun, als ob wir miteinander auskommen.«

Ungerührt spuckte das Mädchen weiter. Helene hatte sofort gewusst, als Suzanna sie gebeten hatte, auf ihre Tochter aufzupassen, dass das Zusammensein mit diesem Kind eine Herausforderung darstellen würde. Allerdings hatte sie nicht damit gerechnet, von diesem äußerlich entzückenden Engel mit glitschigen Brotresten bespuckt zu werden.

Als Helene vor zwei Stunden den kleinen Verkaufsraum betreten hatte, war ihr Suzanna gleich entgegengestürzt.

»Ah, que bueno, Señora, Sie sind meine Rettung. Ich muss unbedingt mit Don Salvo und Hermana Consuelo nach Santiago. Dort gibt es einen großen Auftrag für uns und die Hermanita hat auch wichtige Besorgungen mit Salvo zu machen. Abuelo Antonio sitzt mit den Campas im Café und sagt, er hätte mit den Geschäften nichts mehr zu tun, und mein Mann ist bei dem schönen Wetter mit den Bootsleuten rausgefahren und ich kann doch Dolores nicht mitnehmen, wenn wir zu einer Besprechung gehen. Bitte Señora, können Sie nicht ein paar Stunden hier bleiben?«

Was hätte Helene für eine Ausrede vorbringen können? Jeder in diesem Dorf wusste, dass sie keinerlei Verpflichtungen hatte, und außerdem mochte sie Suzanna zu gern, um sie zu enttäuschen. Die junge Frau, die genauso fleißig in der Backstube wie in ihrem kleinen Geschäft herumwirbelte und sich zusätzlich geradezu rührend um Mann, Kind und den alten Großvater kümmerte, verdiente Bewunderung. Sie war so jung, höchstens Mitte zwanzig, und so hingebungsvoll wie bescheiden. Einfach zufrieden mit ihrem kleinen Dasein in Punta del Cambio.

Also hatte Helene zugestimmt und war mit der Kleinen nach oben gegangen.

»Was ist mit Leah?«, hatte sie Suzanna noch gefragt. Denn wenn Consuelo mit nach Santiago fuhr, hieß das möglicherweise, dass Leah alleine im Kloster zurückbleiben würde.

»Der geht es gut. Sie wird am Abend wieder zu Muriella gehen. Ich glaube, heute wird sie ihre Kemenate säubern. Consuelo hat gestern Abend so eine Andeutung gemacht. Das Mädchen müsse etwas tun, etwas Handfestes, damit es nicht auf dumme Gedanken kommt.« Suzanna warf den Kopf in den Nacken und lachte dabei fröhlich.

Helene selber war in den vergangenen fünf Tagen, seit sie Leah auf dem Klosterhügel abgegeben hatte, nicht mehr dort gewesen. Instinktiv hatte sie die beiden alleine gelassen. Sie konnte sich nicht mehr im Einzelnen an das erinnern, was die Hermana damals im Hospitium mit ihr angestellt hatte, doch geblieben war das Gefühl ihrer permanenten Anwesenheit, und so hatte sie jetzt nicht stören wollen. Ehrlicherweise musste sie zugeben, dass sie auch ein wenig Angst gehabt hatte. Nachdem sie diesen schaurigen Text aus Leahs Feder gelesen hatte, fühlte sie sich einerseits dem Mädchen seltsam nah, andererseits fürchtete sie die Gewalten – oder waren es sogar Gewalttätigkeiten? –, die in Leah schlummerten. Deshalb war sie auch im Nachhinein zufrieden mit ihrem Entschluss, das Mädchen in Consuelos Hände gegeben zu haben.

Helenes Gedanken wurden durch lautes Knattern und Gurgeln, das ganz eindeutig aus Dolores' Windel kam, gestört. Ungerührt kaute das Mädchen weiter an ihrem Brotstückchen, blickte Helene nun allerdings erwartungsvoll an.

»Du meinst, du kannst mich hier die ganze Zeit bespucken und dann mach ich dir deinen Hintern sauber?«

Mit linkischen Bewegungen erhob sich das Kind, steuerte auf Helene zu, nahm ihre Hand, zog sie aus dem Stuhl hoch und führte sie in das Innere des Hauses. Helene kam sich wie ein Eindringling vor, als sie in die intime Atmosphäre der Bäckersleute eintauchte. Vorbei an schweren alten Möbeln führte Dolores sie in ein Schlafzimmer, in dem neben dem Ehebett auch ein Gitterbettchen sowie eine rosa lackierte Wickelkommode standen. Helene starrte ratlos zwischen dem Möbel und dem Kind hin und her. Doch als das Mädchen schließlich eigenmächtig begann, sich die schmutzige Windel vom Leib zu streifen, packte sie beherzt zu und war selbst überrascht, wie reibungslos sie diese Aufgabe zu bewerkstelligen vermochte. Nachdem das Kind wieder neu verpackt auf seinen kleinen Beinen stand, fasste es erneut Helenes Hand und zog sie hinaus, durch den Laden ins Freie auf die Treppen und fing an, langsam und einzeln jede Stufe emporzuhüpfen.

»Gott sei Dank ist es bis zum Marktplatz nur eine Stiege«, sagte sie zu dem Kind. »Sonst wären wir den ganzen Tag unterwegs.«

Das Mädchen reagierte nicht darauf, nahm oben angekommen erneut die Hand ihrer Begleitung und stolzierte Richtung Café.

Schon von weitem konnte Helene den alten Subida de Horno und die Gebrüder Campa in Gesellschaft einiger anderer Männer unter einem geflochtenen Strohdach sitzen sehen.

Dolores erklomm den Schoß ihres Großvaters, schnappte sich sein Glas, das mit einer tiefroten Flüssigkeit gefüllt war, und nahm einen ordentlichen Zug. Die Männer lachten und der Großvater wandte sich an Helene.

»Ah, sí, die Señora mit den traurigen Augen. Setzen Sie sich. Eigentlich ist das hier ein Männertisch, aber für Sie und für dich«, zärtlich tätschelte er Dolores' Wangen, »machen wir eine Ausnahme.« Der Wirt stellte unaufgefordert ein Glas mit dem gleichen roten Getränk vor Helene. Es schmeckte süß und klebrig und enthielt eindeutig eine gehörige Portion Alkohol.

Das Kind hatte Helene von seinem sicheren Platz in den Armen des Großvaters aus weiter beobachtet, fing plötzlich an zu gurren und zu kichern, griff zum Glas, steckte seine Finger hinein, sodass ein paar rote Tropfen daran hängen blieben, fuhr dann mit der Hand blitzartig nach vorne, kniff Helene in die Nase und rief laut und deutlich: »Elena!«

»Ceremonia del bautizo«, kicherten nun auch die dicken Campas.

Helene blickte zweifelnd von einem zum anderen, schaute auf das kleine Mädchen, das ihr immer noch geradeheraus ins Gesicht lachte, und dachte, gut, vielleicht haben sie Recht, vielleicht war das tatsächlich so etwas wie eine kleine Taufe.

Sie saß noch ein Weilchen bei den Alten und lauschte ihren Gesprächen über das Wetter, den Fischfang, über Gott und die Welt.

Später hatte ihr Antonio Subida de Horno väterlich an die Schulter gefasst und ihr erklärt, dass er sich bis zu Suzannas Rückkehr um Dolores kümmern würde.

Schließlich, so fügte er verschmitzt hinzu, habe er am Morgen nur seine großväterlichen Pflichten vernachlässigt, um seinen Kindern zu beweisen, dass er immer noch ein unersetzliches Mitglied der Familie sei. Und überhaupt, als Oberhaupt dieser Familie sei er doch eine Respektsperson. Helene hatte ihm eifrig zugestimmt, sich höflich von der Runde verabschiedet, der kleinen Dolores dabei ebenfalls vorsichtig in die Nase gekniffen und erleichtert die Einsamkeit der südlichen Bucht aufgesucht.

Sie fühlte sich seltsam berührt von diesem freundlichen Wiedersehen mit den alten Herren. Nun aber war sie froh, mit sich und ihren Gedanken alleine zu sein.

Nach einer Weile kam ihr plötzlich in den Sinn, weshalb sie von diesen Männern so gerührt war. Abgesehen davon, dass es einfach ein paar äußerst liebenswerte alte Käuze waren, war es überhaupt seit einer halben Ewigkeit das erste Mal, dass sie sich längere Zeit in männlicher Gesellschaft befunden hatte.

Früher hatte Helene überwiegend mit Männern zu tun gehabt. Beruflich und privat. Es war ihr durchaus bewusst, dass immer auch eine spannungsgeladene zwischengeschlechtliche Anziehungskraft eine Rolle gespielt hatte. Doch war das wirklich der einzige Grund? Sie wunderte sich weniger darüber, dass dieses Spiel zwischen Mann und Frau für sie jegliche Bedeutung verloren hatte, es erstaunte sie vielmehr, dass hier im Nordwesten Spaniens überhaupt so viele Menschen ihr Herz berührten und dass diese Menschen bislang alle weiblich waren.

Die geheimnisvolle Consuelo, die sie so selbstverständlich aufgenommen hatte. Leah, die Wilde, die Ungebärdige, die sie mit ihrer suchenden und zugleich selbstzerstörerischen Art herausforderte. Suzanna, der sie erst heute Morgen innerlich Respekt gezollt hatte. Und jetzt auch noch ein kleines Mädchen von nicht einmal zwei Jahren, das es in seiner Unbekümmertheit fertig gebracht hatte, Helene zu taufen. Sie fühlte sich auf eine seltsame, ihr fast albern vorkommende Weise mit all diesen weiblichen Seelen verbunden. So als gäbe es über diesem Fleckchen Erde ein unsichtbares Netz, das sie alle miteinander verknüpfte. Mit einem Mal war sich Helene endgültig sicher, dass sie Punta del Cambio nie wieder verlassen würde, komme, was wolle.

Suzanna hatte angekündigt, dass Leah am Abend ins Dorf zurückkehren würde. Helene ertappte sich dabei, dass sie zur Stunde der Dämmerung erneut auf die Siedlung an der Nordklippe zusteuerte. Sie hatte nicht vor, das Wiedersehen zwischen dem Mädchen und Onkel und Tante durch ihr Erscheinen zu erschweren. Ein plötzlicher Besuch wäre einem Überfall gleichgekommen. Dennoch fühlte sie sich von den Mauern um Leahs Zuhause angezogen, so als könnten ihr die alten Steine verraten, ob die Situation einigermaßen entspannt wäre und das Wiedersehen glimpflich vonstatten gehen würde. Als sie dann tatsächlich vor dem großen Tor stand, wurde diese Hoffnung sogar noch übertroffen. Denn sie konnte Leah singen hören. Leah hatte eine hübsche, kräftige Stimme. Begleitet wurde sie von zwei dünnen Kinderstimmchen, die mehr summten und brummten, als sie mit in die Strophen von der »Muñeca con corazón azul«, der »Puppe mit dem blauen Herzen«, einstimmten. Immer wieder wiederholte Leah die kleinen Verse und dazwischen erklangen Lachen sowie rumpelnde Geräusche, die darauf schließen ließen, dass die Kinder fröhlich durch den Patio tobten.

Helene lehnte still an dem warmen Holz des Tores und lauschte. Zwischendurch war auch ein gespielt tiefer Bass zu hören, das musste der Onkel sein, gefolgt von schäkerndem Gekicher, vermutlich aus Muriellas Kehle.

Seltsam, es ist alles in Ordnung, wunderte sich Helene erleichtert. Doch in diese Erleichterung mischte sich zugleich ein wenig Traurigkeit. Hinter diesem Tor war Leben und es war nicht ihr Leben.

Lange stand sie noch da. Das restliche Tageslicht war längst aus den Gassen verschwunden und als sie sich zum Gehen wandte, taten Helene wieder einmal die Knochen weh. Auf ihrem Weg die Treppe hoch zur Küstenstraße kam sie ein zweites Mal an dem Bäckerhaus vorbei. Das Ladeninnere war hell erleuchtet und sie konnte Suzanna sehen, die mit roten Wangen aufgeregt auf ihren Mann einredete. Begeistert schien sie von erfolgreichen Erlebnissen des Tages zu berichten. In ihre Arme gepresst hielt sie ihr kleines schläfriges Mädchen, das zwar von den temperamentvollen Bewegungen seiner Mutter hin und her geschleudert wurde, aber doch so fest in ihre Arme geschmiegt lag, als würde sie Teil des mütterlichen Körpers sein. Helene trat einige Schritte ins Dunkle zurück, damit sie nicht entdeckt werden konnte. Der Anblick dieser innigen Dreisamkeit brachte sie zum Weinen.

Nach einigen Minuten löschte der Bäcker die Lichter, das Ehepaar betrat gemeinsam die Privaträume. Obwohl die Lampen jetzt aus waren und sie von schwarzer Nachtluft umgeben war, fühlte sich Helene beobachtet. Zuerst hatte sie nichts bemerkt, doch als ihre Tränen versiegt waren, hatte sie ganz deutlich das Gefühl, nicht alleine zu sein. Sie traute sich nicht, sich zu rühren. Nicht aus Angst, viel eher aus Sorge, nicht mitzubekommen, wer oder was ihr da in diesem ausgestorbenen Gang Gesellschaft leistete. Dann nahm sie all ihren Mut zusammen und drehte sich um. Fast hätte sie das Aufglimmen einer Zigarettenspitze erwartet, aber da war nichts vor ihr als die fahlen Umrisse von Mauern, die schemenhaft im Mondlicht zu erkennen waren. Sie spähte noch eine Weile in die undeutliche Nacht vor sich und gerade, als sie sich entschlossen hatte zu gehen, löste sich mit flinken Bewegungen eine kleine Gestalt aus einer Brunnennische.

Geradezu winzig war diese Person, die jetzt direkt vor ihr stand. Als Helene sich mit klopfendem Herzen herunterbeugte, um ihr ins Gesicht zu sehen, erkannte sie die steinalte Frau, die ihr als verdrehte Urgroßmutter von Muriella vorgestellt worden war.

So, dachte Helene, ich bin also nicht der einzige Schatten, der sich hier nachts vor den Häusern der Lebenden herumdrückt.

Mit sehr spitzen, knochigen Fingern, die von einer hauchdünnen Schicht Haut, gekräuselt wie zartes Krepppapier, überzogen war, betastete die Alte Helenes Gesicht. Dann krallten sich diese Finger mit erstaunlicher Vitalität in ihren Arm und die Frau begann mit ihrer heiseren, krächzenden Stimme zu flüstern: »Es gibt Schmerzen, die machen deine Knochen zu Glas. Es gibt Schmerzen, die machen deine Knochen zu Marmor. Die Todesküste besteht aus Granit. Punta del Cambio ist auf Granit gebaut. Granit, sagen manche, ist nicht sehr wertvoll. Aber er ist haltbar und beständig.« Mit dieser Aussage ließ sie Helene wieder los und huschte vollkommen lautlos die Stufen herab, bis sie im Treppenviertel verschwunden war.

Dort wo sich die Alte festgekrallt hatte, brannte am folgenden Morgen der Arm. Langsam rieb sich Helene über die Stelle, die immer größer zu werden schien, bis sie plötzlich feststellte, dass ihr auch die Oberfläche des anderen Armes wehtat. Und die Füße, die Beine, sogar Stirn und Ohren. Helene hatte sich einen kräftigen Sonnenbrand geholt.

Sie stand in ihrem Patio, begutachtete den Schaden und ging dann ins Haus, um Salbe und Sonnenmilch zu holen.

Als sie sich zur Glastür wandte, entdeckte sie, dass die Knospen des Oleanderstrauches einen riesigen Wachstumsschub getan hatten. Wie kleine Korallenfinger saßen die gelbgrünen und bräunlich grünen Triebe an den Astspitzen. Vorne waren schon dickliche

Knoten auszumachen, bald würden aus ihnen die Blütenköpfe platzen.

Helene und Leah trafen erst am übernächsten Tag aufeinander.

»Hi«, begrüßte sie Leah. »Hi«, lautete die ebenso schlichte Erwiderung. Das Mädchen hatte es absichtlich darauf angelegt, dass sie einander unten an der Bucht in die Arme liefen. Sie versuchte zwar den Eindruck zu erwecken, nicht nach Helene gesucht zu haben, doch war dies ganz offensichtlich der Fall. Leah hatte Sehnsucht nach der Stille dieser Frau. Hermana Consuelo, der sie seit den Tagen auf dem Klosterberg einen noch größeren Respekt entgegenbrachte als zuvor, hatte ihr ganz schön zu schaffen gemacht. Und sie dachte nicht im Traum daran, Helene zu berichten, was die Schwester von ihr verlangt hatte. Es war ihr nämlich überaus peinlich.

Da Leah sich nicht tief ins Fleisch geschnitten hatte – ihre Spezialität war es vielmehr, sorgfältig kleine Fetzen der oberen Hautschichten zu entfernen –, hatte Consuelo einen grünlichen Kräuterbrei auf die Wunden geschmiert und die Handoberflächen ordentlich verpflastert. »Du musst die Hände viel bewegen während der Heilung, damit die Haut elastisch zusammenwächst, anderenfalls entstehen hässliche Narben«, hatte sie erklärt.

»Ich will mich nicht bewegen«, hatte Leah gemault. Ihr war die Frau ein wenig unheimlich. »Mir geht es total dreckig.«

»Das ist gut. Denn genau dagegen gibt es eine wunderbare Medizin. In deiner Heimat existiert ein einfaches, sehr wahres Sprichwort: ›Wenn es dir dreckig geht, dann mach mal so richtig sauber.‹ Und genau das werden wir zwei jetzt tun. Das habe ich in den letzten Monaten sowieso viel zu sehr vernachlässigt.«

Und so war es gekommen, dass Leah gemeinsam mit Hermana Consuelo sämtliche Klosterräume auf den Kopf gestellt hatte. Zunächst wollte sie die Aufforderung nicht so recht begreifen, aber dann, als Consuelo begonnen hatte, ihr jedes einzelne Zimmer und jedes Gebäude mit seinen Bedeutungen zu erklären, hatte es fast Spaß gemacht. Consuelo hatte Leah mit einem riesigen Staubwedel auf eine hohe Leiter geschickt, damit sie Spinnengewebe aus den

Ecken im Gewölbe des Kreuzganges wischte. Sie hatte die Böden im alten Dormitorium, dem Kapitelsaal und dem Hospiz geschrubbt, Latrinen und Lavatorium gereinigt und die vielen kleinen bleiverglasten Fensterscheiben geputzt. Ganz zum Schluss war die Kapelle drangekommen. Im Innenraum befanden sich keine Bankreihen und der Altar hatte seltsam schmucklos gewirkt. Kein Kreuz, keine Heiligenbilder. An den Steinwänden einige blasse Malereireste, unkenntlich ihre Abbildungen. Doch auf dem massiven Steinaltar hatten Kerzen in schweren Silberleuchtern gestanden und Blumenvasen mit Zweigen und Blütenstängeln aus dem Klostergarten. Leah hatte wissen wollen, warum hier alles so anders als in anderen prunküberladenen Kapellen aussehe.

Consuelos Antwort war freundlich, aber knapp ausgefallen: »Weil hier alles anders ist.«

»Weshalb sind Sie eigentlich ganz alleine in diesem Kloster?«, hatte Leah neugierig weitergebohrt. Aber auch darauf war die Antwort wenig erhellend: »Weil ich die Einzige bin, die sich für diese Form von Klosterleben interessiert.«

»Ach so!«, hatte Leah es mit Ironie versucht. Doch Hermana Consuelo war für Provokationen dieser Art vollkommen unempfänglich. Na gut, dann eben nicht, hatte Leah gedacht und in Wahrheit war es ihr auch ziemlich egal, wie es sich mit diesem Kloster verhielt. Sie war sogar ganz froh, dass keine betenden Leute durch die Gänge liefen und sie selbst hier oben an der Seite von Consuelo etwas Ruhe finden konnte.

Nach fünf Tagen hatten die beiden tatsächlich den Staub aus allen Räumen entfernt und Leah hatte ein neues Gefühl von Zufriedenheit kennen gelernt. Hermana Consuelo hatte also offensichtlich die richtige Medizin gefunden.

Verblüfft entdeckte Helene das Mädchen am nächsten Tag am Strand. An Leahs Händen klebten zwar noch kleine Schorfkrusten, ansonsten schien sie jedoch in ausgesprochen guter Verfassung, beinahe fröhlich zu sein.

Sie schlenderten eine Weile nebeneinander durch den Sand. Ohne Schuhe und in kurzen Hosen, sodass sie mit den Füßen und Unterschenkeln immer wieder auch in den feuchten, matschigen Teil des Ufers eintauchen konnten. Sanft rollten die Wellen und spülten mit dem Salzwasser Steinchen, Tang und kleine Muscheln an Land. Die Luft war warm, das Wasser noch kühl, sodass sie bei jeder Berührung von einem kleinen Schauer erfasst wurden.

Nach einer Weile schlug Helene vor, sich ein wenig in den Sand zu legen. Ihr war, als würden die alten Schmerzen, die brennenden Entzündungen ihrer Organe wie ein Echo noch einmal zu spüren sein, und nur die Hitze der Sonne versprach Linderung.

»Helene«, wurde sie in ihren Gedanken unterbrochen.

»Mmmh.«

»Ich werde vermutlich demnächst nach Deutschland fahren.«

»Oh?«

»Ja, ich meine, natürlich nicht für immer. Ich komme wieder. Aber ich hab mit Hermana Consuelo besprochen, dass ich mit meinen Eltern rede.«

»So. Worüber denn?«

»Na ja, eigentlich war es ja ihre Entscheidung, dass ich zu meinem Onkel gehe. Und Consuelo meint, es wäre vielleicht besser, wenn ich mich selbst entscheide und das in Ruhe zu Hause bespreche.«

»Und findest du das auch richtig?«

»Ja, na ja, ich find, das macht Sinn. Bisher hab ich mich hier irgendwie so wie ein Paket abgestellt gefühlt. Obwohl ich ja ganz gerne hier bin. Wenn es aber meine eigene Entscheidung wäre, dann könnte ich mich vielleicht etwas wohler fühlen.«

»Mmh. Und möchtest du hier bleiben? Ich meine richtig hier leben? Du bist doch jetzt schon fast ein Jahr hier, oder?«

»Nee, acht Monate. Aber meine Eltern hatten mit Onkel Kurt gar keine Zeit ausgemacht. Bloß erst mal weg sollte ich.«

»Und jetzt?« Helene drehte sich zu Leah und stützte ihren Kopf auf den angewinkelten Arm.

»Consuelo meint, wenn ich noch etwas besser Spanisch spreche, könnte ich in Muros die Schule beenden. Vielleicht müsste ich eine Klasse wiederholen. Aber das wäre ja egal.«

»Hast du dazu Lust?«

»Wenn ich mir das genau vorstelle, wieder Schule, viele neue Leute, von denen ich keine Ahnung habe und die von mir erst recht nicht – dann eigentlich nicht. Andererseits, irgendetwas werd ich wohl tun müssen, sonst holen die mich irgendwann wieder nach Hause und zwingen mich zu sonst was.« Leah wühlte sich mit allen Gliedmaßen in den Sand hinein.

»Kennst du Osho?«, wechselte sie abrupt das Thema.

Helene musste lachen: »Den Sanyasi, den Guru? Wie kommst du denn jetzt darauf?«

»Hermana Consuelo hat was von dem erzählt.«

»Und woher kennt sie den?«

»Sie hat in Deutschland und Amerika studiert, hast du das nicht gewusst?«

»Nein«, musste Helene bestürzt zugeben. »Ich glaube, ich weiß fast gar nichts von ihr.«

»Na ja, jedenfalls hat sie mir eine Geschichte von diesem Typen erzählt. Dass der überall auf der Welt Anhänger hatte und meinte, dass es gar keinen Gott gäbe, sondern jeder in sich selber finden müsste, was richtig ist und so.«

»Du willst mir doch nicht weismachen, dass Consuelo eine Sanyasi ist?«

»Nee, natürlich nicht. Sie hat nur so'n paar Dinge zum Vergleichen genommen.«

»Na, welche denn?«

»Ach, so dies und das.« Leah verstummte. Sie war sich plötzlich nicht mehr so sicher, ob sie Helene wirklich erzählen wollte, was Consuelo ihr eröffnet hatte. Es war in der leeren Kirche gewesen. Am letzten Tag, als sie beide noch einmal alle Räume inspiziert und sich gemeinsam über die getane Arbeit gefreut hatten. Leah hatte Consuelo anvertraut, dass sie die deutsche Frau recht gerne mochte und sich vorstellen könnte, genau wie diese einfach hier zu bleiben. Consuelo hatte geduldig zugehört und Leah dann in dieser Entscheidung bestärkt. Doch Leah wollte nicht nur über ihre eigene Zukunft sprechen, sie wollte auch etwas über Helene erfahren und deshalb hatte sie Consuelo von ihrem gemeinsamen Spaziergang zum Cabo Finisterre berichtet sowie von Helenes rätselhafter Bemerkung, sie warte auf ein Zeichen.

»Und nun möchtest du gerne wissen, was für ein Zeichen?« Consuelo hatte sie wohlwollend darauf hingewiesen, dass sie sich lieber um ihre eigenen Zeichen kümmern sollte und weniger um Helenes. Aber dann hatte sie ihr doch die Geschichte von diesem Bhagvan erzählt.

Dem Mann, dem die aufgeschlossene, suchende junge Generation in den achtziger Jahren überall auf der Welt hinterhergelaufen war, um für ihn zu arbeiten und um ihm ihre Einkünfte zu überlassen. Die Menschen trugen ausschließlich rote, orange- oder rosafarbene Kleidung, reisten in seinen Ashram nach Poona in Indien, wo sie von morgens bis abends meditierten und tanzten und nie mehr alleine waren. Irgendwann wechselte ihr Meister seinen Namen in Osho, ging nach Amerika, ließ eine Ranch erbauen, die zu einer Festung wurde, bekam Ärger mit den Gesetzesvertretern und floh zurück nach Indien. Diejenigen, die ihm gefolgt waren, kleideten sich fortan ausschließlich in Weiß und mussten am neunzehnten Januar neunzehnhundertneunzig die traurige Botschaft von seinem Ableben hinnehmen. Eine Welle von Verzweiflung überschwemmte die versprengten Gruppen der Anhänger in allen Erdteilen. Tausende junge Menschen fühlten sich hoffnungs- und orientierungslos und wussten nicht mehr, wie sie ohne diesen spirituellen Führer weiterleben sollten.

Einige Tage nach dem Tod las der Leibarzt und Vertraute des Meisters einer großen Jüngerschar Oshos Vermächtnis vor. Bedrückt saßen hunderte weiß gekleidete Trauernde auf dem Boden eines riesigen Saales und weinten. An der Stelle, an der der Arzt mit vor Rührung zitternder Stimme zu dem Punkt kam, dass Osho einige Richtlinien hinterlassen habe dafür, was seine Anhänger nach seinem Ableben tun sollten, geschah etwas Merkwürdiges. Bei dem Satz: »Ich werde kontrollieren, ob getan wird, was ich euch aufgetragen«, war laut und deutlich das Krähen eines Hahnes zu hören. Nach einem kurzen Augenblick des Stutzens entlud sich die Verzweiflung der Anwesenden in herzhaftem Gelächter. Das war ihr Zeichen. Der Meister war immer noch unter ihnen.

»War Helene etwa so eine Sanyasi?«, hatte Leah entsetzt wissen wollen.

»Nein, um Gottes Willen, nein. Das habe ich damit nicht sagen wollen. Leah, es ist nur ein Vergleich. Manche Menschen brauchen ein Zeichen. Und wenn sie es wirklich ganz fest brauchen, dann bekommen sie es auch. Das wollte ich dir mit dieser Geschichte erklären.«

»Und du meinst, Helene braucht auch ein Zeichen?« Das Mädchen hatte im Eifer des Gespräches übersehen, dass sie Consuelo geduzt hatte.

»Du hast mir doch selbst erzählt, dass sie dir gesagt hat, dass sie hier ist und auf ein Zeichen wartet.«

»Ja, aber was denn überhaupt für ein Zeichen?«

»Es ist ihr Zeichen, Leah. Das ist ihre Geschichte. Du hast deine eigene Geschichte und die ist gerade erst am Anfang.«

Nein, dachte Leah noch einmal. Das konnte sie Helene unmöglich erzählen. Sicher würde sie nie wieder ein Wort mit ihr sprechen, wenn sie den Eindruck bekam, dass Leah zu neugierig war. Deshalb nahm sie sich vor, etwas vorsichtiger zu sein. Und wieder spürte sie einen leichten Groll gegen diese Frau, von der sie sich so sehr angezogen fühlte, die ihr aber gleichzeitig das Gefühl gab, unerreichbar zu sein.

»Dieser Typ vom Strand war auch mal oben im Kloster«, wechselte sie das Thema.

»Welcher Typ?«

»Ach komm schon, du weißt schon, der mit den hochgekrempelten Hosenbeinen und dem Boot. Der war unheimlich nett zu Consuelo. Hat ihr irgendwelche Sachen gebracht und scheint sie auch sonst irgendwie zu unterstützen.«

Helene hatte die Augen wieder geschlossen und setzte sich zum Schneidersitz auf. Ihr Haar flatterte im Wind. Es war viel länger geworden. Leah fand, dass Helene mit dem rötlichen Schimmer im

Gesicht sowieso ganz anders als sonst aussah. »Ich hab ihn jedenfalls gefragt, was er eigentlich immer macht, wenn er mit dem Boot rausfährt, und er hat gesagt, er schaut das Meer an. Ganz schön verrückt, oder?«

Helene wandte sich zu Leah um: »Na komm, erzähl schon, da ist doch noch etwas. Ist der ein Sanyasi?«

»Ach Quatsch. Der hat nur gesagt, wir können mal mitfahren. Du und ich, wenn wir das Ende der Welt mal von der anderen Seite her sehen wollen, also von der Wasserseite, dann nimmt er uns in seinem Boot mit.«

»Wie kam es denn zu der Einladung?«

»Och, ich hab ihm erzählt, dass wir da mal zusammen spazieren waren. Und da hat er gelacht und gesagt, die deutschen Frauen wollen immer Boden unter den Füßen haben, dabei wissen sie gar nicht, was sie alles verpassen, wenn sie die Erde nie hinter sich lassen.«

»So, so. Na dann begleiten wir ihn doch mal, was meinst du?«

»Mein Onkel kennt den übrigens ganz gut, hat er mir gestern erzählt. Er würde auch gern mitfahren.«

»Dein Onkel? Weiß der, dass ich auch mitfahren darf?«

»Ja, klar, wieso nicht?«

»Ach, nichts.« Auch Helene beschloss an diesem Nachmittag, nicht alles, was sie inzwischen erlebt hatte, mit Leah zu teilen.

Dies ist die Geschichte einer Bootsfahrt

Schäumend und ungebändigt schlugen die Wellen gegen die Holzwand. Bei jedem Kamm, den das kleine Boot nahm, spritzte die Gischt in die Luft und benetzte die Insassen. Helene und Leah klammerten sich mit den Händen fest an die Bank, auf der sie saßen, anderenfalls wären sie Gefahr gelaufen, ungeschützt von links nach rechts und wieder zurück zu rutschen. Kurt, der, nachdem die Männer das Boot ins Wasser geschoben hatten, darauf bestanden hatte, einen der Riemen zu betätigen, mühte sich nun sichtlich, mit den schwungvollen Schlägen Don Salvos mitzuhalten. Anfänglich hatte Kurt versucht, eine verbindliche Konversation einzuleiten, aber ob der körperlichen Anstrengung hatte er es bald wieder gelassen.

Don Salvo grinste fröhlich vor sich hin und zeigte den Frauen sein großes, weißes Gebiss. Aus Rücksicht hatte er die obligatorische Zigarettenkippe ins Meer gespuckt, als er bemerkte, dass Glutfunken im Fahrtwind zu Helene hinüberstoben. Leah hatte ihr mit dem Ellenbogen in die Seite gestoßen und ihr verschwörerisch zugelächelt. Aber Helene machte nicht den Eindruck, als ob sie die höflichen, um Gunst werbenden Gesten der Männer überhaupt mitbekam. Sie trug ein sandfarbenes, eng anliegendes Hosenkleid, ihre Haare waren mit einem hellen Seidentuch aus dem Geicht gebunden und auf der Nase saß eine ziemlich große Sonnenbrille. Bräunlich violette Gläser hatten der Welt für Helenes Augen einen anderen Anstrich gegeben. Sie war voll und ganz damit beschäftigt, dem unerwarteten Wechsel der Farbnuancen von Wolken und Wasser zu folgen.

Leah wollte auf der gemeinsamen Bootsfahrt anscheinend zeigen, was ein achtzehnjähriger Körper zu bieten hat. Extrem knappe schwarze Hotpants spannten sich um ihr Hinterteil und quetschten ihren Bauch zusammen. Am Oberkörper trug sie nur ein buntes Bikinioberteil, das ihre schönen runden Schultern gut zur Geltung brachte. Es war schon am frühen Morgen mild gewesen, als sie sich alle gegen acht am Strand getroffen hatten. Die Wetterschau hatte einen ersten heißen Tag angekündigt.

Zügig waren die Männer aus der Bucht gerudert, zunächst gerade, um dann einen großen Bogen um die Spitze von Punta del Cambio zu machen und Kurs auf den nördlichen Küstenstreifen zu nehmen.

»Eso es la Costa de la Muerte«, ergriff Don Salvo nach einer guten Stunde zum ersten Mal das Wort. Die so genannte Todesküste lag vor ihnen. Granitfelsen ragten in der Ferne dunkel empor und hoben sich in scharfem Kontrast von dem im Sonnenlicht glitzernden Wasser ab. Kurt reagierte auf das Signal des Steuermannes, die Ruder einzuholen, und so schaukelten sie sanft auf der Stelle.

Leah, der es schon die ganze Zeit über schwer gefallen war, still im Boot zu sitzen, knüpfte auf Spanisch an das Gesagte an: »Ich dachte, die Todesküste beginnt erst am Kap Finisterre, dort, wo die Welt angeblich zu Ende ist.«

»Das Kap liegt direkt vor deiner Nase. Du kannst es aber erst erkennen, wenn wir näher rankommen. Doch wir werden es noch ein Stück umfahren. Davor ist immer ein starker Sog und stürmischer Seegang, zu viel für diese Nussschale.«

»Ich kann das Kap so mit bloßem Auge auch nicht entdecken.« Kurt kniff die Augen zusammen und suchte das Ufer ab.

»Deshalb sind wir ja hier. Vom Wasser aus sieht die ganze Welt anders aus. Sogar das Ende der Welt.« Don Salvo blickte sie verschmitzt an: »Der Landstrich bis oben nach La Coruña gehört zur Todesküste. Der Name bezieht sich angeblich auf die vielen Schiffe, die hier über die Jahrhunderte an den Klippen zerschellt sind. Leben und Tod liegen sehr nah beieinander, auch in den Legenden. Ich zeige das gleich.«

Leah begann sich genüsslich in der Sonne zu räkeln, um etwas Aufmerksamkeit zu erheischen. Doch die Männer griffen wieder zu den Rudern und steuerten zwei kleine Punkte vor dem Ufer an.

Helene hatte mit geschlossenen Augen gehört, was Don Salvo über diesen Landstrich gesagt hatte. Jetzt musterte sie ihn neugierig, geschützt durch ihre getönten Brillengläser. Als sei es das Normalste von der Welt, dass diese seltsame Reisegruppe hier auf der Suche nach den Berührungspunkten von Leben und Tod war, schaute der Mann ihr plötzlich in die Augen und nickte ihr aufmunternd zu. Bei näherer Betrachtung hätte sie nicht schätzen können, wie alt er war. Wegen seiner wettergegerbten Haut hatte sie ihn bei den kurzen Begegnungen am Strand von Punta für einen älteren Menschen mit erstaunlich gesunder Konstitution gehalten. Aber jetzt, da er nur einen Meter von ihr entfernt auf der gegenüberliegenden Bank voller Vitalität das Boot manövrierte, musste sie diese Einschätzung revidieren. Vielleicht war er gar nicht so alt, sondern besaß nur ein Gesicht, das einen erstaunlichen Erlebnisreichtum spiegelte und sie dazu verleitet hatte anzunehmen, er sei älter. Mochte er Ende vierzig, Ende fünfzig oder sogar schon über sechzig sein? Helene konnte sich nicht festlegen. Aber sie ertappte sich dabei, dass sie dieses Gesicht mit den zufriedenen Zügen gerne ansah.

»Was geht denn hier eigentlich ab?«, Leah war nicht entgangen, dass Don Salvo kurzfristig Helenes Interesse geweckt hatte. »He, Helene«, fragte sie auf Deutsch, »was hältst du von dem Typen? Is' ja nett, so'ne Bootstour, aber auf die Dauer doch'n bisschen unbequem. Meinst du, der will uns ein bisschen vorführen und zeigen, was man als Küstenmensch so aushalten muss?«

»Halt die Klappe, Leah, sei nicht so unhöflich«, mischte sich Kurt ein. »Ich habe Salvo um diese Tour gebeten. Er hatte mir schon länger versprochen, mich auf eine seiner Erkundungsfahrten mitzunehmen. Aber bislang war ihm das Wetter für uns Landratten noch zu unbeständig. Als es jetzt besser und immer milder wurde, war es ein nettes Angebot von ihm, euch ebenfalls mitzunehmen. Das ist doch mal ein Erlebnis ...« Kurt japste nach Luft. Sprechen und Rudern zugleich war offensichtlich anstrengend.

»Woher kennst du den eigentlich so gut?«, wollte Leah wissen.

»Mensch, Leah, das erklär ich dir später. Hast du noch nie davon gehört, dass es unhöflich ist, im Beisein Dritter über diese zu sprechen?«

»Na, der versteht uns doch gar nicht auf Deutsch.«

»Eben, das macht es doppelt unhöflich.«

Leah zog Grimassen, entschied sich aber, Kurts Wunsch zu folgen und zu schweigen.

Unwillkürlich hoben sich Helenes Mundwinkel und als sie das nächste Mal zu den Männern hinüberschaute, lächelten beide zurück.

Aus den beiden Punkten inmitten der Fluten waren zwei große Felsen geworden und Don Salvo gab ein weiteres Mal die Anweisung, die Ruder an Bord zu ziehen. »Da liegt der Strand von Lagosteira.« Salvo deutete auf die nahe Küste. »Dahinter soll einst auf den Sommerwiesen eine Stadt gestanden haben. Es gibt eine Legende, die erzählt von einer Katastrophe, bei der die gesamte Siedlung verschüttet wurde. Nur die Ochsen eines Bewohners namens Gures entkamen. Verschreckt rannten sie die Wiesen hinunter zum Wasser, irrten lange in der Gegend herum, bis sie eines Tages ins Meer gingen, dort ertranken und sich in zwei Felsen verwandelten. In diese hier. Wir nennen sie ›Os Bois de Gures‹ – die Ochsen des Gures.«

»Was für eine schöne Geschichte!« Es war das erste Mal, dass Helene an diesem Morgen etwas sagte.

»Es gibt noch mehr. Die ganze Küste steckt voller Geschichten und es kommen immer neue hinzu.« Salvo ließ seinen Blick über das steinige Festland schweifen, das hin und wieder von kleinen Streifen hellen Sandes unterbrochen wurde.

»Ich hab Durst. Ich kann nicht mehr sitzen«, maulte Leah.

»Geduld. In Kürze rudern wir an Land und machen eine Pause.« Damit ergriff der Mann aus Punta beide Ruder, ganz selbstverständlich, so als ob Kurt gar nicht für diese Tätigkeit vorgesehen war. Mit geschmeidigem Zug tauchten die Blätter ein und gleichmäßig wurden sie durch das Wasser gezogen. Mit erstaunlicher Geschwindigkeit erreichten sie wenig später das Land.

Salvo öffnete eine Holzklappe in der Spitzbank am Bug und zog zwei Segeltuchsäcke hervor. Dann sprang er über Bord ins seichte Wasser, holte das Boot ein und half den anderen heraus.

Sie waren an einem breiten Ufer angelangt, welches zu einer halbmondförmigen Bucht gehörte, in die lange Wellen mit großer Kraft einrauschten.

»Diesen Strand nennt man ›Playa dos difuntos queimados‹. Hier wurden schon so viele Tote verschiedener Schiffsunglücke angeschwemmt, dass sie auf der Stelle verbrannt werden mussten.«

»Igitt!«, schrie Leah theatralisch auf. »Wir sollen hier Pause in einem Krematorium machen?«

Salvo grinste: »Das ist schon ziemlich lange her. Du brauchst dir keine Sorgen zu machen, du wirst hier nicht auf Kadaverreste stoßen.«

Kurt warf Leah einen warnenden Blick zu. Helene sagte nichts. Gemeinsam packten sie die Seesäcke aus und fanden darin allerlei Köstlichkeiten, die zu einem Picknick am Strand gehörten. Neben einer Thermoskanne mit starkem Kaffee gab es mehrere Lagen Bocadillos, große mit Käse gefüllte Brötchen. In einem verschraubten Glas befand sich frischer Fruchtsalat, den sie gemeinsam auslöffelten. Ein paar Hühnerschenkel und Käsewürfel rundeten das Mahl ab. Dann lagen sie eine Weile träge in der Sonne.

»Wie kommt es, Salvo, dass es hier so viele tolle Geschichten gibt, über die so wenige Menschen Bescheid wissen?«, nahm Kurt die Unterhaltung wieder auf.

»Die meisten Reisenden kommen wegen Santiago, wegen des heiligen Jakobs. Für sie beginnt die Geschichte Galiciens erst mit der Christianisierung und sie sind bei ihren Pilgerfahrten auf der Suche nach einem Rest der christlichen Wunder. Doch christianisiert werden konnte und musste nur eine Gegend, in der Menschen gelebt haben, die schon einen eigenen, sehr starken Glauben besaßen. Davon wollte die Kirche natürlich nach ersten Erfolgen nichts mehr wissen und sie hat dafür gesorgt, dass die alten Zeiten immer tiefer in Vergessenheit gerieten.«

»Und warum weißt du so viel darüber?«

»Alle Bewohner von Punta del Cambio wissen davon. Wir sind eben das Dorf der Geschichtenerzähler. Wäre es nicht schade, wenn das alles verloren ginge, nur weil ein paar Mächtige darüber zu entscheiden haben, was zu unserer Geschichte gehört und was nicht? Schau, der heilige Jakob, der in Santiago verehrt wird, lebt doch auch nur von seiner Legende. Für uns ist sie genauso wahr oder falsch wie all die anderen.«

»Ach, der gute Jakob«, stöhnte Kurt auf. »Muriella macht mich schon seit Tagen verrückt, weil doch Jakobsjahr ist, und sie meint, in diesem Sommer würden ganz besonders viele Gläubige hierher reisen und ich solle sie ihr vom Hals schaffen.«

»Kein Problem. Wenn es losgeht und zu viele Fremde kommen, sind die Türen von Punta geschlossen. Fremde, wenn sie denn überhaupt in unsere Bucht finden, denken oft, der Ort sei ausgestorben.« Salvo lachte wieder. Es gab offensichtlich überhaupt nichts, dem er nicht eine komische Seite abgewinnen konnte. Leah hatte bislang schweigend zugehört, doch jetzt konnte sie zwei Fragen nicht länger zurückhalten: »Was ist ein Jakobsjahr? Und wie kann eine Institution wie die Kirche dafür sorgen, dass alte Geschichten vergessen werden? Das geht doch gar nicht. Man vergisst doch nichts, nur weil es jemand so will.«

»Ach, das mit dem Jakobsjahr lass dir von deiner Tante Muriella erklären, die kennt sich damit bestens aus. Das andere zeig ich dir an einem Beispiel. Wenn ihr wieder fit seid, können wir einen kleinen Gang hinauf zum Monte Facho machen. Das ist der Hügel da drüben.« Salvo zeigte Richtung Süden. »Davor liegt das Cabo Finisterre. Ein Fleck, an dem es nur so von Geschichten wimmelt.«

Also machten sie sich in der Mittagshitze auf den Weg. Doch als sie aufrecht standen, spürten sie vom Meer her eine so erstaunlich erfrischende Brise, dass das Laufen nicht schwer fiel. Beschwingt sprang Don Salvo voran und wies ihnen den Weg. Jeder Stein und jeder Felsspalt schien seinen Füßen vertraut und so gelangten sie nach einer guten halben Stunde an den kleinen Berg. Auf dem Weg nach oben setzte Don Salvo seine Erklärungen fort. »Hier war einst eine keltische Siedlung. Ihre Bewohner hießen Nerier und sie huldigten einem Sonnenkult. Oben auf der Bergkuppe soll ihr Altar, der Ara Solis, gestanden haben. Von hier aus haben ihre Priester die untergehende Sonne angebetet.«

Sie kletterten über riesige ovale Steine, die teils aus der Erde ragten, teils wie künstlich aufgetürmt dalagen. Kelten konnte man sich hier bestens vorstellen. Geradezu ein Paradies für Hinkelsteinliebhaber. Unter ihnen lag als aufragende Granitmasse das Kap, durch eine breite Landzunge mit dem Festland verbunden. Von hier oben sah es viel weniger wild und gefährlich aus. Einfach ein Einschnitt ins Meer. Ein letzter Gruß von der Erde in Richtung Unendlichkeit.

Helene blieb eine Weile versunken stehen und blickte dann auf zur Sonne im Süden. Wieder spürte sie die wohltuende Wärme und hatte den Eindruck, sie könnte jeden einzelnen Strahl spüren. Die Verehrung der Sonne schien ihr eine plausible und vernünftige Sache. Langsam folgte sie den anderen einen flacheren Hang hinab. Auf halber Strecke standen Leah und die beiden Männer lachend vor einem Geröllhaufen, in dem noch vereinzelt die Umrisse einer aus Steinen zusammengesetzten Mauer zu erkennen waren.

»Kommen Sie, Helene«, winkte Kurt sie herbei. »Noch so eine herrliche Legende. Das hier sind die Überreste einer christlichen Einsiedelei. Das Sanktuarium San Guillermo. Gegründet vom heiligen Guillermo. So ging das also in den ersten Jahrhunderten vonstatten. An allen heidnischen Stätten, an denen starke Kulte gepflegt wurden, haben die Christen einfach eine Kapelle, ein Kloster, eine Kirche oder wie hier eine Einsiedelei erbaut und damit den alten Glauben vertrieben.«

»Cierto, ganz genau«, ergänzte Don Salvo. »Espíritu Hijo, unser Kloster in Punta, ist mehr oder weniger aus dem gleichen Grund erbaut worden.«

»He, kommt mal rüber!« Leah war im Schatten eines Felsvorsprunges verschwunden. Als die anderen zu ihr traten, sahen sie das Mädchen in einer steinigen Mulde liegen, einer Höhlung in Form eines Bettes.

»Oh!« Don Salvo lachte wieder: »Du hast ein anderes Heiligtum gefunden. Der Sage nach wohnten hier kinderlose Paare einander bei, in der Hoffnung, dass sich dadurch ihr Kinderwunsch erfüllte.«

»Du meinst, die hatten hier miteinander Sex, auf diesem harten Untergrund?« Leah setzte sich auf und verzog das Gesicht mit gespielter Entrüstung.

»Ja, so heißt es in einer Legende.«

»Na, das muss jetzt ja nicht sein«, entgegnete das Mädchen keck.

Doch Don Salvo lachte weiter: »Nein. Aber in einer anderen Geschichte wird behauptet, es reiche schon, wenn eine Frau sich in diese Höhlung legt, dann werden die göttlichen Kräfte tätig und sie wird schwanger.«

»Oh, nein«, stöhnte Leah und war mit einem Satz wieder auf den Beinen.

»Drin gelegen, drin gelegen«, neckte der Onkel. »Bring ja keine Schande über mein Haus«, spielte auch er jetzt theatralisch mit. Helene lächelte zaghaft und freute sich für Leah. Der Onkel war offenbar nicht immer so garstig wie bei ihrer ersten Begegnung.

Nachdem sie noch eine Weile die Aussicht genossen hatten, auf verschiedene Dolmen, Überreste von prähistorischen Gräbern, aufmerksam gemacht worden waren und den Leuchtturm am Kap von weitem bewundert hatten, wanderten sie müde zurück zum Boot. Es war schon Nachmittag und bei der Aussicht auf eine stundenlange Ruderpartie sank vor allem Kurts und Leahs Laune. Doch für den Mann aus Punta schienen keine Probleme zu existieren. Er erkannte die Erschöpfung seiner Passagiere, kletterte ins Heck, krempelte die Ärmel seines weißen Hemdes hoch hinauf bis weit über seinen Bizeps und griff beherzt in eine weitere Luke. Mit einem heftigen Ruck hob er einen Außenbordmotor heraus, ein hochmodernes Gerät, wie Kurt sogleich anerkennend feststellte, und hakte ihn an einer Vorrichtung am Heck ein. Staunend machten Kurt und Leah wieder freundlichere Gesichter. Beim ersten Versuch, den Motor anzuwerfen, ertönte ein röhrendes Geräusch und schon ging es in rasantem Tempo hinaus aufs Meer. Mit unglaublicher Geschwindigkeit flog die Holzbarke über die Wellenkämme, klatschte rhythmisch, fast wie ein Schnellboot auf die Wasseroberfläche und in weniger als der Hälfte der Zeit, die sie für die Hinfahrt gebraucht hatten, waren sie zurück in der Bucht von Punta del Cambio.

„Was für ein herrlicher Ausflug.« Kurt ließ sich vor Begeisterung in den Sand fallen. Leah machte es ihm nach und so half Helene Don Salvo, der das Boot vertäute, die Seesäcke aus dem Bankverschlag zu holen.

»Muriella wartet sicher schon auf uns. Sie wollte für alle ein Abendessen vorbereiten.« Kurt erhob sich und winkte den anderen, ihm zu folgen.

Helene wäre lieber nach Hause gegangen, um den Abend alleine zu verbringen. Doch Leah zog sie mit der Bemerkung »Widerstand zwecklos« einfach mit.

Als sie in dem großen Patio angelangten, stürmten ihnen die beiden Kinder entgegen, rannten Leah fast um, umarmten sie und hätten sie beinahe zu Boden gerissen.

»Komm, Leah, zieh dir mal etwas Gescheites an«, schickte Kurt sie fort. »Und reibe deine hübschen, aber sicher total verkohlten Schultern mit Aloe ein«, rief Muriella hinterher.

Don Salvo wollte nach Hause, um einige Flaschen Wein zu besorgen, und als Leah mit Hose und T-Shirt bekleidet wiederkam und bemerkte, dass er fort war, begann sie Kurt erneut zu bestürmen. »Nun sag schon, woher kennst du den Typen so gut?«

»Gleich, Leah, bring unserem Gast erst mal einen Stuhl.« Er nickte in Helenes Richtung.

Doch Muriella war schon an Helenes Seite und führte sie zu dem großen Esstisch am Fenster, an dem sie schon einmal mit Kurt gesessen hatte.

Sie fragte sich, ob Muriella wohl von dem Gespräch in ihrem Hause wusste, schob den Gedanken jedoch gleich als unwichtig beiseite. Die Glasscheiben der Fensterfront waren nach unten gekurbelt, sodass der Eindruck einer großen überdachten Sommerterrasse entstand. Der Tisch war festlich gedeckt.

»Wie freuen uns, dass Sie da sind, Helene«, sagte Muriella, fast feierlich. »Heute vor fünf Jahren sind Kurt und ich uns zum ersten Mal begegnet. Das ist zwar kein Anlass für eine große Fiesta, aber für uns ist es immer ein bedeutungsvoller Tag.«

Leah verzog hinter Muriellas Rücken das Gesicht.

»Ja, und dann wollten wir uns noch bei Ihnen bedanken. Weil Sie sich so nett um unsere Nichte gekümmert haben. Ich glaube, mein Mann konnte das nicht so geschickt zum Ausdruck bringen. Aber wir wissen, dass Sie Leah geholfen haben. Seit sie aus dem Kloster zurück ist, ist sie wie verwandelt.« Damit griff sie hinter sich, zog das Mädchen liebevoll hervor und hielt sie im Arm.

»Ich will jetzt endlich wissen, was mit diesem Don Salvo ist!« Leah stampfte wie ein Kind mit dem Fuß auf.

»Auch schon verliebt?«, lachte Muriella sie an.

»Wie kommst du denn darauf?«

»Ach, nur so. Ich kenne eigentlich kein weibliches Wesen, das nicht im Laufe seines Lebens irgendwann dem unwiderstehlichen Charme dieses Mannes erlegen wäre. Ich eingeschlossen«, fügte sie mit einem Achselzucken hinzu.

»Kann nicht sein, du und der Fischer? Was sagt denn Onkel Kurt dazu?«

»Na, was soll er denn sagen, es war ja nichts. Don Salvo geht in dieser Hinsicht lieber in der Großstadt fischen. Und Fischer ist er übrigens nicht mal im Nebenberuf.«

»Und was ist er im Hauptberuf?«

»Mein Chef, unter anderem«, mischte sich jetzt Kurt, der aus dem Nebenzimmer mit einer Flasche Wasser eintrat, ins Gespräch. »Ich berate seine Firma in Santiago aus kaufmännischer Sicht.«

»Was hat denn der für eine Firma?«

»Och, nur das größte Pharmazieunternehmen der Gegend. Ein alter Familienbetrieb. Don Salvo hat keine richtige Lust, das Unternehmen zu führen. Du weißt ja, er schippert lieber auf dem Meer herum und sammelt Geschichten. Aber aus Verbundenheit zu seiner Familie führt er die Geschäfte noch ein wenig aus der Ferne.

Drei-, viermal im Monat sieht er nach dem Rechten. Für die Produktion hat er Fachleute, die kaufmännischen Exportangelegenheiten regle ich.«

»Echt? Stimmt, ich hab gar nicht gewusst, was du eigentlich in Santiago arbeitest.«

»Tja, meine liebe Nichte. Könnte das vielleicht daran liegen, dass du ziemlich häufig nur und ausschließlich mit dir selbst beschäftigt bist und dich um den Rest der Welt, gelinde gesagt, überhaupt nicht scherst?«

Leah antwortete nicht. Helene tat es Leid, dass die Stimmung zu kippen drohte und das Mädchen in dieser Situation so grob auf ihre Schwächen hingewiesen wurde. Helfend fuhr sie deshalb fort, Fragen zu stellen: »Zu welcher Familie gehört denn Don Salvo?«

Muriella erklärte: »Don Salvo ist der letzte Spross der ältesten und reichsten Familie aus Punta del Cambio. Die Salvotorinos waren praktisch schon immer hier. Ihre Vorfahren sollen Seefahrer gewesen sein. Handel Treibende, irgendwo aus dem Vorderen Orient, die, wie so viele andere nach ihnen, hier hängen geblieben sind. Ihre Familienchronik reicht sehr weit zurück. Ziemlich lückenlos geführt bis ins elfte Jahrhundert, aber auch über die Zeit davor gibt es vereinzelte Dokumente und vor allem eine Menge Geschichten.«

»Deshalb interessiert er sich wohl auch so für die Sagen und Legenden dieser Gegend«, ergänzte Kurt, der jetzt allen ein Glas Wasser reichte.

»Ja vielleicht. Aber es gibt auch die Vermutung, dass die Tradition des Geschichtensammelns und Erzählens von den Salvotorinos mitgebracht und ganz bewusst über die Jahrhunderte gepflegt wurde, in Erinnerung an einen alten Brauch ihrer Heimat.«

»Klingt ja geheimnisvoll«, meldete sich jetzt auch Leah wieder zu Wort.

»Eigentlich nicht wirklich geheimnisvoll«, meinte Muriella. »Es gibt ja keinen Beweis dafür und inzwischen ist ganz Punta ein Nest von Geschichtenerzählern.«

»Und was ist nun mit seiner Familie?«, wollte Leah weiter wissen.

»Wie ich schon sagte, er ist der letzte Spross. Salvos Mutter starb früh, und auch fast der gesamte Rest seiner Familie ist nicht sehr alt geworden.« Muriella hielt einen Moment inne und nippte an ihrem Glas. »Na, jedenfalls lebt er jetzt alleine in der großen Casa mit dem Palmengarten. Wenn du dich aus dem Fenster lehnst, müsstest du sie sehen können. Und glaub mir, er genießt sein Leben. Er hat so viel Geld, dass er tun und lassen kann, was er will. Und was er am liebsten tut, das weißt du ja jetzt. Am liebsten lungert er am Strand herum oder fährt mit seinem Boot die Küste hoch und runter.«

»Er ist ein guter Seemann«, bemerkte Kurt anerkennend. »Stark und offenbar mit jeder Klippe, jedem Strudel vertraut.«

»Ja«, lachte Muriella, «einfach ein toller Typ, hab ich doch gesagt.«

Kurt zwickte sie in den Arm, erhob sich dann, weil vom Tor ein Pochen zu hören war. Leah stand auf und blickte aus dem glaslosen Fensterausschnitt. Auch Helene konnte von ihrem Platz aus die Rückseite von Don Salvos Haus erkennen. Es war das Gebäude, das ihr schon häufig vom Strand aus ins Auge gefallen war. Eher ein Palast denn ein Haus mit den großen Balkonen und den geöffneten Fenstertüren, aus denen sich auch jetzt wieder helle Gardinen im Abendwind bauschten, als grüße etwas von innen.

Don Salvo kehrte nicht alleine zurück. In seiner Begleitung befand sich Hermana Consuelo, die von allen Seiten willkommen geheißen wurde.

»Sie stand vor meiner Tür mit einem Zettel in der Hand, auf dem sie mir ihre Wünsche für Santiago aufgeschrieben hat. Und da dachte ich mir, ein gutes Essen aus Muriellas Küche wäre auch für sie das Richtige.«

Rasch wurde ein weiteres Gedeck bereitgestellt und Hermana Consuelo verschwand kichernd mit Muriella in der Küche, um ihr beim Auftragen der Speisen zu helfen. Don Salvo besaß offensichtlich nicht nur das schönste Haus im Ort, sondern auch einen feinen Weinkeller. Großzügig schenkte er aus den mitgebrachten Flaschen aus.

»¡Visita, un cuento, un cuento!« Juchzend und kreischend hopsten die Kinder um den Tisch herum und forderten von den Erwachsenen eine Geschichte. Hier saßen schließlich Gäste und nun sollte es auch etwas zu hören geben.

Müde von ihrem Ausflug, satt von Sonne, Wein und gebackenem Fisch saßen die Großen bequem zurückgelehnt in ihren Stühlen. Der Himmel war komplett in Gold getaucht, ein paar Wolkenstreifen setzen sich in Bronzetönen davon ab und unterhalb der Linie zum Horizont schien der Atlantik zu einer tiefschwarzen Scheibe verwandelt.

»Ach ja, bitte, Muriella, erzähl du heute. Vom heiligen Jakob. Wir haben am Vormittag schon darüber gesprochen.« Kurt blickte aufmunternd zu seiner Frau hinüber: »Damals hast du mir am Ende der Welt zum ersten Mal eure ganz spezielle Version erzählt und ich höre sie immer wieder gerne.«

Leah hakte sofort nach: »Was heißt denn ›eure spezielle Version‹? Wie viele gibt es denn?«

»Die katholische Kirche hat sich über die Jahrhunderte ziemlich festgelegt, aber es gibt unzählige Jakobslegenden«, erklärte Hermana Consuelo. »Unsere Version in Punta del Cambio weicht in einem entscheidenden Punkt ziemlich von den gängigen Fassungen ab. Aber darüber sprechen wir vielleicht besser nach Muriellas Erzählung.«

Mit konzentrierter Miene strich die junge Frau ihren Rock glatt, gebot den Kindern, sich auf den Boden niederzusetzen, trank noch einen kräftigen Schluck Wein und erhob dann ihre melodische Stimme.

Dies ist die Geschichte vom heiligen Jakob, so wie sie in Punta del Cambio erzählt wird

Nach der Kreuzigung von Jesus teilten die Jünger die ganze Welt nach ihren Völkern auf. Jeder sollte in einen anderen Teil ziehen und die Botschaft vom Leben und Wirken Jesu verbreiten. Als Apostel gründeten sie erste Gemeinschaften der Urchristen und zogen von Jerusalem aus durch die antike Welt bis nach Rom mit seinen weitläufigen Territorien.

Von Geburt war Jakob Galiläer und hatte gemeinsam mit seinem jüngeren Bruder Johannes, dem späteren Evangelisten, vom Vater Zebedäus das Fischerhandwerk erlernt. Ihre Mutter Salome soll eine Kusine der Jungfrau Maria gewesen sein.

Jakob war beim Verteilen der Völker die Iberische Halbinsel zugefallen. In Jaffa soll er ein Schiff bestiegen haben und an der spanischen Südküste gelandet sein. Von dort, so heißt es, zog er auf den Römerstraßen nach Norden und predigte vor allem in Asturien, Galicien, Kastilien und Aragonien. Doch seine Missionsreise hatte einen kläglichen Erfolg. Nur acht Anhänger folgten ihm. Am Ende der Fahrt gelangte er in den Nordosten des Landes. Enttäuscht und entmutigt träumte er dort von Maria, seiner Tante. Sie sprach zu ihm: »Jakobus, diesen Ort habe ich zu meiner Kirche erkoren. Auf der Stelle, wo die Säule steht, auf der ich sitze, sollst du den Altar einer Kapelle bauen, denn dort wird mein Sohn auf mein Bitten hin Gnaden erweisen und Wunder tun. Diese Säule aber soll hier bleiben und wird hier bleiben bis zum Ende der Welt.« Jakob errichtete in Saragossa wie von Maria befohlen das Heiligtum der Nuestra Señora del Pilar, Unserer lieben Frau von der Säule, welches sogar die

Einfälle der barbarischen Völker überstehen sollte. Nach der Fertigstellung des Baus kehrte er nach Jerusalem zurück.

Kurz nach seiner Ankunft sandte der mächtige pharisäische Zauberer Hermogenes seine Geister mit dem Auftrag zu Jakob, ihn zu fangen und zu fesseln. Doch die Macht des Apostels spürend wagten die Geister es nicht, ihn anzugreifen, und flehten um Erbarmen. Nun beauftragte Jakob seinerseits die Geister, ihm den Zauberer zu bringen. Das taten sie sogleich und baten sogar darum, sich an ihrem grausamen Herren rächen zu dürfen. Doch dies wurde ihnen verwehrt. Jakob bekehrte Hermogenes, ließ seine Zauberbücher ins Meer werfen und überließ ihm zum Schutz vor den Geistern seinen Stab. Von da an verkündete auch Hermogenes das Wort Gottes.

Diese Wendung missfiel den Juden, allen voran Herodes Agrippa, dem Enkelsohn von König Herodes. Er war von den Römern zum Prunk verführt worden, was Neid und Missgunst schürte. Um sich bei seinen Brüdern wieder einzuschmeicheln, verfolgte er die Christen. So kam es ihm gerade recht, als er von der Bekehrung des mächtigen Zauberers hörte. Er bestellte Jakob an seinen Hof, verurteilte ihn zum Tode und ließ ihn sogleich enthaupten. So erlitt Jakob den Märtyrertod. In ihrer Wut über den Missionar warfen die Juden Kopf und Rumpf des heiligen Mannes aufs freie Feld, damit sie von Hunden und wilden Tieren gefressen würden. Doch im Schutze der Nacht brachten die anderen Jünger die sterblichen Reste zu einem Bergkloster und begruben sie dort.

Als später räuberische Banden die Gegend unsicher machten und abzusehen war, dass sie früher oder später auch das Kloster plündern würden, trugen die frommen Männer den Leichnam an die ägyptische Küste. Dort kam ein unbemanntes Schiff mit vollen Segeln gefahren. Sie brachten den Toten an Bord und das Schiff legte ab. Nach sieben Tagen landete es über die Flussmündung des Rio Ulla im Hafen von Ira Flavia, dem heutigen El Padron.

Ein portugiesischer Reisender saß auf seinem Pferd in der Nähe der Anlegestelle. Als das Tier den wundersamen Schein sah, der von einem Stern auf den an Land getragenen Jakobsleib fiel, war es von diesem Anblick so verstört, dass es ins Wasser sprang und den ahnungslosen Reiter mit sich in die Tiefe riss. Die Männer, die den Apostel in Empfang genommen hatten, retteten den Reiter. Als sie ihn aus den Fluten zogen, sahen sie voller Staunen, dass sein Körper über und über mit Jakobsmuscheln bedeckt war. Durch dieses Wunder erlangte die Muschelschale ihren Ruf, schutz- und glückbringend zu sein.

Nach diesem magischen Zwischenfall wurde der Tote ins Hinterland, in die Wildnis von Galicien getragen und dort auf einem großen Marmorstein abgelegt. Wie Wachs gab der Block unter den Gebeinen nach und formte sich zu einem Sarg. Dort fand er für viele hundert Jahre Ruhe in der Vergessenheit.

Doch dann brach Spaniens vermeintlich dunkle Stunde an und der Glaube, den Jakob ins Land gebracht hatte, schwebte in der Gefahr, von den Mauren ausgelöscht zu werden.

Eines Nachts bemerkte der Eremit Pelagius über einem Hügel, der dicht von immergrünen Macchien und hohen Eichen bedeckt war, ein seltsames Licht. Er meinte, auch den Gesang eines unsichtbaren Engelschores zu hören. Diese Erscheinung wiederholte sich in den folgenden Nächten mehrmals. Viele Neugierige wurden angelockt. Sie hatten von weitem eine Sternenstraße am Himmel gesehen, die direkt zu dem Hügel führte. Eine übernatürliche Lichterscheinung deutete auf eine ganz bestimmte Stelle, auf das Feld des Sterns, »campus stellae«. Der Bischof Theodomir wurde benachrichtigt, um sich selbst von dem Leuchten zu überzeugen. Er ordnete drei Fastentage an, ließ eine Schneise in den Wald schlagen und fand an der vom Licht gekennzeichneten Stelle einige Meter unter der Erde ein kleines Mausoleum mit den in Marmor gekleideten Gebeinen des Apostels Jakobus. Als er von der wunderbaren Entdeckung Kunde bekam, ließ König Alfons II. sogleich über der Reliquie eine Kapelle errichten. Für die vielen Pilger wurde sie jedoch schnell zu klein, sodass noch im gleichen Jahrhundert mit dem Bau einer Kathedrale begonnen wurde. Drum herum entstand Santiago de Compostela, die Stadt des heiligen Jakob vom Sternenfeld.

Dass dieser Mann künftig von den Christen als Held und Matamoro, also als Mohrenschlächter, verehrt werden sollte, fanden die Menschen in Punta weder ehrenvoll noch schmeichelhaft. Deshalb verschweigen wir immer diesen letzten Teil der Geschichte.

Dies ist die Geschichte von Pilgern und Wundern

»Wie jetzt? Und diesen letzten Teil dürfen wir nicht erfahren?« Leah war entrüstet. »Das ist doch spannender als ein Krimi.«

»Na, es geht eben nicht richtig weiter«, versuchte Muriella zu erklären. »Andere Legenden sind so abstrus und offensichtlich von der Kirche zur Christianisierung eingesetzt, dass sie in unseren Augen wenig Sinn machen.«

»Och Mensch, aber erzählen könntet ihr doch trotzdem davon. Es ist schließlich ebenso interessant, was alles aus einer alten Geschichte gemacht wird.«

»Sie hat Recht«, sprang Consuelo Leah bei. »Natürlich kannst du auch von den anderen Dingen erfahren. Da ist zunächst mal die Bezugsverschiebung. Richtig berühmt wurden die Kräfte des heiligen Jakobs nämlich erst durch Karl den Großen. Ihm zugeneigte Gelehrte haben in Büchern wie der Vita Caroli Magni oder dem Codex Calixtinus einen Zusammenhang zwischen dem Heiligen und dem Herrscher hergestellt. Ein damals ganz übliches Mittel, um die Macht eines Königs zu verstärken. Laut einer dieser Schriften soll Kaiser Karl sogar höchstpersönlich das Grab entdeckt haben. Die schon erwähnte Sternenstraße soll ihn vom friesischen Meer angefangen durch Deutschland und Frankreich nach Galicien geführt haben. Dort soll ihm dann göttlicher Schutz und Unterstützung versprochen worden sein.«

»Und wie sieht's mit der historischen Belegbarkeit aus?«, folgerte Leah nun eifrig.

Muriella lachte: »Glaubst du im Ernst, dass man so etwas glauben kann, selbst wenn es in Büchern über Kaiser steht?«

»Und was ist das mit dem Maurentöter?«

»Tja, da geht es um Macht«, ergriff nun wieder Consuelo das Wort. »Im elften Jahrhundert während der Belagerungen der mittel- und auch einiger nordspanischer Städte haben die Christen angeblich Jakob im Gebet um Hilfe angefleht. Da sei er erschienen, habe sich als Ritter Christi vorgestellt und sei auf einem weißen Pferd mit erhobener Lanze gegen die Muselmanen in die Schlacht gezogen. Seither wurde er regelmäßig im Kampf gegen die Mauren angerufen und bald darauf zum Schutzpatron Spaniens erklärt. Daher dieser recht brutale Name Matamoro, der dir in Santiago ständig begegnet.«

»Der eigentliche Witz bei der Sache«, ergänzte Muriella, »ist die Tatsache, dass die ersten schriftlichen Nachrichten über die Jakobspilgerfahrten ausgerechnet von einem arabischen Reisenden mit Namen Ibn Dihay stammen.«

»Wir müssen demnächst einmal mit dir die große Kathedrale anschauen, Leah«, schlug Kurt vor. »Wenn dich das so sehr interessiert, musst du sie dir einfach ansehen. Waren Sie schon dort, Helene?«

»Ich war einmal dort, aber das Kirchenportal war geschlossen, man konnte nicht hinein.«

Kopfschüttelnd bemerkte Don Salvo: »Die Kathedrale ist niemals geschlossen. Sie ist dafür berühmt, dass sie den Pilgern Tag und Nacht Zugang zur Jakobsstatue bietet.«

»Ich war da und es war zu. Das werd ich mir doch nicht eingebildet haben?«

»Ist ja auch wurscht.« Leah wollte einfach noch mehr wissen und so gab Hermana Consuelo noch etliche Anekdoten zum Besten. Von dem lang ausgebliebenen Ehemann, der den Apostel um Kinder bittet und bei seiner Heimkehr schon zwei davon vorfindet. Von dem Stummen, der geheilt wurde und der daraufhin einem von Taubheit Geheilten so sehr die Ohren vollquatschte, dass dieser den Heiligen erneut anflehte, diesmal mit der Bitte, ihm das Gehör wieder zu nehmen. Von dem Blinden, der nach dem Besuch des Grabes die sprichwörtliche Nadel im Heuhaufen fand. Und von dem Bauern, der sauer auf die Feldräuber war und ihnen zur Strafe den Hut abnehmen wollte. Als er erkannte, dass es der heilige Jakob war, der ein paar Ähren aus seinem Acker gebrochen hatte, ließ er ihm seine Kopfbedeckung und sorgte so dafür, dass der Heilige nun auch noch Kornpatron wurde und fortan als einziger Apostel der gesamten christlichen Überlieferung mit einem Hütchen abgebildet wird.

»Ich find' die Storys einfach super.« Leah war sichtlich angetan. Ein ganzer Kosmos verschrobener Geschichten schien in der Vergangenheit zu ruhen und nur darauf zu warten, von ihr entdeckt zu werden. »Was ist denn das mit diesem Jakobsjahr, das jetzt sein soll?«

»Immer wenn der fünfundzwanzigste Juli auf einen Sonntag fällt, dann wird das Jakobsjahr gefeiert und dann kommen natürlich besonders viele Menschen nach Santiago. Immer noch, oder besser gesagt, jetzt wieder. Eine Zeit lang waren die Wallfahrten nämlich ein bisschen aus der Mode.«

»Ich möchte zu gerne wissen, warum die Leute heutzutage immer noch zu diesem Jakobsgrab pilgern. Glauben sie, dort wirklich mit Wunderkräften in Berührung zu kommen?«

Consuelo wiegte langsam den Kopf. »Wenn es Wunder gibt, dann wird es sie sicher nicht nur in Satiago geben, was meinst du? Ich glaube, die Pilger von heute folgen einfach einem gewissen inneren Antrieb. Weißt du, es gab schon Pilger, lange bevor das Grab angeblich gefunden wurde, und für sie war das Pilgern so eine Art Lebenshaltung. Jeder versuchte, im Laufe seines Lebens einmal an einen heiligen Ort zu kommen. Nach Jerusalem zunächst, später hierher, dann nach Rom oder zu einem der unzähligen Reliquienschreine, die überall auf der Welt verehrt werden. Im Mittelalter haben die Gläubigen vom Peregrinus gesprochen, dem Fremden. Jenem, der in der Fremde sein Heil sucht. Das ganze Leben wurde als Pilgerfahrt gedeutet. Der Christ ist unterwegs zu seiner ewigen Heimat, die er hier auf der Erde nicht findet. Die Leute glaubten, dass sie nicht zum Vergnügen lebten, sondern einem höheren Zweck dienen sollten. So waren die Pilgerfahrer auch nicht wie die modernen Touristen, die Abwechslung oder Erholung suchen. Ihr Ziel war es, Heil und göttliche Vergebung zu finden oder Rettung aus Leid und Not. Am Ende solcher Pilgerfahrten stand immer so etwas wie Gnadenvermittlung. Aber die Pilgerfahrt hatte noch einen anderen, fast anarchischen Aspekt. Die Suche nach dem Glück löste nämlich die Standesgrenzen zwischen den Menschen auf. Das Reisen an sich war früher nur den Wohlhabenden vorbehalten. Doch die Wanderschaft mit dem Pilgerstab, von Herberge zu Herberge, angewiesen auf die Gaben guter Menschen am Wegesrand, das war für jedermann möglich. Ganz egal, aus welcher Klasse jemand stammte, welches Ansehen er genoss oder wie alt er war: Zu einem Heiligtum zu pilgern war jedem erlaubt und löste überall Anerkennung aus. Aber auch die gehobene Gesellschaft profitierte von der Wanderschaft. Denn zumindest auf Zeit konnten die feinen Leute den Schranken und Zwängen ihrer gesellschaftlichen Schicht entfliehen.«

»Cool!«, befand Leah. »Es scheint ja zu funktionieren. Denn selbst Onkel Kurt, der ja nun wahrlich nicht mit den lautersten Absichten hierher gekommen ist, hat doch am Ende sein Glück gefunden.«

»Ganz genau, du freches Stück. Mach dich nur lustig darüber.«

»Mach ich doch gar nicht. Am besten gefällt mir der Gedanke, dass das ganze Leben eine Art Pilgerfahrt ist. Das ist doch vollkommen unabhängig davon, zu wem oder zu welchem Wunder man aufbricht. Ich kann mir das aber trotzdem noch nicht so genau vorstellen, dass früher so viele Leute einfach losgereist sind. Das widerspricht doch total den sonstigen Lebensgewohnheiten. Wir haben mal in der Schule drüber gesprochen. Da ging es, glaub ich, um das Thema Flexibilität, und dass das echt erst 'ne Erfindung der Neuzeit ist.«

»Da kannst du mal sehen, was für interessante Sachen heutzutage gelehrt werden. Eigentlich doch ein Grund, mal wieder in so eine Schule reinzuschauen, oder?« Kurt wirkte sehr zufrieden über sein schlaues Argument.

»Ja, ja, haben wir doch schon ausgemacht. Aber jetzt will ich nicht daran denken. Ich möchte viel lieber noch was über diese komischen Mittelalterreisetouren wissen. Consuelo, erzähl doch noch ein bisschen weiter, bitte.«

»Na gut, denn auch das wird deinen Horizont erweitern und das kann deinem um deine Bildung so besorgten Onkel ja nur recht sein.« Fröhlich zwinkerte sie in die Runde. »Also, laut den alten Berichten, und davon lagern in den Archiven der Klöster von Santiago unzählige, muss auf den Straßen Europas tatsächlich eine Menge los gewesen sein. Es gab zwei große Routen. Eine nördliche Oberstraße, an die gelangte man über Aachen oder Trier, sie führte nach Paris, dann weiter nach Tours und kreuzte sich erst hinter Pamplona mit dem südlichen Weg. Auf diesem zweiten, Unterstraße genannten Weg wanderten die Menschen über die Schweizer Städte Basel oder Einsiedeln durch Südfrankreich nach Le Puy und ebenfalls weiter nach Pamplona. Von dort aus sind die großen Stationen ja klar: Burgos, Leon und schon war man da.«

»Und welche Richtung hattest du eingeschlagen, als du vor fünf Jahren unterwegs warst, Onkelchen?«

Kurt rollte mit den Augen »Den südlichen. Meine leicht fanatische Reisebegleiterin war ganz wild auf die kleinen Heiligtümer am Wegrand in den südfranzösischen Provinzen. Da wimmelt es nur so von Kapellen und Kreuzen, die alle eine Bedeutung haben oder gar gleich von einem weiteren Wunder erzählen.«

»Wie bitte, noch mehr Wunder?«

»Ja, natürlich, hunderte. Du könntest quasi eine europäische Wunderlandkarte erstellen, die wäre dicht gespickt mit Pünktchen, wo überall etwas unerklärlich Gutes geschehen sein soll. Das sind natürlich nicht ausschließlich Jakobslegenden. Auch die heilige Jungfrau Maria soll öfter erschienen sein, davon hast du ja sicher schon gehört. Die Pilger jedenfalls wandern noch heute von einem dieser Orte zum nächsten und beten, danken und gedenken in einem fort.«

»Das ist ja total abgefahren.« Leah rieb sich die Hände und bekam leuchtende Augen. »Das wäre doch vielleicht ein schönes Projekt: Wir machen zusammen die Wunderkarte.«

»Dann musst du dich mit Don Salvo gutstellen, denn der ist Spezialist für Wunder.« Muriella schaute zu Don Salvo hinüber, aber der schien der auf Deutsch geführten Unterhaltung gar nicht zuzuhören und lächelte abwesend vor sich hin.

»Aber was ist, wenn das alles nur Zufälle sind?« Leah war nicht mehr zu bremsen. »Für ein richtiges, echtes Wunder reichen doch ein paar Merkwürdigkeiten nicht aus.«

»Bei Wundern geht es niemals um das, was bewiesen werden kann, sondern nur um das, was die Menschen glauben«, erklärte Consuelo. »So lange jemand davon überzeugt ist, er wird gesund, verschont, belohnt oder sonst etwas, weil ihm eine überirdische Macht dazu verholfen hat, so lange handelt es sich um ein Wunder.«

»Ich will auch mal ein Wunder erleben«, rief Leah aus.

»Das wirst du sicherlich eines Tages. So wie wir alle. Es geschehen doch immer wieder Dinge, die wir nicht verstehen, mit denen wir nicht gerechnet haben und über die wir uns, wenn sie dann, jeglichen gesunden Menschenverstand ignorierend, dennoch geschehen, einfach nur wundern.«

»Na ja, das ist doch nicht das Gleiche, oder?«

»Warum nicht? Der einzige Unterschied besteht darin, dass die Wallfahrer losgezogen sind, damit sie in den Genuss eines solchen Wunders gerieten. Dafür haben sie alles hinter sich gelassen und sind nur mit ihrem Wallsack und einem Wallstab losgezogen.«

»Wallsack? Wallstab?«, fragte Leah mit ironischem Tonfall. Doch Consuelo ging bei ihrer Antwort nicht auf diese Anzüglichkeit ein: »Na, das sind die typischen Pilgersymbole, die dein Onkel da gerade aufgezählt hat. Im Falle der Jakobspilger kommen dann noch Muschel und Hut dazu.«

»Und wozu sind die da?«

»Also, der Pilgerstab soll das Reisen erleichtern, als dritter Fuß sozusagen, eben ein Wanderstock. Die Jakobsmuschel kann man, übrigens auch aus Silber nachgebildet, in Santiago bei der Kathedrale erwerben. Das war schon immer so, als Zeichen, dass man sein Ziel erfolgreich erreicht hatte. Die spielt auch als Symbol auf der Rückreise eine Rolle. Sie soll den Pilger schützen und ihm Ansehen verleihen. Den Wallsack kenne ich als Pilgertasche. Meist aus

Tierhaut und in der Kirche geweiht, von der aus der Wanderer startet. Der enge Beutel ist nach oben hin geöffnet und besitzt keinen Verschluss, damit sein Besitzer ständig daran gemahnt wird, immer gebefreudig zu sein. Wegen der geringen Größe kann auch jeweils nur eine kleine Menge Proviant transportiert werden, auf dass der Pilger auf Reichtümer verzichte, seinen Besitz mit den Armen teile, aber auch selbst dazu bereit sei, von anderen etwas anzunehmen. Na, und der breitkrempige, meist runde Filzhut soll natürlich zum einen vor Regen und Wind schützen, weist den Wanderer aber auch als speziellen Jakobspilger aus, in Anlehnung an die Geschichte vom Apostel mit Hut.«

»Das ist'n gutes Sprachspiel, oder?«, unterbrach Leah. »Denn derjenige soll ja auch im gläubigen Sinne gut behütet sein und der Hut behütet ihn vor Kälte und so.«

»Ja, so ähnlich wird das wohl gemeint gewesen sein. Aber eine Sache will ich dir noch zur Ergänzung erzählen. Ich bin sicher, darüber wirst du dich königlich amüsieren. Es gab nämlich doch große Unterschiede bei den Gründen für solche Wallfahrten. Nicht alle waren freiwillig unterwegs, um etwas zu erbitten oder um dem Apostel zu danken. Es gab auch Auftragsreisen. Man konnte sozusagen einen Stellvertreter für sich losschicken. Außerdem gibt es noch die Variante der Sühnefahrt. Geistliche und sogar weltliche Gerichte konnten einen Sünder zu so einer Reise verurteilen. Eine besonders strenge Strafe war dabei die so genannte Nacktwallfahrt. Dafür brauchte man eine schriftliche Anweisung der Obrigkeit, die ständig in dem Beutelchen mitzuführen war.«

»Kann ich nicht glauben.«

»Kann ich gut verstehen«, gähnte Hermana Consuelo. »Auch das kommt einem doch fast schon wie ein Wunder vor.«

»Cierto«, schloss sie dann, »und ich pilgere jetzt jedenfalls zu meinem Bett. Es ist schon spät. Kommen Sie mit, Helene?«

Leah, von dem Gehörten ganz aufgekratzt, sprang vom Stuhl und hüpfte in die Luft. Auch die anderen erhoben sich und betraten zur Verabschiedung den Patio. Man dankte Muriella und Kurt für die Gastfreundschaft. Don Salvo, der sich ebenfalls erhoben hatte, begleitete die beiden Frauen noch zwei Treppen weit, bis zu dem Abzweig, der zu seinem Haus führte. Vertraulich wünschten er und Consuelo einander eine gute Nacht. Helene wollte sich gerne für die Bootsfahrt, die vielen Erzählungen und die freundliche Gesellschaft bedanken, bekam aber kaum ein Wort heraus. Sie spürte sein Grinsen in der Dunkelheit, bevor die tiefe, warme Stimme sagte: »Todo está bien, Señora, sin palabras grandes. Ich fand den Tag auch ohne Worte wundervoll. Nos vemos.« Er schien den beiden zuzunicken und machte sich auf den Weg zum Tor der Casa Grande.

Dies ist die Geschichte vom Abschied

Je länger sie den nächsten Lidschlag hinauszögerte, desto deutlicher wurden die Formen unter ihr auf dem Steinboden. Das Gebirge hatte seine Gestalt zügig preisgegeben. Nach einer konzentrierten Minute des Fokussierens war auch die Felsnische zu erkennen und aus den dunkleren Färbungen der Steinplatten, die stellenweise regelmäßige strichlinienförmige Muster ergaben, kristallisierten sich immer wieder menschliche Umrisse heraus, die über die Granithügel zu wandern schienen.

Helene lag bäuchlings quer auf dem Bett. Ihre Füße lugten auf der Fensterseite unter der Decke hervor und fühlten die Wärme des Sonnenlichtes. Ihr Kopf hing auf der schattigen Seite über den Bettrand und wurde langsam rot und schwer.

Irgendetwas fing an zu pochen. Sie schloss die Augen und forschte in ihrem Gedächtnis nach dem Namen für das, was sie gerade gemacht oder gesehen hatte. Überall auf der Welt bekannte, milliardenfach erlebte Bilderwelten, eine Mischung aus Assoziation und optischer Täuschung. Knollnasige Gesichter konnten aus Raufasertapeten springen, Mondlandschaften in Marmoroberflächen stecken, mäandernde Muster in Holzdielen vor sich hin wabern, Straßennetze und ganze Landkarten aus Sandböden auf- und wieder abtauchen. Welten in der Welt.

Helene wälzte sich auf den Rücken und schützte ihre brennenden Augen mit der Hand vor der gleißenden Helligkeit. Sie würde an diesem Tag nicht mehr aufstehen. Totale Erschöpfung hatte sich in ihrem Körper ausgebreitet, und das, obwohl sie mit Sicherheit schon zehn, elf Stunden geschlafen hatte. Doch die Anstrengungen des Vortages mochten sie nicht so schnell verlassen. Erst die lange Fahrt über das Meer. Helene wusste, dass zum Glauben an das Ende der Welt der Glaube an das Reich des Jenseits oder der Finsternis, das gleich dahinter beginnen sollte, gehörte. Und dann auch noch diese vielen Legenden, die sich mit Wünschen und der Sehnsucht nach Heilsbringung befassten. Sie mochten für einen Großteil der Menschheit über die Jahrhunderte Hoffnung und Trost gespendet haben, Helenes Geist und Herz fühlten sich davon betrogen. Vielleicht hatte es auch nur an der Art der Erzählungen gelegen, doch am Ende blieb Helene nur die sichere Gewissheit, dass sie nichts glauben konnte, nichts glauben wollte und mit denjenigen, denen der Glaube etwas bedeutete, nichts mehr gemein hatte.

Sie zog das verschwitzte Laken über ihren Kopf und wartete.

Es war ein Warten darauf, dass Zeit verrinnt. Ein einsames, kummervolles Warten.

Am folgenden Morgen zwang sie sich, endlich das Bett zu verlassen. Ihr war schwummerig, vom langen Liegen schmerzte jeder einzelne Knochen. Es fiel ihr schwer, so simple Verrichtungen wie Sichankleiden und Teewasseraufsetzen zu erledigen. So schwer wie in ihren ersten Tagen in der Casa Floreciente. Doch dankbar nahm Helene zur Kenntnis, dass die Geschichten vom heiligen Jakob und seinem wundersamen Treiben vor ihrem inneren Auge verblassten. Sie wusste jetzt, dass sie sich künftig vor gewissen Erzählungen würde schützen müssen.

Sie schlüpfte in die Turnschuhe und machte sich bereit für einen langen Lauf an der Küste. Die Bewegung ihres Körpers, auf dass sich dieser harmonisch mit Luft und Erde verbunden fühlen konnte, schien ihr nach wie vor die einzige Möglichkeit, ihr Dasein zu ertragen.

Als sie in den Patio trat, fielen ihr sofort die leuchtend weißen Oleanderblüten ins Auge. So viele Knospen waren ausgereift, dass der grüne Busch über den glatten hellgrauen Stämmen aussah wie von einer Sahnehaube bedeckt. Helene näherte sich der Pflanze, deren jahreszeitliche Veränderung sie nun schon einige Monate begleitet hatte, steckte ihre Nase in die Blütenkelche, nahm die Süße ihrer Mitte und das herbe Aroma des Pflanzenstockes auf und empfand plötzlich eine solidarische Freude mit diesem Gewächs, welches seinem natürlichen Weg gefolgt war, seinem inneren Bauplan von Wachstum und Vervollkommnung, mit dem Ziel, seine allsommerliche Schönheit der Sonne zuzuwenden.

Helene rannte los.

Nach einigen Tagen, an denen sie wieder ausschließlich gelaufen war, um hinterher erschöpft am Strand zu sitzen und den Horizont anzustarren, begann sie, erneut die Vormittage im Klostergarten zu verbringen. Hermana Consuelo hatte sie ohne Fragen mit Aufgaben betraut und ihre Einführung in die Geheimnisse der Pflanzenkunde fortgesetzt. Die stille Arbeit an der Seite dieser Frau tat Helene gut. Als sie am dritten Nachmittag unterhalb von Punta del Cambio Leah begegnete, bemerkte sie eine ungewohnte Zurückhaltung. Möglicherweise war das Mädchen enttäuscht oder verärgert, weil Helene sich einige Zeit zurückgezogen hatte.

Doch Leah sagte nichts, was diese Vermutung gestützt hätte. Im Gegenteil, sehr nüchtern und betont erwachsen informierte sie Helene über ihre bevorstehende Reise.

»Schon übermorgen fliege ich los. Ich habe mit Onkel Kurt abgesprochen, dass ich vier Wochen bleiben werde und dann zurückkommen kann, um mich hier um eine Schule zu kümmern. Ich mache also sozusagen Ferien zu Hause.«

Helene erinnerte sich an einige Bemerkungen über Leahs Elternhaus und hatte nicht den Eindruck, dass die Familie Leah ein passendes Urlaubsziel bot. Doch sie wollte das Mädchen keinesfalls entmutigen.

»Denkst du eigentlich nie daran, mal wieder nach Deutschland zu gehen?«

Helene zögerte. Dann antwortete sie: »Nein, nie.«

Während die beiden ein Stück am Wasser entlangspazierten, sprach Leah von Partys, die sie besuchen wollte, von Freundinnen, die sie nie zuvor erwähnt hatte, und von der Hoffnung auf ein friedliches Wiedersehen mit den Eltern.

Helene streichelte sanft den hell gebräunten jungen Arm an ihrer Seite. »Ganz egal, was passiert, Leah, wenn du zurück nach Punta kommst, werde ich da sein und ich werde mich freuen, dich zu sehen.«

»Ehrlich?«

»Ja, natürlich. Ich frage mich ja jetzt schon, mit wem ich ab und zu am Wasser entlanggehen und mich unterhalten soll.«

»Du bist so komisch heute, Helene.«

»Ja, ich weiß. Ich glaube, ich war ein bisschen krank nach unserem anstrengenden Ausflug.«

»Und jetzt?«

»Na ja, dir kann man wohl nichts vormachen. Also, mir ist immer noch etwas mulmig. Ich muss erst wieder in Schwung kommen.«

»Ich sag dir heute schon auf Wiedersehen. Ich hab versprochen, morgen den ganzen Tag mit den Kindern zu verbringen, und übermorgen fährt Onkel Kurt mich schon irre früh zum Flughafen.«

Helene hätte Leah gerne etwas Nettes gesagt, ihr einen guten Gedanken mit auf die Reise gegeben, aber sie war nicht in der Lage, sich ordentlich zu verabschieden. Es tat ihr Leid, doch sie wusste nicht, wie sie es Leah vermitteln sollte. Und weil sie diese seltsame Stimmung zwischen ihnen nicht ausdehnen wollte, stellte sie sich ziemlich abrupt vor das Mädchen und sagte: »Na dann, Leah, gute Reise, bleib gesund.«

Ihr war bewusst, dass diese gängige Abschiedsformel der Situation nicht gerecht wurde, und so nahm sie das Mädchen fest in die Arme, streichelte ihre blonden Locken, fuhr mit dem Zeigefinger kurz über die schwarz gefärbten Lippen, setzte sich mit einem Lächeln den Finger auf die Stirn, sodass ein dunkler Abdruck zurückblieb, wendete sich ab und ging davon.

Leah war sprachlos. Sie hatte sich den Abschied von Helene nicht gerade detailliert ausgemalt, aber diese Kürze hatte sie dann doch nicht erwartet. Immerhin hatte diese Frau sie noch vor kurzem als ihre Freundin bezeichnet, und was sie Leah bedeutete, dass sie die wichtigste Person in ihrem Denken und Handeln war, das hätte sie doch inzwischen wissen müssen.

Leah schaute Helene nach, die wie schon so oft zuvor einfach am anderen Strandende verschwand. Vollkommen bindungslos und frei, einfach nur ihrem Drang nach Bewegung folgend. Leah schossen Tränen in die Augen. Sie liebte diese Frau, sie beneidete sie und sie hasste sie zugleich. Denn ihre Freiheit bedeutete gleichzeitig, dass Leah ihr niemals wirklich nahe sein konnte. Und bei diesem Gedanken reifte ein Entschluss, mit dem sie schon häufiger geliebäugelt hatte …

Ein paar Möwen kreischten über ihr und zogen ihre Kreise, bevor sie genau wie Helene hinter der Südklippe verschwanden. Leah schluckte und fühlte sich beschämt. Kitschig und banal kam ihr das alles vor. Um diese peinliche Empfindung zu verdrängen, ballte sie die Fäuste so fest, dass ihre Fingernägel sich tief in das weiche Fleisch einbohrten. Sei es, um diesen Schmerz auszuhalten, oder sei es, um ihn zu verstärken, jedenfalls biss sie sich zusätzlich kräftig auf die Innenseite der Unterlippe, sodass sie eine Sekunde später den Geschmack von Blut auf der Zunge spürte.

In dieser vorletzten Nacht in Punta del Cambio fand Leah genauso wenig Schlaf wie in der folgenden. Sie hatte am Abend den Reisekoffer aus dem Kleiderschrank gezogen, um erste Wäschestücke hineinzupacken. Dabei war ihr das hellblaue Schreibheft wieder in die Hände gefallen. Sie hatte natürlich gewusst, dass es sich noch dort befand, doch auch dieses Mal erschreckte sie der Anblick. Der Inhalt, dieser eine Satz musste sich auf Helenes Tod beziehen. Am Anfang hatte sie ihn für die Aussage einer Verrückten gehalten. Einer Person, die noch verrückter war als sie selbst. Doch als sie die Seite jetzt aufschlug, machte dieser Satz viel mehr Sinn. Möglicherweise versteckten sich hinter Helenes Ruhe und Gelassenheit gar keine unendlichen Möglichkeiten, sondern sie waren Ausdruck von etwas Abgestorbenem. Aber sie lebte. Ihre Hülle lebte, das hatte sie ja selbst geschrieben, und Leah hatte Helene auch oft genug als handelnde, lebendige Person erlebt. Und doch war da etwas, das Leah keine Ruhe ließ. Wenn Helene jemals den Eindruck gehabt hatte, tot zu sein, oder immer noch von diesem Gefühl verfolgt wurde, dann musste sie doch irgendwann einmal gelebt haben. Leah erinnerte sich daran, wie sie Helene im Winter zum Zeitvertreib beobachtet hatte, damals, als sie für sie nur ›die rennende Frau‹ gewesen war. Sie hatte ihr Geheimnis lüften wollen. Doch wenn sie es nüchtern betrachtete, war sie damit keinen Schritt weitergekommen. Sie selbst hatte sich ihr in mehrerlei Hinsicht offenbart. Zugegeben – offenbaren wollen. Doch sie hatte nichts erfahren. Nicht das kleinste bisschen von dem, was Helene in den sechsunddreißig Jahren gemacht hatte, bevor sie nach Punta del Cambio gekommen war. Und das verletzte Leah. Sie, die in Helenes Bett geschlafen, in Helenes Armen geweint und geschrien hatte, die ihr aus der Hölle ihres Herzens geschrieben hatte, sie wusste nicht einmal, woher diese Frau gekommen war. Also deutete sie Helenes Verschlossenheit als Abweisung, als mangelndes Vertrauen, und ein wildes Wüten kochte in ihr hoch.

In ihrer vorletzten Nacht in Punta schlich sie gegen Mitternacht aus dem Haus und streifte durch die Olivenplantage. Sternen- und Mondlicht reichten zur Orientierung aus. Die Nachtluft war schwer, beinahe schwül. Leah war aufgeregt, steuerte aber mit festem Schritt ihr Ziel an.

Die Casa Floreciente lag in Dunkelheit getaucht. Leah ging um die ehemalige Kapelle herum und entdeckte, dass das Schlafzimmerfenster weit offen stand. Vorsichtig steckte sie ihren Kopf hindurch und suchte unter dem dünnen Bettlaken nach Helenes Silhouette. Da lag sie, atmete regelmäßig und tief und bemerkte nicht, was um sie herum vorging. Leah wartete eine Weile und lauschte dem Geräusch der gleichmäßigen Luftzüge, dann schwang sie ein Bein auf den Fenstersims, zog sich mit einem kräftigen Ruck hoch und glitt ins Zimmer.

Unter ihrer Jacke knipste sie eine Taschenlampe an und ließ vorsichtig ein wenig Licht durchscheinen. Dann bückte sie sich vor der schlafenden Helene. Im fahlen Schein sah sie, dass das Laken, welches Helene als Decke verwandte, bis zu ihren Beinen heruntergerutscht war. Halb auf der Seite liegend gab ihr Arm eine große schwere Brust frei, die sich regelmäßig im Rhythmus des Atems hob und senkte. Leah hockte sich direkt davor und berührte sachte mit der Spitze ihrer Fingerkuppe den dunklen Hof. Sofort zog sich die Hautoberfläche zusammen, richtete sich auf und bildete eine feste Spitze. Leah war fasziniert. Gern hätte sie ihre Hand ganz um diese Brust geschlossen, doch die Angst, Helene könnte erwachen, war zu groß. Also begnügte sie sich damit, den unbekleideten Körper zu betrachten, und litt unter einem verwirrenden, aussichtslosen Verlangen. Ein süßlicher, schwerer Duft umgab den schlafenden Körper und benebelte ihre Sinne. Sie zwang sich aufzustehen und tief durchzuatmen.

Als sie sich ein wenig beruhigt hatte, gewann ihre Kaltblütigkeit die Oberhand. Mit sicheren Bewegungen schlich sie durch das kleine Haus in den vorderen Wohnraum. Dort ließ sie den Lichtstrahl über die Möbel gleiten und entdeckte das Ziel ihres Einbruchs auf einem der Korbstühle: die große braune krokolederne Handtasche, die ihr schon früher ins Auge gefallen war, an die sie sich aber bei ihrem ersten heimlichen Besuch in der Casita nicht herangetraut hatte. Helene schleppte diese Tasche nie mit sich herum, dennoch musste sie Dinge enthalten, die Aufschluss oder zumindest einen Anhaltspunkt über Helenes Identität bieten würden.

Es war alles viel einfacher, als Leah es sich vorgestellt hatte. Ihre Hand erfühlte schnell eine lederne Brieftasche. Darin fand sie einen Personalausweis, ausgestellt auf den Namen Hellkamp. Helene Hellkamp, Geburtsort, Anschrift, alles stand dort fein säuberlich gedruckt und staatlich besiegelt. Leah staunte. Sie hatte nicht damit gerechnet, dass es kinderleicht sein würde, Helenes persönliche Daten herauszufinden. Neben dieser Entdeckung überraschte sie auch noch eine große Summe Bargeld, die Helene in ihrer Tasche aufbewahrte. In einem Seitenfach entdeckte Leah schließlich ein Handy, welches tatsächlich auf Empfang gestellt war. Das konnte doch nicht wahr sein. Helene hatte also nicht nur einen Namen, einen

Geburtstort, eine Adresse, sie pflegte anscheinend auch Kontakte in eine Sphäre außerhalb von Punta del Cambio. Damit hatte sie keinesfalls gerechnet, Leah war schockiert. Da die Tastatur nicht gesperrt war, flog sie geschickt durch das Menü und checkte die zuletzt gewählten Nummern. Helene hatte vor Wochen eine Mailbox angewählt, offenbar ihre eigene, denn dieselbe Nummer war auch unter den eingegangenen Anrufen verzeichnet. In dieser Liste tauchten verschiedene Zahlenkombinationen auf. Leah prägte sich die am häufigsten gespeicherte sorgfältig ein. Dann durchwühlte sie den Rest der Tasche, konnte aber außer einer teuren, fast unverbrauchten Flasche Parfüm, einigen Tankquittungen und Kreditkartenabrechnungen nichts Bemerkenswertes finden. Dennoch war sie äußerst zufrieden. Nun besaß sie mehr Informationen über Helene, als sie sich hatte träumen lassen. Damit musste sich doch in Deutschland etwas anfangen lassen. Sorgfältig verstaute sie Ausweis, Geldscheine und Telefon wieder in der Handtasche. Selbst wenn Helene bemerken sollte, dass einer der Gegenstände an einem anderen Platz lag, würde sie es sicher längst vergessen haben, bis Leah zurückkehrte.

Beinahe lautlos tastete sie sich den Gang zurück in Helenes Schlafzimmer. Kurz stoppte sie vor den Kleiderhaken und drückte ihren Körper in die Stoffe, die Helene täglich umhüllten.

Ein letzter Blick auf die Frau namens Hellkamp auf dem großen, schlichten Bett und schon war Leah durch das Fenster entschwunden.

Am übernächsten Morgen war sie fort.

Dies ist die Geschichte vom Leben der Pinguinfische

Aufstehen, den Tag mit einem Augenaufschlag beginnen. Den Körper waschen und bekleiden. Trinken, essen, Luft holen, Hermana Consuelo aufsuchen, Kräuter pflegen und Unkraut zupfen, Beete harken, Geschichten über dies und das, ausschweifende Spaziergänge den Atlantik entlang von Nord nach Süd und umgekehrt. Kleine Schwätzchen mit den freundlichen Bewohnern von Punta del Cambio. Helene verbrachte die folgenden Wochen in gleichmäßigem Einklang mit ihrer Umgebung. Die Kraft der Sonne half ihr dabei, bis sie sich von der anschwellenden Schwüle ermattet fühlte. Schwüles Klima an der Meeresküste sei selten, es habe etwas mit den Strömungsverhältnissen zu tun und die würden sich bald ändern, hatten die alten Campas sie eines Morgens auf dem Dorfplatz beruhigt.

Helene dachte nicht länger darüber nach, ob sie tot war oder lebendig, und schon gar nicht dachte sie jemals bewusst an ihr früheres Leben zurück. Sie verdrängte es nicht, es war einfach gestorben. Doch da sie nicht leugnen konnte, dass sie selbst noch atmete und deswegen nicht auf die Weise tot sein konnte, die man im Allgemeinen mit Tod verbindet, gab es ein Bewusstsein von diesem früheren Leben in ihrem Kopf – wenn auch verdeckt von einem dunklen, undurchsichtigen Schleier. Wenn sie bereit gewesen wäre, diesen Schleier zu lüften, wäre inmitten der Dunkelheit ein kleiner Lichtkreis aufgetaucht.

In diesem Lichtkreis wäre wie aus der Ferne ein Tisch zu sehen, davor ein Stühlchen, auf dem ein Kind sitzt. Ein hübscher Junge, etwa drei Jahre alt, mit großen blauen, wachen Augen und einem noch zarten Babygesicht. Der kleine Junge sitzt verträumt murmelnd und summend da und macht von Zeit zu Zeit mit angewinkelten Ärmchen flatternde Bewegungen. Genaues aus seinem Mund ist nicht zu verstehen.

»I bim ei klein Pimguim um hei Augum Fridolin.« Das Fridolin ist deutlich.

»He, was machst du denn da?«, fragt Helene.

»Ich singe.«

»Du hast doch noch nie gesungen.«

»Ich habe ein Lied gelernt.«

»Wo hast du das gelernt?«

»Im Kindergarten, von die Erzieherin.«

»Und singst du mir das Lied noch mal vor?«

»Ich bim ein klein Pimguin um hei Augus Fridolin – wadiwapwa.«

»Ein Pinguin?«

»Jaaaha.«

»Und wie heißt der Pinguin?«

»Weiß nicht.«

»Heißt er August Fridolin?«

»Jaaaha.«

»Toller Name. Sing mal weiter.«

Und nach diversen Versuchen und vielen Nachfragen singt das Kind und Helene singt glücklich mit.

»Ich bin ein kleiner Pinguin und heiße August Fridolin.
Meine Frau, die Widuwisch, die schwimmt im Wasser wie ein Fisch.
Wir haben viele Kinderlein, die watscheln fröhlich hintendrein.
Schwadiwappwappwapp, Schwadiwappwappwapp,
Schwadiwappwappwappwappwapp«

Beim Schwadiwappwapp imitieren Helene und der Junge mit ihren Armen die tollpatschigen Flügelbewegungen der Pinguine.

Wenn Helene sich hätte erinnern wollen, wäre ihr auch eingefallen, dass dies ein unglaublicher erster schöner Augenblick in einer eher unglücklichen Phase ihres Lebens gewesen war. Da hatte es etwas Ungeschicktes mit dem Vater dieses Jungen gegeben, von dem sie glaubte, dass es sie in Verzweiflung gestürzt hatte. Doch zu diesem Zeitpunkt hatte das Wort Verzweiflung noch eine ganz andere Bedeutung für sie gehabt.

Der hübsche Junge ist von bezauberndem Charme und er hat ein ungewöhnlich helles und schnelles Wesen. Benjamin, Helenes Sohn.

»Mama, wenn die Pinguine wie Fische schwimmen, sind das doch eigentlich Fische?«

»Na ja.«

»Pinguinfische.«

»Pinguinfische? Das gefällt mir sehr gut.«

»Mama, ich bin dein klein Pinguinfisch.«

Vergangenheit.

Ein anderer Lichtkreis.

Helene sitzt weinend auf dem Badezimmerboden. Der Junge eilt verstört und mitfühlend zu ihr.

»Mama, nicht weinen. Hier ist dein Pinguinfisch. Ich pass auf dir auf, dass kein Krokodil kommt und dir frisst.«

Vergangenheit.

Ein neuer Lichtkreis.

Benjamin ist ein Jahr älter und entwickelt die robusteren Formen eines kräftigen Jungen. Sein Kopf ist voller Fragen über das Leben. Seine starken Händchen nervös knetend will er wissen: »Mama, gibt es wirklich Schutzengel?«

»Na klar.«

»Woher weißt du das?«

»Das spürt man doch, dass immer jemand auf einen aufpasst.«

»Quatsch, du passt doch auf mich auf.«

»Na ja, ich versuche das. Zum Beispiel heute, als wir vom Einkaufen zurückgegangen sind, da wollte ich dich wie immer an die Hand nehmen, als wir über die große Straße gegangen sind. Du hast dich losgerissen und bist losgelaufen, und weißt du noch, was dann war?«

»Jaaha. Das doofe Auto.«

»Ja, und das hat gebremst. Da hast du doch einen Schutzengel gehabt, der dem Autofahrer noch rechtzeitig geholfen hat, dass er bremsen konnte.«

»Meinst du, das war mein Schutzengel?«

»Ja. Und meiner auch, denn ich wäre sehr traurig gewesen, wenn dir etwas passiert wäre.«

»Ich hab so gedacht, du bist vielleicht mein Schutzengel.«

»Nein, ich bin deine Mama und ich versuche auch, auf dich aufzupassen. Aber weißt du was – du bist mein kleiner Engel. Mein Lieblingsengel.«

»Nee, ich bin ein Roti.«

»Bitte was?«

»Ein Roti.«

»Was ist denn ein Roti?«

»Also, als ich noch da im Himmel gewohnt hab, da war ich bei den Rotis. Da war ich wohl auch ein Roti. Eben nackt und ganz rot. Die Rotis sind ganz rot.«

»Aha, klingt interessant.«

»Jahaa.«

»Und erzählst du mir mehr davon? Wie bist du denn dann hierher gekommen?«

»Na, als da meine Zeit war, da hab ich so runtergeguckt und geguckt, wer da so meine Mutter sein könnte und da hab ich dich gesehen und gedacht, vielleicht bist du meine Mutter.«

»Wie schön.«

»Jaha und guck, dis war richtig. Du bist doch meine Mutter.«

»Ja, das kann man wohl sagen. Wie kommst du denn jetzt eigentlich auf die Geschichte mit den Rotis?«

»Jaham, das ist, weil ich immer gedacht habe, die Rotis sind die Schutzengel.«

»Kann ja sein.«

»Aber Schutzengel sehen doch ganz anders aus?«

»Um ehrlich zu sein, ich hab keine Ahnung, wie die aussehen, ich hab noch nie einen gesehen. Man kann nur manchmal fühlen, dass sie da sind und einen beschützen.«

»Aber Weihnachten sind die Engel doch immer so mit langen weißen Kleidern und Flügeln und so.«

»Ja, so stellen sich viele Menschen die Engel vor, sieht ja auch hübsch aus, aber vielleicht ist dein Engel eben ein Roti und sieht auch hübsch aus.«

»Mmmhm.«

»Sonst noch was?«

»Mmmhm.«

»Was denn?«

»Ich mein, wenn man das nicht weiß, wie kann man dann wissen, ob die Schutzengel nicht vielleicht auch wie Pinguinfische aussehen?«

»Kann man nicht wissen!«

»Kann also sein?«

»Ja, kann sein.«

»Gut!«

Benjamins Kopf arbeitet ständig auf Hochtouren. Beinahe besorgniserregend.

Ein ungewöhnliches Kind. Laut, emotional, unersättlich wissensdurstig, grenzenlos in jeder Hinsicht. So wie Helenes Mutterliebe.

Vergangenheit.

Ein anderer Lichtkreis.

Es ist Winter und schon recht spät. Kurz nach neun. Höchste Zeit für einen noch nicht einmal Fünfjährigen, ins Bett zu gehen. Im Badezimmer ist das Licht gedämpft, Benjamin und Helene mögen es in der Wanne gemütlich. Warmer Dampf liegt in der Luft und umhüllt sie mit dem Duft des Honigschaums. Der Junge sitzt eingewickelt in ein riesiges Badelaken auf dem geschlossenen Klodeckel, gegenüber Helene in einem alten Korbstuhl. Sie trinken noch eine Tasse Gute-Nacht-Tee.

»Mama, noch mal was ganz Wichtiges.«

»Ja?«

»Das mit Gott.«

»Was ist mit Gott?«

»Der hat doch die ganze Welt gemacht?«

»Ja.«

»Kann nicht sein.«

»Wieso kann das nicht sein?«

»Na guck mal. Wenn Gott die ganze Welt gemacht hat, eben so alles, wer hat dann Gott gemacht?«

»Gute Frage, wahrscheinlich war der einfach schon da.«

»Das geht doch gar nicht. Alles muss gemacht werden. Vorher ist nix, bevor es gemacht ist.«

»Vielleicht ist Gott ja dieses Nichts und kann trotzdem alles machen.«

»Nee, das geht nicht.«

»Wieso nicht?«

»Weil das eben mal so ist, das weiß ich.«

»Ich glaub jedenfalls, dass Gott alles gemacht hat.«

»Ich glaub das nicht. Aber das krieg ich noch raus, wie das alles ist.«

»Sagst du es mir, wenn du es herausgefunden hast?«

»Wenn ich das kann.«

»Das wäre schön.«

»Ich hab Kopfschmerzen.«

»Es ist spät, du musst ins Bett. Wenn du schläfst, geht das vorbei.«

»Nein. Das kommt immer nachts, wenn ich aufwache und die Rotis kommen.«

»Die Rotis kommen nachts?«

»Ja, oft.«

»Und was machen die dann?«

»Die nehmen mich mit, wenn ich Kopfschmerzen habe.«

»Wie, die nehmen dich mit?«

»Ach, das kann ich nicht so erklären. So mit fliegen und so.«

»Und wohin fliegt ihr dann?«

»Na, zu ihnen nach Hause.«

»Und dann?«

»Dann bringen sie mich wieder zurück in mein Bett und dann kann ich schlafen.«

»Schlafen ist gut, besonders um diese Zeit.«

»Ja, Mama. Ich lieb dich, Mama.«

»Ich lieb dich.«

Vergangenheit.

Ein anderer Lichtkreis.

Im Sommer ist Benjamin fünf Jahre alt und darf an einer großen Reise teilnehmen.

Helene soll für einen Katalog einige spanische Kirchen fotografieren. Sie nimmt den Jungen mit und da sie weiß, dass es eine anstrengende Reise wird, verspricht sie ihm einen Abstecher nach Teneriffa.

Im Norden der Kanareninsel befindet sich das weltweit größte Pinguinarium. In einer Art Erlebnistierpark mit Papageienshows und Robbenvorführung steht ein hohes rundes Gebäude mit einem Dach, das sich fast bis zum Boden hinabsenkt. Man betritt das Gebäude durch einen winzigen Eingang. Draußen fast tropische Temperaturen, gleißendes Sonnenlicht und ohrenbetäubender Touristenrummel. Drinnen klassische Musik und sphärische Klänge. Bei Notbeleuchtung besteigen sie ein Laufband, das im Schneckentempo an einem riesigen runden Glashaus vorbeifährt. Unter einer gigantischen Käseglocke erscheint eine Eismeerlandschaft und hunderte putziger Pinguine hüpfen darin auf und ab. Verschiedenste Arten leben hier in dieser künstlichen Welt zusammen. Unter einer künstlichen Sonne, beobachtet von bezauberten Menschen, die in Stille und Dämmerung an ihnen vorüberziehen. Die Glaswände sind so tief, dass man auch die schwimmenden und tauchenden Tiere gut erkennen kann. Benjamin neben Helene, seine kleine Hand fest in die ihre gedrückt, stehen sie da und staunen und genießen gemeinsam dieses magische Schauspiel. Benjamin will immer wieder in dieses Pinguinhaus, weder Affen noch Delfine können ihn reizen. Er will nur bei den schwarzweißen Gesellen sein. Und als sie schließlich gegen Abend zum letzten Mal am Eismeer entlangfahren, flüstert er: »Siehst du, wie sie schwimmen, man kann es genau sehen, es sind doch Pinguinfische. Ich hab's gewusst.«

Nach diesem beeindruckenden Besuch will der Junge nur noch am Meer sein, watschelt am Strand herum und tollt in den Fluten, taucht unter, kann nicht schwimmen, aber wie durch ein Wunder lernt er, sich mit angehaltenem Atem unter Wasser einige Meter fortzubewegen.

Von Teneriffa aus fliegen Mutter und Sohn wieder in den Norden Spaniens und fahren in einem Mietauto bis Santiago de Compostela. Dort in Galicien wollen sie Johannes Singer treffen, einen Journalisten, der über die Kirchen, die Helene fotografiert, schreiben wird. Doch das Doppeltor am Ende der Pilgerstraße, der Eingang zur Kathedrale, ist ausnahmsweise verschlossen. Niemand außer Helene scheint sich darüber zu wundern. Die gläubigen Wanderer sind alle bestens vorbereitet und informiert. Sie wissen, zu welchen Zeiten sie das Ziel ihrer Reise betreten können.

Helene sitzt mit Benjamin auf dem Schoß auf dem goldenen Platz. Sie schauen von ganz unten nach ganz oben zu den Turmspitzen und darüber hinaus in den Himmel.

»Johannes ist nicht da und das Tor ist geschlossen.«

»Gott der Herr ist nicht zu Haus.«

Helene lacht: »Was meinst du denn, wo er sein könnte?«

»Weiß nicht – hat viel zu tun, der Gott.«

»Wohl wahr.«

»Er ist ja nie alleine.«

»Wie kommst du denn darauf?«

»Na ja, all die Toten. In diesen ganzen Kerchen hängen immer die Bilder von den Toten, die bei Gott sind.«

»Mmh.«

»Wie kommt man da hin?«

»Wohin?«

»Na, zu Gott?«

»Weiß ich nicht. Man sagt ja, wenn jemand stirbt, dann kommt er in den Himmel.«

»Wenn Gott wirklich im Himmel wohnt, wozu braucht er dann die vielen großen Häuser auf der Erde?«

»Vielleicht, damit die Menschen ihn besuchen können oder damit man gemeinsam an ihn denken kann – was meinst du?«

»Ich kann mir das alles nicht vorstellen.«

»Was?«

»Wo ich bin, wenn ich tot bin. Ich mein, ich kann doch sterben, aber irgendwo muss ich doch dann hin. Ich weiß schon, die buddeln dann meinen Körper ein, aber ich, ich … ich muss doch dann irgendwohin. Ich muss doch dann irgendwie oder irgendwas sein. Ich glaub, ich bin dann ein anderer.«

»Es gibt Menschen, die glauben an die Wiedergeburt. Das heißt, die Seele kommt wieder auf die Welt, bloß in einem anderen Körper.«

»Das wäre doch gut, wenn ich dann wieder dein Kind werden würde. Das wäre praktisch, dann kennen wir uns schon.«

»Ja, das wäre schön, aber du stirbst erst als alter Mann und ich schon lange vor dir, dann kann ich dich ja nicht noch mal bekommen. Jedenfalls nicht in diesem Leben.«

»Ich wird kein alter Mann.«

»Doch, jeder wird mal alt, das kann man sich nur nicht vorstellen, wenn man fünf Jahre alt ist.«

»Ich nicht. Ich wird nicht alt!«

»Na ja, wenn wir hier noch lange auf den Treppen rumsitzen, sehen wir jedenfalls bald alle beide alt aus. Komm, wir versuchen jetzt den Johannes anzurufen.«

Auf dem Weg durch die Altstadt zum Hotel, wo noch ihre Koffer stehen, treffen sie auf immer mehr Menschen in Wanderhosen und festem Schuhzeug. Benjamin ist amüsiert.

»Haben die alle Füße krank, oder warum haben die alle so 'nen komischen Stock?«

»Das sind Pilger. Die sind extra hierher gewandert, um das Grab von einem heiligen Mann zu besuchen.«

»Wie heißt der?«

»Jakob.«

»Und der ist tot?«

»Ja.«

»Und trotzdem gehen die ihn besuchen?«

»Ja.«

»Warum?«

»Oh Mann, das ist echt schwer zu erklären. Die Pilger glauben, wenn sie von ihrem Zuhause aus ganz zu Fuß hierher wandern, dann bekommen sie Gottes Segen.«

»Was'n das denn?«

»Ja – das wüsste ich auch gern. Der Segen ist so was Gutes, wenn man beschützt wird oder einem geholfen wird.«

»Und die Leute hier mit den Stöcken sind jetzt alle beschützt?«

»Ja, das glauben sie zumindest.«

»Meinst du, wir hätten auch zu Fuß kommen sollen?«

»Nein, das meine ich nicht. Das kann man machen, aber man muss es nicht machen. Ich glaube, wenn es einen Gott gibt, dann beschützt er uns auch so.«

»Hoffentlich. Und diese Riesenklappern, was ist das?«

»Das sind Muscheln. Jakobsmuscheln. Die schmecken auch lecker, können wir mal probieren. Aber die Pilger bekommen die hier, wenn sie das Grab von diesem heiligen Mann besucht haben. Sozusagen als Andenken oder Glücksbringer.«

»Erzähl mal weiter.«

»Ich weiß darüber gar nicht so viel. Ich glaube, viele Menschen haben diese Muscheln das erste Mal gesehen, als sie hier in diese Gegend gewandert sind, und deshalb ist es so etwas Besonderes für sie. Die Muschel soll das Geschenk des Meeres für die Menschen sein. Vielleicht so eine Art Belohnung dafür, dass sie so lange gewandert sind.«

»Ich will auch ’ne Muschel vom Meer geschenkt haben.«

»Ich bin sicher, man kann sie hier in der Stadt als Souvenir kaufen. Wenn wir welche sehen, schenke ich dir eine.«

»Nö – ich will sie vom Meer.«

»Dann müssen wir zum Meer, aber ich hab keine Ahnung, ob es die da wirklich gibt.«

»Doch, gibt.«

Via Handy erreichen sie den Journalisten. Johannes sitzt noch in Madrid auf dem Flughafen fest und isst Tapas. Seine Maschine ist ausgefallen, jetzt will er einen anderen Termin vorziehen und erst am nächsten Abend in Galicien eintreffen. Folglich haben sie einen ganzen Tag lang Zeit.

»Was wollen wir machen, Benjamin?«

»Tauchschwimmen.«

»Na ja, wir wollten ja eh zum Meer, wegen der Muschel. Es ist gar nicht so weit dahin. Komm, wir schauen auf die Karte.«

Helene faltet die Straßenkarte auseinander und breitet sie vor ihnen auf den Steinplatten des Platzes aus. Die beiden beugen sich darüber und treffen gemeinsam eine Entscheidung.

Helene erklärt: »Schau, hier sind wir jetzt, mitten in Santiago, und dort weiter links ist das Meer. Ungefähr eine Stunde mit dem Auto, da wären wir hier am Cabo Finisterre, das ist der westlichste Punkt Europas. Das sagt dir nichts, aber früher haben die Menschen gedacht, es sei das Ende der Welt.«

»Gibt’s da Kerchen?«

»Ich glaube ja, eine Wallfahrtskirche, wo die Leute extra hinreisen um zu beten.«

»Ich will keine ollen Kerchen mehr sehen und ans Ende der Welt will ich schon mal gar nicht.«

»Kann ich verstehen, dann sag du, wohin wir fahren.«

Benjamin nimmt seinen linken Zeigefinger und fährt damit auf der Karte die Küste entlang, abwärts. An einem kleinem Vorsprung, vielleicht ein weiteres Kap oder eine kleine Landzunge, hält er still.

»Das ist unser Platz.«

»Da ist zwar nix und ich sehe auch keine großen Straßen eingezeichnet, aber wir können ja erst mal in die Richtung fahren und sehen dann, ob wir da an dieser Stelle zum Meer kommen.«

Sie kehren zum Auto zurück, verlassen Santiago auf der westlichen Ausfallstraße und schlagen zunächst den Weg zum Ende der Welt ein. Es ist heiß im Auto, es ist Sommer und es ist Zeit, baden zu gehen. Kurz vor dem Rio Jallas findet Helene einen Abzweig, der in die gewünschte Richtung führt. Ein Schild auf der Küstenstraße weist den Weg nach Muros, doch schon nach kurzer Strecke entdecken sie plötzlich einen riesigen Felsvorsprung, an den ein kleiner Ort geklebt zu sein scheint. »Bienvenido a Punta del Cambio«, begrüßt sie ein handgemaltes Schild. Helene vergewissert sich noch einmal, doch die Siedlung ist auf ihrer Landkarte tatsächlich nicht eingezeichnet. ›Zu klein wahrscheinlich‹, denkt sie.

Sie parken den Wagen und nehmen einen Trampelpfad hinunter zum Strand.

»Gibt es hier auch Pinguine?«

»Mal sehen, aber bestimmt gibt es hier Fische und vielleicht können wir einen davon zum Mittagessen bekommen.«

»Hab keinen Hunger. Mein Kopf brennt.«

»Das wird gleich besser, wenn du in das kühle Wasser kommst.«

Sie baden und planschen und tauchen und Benjamin schafft auch ein paar Schwimmzüge mit der Nase oberhalb des Wasserspiegels. Seine kleine rote Badehose leuchtet in der Sonne, wenn er seinen Po aus den Wellen streckt.

Nach dem erfrischenden Bad lümmeln sie sich auf eine große Decke. Ein Holzboot steuert auf das Festland zu. Zuerst ist nicht zu erkennen, wer das Boot lenkt. Doch nach und nach sehen sie die große Gestalt eines Fischers. Dunkle Locken wehen im Fahrtwind. Der Mann ist nicht mehr jung, dennoch wirkt er kräftig und vital. Als er das Ufer wenige Meter vor ihrem Lagerplatz erreicht, schwingt er sich aus dem Boot. Seine weißen hochgekrempelten Hosen werden bis zu den Knien nass. Es scheint ihn nicht zu kümmern. Mit einer fließenden Bewegung schiebt er sein Boot an Land und blickt dann ruhig und zugleich neugierig zu Helene und dem Kind. Aus der Brusttasche seines hellen Hemdes fischt er mit einer Hand ein Päckchen Zigaretten, zieht mit den Lippen eine davon heraus, steckt das Päckchen wieder weg und hält plötzlich eine Flamme in der Hand, mit der er die Tabakspitze anzündet. Er raucht in aller Seelenruhe und blickt dabei weiter unverwandt auf die unbekannten Strandbesucher. Auch Helene und Benjamin starren zurück. Als es Helene gerade anfängt, peinlich zu werden, und sie verlegen lächelt, schenkt er den beiden ein breites Grinsen, offenbart in dem wettergegerbten, tief gebräunten Gesicht eine Reihe makelloser weißer Zähne, dreht sich um und schreitet beschwingten Schrittes barfuß über den Strand. Am Ende nimmt er eine der vielen Treppen, die in den Ort hochführen, und verschwindet hinter der ersten Reihe der schönen alten gelblich braunen Steinhäuser. Helene und Benjamin sehen sich an und können sich kaum noch halten vor Lachen.

»Wer war das denn?«, will Benjamin wissen.

»Keine Ahnung, ein Fischer vielleicht, obwohl, er hat ja nix zum Fischen dabeigehabt.«

»Vielleicht ist er vom Ende der Welt hergetuckert und wollte mal sehen, wie es hier so ist.«

»Kann schon sein.«

Benjamin gräbt seine Füße in den nassen Sand. Wieder und wieder spülen die Wellen zart über seine Gelenke und er bohrt die Zehen tiefer und tiefer. Mit einem Mal schreit er auf.

»Da ist was, das muss ich graben.«

Mit flinken Händen schiebt er den Schlick zur Seite, doch die Wellen schwemmen immer wieder Wasser in seine kleine Grube. Geduldig baggern seine Finger weiter.

»Ja!«, ruft er, und »Danke!«

Helene hat die Augen für einen Moment geschlossen und blinzelt nun verwirrt in die Sonne. Vor ihr steht der Junge mit dem Rücken zu ihr, in der erhobenen Hand die schmutzige Hälfte einer Jakobsmuschel.

»Danke, Meer! Danke, Gott! Kannst du mich sehen? Ich bin hier unten!«, ruft das Kind und schwenkt die Muschel gen Himmel.

Helene ist zu erstaunt, um etwas zu sagen, doch für Benjamin scheint dieser Fund die normalste und gerechteste Sache der Welt zu sein. Ordentlich spült er die Schale ab und gemeinsam bewundern sie die Schönheit der Muschel.

»Das ist schon doll«, meint Helene.

»Das ist einfach gut«, findet der Junge.

Sonnenstrahlen, Windbrise und Meeresmurmeln sind vereint zu einem einzigen warmen Sommergefühl: frei und faul.

Beide drehen sich auf den Bauch, die Füße noch halb im Wasser, und betrachten die Steilküste. Links von ihnen das malerische Dorf mit vielen kleinen und größeren Häuschen, alle in erdigen Naturtönen. Grob behauene Steinquader sind kunstvoll aneinander und an die Windungen der Bucht geschichtet. Der Anblick ist schlicht und schön. Eine Hausfassade wirkt viel größer als die anderen und schimmert leicht rötlich. Sogar eine Terrasse scheint davor in den Fels gehauen. Palmen wachsen vor den hohen Fenstern. Ein hölzerner Fensterladen wird quietschend aufgestoßen und eine dünne weiße Gardine weht daraus hervor. Kurz sieht man den Schatten eines menschlichen Umrisses, aber nach wenigen Sekunden ist er wieder verschwunden. Direkt vor Helene und Benjamin ragt nur dunkler Fels empor. Die steinige Böschung ist hie und da von einer dünnen Schicht Erde bedeckt, in der die spärliche maritime Vegetation wächst. Dort oben haben sie ihren Wagen gelassen. Doch jetzt entdeckt Benjamin weiter rechts gegen Ende der Bucht einen Turm, der über die Böschung ragt.

»Mama, ich glaub, du musst schon wieder fotografieren. Das da ist doch schon wieder so'ne Kerche.«

Es ist später Nachmittag geworden und in Benjamin regt sich nun doch ein Hungergefühl. Da auch ihre mitgebrachten Wasserflaschen längst ausgetrunken sind, beschließen sie, auf Erkundungstour und die Suche nach einem Lokal zu gehen. Sie wählen die mittlere Treppe in das Dorf und stellen fest, dass es nicht in einem Rutsch nach oben geht, sondern dass immer wieder links und rechts kleine Gässchen zu weiteren Häusern führen. Dahinter beginnen neue Treppen, die plötzlich unverhofft in einem kleinen Platz münden. Zu den Wegen hin gibt es in den ineinander übergehenden Gebäuden kaum Fenster. Massive, geschlossene hölzerne Eingangstore verraten, dass sich hinter den Gemäuern Leben verbirgt. Doch von den Bewohnern lässt sich niemand blicken.

Helene träumt von üppig bewachsenen Patios, in denen kühler Weißwein und ein leichtes Mahl serviert werden, und Benjamin fängt an zu quengeln. Ihre Wünsche bleiben unerfüllt. In diesem schönen, aber seltsam geheimnisvollen Ort scheint man keine Gäste bewirten zu wollen.

Nach einigen weiteren Versuchen, sich in den schattigen Winkeln zurechtzufinden, erreichen sie plötzlich den oberen Teil, erblicken schon die Küstenstraße und entdecken auf der Rückseite der letzten Häuserreihe einige kleine Geschäfte und auch so etwas wie ein öffentliches Gebäude. Doch überall hängen Hinweise: cerrado, cerrado, cerrado. Zu, geschlossen, niemand zu sprechen. Also schleichen sie erschöpft zum Auto, steigen ein und fahren knapp einen Kilometer weiter, dorthin, wo sie den Turm vermuten.

Schon an der nächsten Straßenbiegung erkennen sie, dass dieser Turm und die dazugehörigen Gebäude nicht direkt an der Küstenstraße liegen, sondern etwas weiter im Hinterland oben auf einer kleinen Hügelkuppe. Und Benjamin hat Recht, es muss sich um so etwas wie eine Kirche, vielleicht sogar ein Kloster handeln.

Sie gelangen zu einem kurzen, steilen Pfad, der direkt auf das alte Gemäuer zu führt. Mehrere Gebäude aus dem gleichen bräunlichen Granit, aus dem der Ort erbaut ist, thronen oben auf dem Hügel wie eine kleine Festung. Umzäumt von einer hohen Außenmauer, die zugleich als Wand für zwei Bauten links und rechts des riesigen Torbogens dient. Das Tor ist offen und eine Frau in einem schlichten, dunkelgrauen, knöchellangen Gewand kommt ihnen entgegen. Sie trägt ein langes Kopftuch sowie eine dünne Goldrandbrille und winkt einladend zum Auto hinunter. Benjamin springt aus der Tür und rennt ihr entgegen.

»Hast du was zu essen? Wir sind so hungrig.«

Die Frau lächelt das Kind an, nickt und winkt auch Helene herbei.

»Buenas tardes, Señora, Sie kommen aus Deutschland?«

»Ja«, erwidert Helene erfreut. »Sie sprechen unsere Sprache?«

»Ich habe einige Zeit in Ihrer Heimat verbracht, aber das ist so lange her, dass es mir manchmal gar nicht mehr wahr erscheint.«

»Ihr Deutsch ist perfekt.«

»Nichts ist perfekt, Señora. Nicht einmal ein so schöner Tag an der Seite eines so herrlichen Kindes, wenn man hungrig ist. Kommen Sie herein und seien Sie meine Gäste. Das wäre mir eine große Ehre, oder banaler ausgedrückt, es wäre mir einfach eine Freude.«

Sie führt Helene und Benjamin durch das Torhaus in einen großen Innenhof, in dem es nach Blumen und Kräutern duftet. Vor ihnen steht tatsächlich eine schlichte Kirche, links davon eine Art mittelalterliches Wohnhaus und rechts davon drei kleinere Bauwerke gleichen Stils. Sie gehen um eines herum und stehen vor der Mauerumsäumung in einem Garten, der einen gepflegten und fruchtbaren Eindruck macht.

»Das ist der lebendigste Teil von Espíritu Hijo. Auf diesem Fleckchen ruht der Segen Gottes.«

»Schon wieder der Segen«, mault Benjamin. »Schau mal, ich habe vom Meer eine Muschel gekriegt und dabei bin ich nicht zu Fuß gegangen.«

Wieder lacht die Frau und bringt ihre Gäste zu einer einfachen Steinbank mit einem Steintisch davor. Dann verschwindet sie in einem der Häuschen.

Kurz darauf trägt sie ein Tablett mit zwei großen Karaffen heraus, einen Teller mit frischem Brot und Käse sowie eine große Schale voller saftiger Früchte.

»Greifen Sie zu und lassen Sie es sich schmecken.«

Benjamin greift gierig nach einem Brot und fragt mit vollem Mund »Wer bist du?«

»Ich bin Hermana Consuelo. Ich lebe hier und kümmere mich um diesen Ort.«

»Du siehst aus wie eine Frau aus dem Märchen.«

»Ich bin aus dem Märchen. Das Märchen heißt Leben, denn das ganze Leben ist ein Märchen voller Geschichten, mein Junge.«

Helene entschuldigt sich, dass sie sich selbst noch nicht vorgestellt hat, und holt es rasch nach. Sie erzählt von ihrer Fotoreise und dem Grund für ihren zufälligen Besuch in Punta del Cambio.

»Der Ort ist auf meiner Karte nicht verzeichnet und Sie sind erst der zweite Mensch, dem wir hier begegnet sind. Das Dorf am Strand wirkt wie ausgestorben.«

»Keine Sorge, Señora. Hier wird genauso gelebt wie an allen anderen Orten dieser Welt auch. Aber die Puntas haben ihre eigenen Zeiten. Kommen Sie wieder und leben Sie hier und Sie werden sie kennen lernen.«

Nach dem Essen stromert der Junge im Kloster herum. Helene und die Schwester folgen ihm langsam. Helene schaut sich interessiert in der Anlage um, während die Schwester sehr aufmerksam das Kind beobachtet.

Plötzlich ist es verschwunden. Helene ist beunruhigt, aber Hermana Consuelo nimmt ihren Arm und betritt mit ihr einen winzig kleinen Kreuzgang neben dem Gotteshaus. Der Gang liegt fast komplett im Dunklen. Helene kann die gemauerten Deckengewölbe über sich nur erahnen. Feucht kriecht der Schatten aus den Ecken. Benjamin sitzt ein Stückchen weiter zwischen zwei einfachen, schmucklosen Säulen, den Kopf an den kühlen Stein gepresst. Helene erschaudert leicht, als sie ihn da so zusammengesunken hocken sieht. Sie ruft seinen Namen, doch er hört sie nicht. Er wirkt wie weggetreten, seine Hand umklammert fest die schimmernde Muschel. Die Frauen warten eine kleine Weile, dann hebt Benjamin den Kopf und sieht seiner Mutter direkt in die Augen. Es schaudert Helene zum zweiten Mal. Woher dieses Unbehagen kommt, kann sie sich nicht erklären. Deshalb ist sie froh, als das Kind plötzlich aufspringt und mit lautem Gejohle durch den Kreuzgang rast. Mehrere Runden dreht er und Helene beginnt beschwichtigend auf ihn einzureden. Schließlich ist das doch ein Ort, der einen gewissen Respekt oder zumindest etwas Ruhe verdient.

»Nein, lassen Sie ihn«, unterbricht Hermana Consuelo sie. »Ein lebendiges Kind soll seiner Lebensfreude jederzeit Ausdruck verleihen können. Das erzwungene Schweigen kommt doch für uns alle früh genug.«

Nach einer Weile beruhigt sich der Junge und sie schlendern weiter über das Gelände. Es ist Abend geworden und Benjamin wird müde. Als seine Mutter zum Aufbruch mahnt, spricht die Klosterfrau eine Einladung aus. Im Hospitium stehen drei Gästezimmer bereit. Heute kommen keine Wanderer mehr nach Espíritu Hijo, aber der Ort ist jederzeit gewappnet, falls doch jemand eine Unterkunft benötigt.

Helene fühlt sich in der Gegenwart dieser freundlichen Frau unerklärlich wohl. Sie mag das klare Gesicht. Die dunklen Augen sind zugleich warm, bescheiden und stark. Ihre Art zu sprechen und sich um die beiden Besucher zu kümmern ist fürsorglich, aber nicht mütterlich. Eine fesselnde, fast sinnliche Menschlichkeit geht von ihr aus. Helene kann ihre Empfindung gar nicht so schnell in Gedanken fassen, doch von Intuition geleitet, nimmt sie die Einladung für die Nacht dankend an. Consuelo zeigt ihnen ein einfaches, sauberes Gästezimmer. Zwei Holzbetten stehen darin und ein paar Haken hängen an der Wand. Keine Kruzifixe. Helene wundert sich. In allen Klöstern, die sie bislang angeschaut hat, hing der Gekreuzigte über den Betten. Hier nicht, und das ist ihr keineswegs unangenehm. Das Symbol des brutal gequälten Erlösers löst in ihr eher Beklemmung denn Besinnung aus.

Benjamin wird gemütlich in Decken gehüllt. Consuelo bringt ein Glas Wasser für die Nacht und bald schläft der Junge erschöpft ein. Niemand kann wissen, was so ein Kind träumt.

Die Frauen wollen noch eine Weile miteinander plaudern. Consuelo hat eine Menge Fragen über Deutschland und Helene gibt bereitwillig Auskunft. Irgendwann fällt ihr auf, dass auch im Kloster kein anderer Mensch zu entdecken ist. Verwundert registriert sie, dass ihr dieser Umstand erst jetzt bewusst wird, und erkundigt sich bei ihrer Gastgeberin. Diese lächelt milde: »Ja, ich lebe tatsächlich alleine hier. Ich bin die Letzte, die sich um Espíritu Hijo kümmert.

Hier hat immer nur eine sehr kleine Gemeinschaft gelebt. Vor vielen hundert Jahren soll es einmal zwölf Bewohner gegeben haben. Aber es zog die Mönche zu den großen geistlichen Zentren. Natürlich nach Santiago, aber auch weiter, viele wurden selber zu Pilgern und reisten durch die ganze Welt. Später sollte dann hier ein Nonnenstift untergebracht werden. Aber auch da gab es Nachwuchssorgen und gewisse Unstimmigkeiten mit der Weihe. Viele Jahre gab es Streit zwischen dem Klosterherren und dem Mutterorden in Frankreich. Das ist eine lange, sehr komplizierte und auch nicht immer stichhaltige Geschichte. Jetzt jedenfalls bin ich hier und solange ich lebe, werde ich versuchen, den Geist von Espíritu Hijo am Leben zu erhalten.«

»Gibt es denn irgendwelche Aufzeichnungen über die Klostergeschichte?«, möchte Helene wissen. Aber Consuelo kann oder will keine weitere Auskunft geben. Schließlich holt sie einen Tonkrug mit Wein sowie zwei Gläser und bittet Helene in den alten Kapitelsaal. Das ist ein schlichter viereckiger Raum aus großen Steinquadern, die weiß getüncht sind. Oben ein hohes Tonnengewölbe, an dessen vier tragenden Säulen nur je ein kleiner Ring ornamentaler Knospendekorationen angebracht ist. Rundherum an den Wänden sind Steinbänke eingemauert. In der Mitte des Raumes steht ein kleiner Holztisch, darauf mehrere dickbäuchige Altarkerzen, die Consuelo jetzt entzündet. Das Licht der Flammen flackert und wirft anheimelnde Schatten. Helene mustert diese seltsame Klosterhüterin voller Sympathie und die schaut still und schweigsam zurück. Nach ein paar Minuten bricht Hermana Consuelo das Schweigen.

»Bitte erlauben Sie mir, dass ich Ihnen etwas sage, etwas sehr Persönliches. Mein Herz ist Ihnen gut, ich möchte Ihnen nicht zu nahe treten, und doch werde ich es vielleicht tun.«

Helene sieht sie erwartungsvoll und ermunternd an.

»Sie sind eine sehr schöne Señora. Das kann wohl jeder Mensch sehen. Aber mein Herz sieht die Schatten Ihrer Vergangenheit. Mein Herz sieht auch das Licht Ihrer Gegenwart. Doch mein Herz ahnt die Schatten Ihrer Zukunft. Ich bin eine gläubige Frau. Auch wenn Ihnen meine Lebensweise und möglicherweise einige meiner

Anschauungen nicht ganz, sagen wir mal, orthodox erscheinen mögen. Ich glaube fest an Espíritu Hijo. Das mag für jeden etwas anderes heißen. Für mich ist es die seelische Kraft des Sohnes. Jesus, der Gottessohn, ist nicht der einzige Sohn auf dieser Welt. Señora, glauben Sie an die inneren Kräfte Ihres wunderbaren Sohnes. Hören Sie auf ihn. Und wenn Sie ihn nicht hören können, dann kommen Sie hierher. An diesem Ort kann man hören und in wundervoller Weise auch verstehen. Ich weiß, dass Sie mich jetzt nicht verstehen, aber Sie werden eines Tages erfahren, was ich meine. Und ich möchte Ihnen sagen, dass Sie hierher zurückkommen können, wenn Sie glauben, dass Sie Ihren Platz verloren haben. Das ist es, was ich Ihnen sagen möchte.«

Nachdenklich nimmt Helene diese Rede zur Kenntnis.

Wer oder was sitzt da vor ihr? Natürlich kann sie sich keinen Reim auf das Gesagte machen, doch sie spürt die Aufrichtigkeit und das Bemühen der fremden Frau. Die schenkt noch einen Schluck Wein nach, lächelt: »Salud.« »Salud.« Sie trinken und ziehen sich bald darauf in ihre Schlafkammern zurück.

Als Helene am nächsten Morgen erwacht, hat Benjamin sein Nachtlager schon verlassen. Sie findet ihn draußen im Garten bei Hermana Consuelo. Er steht direkt vor der Frau, die mit ihrer rechten Hand langsam die rechte Seite seines Kopfes streichelt. In einer gleichmäßigen Bewegung führt sie ihre Finger immer wieder von einer Stelle kurz hinter dem Ohr hinunter zum Ende der Schädelrundung. Sehr sanft und zart sind diese Berührungen und Benjamin nimmt sie beinahe andächtig entgegen. Dann nimmt er seine Mutter wahr und springt ihr freudig in den Arm.

»Mama! Du, sie hat mir versprochen, wenn sie auch mal eine Jakomuschel findet, dann bewahrt sie sie für mich auf, und wenn ich wiederkomme, dann kriege ich sie.«

»Ich kann dir aber nicht versprechen, dass wir so bald wiederkommen.«

»Ja, aber wenn, dann eben später.«

Die Schwester serviert den beiden noch ein Frühstück, dann verlassen sie Espíritu Hijo.

Helene möchte, da sie gerade in der Gegend sind, nun doch noch dem Ende der Welt einen Besuch abstatten. Und da man auch dort in der Nähe im Meer planschen kann, ist Benjamin mit der Fortsetzung des Ausfluges einverstanden.

Zum Abschied sprechen die beiden Frauen nicht viel. Sie geben sich lange die Hand und wissen beide, dass sie einander nicht vergessen werden.

Im Auto blicken sich Helene und Benjamin im Rückspiegel verschwörerisch an, glücklich darüber, dass sie wieder einmal etwas sehr Besonderes miteinander erlebt haben. Irgendwann bekennt Benjamin: »Sie sieht komisch aus, aber ich mag sie.«

»Ich mag sie auch und ich finde, sie sieht gar nicht so komisch aus.«

»Doch, hinter ihrem Gesicht sieht sie aus wie ein runtergefallener Roti.«

Vergangenheit.

Dies ist die Geschichte vom Día del Cambio

Über dreißig Grad zeigte das Thermometer neben dem Eingang des Cafés. Helene schaute auf ihre Uhr. Es war noch nicht mal zehn. Der Platz war leer, sie sah nur Suzanna durch der Scheibe der Bäckerei am Tresen hantieren.

Consuelo hatte ihr mitgeteilt, dass es in diesen heißen Tagen nicht viel im Klostergarten zu tun gäbe. Wasser sollten die Pflanzen erst am Abend bekommen, Licht und Wärme würden nun dafür sorgen, dass die jungen Triebe von ganz alleine kräftige Aromen und heilende Wirkstoffe entwickelten.

Also war Helene in den Ort gegangen, um ein paar Nahrungsmittel zu besorgen, nur, dass ihr bei diesen Temperaturen der rechte Appetit fehlte. Sie holte sich aus dem Café eine Flasche Mineralwasser und schlenderte an den Häuserfassaden entlang. Als sie vor der kleinen Kirche an der Nordseite stand, fiel ihr auf, dass sie noch niemals einen Fuß über die Schwelle dieses Gotteshauses gesetzt hatte. Durch das Portal betrat sie den schattigen Innenraum. Modrige Kühle schlug ihr entgegen, gemischt mit dem Duft von Kerzenwachs. Vor dem Chor war ein Eisengestell in den Boden eingelassen, das als Halterung für kleine Gebetskerzen diente. Schmuck, Dekorationen und der Deckenbogen stammten vermutlich erst aus dem achtzehnten Jahrhundert. Eine kleine, völlig normale Kirche, in die ein Priester aus Santiago zur sonntäglichen Messe anreiste.

Helene zog eine kleine Kerze aus einem Holzkästchen, warf ein paar Münzen in die Spendenbox und entzündete den Docht. Sie fixierte die Flamme so lange, bis sie das flackernde Licht auch bei geschlossenen Augen sehen konnte. Mit diesem inneren Licht verließ sie das Gotteshaus und machte sich auf den Weg nach Hause.

Am Nachmittag desselben Tages zogen sich finstere Wolken über dem Meer zusammen. Fasziniert war Helene noch einmal zum Kloster gelaufen und dort auf einen Mauersims geklettert, von wo sie das seltsame Naturschauspiel bewunderte. Über dem Hinterland mit seinen sanften Hügeln hing noch immer das gleißende Flimmern der hohen Luftfeuchtigkeit vor dem unendlichen Blau, an der Küste schien die Atmosphäre regelrecht spannungsgeladen. Helene schwitzte am ganzen Körper und hatte den Eindruck, schwacher Strom würde durch sie hindurchgeleitet. Dort, wo ihr Blick am Horizont auf der Scheide zwischen Meer und Himmel hängen blieb, stiegen aus dem Dunst über dem Wasser grauschwarze Gebilde auf, die sich immer weiter ausdehnten und zu großen Wolkenbändern heranwuchsen. Es war ganz still. Vor den düsteren Luftbildern funkelte das Wasser in Tausenden Pünktchen, doch es fehlte das sonst allgegenwärtige Rauschen des Wellenschlags.

Kein Vogelgezwitscher, kein Grillengezirpe, kein Möwenschrei. Die Welt hielt den Atem an. Zwei Stunden später bedeckten die schattigen Formationen über dem Atlantik schon die Hälfte des Himmels und schienen immer schneller näher zu kommen. Als Helene sich umblickte und auf das Kloster hinuntersah, wo Consuelo gerade Wäschestücke von der Leine nahm, fiel ihr auf, dass die ganze Anlage in trübem Tageslicht plötzlich eine andere Farbe angenommen hatte. Der bräunliche Sandstein leuchtete rötlich, das Mauerwerk hob sich ganz anders als sonst von der Umgebung ab. Helene wendete ihren Kopf und spähte hinüber nach Punta del Cambio. Dort derselbe Effekt. Auch die an die Küste geklebten Häuser hatten viel schärfere Umrisse und die Steine schienen schwach rötlich zu glühen. Die Felsspitzen an beiden Enden der Bucht jedoch ragten rabenschwarz in die Fluten. Innerhalb der Wolkengebilde, die nun fast bis zum Ufer reichten, waren deutlich Variationen von Aubergine, Mausgrau, Schwarzblau und dazwischen auch von schmutzigem Braun zu erkennen. Dort, wo das Wolkenband noch nicht ganz geschlossen war, erkannte man, dass sich dahinter so etwas wie ein Abendrot verborgen hielt.

»Helene!« Consuelo riss sie aus ihren gedankenverlorenen Beobachtungen. »Helene, kommen Sie jetzt runter. Es wird bald anfangen zu regnen und stürmisch wird es auch.«

Helene, die immer noch keinen Lufthauch spürte, konnte das kaum glauben, folgte jedoch der Anweisung und kletterte von der Mauer. Hermana Consuelo führte sie sogleich zum Torweg und schickte sie nach Hause. »Das ist der Wetterwechsel. Halten Sie heute Nacht Fenster und Türen fest verschlossen und holen Sie alles ins Haus, was umherfliegen kann, mitunter können die Böen recht heftig werden.«

»Soll ich nicht besser hier bei Ihnen im Kloster bleiben?«

»Nein«, lächelte Consuelo, »solche Nächte verbringt man alleine und morgen sieht dann die Welt ganz anders aus.«

Während sich Helene durch die aufgeladene Atmosphäre zur Casa Floreciente schleppte, tauchten am Himmel die ersten Lichtblitze auf. Ein stilles Wetterleuchten, weit entfernt, wie ein Gruß aus einer anderen Zeit. Sie fühlte, wie es zu regnen begann. Dicke, warme, weiche Tropfen fielen vom finsteren Himmel, so langsam, als würde über ihr jemand sitzen, der die Wolken dirigierte und den Befehl gab, die Erde mit einem milden Schwall zu brausen. Helene streckte ihr Gesicht dem herabrieselnden Wasser entgegen, schloss die Augen und genoss es, nass zu werden. Sie verrieb die warmen Tropfen auf ihren Armen und empfand ein seltenes, erwartungsfrohes Glück.

Den Orkan mit seinem Schütteln und Reißen, den Sturzbächen, das Gewitter mit seinem Donnern, Blitzen und Krachen, das alles verschlief Helene.

In ihren Träumen stiegen kleine rote Drachen zum Himmel auf, Hunderte, Tausende, ein ganzes Heer von flatternden Bändern, die, am Himmel oben angekommen, durch einen Spalt glitten und verschluckt wurden. Dann drehte sich die Bewegung der nach oben steigenden Punkte um und aus einer breiten Öffnung im Firmament trudelten rote Blasen Richtung Erde. Sie hopsten und tanzten, als würden sie miteinander spielen, bevor sie den Boden erreichten. Dort zerplatzen sie nicht, sondern lösten sich einfach in Luft auf. Helene versuchte danach zu greifen, eines der Gebilde zu erhaschen, um es zu untersuchen, doch sie rannen ihr aus den Händen. Endlich bemerkte sie eine kleine rote Kugel wie ein aufgeblähtes Stück Stoff, das sich ihrem Griff nicht entzog. Sie konnte schon mit den Fingerspitzen die Oberfläche streicheln, da hüpfte es auch schon wieder davon, sprang in die Luft, schlug Haken, blieb lockend stehen, wartete tänzelnd auf Helene, die hinterherrannte, und ließ sich erst nach einer Weile schnappen. Deutlich war eine helle Stimme zu hören. »Ich bin da. Ich bin immer da«, rief sie.

In diesem Moment, als Helene das rote Etwas in ihrer Hand hielt und erkannte, dass es sich um eine vom Wind umhergewirbelte Badehose handelte, erwachte sie erschrocken.

Die Veränderung des Luftdrucks war sofort spürbar. Schnell steckte Helene ihre Arme in ein Wickelkleid und ging nach draußen. Klar und frisch war die Luft. Nur geringfügig war die Temperatur gesunken, jedoch fühlte sich die Wärme viel angenehmer an als in den Tagen davor.

Vor Helenes Augen breitete sich das schönste Morgenrot aus, das sie jemals gesehen hatte. Der ganze Himmel über ihr schien zu glühen. Zart rosarot, mit einem dünnen Nebelschleier, dahinter die leuchtende aufgehende Sonne, tiefrot und kräftig, umgeben von einem goldenen Kreis. Helene fasste den Entschluss, sofort zum Strand zu laufen, um dort den Sonnenaufgang in seiner ganzen Weite zu verfolgen. Als sie am Oleanderstrauch vorbeikam, bemerkte sie, dass die obersten Blüten des längsten Zweiges, der sich weit gen Sonne streckte, zinnoberrot leuchteten. Zunächst glaubte Helene an eine Täuschung und dachte, es sei der Schein des Morgenhimmels, durch den die weißen Blüten gefärbt würden. Doch die übrigen Blätter an den anderen Kelchen waren klar und weiß wie zuvor. Nur dieses eine obere Bukett hatte eindeutig eine rötliche

Farbe angenommen. Als Helene begriff, was hier über Nacht geschehen war, rannte sie noch einmal hinein, riss die rotweiß gemusterte Blechdose aus dem Regal und sprintete damit unter dem Arm zum Wasser.

Auf dem Pfad durch den Olivenhain klang ihr die kleine Stimme ihres Traumes wie ein Echo in den Ohren: »Ich bin da. Ich bin immer da.« In dieses Echo mischte sich eine andere, tiefere Stimme, von der sie nur Bruchstücke verstehen konnte »… verdünnt, … Nachhallen des Geistes … erreicht ihre Seelen.« Dann drängte sich wieder die erste Stimme in den Vordergrund: »Ich bin da.« »… die höchste Potenz …«, vernahm sie noch, dann hatte Helene den Strand erreicht. Sie riss sich das Kleid vom Leib, drückte sich mit den Zehen aus den Turnschuhen, kickte sie im hohen Bogen in den Sand, zog sich die Unterwäsche vom Körper und rannte ins Meer. Tief eintauchend, drehte und räkelte sie sich in dem kühlen Wasser, ließ die Flüssigkeit an all ihre Körperöffnungen, gewährte ihr Einlass durch all ihre Poren, trank unter Wasser einen Teil des Meeres, schluckte gierig, hustete, schnellte prustend aus den Fluten, nahm beim Auftauchen hinter einem Schleier aus Salz das rote Sonnenlicht wahr, das sich mit den glitzernden Schaumkrönchen vermischte, ließ sich wieder hinabgleiten in das Element, das den ganzen Erdball umspülte, das verdunstet aufsteigt in den Himmel, um wieder herunterzuregnen. Diese riesige Menge Wasser, die ständig in Bewegung und auf der Reise ist, in die man etwas schütten kann, das sich bis ins Unendliche verdünnt, sodass nur noch der Geist der Substanz in ihr vorhanden ist, der über die Weltmeere reist, für den Raum und Zeit nicht zählen, nichts Wirkliches mehr, aber doch von so großer Kraft, dass es ihre Seele berührte. »Ich bin da«, hörte sie es fröhlich auch unter Wasser rufen. Die Strömung um sie herum sprach zu ihr, begrüßte sie freudig, nahm sie auf, vereinte sich mit ihr. Helene wünschte in diesem Wasser zu ertrinken und gleichzeitig wollte sie leben und dieses Nass für immer um sich spüren. Nach dem Luftholen ließ sie ihren Körper wieder und wieder hinabgleiten, tauchte mit tiefen, kraftvollen Zügen durch die Dunkelheit, berührte den schlammigen Boden, grub ihre Hände hinein.

Auch dieser Sand war durchdrungen von dem Geist und der Kraft und war Teil ihrer unendlichen Sehnsucht. Nach einer Weile, als ihr die Puste ausging, blieb Helene an der Wasseroberfläche, schwamm mit geschlossenen Augen weit hinaus auf das Meer, dem Sonnenleuchten entgegen. Sie fühlte ihren Herzschlag und erkannte, dass der Tod der einzige Moment ist, in dem die Lebenden den Hauch der Ewigkeit berühren können. Und sie wünschte, sie könnte diese Ewigkeit für immer in sich bewahren.

Die Sonne war schon weiter nach oben gestiegen, noch immer rötlich, doch setzte sich langsam das helle Gelb aus der energiegeladenen Mitte durch und schien auf Helene, die nun langsam zum Ufer zurückschwamm. Die Augenlider halb geschlossen, blinzelte sie nur ab und zu aus dem Wasser hoch, um von der Strömung nicht zu nah an die aus dem Wasser ragenden Klippen geworfen zu werden. Da tauchte plötzlich hinter einem Wellenkamm ein roter Fleck vor ihr auf und verschwand sogleich wieder aus dem Sichtfeld. Beim nächsten Zug hob sie den Kopf höher und erblickte das Fleckchen schon wieder. Verwundert beeilte sie sich und da war es wieder, und da noch eines und noch eines. Eine ganze Armada kleiner roter Punkte näherte sich ihr, ganz wie in ihrem Traum, doch als die Punkte näher kamen, erkannte sie, dass es sich um kleine Schiffchen handelte, aus Papier gefaltete Boote, auf denen krakelige Buchstaben geschrieben standen, die durch die Feuchtigkeit sogleich verwischt waren. Hunderte dieser kleinen Faltboote trieben auf das Meer hinaus. Helene schwamm hindurch und sah den Strand, und sie begriff, dass es sich keineswegs um ein Wunder handelte.

Als sie gekommen war, besessen von dem roten Licht und den Stimmen in ihrem Inneren, war sie blind für ihre Umgebung gewesen. Ihrem Gefühl nach hatte sie den Strand ganz allein betreten. Nun war er bevölkert wie nie zuvor. Ganz vorn am Wasser standen die Kinder aus Punta del Cambio. Vermutlich hatten sie die Schiffchen zu Wasser gelassen. Doch auch die erwachsenen Dorfbewohner waren in die Bucht gekommen. Vom Wasser aus erkannte sie Suzanna und ihre Familie, die alten Campas, einige Fischer, Don Salvo, Muriella, die ihren Sohn auf den Armen trug, und viele mehr.

Alle standen ganz still und beobachteten die Schiffe, die gen Horizont trieben, dabei sahen sie zwangsläufig auch Helene, die ihnen entgegenschwamm.

Helene ganz allein und nackt, vor ihr all diese Menschen, die irgendwie zueinander gehörten. Plötzlich war ihre Euphorie verflogen. Sie fühlte sich elend und dumm. Erschöpfung breitete sich in ihrem Körper aus, sie musste von dem geschluckten Salzwasser würgen. So verharrte sie einige Sekunden hockend im seichten Wasser. Ihre Sachen lagen verstreut und achtlos zwischen den Menschengrüppchen verteilt. Man hatte sie längst entdeckt und die Kinder starrten sie neugierig an. Helenes Augen brannten und tränten. Über ihre Wangen rann ein salziger Film.

Einem inneren Impuls folgend holte sie tief Luft, erhob sich und rannte mit großen Schritten an Land. Ohne die Menschen eines Blickes zu würdigen oder auch nur nach dem Zipfel eines ihrer Kleidungsstücke zu greifen, spurtete sie weiter über den Sand, kletterte auf bloßen Füßen den steinigen Weg zum Ufer nach oben und rannte weiter, zwischen den Olivenbäumen hindurch, stolperte über eine ausgerissene Wurzel, fiel, schürfte sich Unterschenkel und Knie auf, spürte den stechenden Schmerz im Handgelenk, welches sie sich beim Versuch, die Wucht des Sturzes abzufangen, abgeknickt hatte, rappelte sich wieder auf, fühlte, wie ihr die nassen langen Haare ins Gesicht peitschten, versuchte das schwere Schaukeln ihrer Brüste mit den Händen abzuschwächen, brauchte die Arme wieder, um ein paar im Weg hängende Zweige fortzureißen, und erreichte hechelnd die Casa Floreciente.

Mit letzter Anstrengung sprang sie durch die Tür, schlug sie hinter sich zu, verriegelte den Haken, ließ sich an der Wand entlangrutschen und so wie sie war auf den Boden des Patios fallen.

Dort lag sie, wimmernd. Fühlte sich gejagt wie ein verfolgtes Tier. Ihr Kopf schien bersten zu wollen. Nach dem Schwimmen und Laufen stach es in ihren Lungen, letzte Salzwasserreste tropften in die aufgeschürften Wunden an den Füßen und ließen sie wie Feuer brennen. Schmutz und Sand, die sich beim Sturz an ihren feuchten Körper geklebt hatten, scheuerten an ihrem Gesicht und

Helene steckte voller Verzweiflung einen tief eingerissenen Finger in den Mund.

So kauerte sie am Boden und lauschte dem Rauschen ihrer Ohren. Plötzlich ließ ein Schrei sie auffahren.

»¡Elena!« Ein tiefer, warmer, aber bestimmender Tonfall.

Und dann wieder »Elena«, die Stimme konnte nicht weit von der Casita entfernt sein. »¡Abre la puerta. En seguida, abre!«

Das Herz schlug ihr bis zum Hals. Da stand jemand vor dem Haus und forderte Einlass. Und als es klopfte und hämmerte, wusste sie, dass Don Salvo hinter der Holztür stand.

»Elena, mach jetzt sofort auf. Ich warte nicht, sonst spring ich über die Mauer.« Und schon hörte sie ein Scharren an der Steinwand. Helene begann zu weinen und versuchte abzuwehren, aber als sie es mit einem heiseren »No, no« versuchte, versagte ihre Stimme. Da flog das Tor auch schon mit einem Knall auf und Helena sah das Schloss aus den Angeln gehen. Don Salvo betrat den Patio, legte Helenes Kleider und die Blechdose umsichtig auf den Steintisch, verschloss den Eingang behelfsmäßig und wandte sich dann ihr zu. Er beugte sich herunter, untersuchte ihre Verletzungen, hob sie dann vorsichtig hoch, trug sie ins Haus, ganz nach hinten durch, und setzte sie auf dem Badewannenrand ab. Nachdem er den Hahn aufgedreht hatte, prüfte er die Temperatur, hielt Helene dann wie ein Kind und wusch ihr mit lauwarmem Wasser sorgfältig die Salz- und Erdkrusten vom Körper. Mit sicheren Bewegungen hob er sie dann wieder heraus, wickelte sie in ein großes Handtuch und trug sie ins Freie. Dort bereitete er mit flinken Griffen aus Kissen und Decken ein Lager, auf das er sie bettete.

Helene versuchte, nicht zu denken. Sie schloss die Augen und wartete ganz still. Drinnen hörte sie den Mann herumhantieren, dann verstummten die Geräusche. Einen Moment später kam er zurück, brachte Tee, den er ihr mit einem Löffel portionsweise in den Mund schob. Dann setzte er sich hinter sie, nahm den in das Laken gewickelten Körper zwischen seine Beine, legte die Arme fest um sie, zog ihren Körper an seinen, sodass ihr Rücken gegen seine Brust gelehnt war, und blieb in dieser Haltung mit ihr sitzen.

So saßen sie stundenlang miteinander, bis die Mittagshitze begann. Gegen eins trug er sie ins Haus, legte sie in ihr Bett, streckte sich hinter ihr aus, schloss sie wiederum in seine Arme und so blieben sie den ganzen Nachmittag liegen.

Als es kühler wurde, erhob Don Salvo sich, suchte ein paar saubere Kleidungsstücke zusammen, verschwand im Bad, kam mit einer Salbe zurück, versorgte ihre Wunden und half ihr beim Anziehen. Dann brachte er sie wiederum in den Hof und ließ sie dort einige Zeit allein.

Aus den Zutaten, die er in der Küche fand, bereitete er ein kleines Mahl zu, das sie schweigend einnahmen. Sie beobachteten einander aufmerksam. Helene blickte in freundliche Augen. Der Ernst, der sich in diesem Gesicht gespiegelt hatte, als Don Salvo am Morgen die Tür eingetreten hatte, war verschwunden. Auf den wettergegerbten Zügen lag schon wieder ein Hauch des ihr bekannten Grinsens. Aber eben nur ein Hauch. Helene wunderte sich. Sie saß hier mit einem völlig fremden Mann und es schien die normalste Sache auf der Welt zu sein, sich von ihm waschen, anziehen und bekochen zu lassen.

Eine große Traurigkeit kam über sie. All die Traurigkeit, der Schmerz, der ganze Jammer, der seit Monaten in ihr geschlummert hatte, kamen zurück. Salvo schien zu bemerken, dass sie aus ihrer Starre erwachte, trug schnell das Geschirr in die Küche und kam mit einem anderen Tablett zurück. Er stellte zwei Gläser Wein vor sie, zündete sich eine Zigarette an, zog die Blechdose näher an sie heran, öffnete sie und zeigte, dass er ihr Meerwasser mitgebracht hatte.

Helene lächelte und schüttelte den Kopf. Sie schaute nach oben, um nicht in die Dose blicken zu müssen, und starrte in die Zweige ihres Oleanderbaumes. Weiß leuchteten alle Blüten in der hereinbrechenden Abenddämmerung. Bis in die Spitzen hinauf nur weiße Blütenblätter.

Don Salvo war noch einmal in das Haus getreten und legte nun zwei weitere Gegenstände vor Helene hin. Die Jakobsmuschel sowie einen kleinen hölzernen Bilderrahmen, in dem das Bild mit den Pinguinen zu sehen war.

»Ich weiß, was passiert ist. Aber ich will, dass du mir jetzt die ganze Geschichte erzählst.«

Helene schaute ihn an. Die dunklen Locken klebten wild über seiner Stirn, sein Gesichtsausdruck war wieder ernst und sein Blick sagte ihr, dass dies nun ein Moment war, dem sie nicht entfliehen konnte. Sie antwortete nicht sogleich, sondern horchte in sich hinein, doch da war kein Widerstand. Also beschloss sie, diesem Mann, der sie Elena gerufen hatte, von ihrem Leben zu berichten.

In der dritten Person, als ob es die Geschichte eines anderen Menschen wäre, und in ihrer Muttersprache, die er nie gelernt hatte und doch verstehen würde.

Als der erste Stern am Himmel auftauchte und zu funkeln begann, erzählte Helene ihrem Gast eine Geschichte.

Dies ist die Geschichte vom Sterben der Pinguinfische

Helene fährt Benjamin in das große Krankenhaus. Eine Odyssee liegt hinter ihnen. Vom Kinderarzt zum Internisten, vom Neurologen zum Augenarzt, wieder zum Kinderarzt, um dort den Rat zu erhalten, die immer stärker werdenden Kopfschmerzen naturheilkundlich behandeln zu lassen. Ein überspanntes Kind, zu kopflastig, zu viele Gedanken, die da noch gar nicht reingehören, das muss den kleinen Kerl ja ganz verrückt machen.

Also wird ein Heilpraktiker aufgesucht, eine Kräuterhexe, verschiedene Therapeuten, die versuchen, mit unterschiedlichsten Methoden den Kopf des Jungen schmerzfrei zu bekommen. Benjamin trottet wie ein braves Lamm hinter seiner Mutter her und lässt alle Untersuchungen und Prozeduren klaglos über sich ergehen. Manchmal blickt er Helene fast mitleidig an. Sie fühlt, dass er fühlt, dass sie das alles machen muss, um seinetwillen, um ihretwillen. Doch alle Versuche sind vergebens.

Ärzte und Heiler fordern noch dieses und jenes, entwickeln Theorien und verschreiben Medikamente. Nach zwei Monaten verschlechtert sich die Situation dramatisch. Der Junge leidet unter Schwindelanfällen und Gleichgewichtsstörungen. Helene hat die Nase voll. Das ist doch mein Kind, denkt sie, so was kann man seinem Kind doch nicht zumuten und jetzt ist Schluss. Jetzt will ich wissen, was da in diesem Kopf los ist, da wird jetzt reingeschaut und dann ist es gut.

Dass es damit nicht gut ist, aber bald Schluss, das ahnt Helene in diesem Moment noch nicht.

Obwohl ihr auf der Autobahn, als sie das große Krankenhaus sieht, dämmert, dass hier nichts Gutes lauern kann.

Das Krankenhausgelände ist riesig. Eine ganze Krankenstadt, eine Krankenfabrik. Schauplatz des Leids, des Schmerzes, der Hoffnung, der Kapitulation. Lange Gänge, Glastüren, die sich automatisch öffnen und schließen, gedämpfte Neonbeleuchtung und dieser übersaubere Geruch, der alles Lebendige auffrisst. Klinisch rein riecht tot. Weitere Gänge, eilende Gestalten in Weiß, wehende Kittel, Transportbetten, Wagen mit Instrumenten. Immer tiefer werden Helene und Benjamin in dieses Zentrum der vermeintlichen Gesundheit, das selbst so ungesund wirkt, hineingesogen.

MRT, das ist ihre Tür. Benjamin bekommt einen Saft, der ihn einlullen soll, damit er von der Untersuchung nichts merkt. Als Helene sieht, wie der Körper ihres kleinen Jungen auf der Bahre des Computertomographen festgeschnallt wird, wünscht sie, auch sie hätte so einen Schlafsaft bekommen.

Das Kind findet den Apparat interessant. Der Arzt erklärt, dass man damit in seinen Kopf hineinschauen könne, um zu untersuchen, ob da auch alles in Ordnung sei. »In Ordnung.« Benjamin ist einverstanden. Pfropfen werden in seine Ohren gesteckt, der Kopf in einer Art Käfig fixiert, oben ist ein Spiegel angebracht, damit er seine Mutter sehen kann, wenn er in der Röhre liegt. Der Anblick dieses in Technik verpackten Kindes ist beunruhigend und als die Krankenschwester das Gerät in Betrieb nimmt und Benjamin in der großen weißen Röhre verschwindet, beginnt Helene zu schwitzen. Ihr wird erklärt, dass sie die Beine des Kindes berühren darf, aber nicht zu ihm sprechen soll. Ohrschützer, solche, wie sie Bauarbeiter am Presslufthammer tragen, werden ihr gereicht. Die Maschine mache ziemlichen Lärm. Dann verlassen Ärzte und Schwestern den Raum. Helene sitzt alleine vor dem riesigen runden Gerät, das fast das ganze Zimmer ausfüllt. Darin liegt der zarte Leib des Kindes, das sie fünf Jahre zuvor geboren hat, um sie beide herum ein verwirrendes Gebinde aus Kabeln und Schläuchen.

»Bitte setzen Sie die Kopfhörer auf, es geht jetzt los und es wird nicht länger als eine Stunde dauern«, hallt es aus einer Sprechanlage über der Tür.

Helene stülpt den Ohrschutz über, legt beide Hände auf die Beine des Jungen und sucht im Spiegel seine Augen. Benjamin lächelt ihr entspannt zu, krümmt seine festgeschnallten Finger zu einem kleinen Winken und senkt dann die Lider. Helenes Herz beginnt zu rasen. Sie hört es umso lauter, als sie sich unter den Kopfhörern mit den Geräuschen ihres Körpers ganz alleine fühlt. Als Erstes ein erstaunliches Brummen und Knistern, dann ertönt ein regelmäßiges rhythmisches Knacken. Trotz des Ohrschutzes so laut, dass es direkt unter ihrer Schädeldecke widerhallt. Das arme Kind, denkt sie, wie muss es sich fürchten. Doch der Junge liegt ruhig und unbeweglich da. Zu unbeweglich, findet Helene, als nach wenigen Minuten das Brummen und Knacken unterbrochen wird. Eine kurze Pause. Helene hält die warmen Beine unter ihren schweißnassen, kalten, zittrigen Fingern. Wieder geht der Lärm los. Benjamin liegt still. Nach dem fünften oder sechsten Durchgang von Brummen, Krachen und Knacken wagt Helene ihren Blick wieder zu heben. Interessiert schaut sie die Computerröhre an, vielleicht kann man an ihr irgendetwas erkennen, das Beruhigung verspricht. Doch da ist nichts. Kühle, glatte, geschwungene Teile sind zu diesem Wunderwerk der modernen Technik zusammengeschweißt. Oberhalb des Röhreneingangs entdeckt sie das kunstvoll gedrehte G und E des Herstellers. Sie erstarrt. General Electric hat dieses Monstrum erschaffen. GE war der Inbegriff aller technischen Leidenschaft von Benjamins Vater. Er, der alles Amerikanische und Technische verehrte, hatte einst das in sich gedrehte Emblem in ihr gemeinsames Leben getragen. Und nun sitzt sie hier, allein mit der Frucht einer verflossenen Liebe, vor diesem elektrischen General und betet zu ihm wie zu einem Götzen. »Bitte, lieber General, wenn du etwas tun kannst, dann zeig, dass der Kopf meines Kindes in Ordnung ist. Spucke Bilder aus, die die Ärzte lachen machen, damit sie uns wieder nach Hause schicken. Zeig uns mit deiner überragenden Technik, dass die Erfindung der Elektrik über den Kopfschmerz siegt.«

Der elektrische General brummt und kracht unerbittlich und ohrenbetäubend weiter, das Kind liegt reglos. Helenes Herz rast, ihr Körper ist von einem feuchten Film überzogen, sie nimmt wahr, wie die Angst ihr sauer aus den Achseln strömt. Wie lange dauert das nun schon? Knacks, Knacks, Knacks, eine halbe Ewigkeit. Sie sitzt unbequem, der Rücken beginnt zu ziehen, doch sie verharrt regungslos, will die Hände nicht von den Beinen ihres Kindes nehmen. Irgendwann, als sie sich schließlich doch noch an den Lärm gewöhnt und sich mit schmerzendem Rücken dem Schicksal des Augenblickes hingibt, ist es plötzlich vorbei. Das Gerät schaltet sich ab, die Tür des Kontrollraumes geht auf, ein Pfleger zieht die Bahre aus der Röhre, Benjamin wird befreit, Helene wird der Junge in die Arme gelegt, so wie damals, als er aus ihr herausgeschlüpft war, um sein Leben zu beginnen, und in diesem Moment weiß sie, dass er sterben wird.

Der elektrische General hat ihre Bitten nicht erhört. Vielleicht hätte sie besser den lieben Gott anrufen sollen. In all den Kirchen, die sie während des Sommers besucht haben, hätte sie schließlich genügend Gelegenheit dazu gehabt. Doch hatte sie es versäumt, hatte lieber die Glaubenskraft anderer dokumentiert als sich selbst dem Himmel anzuvertrauen, und jetzt sitzt sie hier fest in der Falle des Krankenhausmaschinenapparates.

Gleich erfährt sie, dass kein Gebet der Welt irgendetwas genutzt hätte. Benjamin wird von einer lustigen Lernschwester hinausgebracht. Er ist etwas benommen und erstaunt, dass schon alles vorbei ist, denn er hat während der lauten Untersuchung selig geschlummert. Bevor er die Tür durchquert, wendet er sich noch einmal zu Helene und murmelt: »Ich weiß schon, nicht traurig sein, Mama.«

Aber wie soll man jetzt nicht traurig sein? Helene schießen die Tränen in die Augen, der Oberarzt kommt, führt sie in ein helles Zimmer und setzt sie auf einen bequemen Sessel. Er erklärt ihr in einfachen Worten die Lage. Doch kein Wort kann es besser machen. Helene will hinaus zu ihrem Kind, in dessen Kopf hinter dem rechten Ohr etwas gewachsen ist, was da nicht wachsen soll. Das weiter wachsen wird, um es zu töten. Wer hat das in den Kopf getan? Warum kann man das nicht rausholen? Nein, man hätte es niemals rausholen können, auch nicht, wenn man es eher entdeckt hätte. Es sitzt ungünstig. Man könne froh sein, dass es dem Jungen bislang so gut gegangen sei. Kopfschmerzen und Schwindelanfälle seien verhältnismäßig geringe Beschwerden für einen Tumor solcher Größe, und deshalb sei immerhin die Prognose auf ein relativ gnädiges Ende recht sicher. Vieles hänge natürlich von ihr ab, von Helenes Kraft, den Jungen in der letzten Zeit zu begleiten. Aber was soll denn das heißen, wie soll sie denn ihr Kind in den Tod begleiten? Wie lang ist denn überhaupt noch seine Zeit? Niemand weiß genau, wie lange so ein Verlauf dauern kann, aber es kennt ja auch niemand seine eigene Lebenszeit, nicht wahr? Man bedenke den berühmten Ziegel, der einem jederzeit auf den Kopf fallen könne, sie müsse entschuldigen, das solle nicht zynisch klingen, aber man könne ihr ohnehin keinen echten Trost spenden. Die Zeit sei jedenfalls nicht mehr allzu lang. Drei Monate vielleicht. Drei Monate? Das sind doch nur noch zwölf Wochen, also noch neunzig Tage oder einundneunzig oder zweiundneunzig. Was soll sie denn in Gottes Namen nur in dieser Zeit mit dem Kind machen? Und was soll sie ihm jetzt sagen, wenn sie gleich da rausgeht? Sie brauche dem Kind nichts zu sagen. Es werde schon spüren, wie es um es steht, und die meiste Zeit der drei Monate würden sie wohl gemeinsam in der Klinik verbringen. Bald schon würden die Schmerzen stärker werden und es werde zu weiteren Funktionsstörungen kommen, sodass sie mit dem Kind kein normales Leben mehr führen könne. Da seien beide in der Klinik besser aufgehoben, hier könne man dem Jungen kontrolliert die Schmerzen nehmen, ihm das Ende zumindest erleichtern und auch ihr Hilfe und Unterstützung anbieten. »Hilfe und Unterstützung, ja sind Sie denn von allen guten Geistern verlassen? Mein Kind stirbt mir binnen Jahresfrist und dabei wollen Sie mir helfen? Hilfe, mein Kind stirbt, mein Kind stirbt, Hilfe …« Und dann fällt Helene in Ohnmacht.

Als sie erwacht, liegt sie auf ein Sofa gebettet und Benjamin hockt vor ihr und starrt sie neugierig an.

»Hallo.«

»Hallo, mein Engel.«

»Hast du geschlafen?«

»Na ja, einen Moment ausgeruht vielleicht, das war heute alles etwas anstrengend für mich.«

»Für mich nicht, ich hab ja schon in das Dings geschlafen.«

»Und nun?«

»Die sind nett hier.«

»Ja? Gut, wenn du das findest.«

»Der Doktor hat mit mir gesprochen.«

»Ach ja, und was hat er dir gesagt?«

»Er hat mir gesagt, was wir jetzt machen sollen.«

»Und was machen wir jetzt?«

»Wir gehen jetzt nach Hause und tun alle Sachen, die ich gern mache, und wenn ich damit fertig bin, dann kommen wir wieder her.«

»Hört sich ganz okay an, ist es für dich in Ordnung?«

»Ja, is in Ordnung.«

»Komm in meinen Arm, mein Engel, ich lieb dich so und ich weiß nicht genau, was jetzt geschieht.« Helene umarmt ihren Sohn fest und schluchzt in seine Schulter. Sie weiß, dass sie nicht vor ihm weinen sollte, aber sie kann nicht anders. Sie kann nicht, sie kann nicht, sie kann nicht.

Benjamin hält zärtlich seine Hände um ihren Kopf und streichelt ihr Haar.

»Du bist meine liebe Mama.«

»Und du bist mein lieber, lieber Benjamin. Aber im Moment fühl ich mich scheußlich, weil ich wirklich nicht genau weiß, was jetzt passiert.«

»Passiert, was passiert. Wie immer, geht ganz von alleine.«

»Ja, glaubst du?«

»Ja, is so.«

Der Arzt kehrt zurück, überprüft Helenes Blutdruck und versorgt sie mit Telefonnummern, Informationsbroschüren und einem kleinen Päckchen, in das hellblaue Tabletten eingeschweißt sind.

»Die sind nicht für Benjamin – auf keinen Fall. Die sind für Sie, wenn Sie denken, dass Sie es nicht schaffen. Glauben Sie mir, ich weiß, wie Sie sich fühlen, es gehört leider zu meinem Beruf, dass ich solche Gespräche führen muss. Ich habe selber eine Familie und Kinder, ich würde das sicher auch nicht so ohne weiteres durchstehen. Nehmen Sie eine am Tag, wenn Sie es brauchen. Aber bitte wirklich nur eine. Ich verspreche, das reicht. Und rufen Sie mich an, oder kommen Sie her, wann immer Sie Fragen haben oder auch nur die kleinste Veränderung bemerken.«

Spätabends fahren sie nach Hause, in die schöne alte Villa. Es riecht nach Blättern und Erde. Der Herbst, die Zeit der Ernte, der Vorbote von Verwesung und Wiedergeburt, hat begonnen. Benjamin und Helene kochen Tee, nehmen sich einen Berg voller Decken mit hinaus in den Garten, kuscheln sich auf der Terrasse in eine Liege und starren gemeinsam in den Sternenhimmel. Benjamin liegt eng an Helene gedrückt und sie hält ihn so fest sie kann ohne ihm wehzutun und fragt sich: Wie lange noch, wie lang ist er noch bei mir?

Benjamin schlürft genüsslich und laut den süßen Tee aus seiner Lieblingstasse, die die Form einer Kuh hat und Beine, auf denen sie steht. ›Was wird aus dieser Tasse werden?‹, denkt Helene und tausend und abertausend weitere Fragen drängen sich auf.

Dann holt sie tief Luft, schiebt all diese schrecklichen Fragen beiseite und nippt ebenfalls an ihrem Tee.

»Weißt du, was so schön ist?«, fragt der Junge mit dem Kopf im Nacken und den Augen im Himmel.

»Na, was?«

»Der Himmel ist so groß, da hat alles Platz.«

»Ja, das stimmt.«

»Jeder hat doch seinen Platz, Mama, das stimmt doch?«

»Bestimmt.«

»Und mein Platz ist bei dir und dein Platz ist bei mir?«

»Ja, natürlich.«
»Für immer?«
»Für immer.«
»Ganz egal, wo ich bin?«
»Ganz egal, wo du bist.«
»Gut.«
»Ja. Sehr gut, mein Engel.«

Benjamin verbringt noch dreißig Tage zu Hause. Er genießt jeden einzelnen Moment, denn er hält sich brav an die Order vom Doktor, nur Dinge zu tun, die er wirklich gern mag. Einen Tag möchte er in den Kindergarten, um mit den anderen Kindern zu spielen. Zweimal möchte er seinen Vater alleine besuchen. Einige Tage verbringt er mit Helene zu Hause, sie wursteln im Garten herum, spielen ihre Lieblingsspiele und lesen Geschichten. Helene greift jeden Morgen zu der hellblauen Hilfe aus der Klinikpackung. Einmal will Benjamin unbedingt in ein Spaßbad und springt dort furchtlos vom Dreimeterbrett. Er isst mit gutem Appetit. Kopfschmerzen scheinen ihn nur selten oder zumindest weniger zu plagen. Er ist fröhlich und wenn er fröhlich ist, ist es Helene auch. Etliche Male gehen sie zu zweit oder mit Freunden in den Zoo, um Pinguine und Fische zu besuchen.

Benjamin wünscht sich einen Theaterbesuch in einem richtigen Theater am Abend und Helene wählt Shakespeares Sommernachtstraum aus. Das Kind amüsiert sich königlich über die altertümliche Sprache und den Eselskopf.

So vergehen die Tage. Die letzten Tage.

Wenn Benjamin schläft, trifft Helene Vorbereitungen. Oder weint oder telefoniert mit dem Arzt.

Sie selbst findet nur selten Schlaf. Jede Nacht legt sie sich dicht an das Kind und gleitet manches Mal weg. Doch meist sind ihr die Stunden zu kostbar, in denen sie ihr Kind sehen, fühlen, riechen kann. Wie eine Tiermutter sucht sie mit allen Sinnen das kleine Wesen, das einst ein Teil von ihr war, zu erfassen.

Am dreißigsten Tag nach der Diagnose im Krankenhaus verbringen sie einen herrlichen Tag in der Natur. Ein kräftiger Wind braust über das Land und sie lassen Benjamins neuen Drachen steigen. Er durfte sich in einem Fachgeschäft einen aussuchen, denn einmal im Leben muss ein Junge selber einen Drachen steigen lassen, findet Helene.

Unter unzähligen verschiedenen Modellen in allen möglichen Farben und Formen wählt Benjamin einen großen, roten, klassischen, rautenförmigen mit extralanger Schnur. Und obwohl Helene eigentlich keine besonders begabte Drachenlenkerin ist, gelingt es den beiden am Stadtrand auf der wilden Heide, den Drachen in den Wind zu stellen, sodass er steigt und steigt, sich immer mehr Leine von der Spule löst und er so weit entfernt am Himmel schwebt, dass es aussieht, als würde er sanft vor den Wolken tanzen. Benjamin und Helene spüren die enorme Kraft, die an der Schnur zieht. Sie haben solchen Spaß und sind mit so viel Ernst bei der Sache, dass sie nicht bemerken, wie schnell die Zeit vergeht. Die Dämmerung setzt ein und Helene will den Drachen langsam einholen. Da kramt Benjamin eine kleine Kinderschere aus der Jackentasche seines Anoraks und sieht Helene mit seinen großen Augen treuherzig an.

»Darf ich?«

»Ja. Du darfst, aber warum willst du das denn?«

»Ich will sehen, wie der in den Himmel geht.« Und mit einem entschlossenen Handgriff macht es schnipp, die Strippe flitzt los und mit atemberaubender Geschwindigkeit verschwindet der rote Drachen im Abendhimmel.

Sehr verwundert über das Tempo des Geschehens starren Helene und Benjamin hinterher und können den roten Punkt schon bald nicht mehr erkennen. Lange noch blicken sie weiter nach oben. Dann hebt Benjamin die Hand und zeigt irgendwohin über sich: »Dahin!«

»Ja, dahin.«

Zu Hause angekommen, umfasst Benjamin die Beine seiner Mutter, drängt sich an sie und will dann die Treppe nach oben in sein Zimmer laufen. Auf der zweiten Stufe strauchelt er, fällt hin und bleibt liegen. Seine Augen sind geöffnet, sein Atem ist flach. Helene ruft den Krankentransport.

Benjamin ist noch drei Tage bei Bewusstsein, aber sehr schwach. Er liegt in einem großen Beobachtungszimmer. In der Mitte zwischen Monitoren und anderem medizinischen Gerät stehen zwei Betten dicht nebeneinander. Gebraucht wird nur eines. Helene liegt neben ihrem Sohn und nur wenn sie zur Toilette muss oder mit dem Arzt spricht, weicht sie für kurze Zeit von seiner Seite.

Das Kind verlangt die Jakobsmuschel. Helene organisiert, dass sie geholt wird, und hängt sie mit einem Band über dem Bett auf. Sie summt leise Liebeslieder und streichelt jede Stelle an Benjamins Körper. Sie kann förmlich spüren, wie seine Energien nachlassen.

Am vierten Tag erwacht Benjamin, tastet mit der Hand nach seiner Mutter, packt sie fest, gibt ein paar spitze eindringliche, aber unverständliche Laute von sich, dann fällt er ins Koma.

Der Arzt bringt eine größere hellblaue Tablette für Helene und ein paar Elektroden, die an Benjamins Kopf befestigt werden. Leise Piepstöne kommen aus dem Monitor und machen Helene verrückt. Die Ärzte beschließen, dass man keine Elektroden brauche, solange Helene ihr Kind nicht verlässt. Helene verlässt das Kind nicht. Das Kind verlässt Helene. Die Mutter ist die Elektrode, der Seismograph für die Kräfte ihres Kindes.

Von Zeit zu Zeit zuckt der kleine Körper und verkrampft sich. Helene zuckt und verkrampft sich ebenfalls.

Jeden Tag kommt ein Pfleger und wäscht gemeinsam mit Helene das Kind.

Am dritten Tag des Komas betritt ein neuer Pfleger das Zimmer. Er stellt sich vor. »Manni Hahne ist mein Name.« Ein seltsamer Kauz, unschätzbar im Alter, uneinschätzbar sein Temperament. Doch er ist der Einzige, den Helene auf der Station als Menschen wirklich wahrnimmt. Manni Hahne erfasst die Situation sofort, als er das zuckende Kind und die zuckende Helene sieht. Erst wäscht er das Kind und dann ganz selbstverständlich auch Helene. Mit einem warmen, feuchten Handtuch wischt er über ihr Gesicht, ihre Arme,

Beine und Füße. Helene spürt für einen Moment, dass sie noch einen Körper hat, den hatte sie fast vergessen. Sie spürt, dass sie dünner geworden ist, ihre Haut ist trocken und rissig, die Augen brennen. Schlaflosigkeit und Tränen haben ihr das gewohnte Antlitz geraubt. Sie erblickt sich einen Moment lang im Spiegel und erschrickt. Hohlwangig und rotäugig, wild und beängstigend schaut ihr eine fremde Frau entgegen.

»Das ist nur ein Teil von Ihnen«, bemerkt hinter ihr Manni Hahne. »Der schöne Teil ist dort, wo er gebraucht wird, bei Ihrem Kind.«

Manni Hahne kommt wieder, sieben Tage hintereinander. Zum Waschen und Sprechen. Wenn Benjamin entspannt liegt, hört Helene Manni manchmal zu.

„Hören Sie, ich darf das eigentlich nicht, aber ich habe Ihnen etwas mitgebracht. Ich möchte Ihnen beiden gerne helfen.«

Aus der Tasche seines Kittels kramt er zwei kleine, braune Glasfläschchen. Beide sind mit einem Schraubverschluss, der in einer Pipette endet, bestückt. Das eine Pipettengummi ist rot, das andere hellblau. Auf einem winzigen Aufkleber sind nur Ziffern vermerkt: LM XXX.

»Das ist nichts und doch etwas«, erklärt Manni Hahne. »Das sind homöopathische Tinkturen. Ich weiß nicht, ob Sie sich damit auskennen. Ich weiß einiges darüber, aber ich möchte nicht unbescheiden klingen. Wenn Sie sich helfen lassen wollen, dann nehmen Sie jede Stunde ein paar Tropfen von diesem Fläschchen«, er hält das mit dem hellblauen Köpfchen hoch. »Und Ihrem Sohn flößen Sie von diesen anderen Tropfen ein. Es ist die höchste Potenz des Mittels, das Ihnen in diesen Stunden helfen kann. Ich habe Ihnen den Namen der Arznei nicht dazugeschrieben, er würde Sie nur unnötig beunruhigen. Sie brauchen keine Fragen zu stellen. Der Stoff ist so oft verdünnt, dass er gar nicht mehr wirklich in der Flüssigkeit vorhanden ist. Es ist mehr ein Nachhallen seines Geistes, dafür ist seine feinstoffliche Kraft umso größer und die erreicht Ihre Seelen. Verstehen Sie das?«

Helene schüttelt den Kopf. »Ich lasse die Tropfen hier, wenn Sie wollen, werden Sie sie nehmen.«

Manni Hahne blickt sie aufmunternd an, dreht das Kind ein wenig und verlässt kaum hörbar den Raum.

Am Abend blickt Helene wieder in den Spiegel, der über dem Waschbecken im Zimmer hängt. Das Licht ist gedämpft und sie traut sich einen Augenblick länger als sonst ihre äußere Hülle zu betrachten. Dann wendet sie sich wieder dem Kind zu und nach unendlich vielen kleinen Küssen klingelt sie nach der Schwester und bittet sie, eine halbe Stunde bei dem Jungen zu sitzen.

Helene nimmt eine lange heiße Dusche, wäscht sich die Haare, putzt gründlich die Zähne, cremt sich nach dem Abtrocknen von Kopf bis Fuß ein und zieht etwas frisches Hübsches an. Eine bequeme braune Hose und ihren hellen Lieblingspullover. Sie frisiert sich die Haare und tupft ein kühlendes Augengel auf ihre brennenden Lider. Sie hat alles dabei, denn niemand weiß, wie lange so ein Aufenthalt auf dieser Spezialstation dauert. Sie überlegt kurz, was oder wer sich wohl hinter der Zimmerwand befindet. Vielleicht ein anderer Mensch mit einem anderen Kummer. Oder weitere Sterbende. Schnell verjagt sie diesen Gedanken. Sie braucht ihren Kopf für die eigenen Sorgen.

Fertig zurechtgemacht betritt sie Benjamins Krankenzimmer wieder und bittet die Schwester zu gehen. Sie setzt sich auf das Bett, zieht den kleinen Körper auf ihren Schoß, beginnt erneut mit den endlosen Streicheleien. Dabei schaut sie in das geliebte Gesichtchen. Dann spricht sie mit Benjamin. »Wo bist du, mein kleiner Engel? Ich weiß nicht, ob du mich hören kannst, aber du kannst mich spüren, denn ich kann dich spüren. Ich bin immer bei dir und werde immer bei dir sein. Sei auch du bei mir und verlasse mich nicht wirklich. Ich habe mir unser Leben ganz anders vorgestellt und all dies war dabei überhaupt nicht eingeplant. Und jetzt habe ich nur den einen Wunsch, dass es dir gut geht und du deinen Platz findest unter diesem großen Himmelszelt. Du hast mich so viele Dinge gefragt und die Wahrheit ist, dass ich auf keine deiner Fragen eine richtige Antwort weiß. Ich weiß nicht, wie das mit Gott ist, mit dem

Leben und dem Sterben und ich weiß nicht, ob es Schutzengel gibt. Ich weiß so wenig, dass ich ganz hilflos bin …«

Sie schweigt. Dann verkrampft sich das Kind wieder in ihren Armen. Tränen rinnen ihr in langen Bächen aus den Augen. Sie greift zu den beiden Fläschchen mit den Tinkturen, hält sie fest in der Hand und horcht in sich hinein. Vieles in ihr läuft durcheinander. Die Organe stehen fühlbar auf dem Kopf und üben ihre Funktion in umgedrehter Richtung aus, mit Gewalt fließen die Körpersäfte in nicht für sie vorgesehenen Bahnen und Helene weiß, wenn noch etwas Zeit vergeht, dann wird auch sie ernsthaft krank. Wie egal ihr das ist. Alles ist egal. Das Einzige, was zählt, ist dieser kleine flach atmende Leib in ihren Armen.

Benjamins Gesicht ist bleich, tiefe dunkellila Schatten schimmern unter seinen Augenhöhlen und seine Seele mag schon irgendwohin auf der Reise sein.

Als er wieder ruckartig den Kopf zur Seite reißt, entfährt seinen trockenen Lippen ein kleines Röcheln. Blitzschnell öffnet Helene das braune Glasfläschchen und tröpfelt ihm mit der roten Pipette etwas Flüssigkeit in den Mund. Danach saugt sie selbst die andere Pipette aus und wartet. Nichts geschieht. Sie wiegt ihr Kind wie einen Säugling und plötzlich fällt ihr das Pinguinlied ein. Also singt sie von August Fridolin und seiner Frau, der Widuwisch, die schwimmen kann so wie ein Fisch. Die Pinguinfische. Ohne Benjamin hätte es diese ungewöhnliche Tiergattung niemals gegeben. Ihr Erfinder zuckt und ruckt nicht mehr. Nach einer Weile wiederholt Helene die Tröpfchen-Prozedur. Der kleine Körper scheint sich zu entspannen. Auch in Helene beruhigt sich der Sturm der revoltierenden Innereien. Sie schaut zur Uhr. Kurz vor elf. Gegen zwölf gestattet sie ihnen eine weitere Ration Tropfen. Was immer da drin sein mag, die Wirkung ist evident. Dann fällt Helene in einen kurzen und traumlosen Schlaf. Als sie aufwacht, hat sie das sichere Gefühl, dass jetzt gleich etwas passieren wird. Die Uhr zeigt kurz nach eins. Und dann fühlt sie es, zuerst ganz wenig, dann etwas kräftiger. Benjamins kleine Hand liegt auf ihrem Unterarm und streichelt ihn. Seine Finger gleiten zu ihrer Hand und berühren diese. Immer wieder von der Handwurzel hinunter zu ihren Fingerspitzen. Sie dreht sich, um sein Gesicht besser sehen zu können, und erkennt voll Freude, dass die Krämpfe und Spannungen daraus gewichen sind. Seine Konturen sind klar und glatt, sogar die Schatten unter den Augen sind blasser. Doch insgesamt ist die Haut kalkweiß. Dann schlägt der Junge plötzlich die Lider auf und schaut seiner Mutter mitten ins Herz. Ganz klar, ganz wach, ganz präsent, hier in dieser Welt. Helene blickt zurück und weiß nicht, was sie sagen soll. Sie schauen einander einige Augenblicke lang an, dann verzieht sich Benjamins Mund zu einem kleinen Lächeln. Ein Lächeln zum Abschied. Langsam schließen sich seine Lider wieder, er atmet tief ein, er atmet tief aus und dann atmet er nicht mehr und ist eins mit der ewigen Ruhe.

Helene hält ihr totes Kind noch lange in den Armen. Sie ruft die Nachtschwester nicht. Wozu? Diesen letzten Moment will sie nicht teilen, sich nicht stören lassen. Als die Wärme langsam aus dem Jungen weicht, bettet sie ihn sanft auf das Kissen, setzt sich daneben und starrt ihn an. Bis zum Morgengrauen sitzt sie so und rührt sich kaum. Manchmal fließen salzige Rinnsale über ihr Gesicht und den Hals auf ihre Hosenbeine. Ansonsten verharrt sie in einer Starre, aus der sie kaum wieder herausfindet, als in der Früh der Dienst habende Arzt vorbeischaut, um nach dem Rechten zu sehen.

Dann geht alles seinen Gang, in den Helene verstrickt ist, mit dem sie aber nichts zu tun haben möchte. Ein kurzes Gespräch mit dem Oberarzt, Papiere, die unterschrieben werden müssen. Bemüht unauffällige Emsigkeit. Helene wird übel. Sie übergibt sich mitten auf den Boden. Sie weiß gar nicht, was da alles ihre Kehle hinaufdrängt, denn gegessen hat sie wenig in den Stunden vor …, diesen Gedanken kann sie nicht denken.

Doch noch immer sind einige Dinge zu erledigen.

Einfühlsam versucht ihr der Oberarzt zur Seite zu stehen und sie darauf vorzubereiten, was nun kommt. Doch Helene will nicht. Sie zerreißt die Einwilligungserklärung zur Autopsie, sie will keinen

Geistlichen sprechen, sie will keine Adressen von Selbsthilfegruppen. Das alles fällt wie Hohn und Spott auf ihr brennendes Herz. Jetzt spürt sie es, ja, ihr Herz lodert, und das wohl schon seit Wochen. Das Feuer wurde nur durch die hellblauen Dinger in Schach gehalten, aber sie hat seit vierundzwanzig Stunden keine mehr geschluckt. Darüber spricht sie mit dem Arzt. Verlangt eindringlich einen stärkeren Cocktail von der Speisekarte des pharmazeutischen Glücks und setzt sich durch. Am Nachmittag hat sie ihre Sinne wieder einigermaßen beisammen. Ihre Tasche ist gepackt, auch Benjamins Sachen liegen zusammengefaltet in einem Koffer. Die Jakobsmuschel liegt in Helenes Hand.

Sie weiß, dass sie jetzt all ihre Kraft braucht, um sich gegen tödliches Brauchtum und traditionelle Sentimentalitäten zu wehren. Beides würde sie nicht durchstehen.

Ihr Weg ist anders. Und gerade als sie ihre Gedanken sortiert, kommt auch schon die Oberschwester, nimmt sie beim Arm und stellt die Frage, die man einem Menschen, der gerade sein Liebstes verloren hat, nicht stellen darf: »Was sollen wir für Ihren Sohn veranlassen?«

Helene wird jetzt sprechen, so viel wie seit Tagen nicht mehr und so viel, wie sie für Monate nicht mehr sprechen wird.

Sie lässt noch am selben Abend einen Beerdigungsunternehmer ins Krankenhaus kommen. Der Mann ist daran gewöhnt, Hinterbliebenen mit extremen Gefühlswallungen gegenüberzustehen. Doch die Begegnung mit Helene ist auch für ihn eigenartig. Normalerweise nimmt er das Gespräch in die Hand und führt die Trauernden durch die Möglichkeiten, Angebote und Bedingungen seines traurigen Geschäftes.

Doch die, die hier seine Auftraggeberin werden soll, nimmt das Prozedere selbst in die Hand.

»Lassen Sie Ihren Katalog geschlossen.«

Helene will keine Kindersärge sehen.

Keinen Sarg, keine Kirche, keinen Priester, keine Kränze, keine Schwarzrandkarten, keine Schleifen.

»Geht das? Es ist mir völlig gleich, was es kostet, suchen Sie einen Ort, an dem das geht – und vergessen Sie nicht: Sofort nach der Verbrennung. Wenn Sie Bargeld brauchen, sagen Sie mir, wie viel. Rufen Sie mich morgen an und sagen Sie mir, wann und wo. Ich werde bezahlen, was Sie verlangen.« Helene verlässt den Mann mit der professionellen Trauermiene. Sie verlässt das Krankenhaus, atmet zum ersten Mal seit Tagen frische kalte Luft, setzt sich ins Auto und fährt in die stille weiße Villa. Sie schließt auf und wandert durch die Räume. Dies ist nicht mehr ihr Zuhause. Dies ist nicht mehr ihr Leben. Dies ist alles nur noch ein Geripperest aus einer anderen Dimension. Die Nacht verbringt sie weinend am Fenster. Das Telefon ist ausgestellt, die Türglocken blockiert. Am Himmel blinken ab und zu kleine Sterne zwischen den dunklen Herbstwolken hervor. Helene weiß nicht, wie viele Liter Tränen aus ihr hervorquellen. Wenn sie nicht mehr sitzen kann und ihr Herz wieder zu rasen beginnt, tigert sie durch die Räume. Doch fluchtartig weicht sie zurück, wann immer sie auf Benjamins Sachen stößt. Spielzeuge oder Kleidungsstücke, die Kuhtasse, ein angefangenes Bild, das unter das Sofa gesegelt ist. Aus diesen Dingen sind binnen Stunden Erinnerungsstücke geworden. Souvenirs aus einer Zeit, in der das Leben lebenswert war. Jetzt ist es nichts. Doch Helene weiß, dass der Tod ihres Kindes noch nicht abgeschlossen ist, solange sein Körper einsam und allein vermutlich in einem kalten Raum im Keller des Krankenhauses liegt. Lange nach Mitternacht nimmt Helene ein starkes Schlafmittel, legt sich zwischen die Kuscheltiere in das Bett ihres verlorenen Sohnes und sucht Vergessen.

Statt des Vergessens schenkt ihr der Traum Erinnerungen an ein Wellenspiel im Sonnenlicht und an eine leuchtend rote Badehose. Die Glocken von Espíritu Hijo, die sie niemals gehört hatte, rufen sie und sie lauscht einer freundlichen Stimme »… Señora, glauben Sie an die inneren Kräfte Ihres wunderbaren Sohnes. Hören Sie auf ihn. Und wenn Sie ihn nicht hören können, dann kommen Sie hierher …« Und Helene sieht viel Wasser, leicht gekräuselt, tanzende Wogen, auf denen Lichtpunkte hüpfen. Millionen Reflexionen des Sonnenlichtes, das sie wohlig wärmt. Und sie sieht große Büsche mit kräftigen dunkelgrünen Blättern, die sich so biegsam und elegant in den Wind legen, als wären sie eins mit ihm.

Am Morgen weiß Helene, was sie tun muss. Sie verschlingt zwei von den Hellblauen, nimmt eine heiße Dusche, unter der sich noch einmal salzige Tränen mit blumigem Seifenschaum vermischen, schlüpft in Hose und Pullover, stöpselt das Telefon ein und beginnt eine Menge Gespräche zu führen. Wenn sie nicht mehr reden mag, weil ihr die Fragen zu viel werden, fängt sie an, ein paar Dinge zusammenzuräumen.

Am Nachmittag trifft die herbeigerufene Haushaltshilfe mit ihrem Mann ein und beginnt, nach Helenes Anweisungen das Kinderzimmer leer zu räumen. Stück für Stück landet ein kurzes Leben in Pappkartons. Eine bunte Blechdose mit roten und weißen Zacken, in der Benjamin seine Schätze, hübsche Steine oder ein Lieblingsspielzeug, gehortet hatte, fischt Helene noch heraus, leert sie und trägt sie fort. Ihre Hilfe fragt nichts und sagt nichts. Ein fleißiges, einfaches und überaus menschliches Gemüt. Sie sorgt dafür, dass Helene viel warmen Tee trinkt, kocht zwischendurch Suppe und flößt ihr diese mit einem Löffel ein, als Helene ihren Aktionismus für einige Minuten unterbricht, um starr am Fenster zu sitzen.

Draußen im Garten wiegt Benjamins Schaukel sanft im Wind. Zwischendurch nimmt Helene Schmerzmittel, denn die Trauer kriecht ihr tief in Eingeweide und Knochen wie Gliederschmerzen bei einer beginnenden Grippe.

Spät meldet sich der Bestatter. Es täte ihm Leid, drei Tage würde es noch dauern. Im Krematorium war nicht eher ein Termin für die doch etwas speziellen Wünsche der gnädigen Frau zu bekommen. Dann könne allerdings alles wie besprochen erledigt werden.

»Gut. Ja. Danke. Die Rechnung schicken Sie bitte gleich.«

Noch drei Tage verbringt Helene in ihrem Haus. Sie engagiert weitere Helfer, lässt zusammenpacken und forttragen. Viele Pakete werden für viele Menschen gepackt und verschickt. Wertlos erscheinen die Gegenstände, die alle einmal von Benjamin berührt worden oder zumindest von seinen Augen gesehen worden sind. Sie gehören schon nicht mehr ihr.

Am letzten Tag füllt Helene eine kleine Reisetasche. Sie kleidet sich an, wählt den grau gemusterten Rock, den Benjamin so gern hatte, eine dunkle Jacke und dunkle Schuhe. Obwohl es draußen ebenfalls grau und fahl ist, setzt sie sich eine große Sonnenbrille auf. Ihre Augen sind rot und entzündet, sie sieht die Welt nur milchig und verschwommen. Sie fährt ruhig durch die bekannten Straßen ihrer Stadt, am Kindergarten vorbei, an dem Park, durch den sie Hunderte Male mit Benjamin spaziert ist, an der Geschäftszeile, Schauplatz etlicher Eis- und Kuchenfreuden, hinüber in den Nachbarstadtteil, ans Ende der Gartenkolonie, hinter der ein Friedhof liegt.

Parken, Gehen nur auf vorgeschriebenen Wegen, Totenstille.

Hier ruhen die anderen, um die andere trauern.

Im Krematorium angelangt findet Helene alles genau so vor, wie sie es angeordnet hatte. Ein linkischer, etwas hilflos wirkender Angestellter des Instituts weist ihr den Weg durch die kleine Tür in die große leere Vorhalle.

Jetzt muss sie all ihren Mut zusammennehmen und die Trauerhalle betreten. Schon vom Eingang aus sieht sie den Hügel aus bunten Blumen. Sie hat gewünscht, dass man den Sarg nicht erkennen solle. Bedeckt von einem ungeordnet übereinander geworfenen Haufen bunter Blumen steht dort wohl ein kleiner Kindersarg, darin der leblose Körper des Jungen. Langsam schreitet sie voran, ihre Schritte hallen laut auf dem Steinboden. Sie kniet vor dem duftenden Gebilde nieder, schluchzt und heult, japst in ihrem Schmerz und braucht sehr lange, um wieder Fassung zu finden.

Dann hört sie hinter sich ein Schniefen. Als sie sich umblickt, erkennt sie hinten neben der Tür stehend Benjamins Vater. Der Vater, der immer das Kind gewollt hatte, aber sie eines Tages nicht mehr. Woher in aller Welt weiß er, dass wir hier sind, denkt sie, aber zugleich fühlt sie, wie richtig es ist, dass auch er da ist.

Nicht bei ihr. Bei Benjamin. Der Mann, mit dem sie das Kind gezeugt hatte, nickt ihr zustimmend zu. Er hätte es genauso gemacht.

Jetzt ist es Zeit. Helene schaut sich nach dem Bestatter um und signalisiert ihre Bereitschaft zu starten. Der Mann verschwindet in der Vorhalle, einige Minuten vergehen, von draußen ist ein Martinshorn zu hören. Lärm schwillt an, nimmt ab, verhallt. Dann geht mit einem Knall die Klappe unter dem Sarg auf und er versinkt direkt vor ihr mitsamt dem Blumenmeer im Boden. Quietschend schließt sich die Bodenplatte wieder.

Helene erhebt sich von ihren Knien und setzt sich auf einen der Plätze in den leeren Stuhlreihen. Der große schmucklose Raum kommt ihr wie ein hohles Ei vor. Eine leere Eierschale, die gleich zerbrechen wird. Der Vater kommt leise von hinten und setzt sich zwei Stühle weiter. Über den freien Stuhl zwischen sich reichen sie einander die Hände und bleiben so reglos sitzen. Das ist mehr, als man aushalten kann. Sie drücken einander fest, verkrallen die Finger in das Fleisch des anderen und finden in dem wachsenden physischen Schmerz doch keine Erleichterung.

»Es dauert noch eine halbe Stunde«, meldet sich eine Stimme aus dem Hintergrund. »Und ich müsste hier jetzt die nächste Feier vorbereiten.«

Also verlassen die Eltern das Gebäude und spazieren eine Weile über den Friedhof. Die klare, kalte Luft trifft ihre heißen Gesichter wie ein Faustschlag. Sie sprechen nicht. Sie gehen an den Toten der Stadt vorbei. Sie warten auf ihren eigenen Tod.

Als sie das Krematorium wieder erreichen, ist der Diener des Todes schon zur Stelle, winkt sie auf die Rückseite, zieht sie in einen Kellertreppeneinschnitt und drückt Helene eine kleine schwarzsilberne Urne in die Hand. Sie zieht aus ihrer Jackentasche einen zusammengefalteten Beutel und einen Geldschein. Der Geldschein wird ihr gierig aus der Hand gerissen, die fremde Hand und ihr Besitzer verschwinden. Helene streift den Beutel über die Urne. Sie verlassen den Friedhof und stehen am Eingang einige Sekunden unschlüssig voreinander.

Schließlich erklärt Helene: »Ich nehme ihn mit. Ich kenne den richtigen Ort.«

»Ich kenne dich nicht mehr, aber ich vertraue dir.«

»Ich kenne dich auch nicht, aber pass gut auf dich auf.«

»Ja, und pass gut auf dich auf.«

Zögerlich versuchen sie eine Umarmung. Der Beutel mit der Urne an Helenes Handgelenk stört, sie lächeln beschämt, dann gehen sie auseinander.

Ein letztes Mal fährt Helene in das alte weiße Haus.

Sie durchquert alle Räume. Leer und aufgeräumt ist es. Persönliche Gegenstände, die diesem Heim einst Atmosphäre verliehen hatten, sind verschwunden. Auch die meisten Möbel sind schon abtransportiert.

Hier hallen ihre Schritte nun. Helene nimmt die Treppe nach oben. In ihrem Schlafzimmer steht noch immer ein schwerer Tresor. Sie wählt die Zahlenkombination und öffnet das Schloss. Im Inneren befinden sich ein großes Bündel Bargeld und die rotweiße Spielzeugdose. Beides nimmt Helene heraus. Dann holt sie die Urne und versucht sie zu öffnen. Der Deckel ist nicht richtig verplombt, sitzt aber sehr fest. Also will Helene aus dem Badezimmer eine Schere oder Nagelpfeile als Werkzeug holen. Auf dem gekachelten Regal steht noch eine kleine Schale mit Nagellacken, Feilen, Rosenholzstäbchen und Hautzangen. Sie wühlt darin herum und findet eine robuste Schere. Darin klemmt ein Stückchen Papier, ein zerknitterter Zeitungsausschnitt.

Vorsichtig faltet sie das Papier auseinander. Benjamin muss es aus einer Illustrierten ausgeschnitten haben. Auf dem Bild ist ein dicht beieinander stehendes Pinguinpaar zu sehen, an dessen Füßen ein ganz kleines, noch braunes, wuscheliges Pinguinkind hockt.

Helene ringt nach Luft. Benjamin muss dieses Foto in den Wochen nach den Ferien in Spanien entdeckt und für sie als Überraschung hier versteckt haben. War das ein kleiner Scherz, eine Liebesgabe oder wollte er ihr damit etwas sagen? Helene weiß keine Antwort. Ihr kommt es vor wie ein erster Gruß aus der Ewigkeit.

Sie schnappt sich Papier und Zange, verstaut das Bild in ihrer Handtasche und macht sich an der Urne zu schaffen. Gewaltsam öffnet sie den Verschluss, schmeißt den Deckel in eine Ecke und blickt hinein.

Dunkle Asche wie von Holz und helle Asche wie Sand sind miteinander vermischt. Sie schüttet die Asche in die bunte Spielzeugdose, wobei ein leicht verbrannter, aber nicht unangenehmer Duft aufsteigt. Helene spürt noch eine gewisse Wärme. Sie betrachtet das Häuflein. Das soll Benjamin gewesen sein. Es ist unvorstellbar, wie der ganze Tod und das Sterben dieses Kindes unvorstellbar sind, unvorstellbar bleiben werden, obwohl es passiert ist, obwohl sie die ganze Zeit dabei war.

Sie möchte Benjamin gerne berühren, sie spielt mit dem Gedanken, ihre Finger in die Asche zu tauchen, aber dann zieht sie die ausgestreckte Hand doch wieder zurück.

Schließlich befestigt sie den Dosendeckel, vergewissert sich, dass er auch wirklich fest sitzt, und steckt die Blechdose zuoberst in die bereitstehende Reisetasche. Die Tasche in der einen, die leere Urne in der anderen Hand verlässt sie das Schlafzimmer, steigt die Stufen nach unten und verlässt für immer das Haus.

Im Garten wirft sie die Urne in die Abfalltonne, sollen doch die Müllmänner denken, was sie wollen. Sie belädt ihr Auto und macht sich auf den Weg.

Ein Kollege des Kollegen des Oberarztes, der Benjamins Sterben betreute, hatte ihr nach dem Tod diese Adresse vermittelt. Gegen viel Geld würde man ihr zu Ruhe verhelfen.

Angekommen in der eleganten Privatklinik, versteckt hinter hohen Mauern und riesigen Bäumen in einem alten Schlosspark, beginnt für Helene eine Pause vom Leben. Sie bezieht unter den strengen Augen eines hochgewachsenen Mannes ein Einzelzimmer.

Wird gewogen und vermessen, muss unendlich viele Fragen beantworten und sich ebenso viele Regeln und Erklärungen anhören.

Nach einem ausgiebigen Bad wird sie lange massiert und mit einer hautelastizitätsfördernden Creme eingeschmiert. Dann endlich darf sie sich ins Bett legen. Aus einem großen Glas trinkt sie eine warme Mixtur aus Giften aus dem Katalog des Betäubungsmittelgesetzes.

Es ist Ende November. Weihnachten steht vor der Tür. Helene braucht das Fest der Liebe nicht zu erleben. Statt Kerzenschein und Christbaumkugeln schenkt sie sich einen sahnigen Schleier für ihr Gehirn, in dem die Erinnerung wohnt, und für ihr Herz, in das der Tod eingezogen ist.

Noch während sie trinkt, macht sich in ihr ein undurchsichtiger Nebel breit und führt ihre Seele aus den Fluten des Schmerzes in ein strahlendes Nichts.

Dies ist die Geschichte vom Anfang einer Pilgerfahrt

Leah fühlte sich noch immer berauscht von den Sagen und Märchen, die sie in Punta del Cambio gehört hatte. Und sie empfand eine gewisse Lust am Weiterspinnen ihrer eigenen Geschichte.

Sie lungerte auf einem dieser bequemen blassroten Sessel mit den hohen Lehnen auf dem Flughafen von Barcelona herum, wartete auf den Anschluss nach Frankfurt. Neben sich eine Reisetasche mit dem Nötigsten und Helenes blauem Heft, damit es nicht zufällig in die falschen Hände geriet. Ihre langen Beine waren angewinkelt, die Füße unter das Gesäß gezogen. Die dünne schwarze Kattunhose klebte ihr im Schritt und auch das enge T-Shirt saß wie eine feuchte zweite Haut.

Wie ein Vorhang war ihr der Haarschopf vor das Gesicht gerutscht, so kam sie sich unbeobachtet vor und konnte selbst in Ruhe die vorüberziehenden Menschen begutachten.

So viele Leute, die auf den braunroten Marmorplatten herumhasteten, hektisch ihre Koffer hinter sich her zogen, sich den Weg zu einem Flugsteig bahnten, von dem aus sie ihr nächstes Ziel ansteuern würden. Im Gepäck die Dinge, von denen sie glaubten, dass sie sie brauchen würden, auf Reisen, von denen sie meinten, sie wären wichtig. Oder die sie glücklich machen sollten oder, wenn schon nicht das, dann wenigstens erfolgreich oder was eben auch immer. Leah dachte liebevoll an die teils schrulligen, teils lustigen Ansichten, die sie in Punta aufgeschnappt hatte. Das ganze Leben ist eine Wanderschaft. Jeder befand sich auf seiner persönlichen Pilgerfahrt. Und sie, Leah, pilgerte zurück zu den Unheiligtümern der

Vergangenheit. Leah fühlte sich gut. Ein bisschen welterfahren, ein bisschen abgebrüht. Auch wenn sie genau wusste, dass diesem Empfinden regelmäßig eine Phase des Durchhängens und der Selbstzermarterung folgte, wollte sie jede dieser Sekunden genüsslich auskosten. Sie fühlte sich eigentümlich verbunden mit diesem fremden Getümmel um sie her und zugleich einzigartig und frei; ein wenig so, wie ihr Helene oftmals vorgekommen war.

Als sie später in Frankfurt ihr Gepäck von der Abfertigung zum Taxistand schleppte, spürte sie sofort, dass sie zu Hause war, obwohl sie noch eine kurze Zugstrecke zu ihrem Elternhaus zurücklegen musste. Die Luft war deutsch. Und deutsche Luft war, zumindest in den Sommermonaten, Gift für Leah. Durchdrungen von Pollen und Abgasen. Ihre Lungen rebellierten beim ersten Atemzug. Nase und Augen tränten und im Inneren ihres Halses begann es so zu kratzen, dass sie würgen musste. Wie in jedem Jahr war es ihr über den Winter gelungen, die periodisch auftretenden Allergieausbrüche zu vergessen. Der Aufenthalt an der Atlantikküste hatte die heuschnupfenfreie Zeit ungemein verlängert. Doch sie hatte nicht vergessen, was es bedeutet, die Luft, die man zum Leben brauchte, eigentlich nicht zu vertragen.

Nachdem der Taxifahrer ihr Gepäck auf dem Gehweg abgestellt hatte, verweilte Leah einige Minuten im Vorgarten. Da waren die vertrauten Rhododendren, die das kleine Haus düster umzingelten. An einem Pfad mitten durch ein Rosenbeet stand die kitschige helle Schleiflackbank, auf der sie als Kind so gerne gesessen hatte. Und wie so oft zuvor rechnete Leah damit, hinter dem nächsten Busch einen Gartenzwerg zu entdecken, obwohl es hier, seit sie denken konnte, nie einen solchen Gnom gegeben hatte.

Vorsichtig atmete sie die warme Abendluft ein und schaute auf die Uhr. In diesem Moment würde die Mutter das Teewasser aufsetzen, der Vater vor dem Fernseher fragen, ob man nicht doch vorsichtshalber die Gartentür schließen sollte, ihre Freundinnen in der Nachbarschaft würden vor ihren Badezimmerspiegeln stehen, um sich für eine hoffnungsvolle Partynacht zurechtzumachen, überall um sie herum waren Menschen froh über die angenehme laue Abendatmosphäre.

Leah holte ein zweites Mal Luft, diesmal etwas tiefer, und begann schon beim Ausatmen zu niesen. Sie reagierte eindeutig allergisch auf ihre Heimat. Und so nahm sie all ihren Mut zusammen, griff nach dem Gepäck und ging auf das Haus zu.

»Ach, hallo, meine Süße, da bist du ja!« Die Mutter stand schon in der geöffneten Haustür. Sie hatte sicherlich schon hinter der Gardine nach draußen gespäht und Leah beobachtet. »Komm, du musst mich mal küssen, wir haben uns ja so lange nicht gesehen.«

Und ich muss gleich kotzen, setzte Leah ihren inneren Dialog fort und umarmte die Mutter zaghaft.

»Hast du ein Taschentuch? Ich brauch mal eins.«

»Oh, hast du wieder diesen schrecklichen Heuschnupfen? Dabei ist der Frühling doch schon so lange vorbei. Lass uns morgen gleich einen Termin beim Allergologen machen, der kann dir sicher helfen.«

»Der kann mir schon seit fünfzehn Jahren nicht helfen«, schnäuzte Leah in das grobe Küchenkrepp, das ihr die Mutter gereicht hatte.

»So, na, du bist ja doch noch rechtzeitig zum Essen gekommen.« Der Vater hatte sich aus dem Wohnzimmer bequemt und kam in den Flur geschlurft. Grau im Gesicht, grau am Kopf, vergreist schon in jungen Jahren.

Leah versuchte die Kontrolle über sich zu behalten. Sie wollte die Eltern aushalten, sie wollte nicht ausflippen, sie wünschte lediglich, dass ihre Zeit unter diesem Dach begrenzt sein möge und sie wieder fortgehen konnte. Doch das würde natürlich nur möglich sein, wenn sie keinen Anlass zu Besorgnis lieferte.

So saß sie also mit den Eltern um den kleinen Tisch, wo die immer gleiche Sorte trockenen Graubrotes mit dem immer gleichen Käse serviert wurde. »Stinkekäse« hieß er im Familienjargon. »Ha, ha, ha, wir sind ja eine so lustige Familie und wie schön, dass wir gleich alle wieder zusammen sind. Stimmts, Leah, zu Hause ist es doch immer noch am schönsten? Gleich kommt auch deine Schwester vom Sport heim. Das muss doch auch ein schönes Gefühl sein, wenn man so unter Geschwistern vereint ist.« Ob die Mutter diese Sätze nun genauso aussprach oder nicht, machte keinen Unterschied, im Raum hingen sie doch.

Leah musterte die beiden Erwachsenen mit einem Rest von Distanz, den sie noch über die Schwelle hatte retten können. Wenn sie ihr nicht so wehtun würden, dann täten sie ihr Leid. Sie versuchten eben auch nur, das Beste aus ihrem schäbigen Leben zu machen. Dass sie eine Tochter gezeugt hatten, in deren Kopf die Gedanken und Gefühle zu weit über neunzig Prozent der Zeit Achterbahnloopings fuhren, dafür konnten sie schließlich nichts. Oder vielleicht doch?

Die Tür sprang auf, die ältere Schwester trat mit Getöse ein: »Wieso habt ihr denn schon mit dem Essen angefangen, schließlich bin ich doch die Einzige hier, die sich körperlich betätigt und deshalb mit rechtschaffenem Hunger nach Hause kommt?«

Beschwichtigungen der Mutter: »Nun setz dich erst mal, es ist genug für dich da und in der Küche habe ich noch mehr.«

»Hallo, Britt«, sagte Leah in gespielt überraschtem Ton.

»Hallo, was willst du denn hier? Dich will hier doch keiner mehr haben«, lautete die unwirsche Antwort.

Wie üblich übergingen die Eltern die hasserfüllte Bemerkung. »Ach Leah, geh doch mal eben noch ein Bier für deinen Vater holen und bring der Britt gleich noch ein kaltes mit.«

Britt begann von einem Tischtennisturnier zu plaudern, von einem Trikot, das noch von der Mutter geflickt werden müsse, von dem Vorgesetzten, der ihr bei ihrer kaufmännischen Ausbildung den Arbeitstag zur Hölle mache, in Wirklichkeit aber von überhaupt nichts irgendeine Ahnung habe, und so weiter und so fort.

»Beruhige dich doch, man trifft immer wieder im Leben auf Menschen, die ganz anders sind als man selbst. Oft eben nicht gerade intelligent, aber mit denen muss man auch klarkommen. Das muss man lernen und du wirst das lernen.«

»Was redest denn du da für einen Scheiß, Mami?«

Britt machte keinen Hehl aus ihrer Verachtung, doch die Mutter ignorierte es auch diesmal.

»So, nun wollen wir mal in Ruhe zu Ende essen«, mischte sich der Vater ein. »Gleich beginnt die Tagesschau.«

»He«, versuchte Leah die Aufmerksamkeit auf sich zu lenken, »ich war gerade fast ein Dreivierteljahr lang weg und hab 'ne Menge Dinge erlebt, ist daran eigentlich niemand interessiert?«

»Doch, natürlich, meine Kleine, wie kannst du das nur in so einem vorwurfsvollen Tonfall sagen?« Die Mutter tätschelte ihren Arm: »Du glaubst immer noch, dass wir so schrecklich unsensibel sind und vielleicht nicht einmal bemerkt haben, dass du fort warst, was? Du Dummerchen, dabei sind wir so froh, dass du wieder heil und gesund da bist.«

»Wenn du mir ins Gesicht sehen würdest, wüsstest du, dass ich nicht gesund bin.« Leah schnäuzte sich demonstrativ. »Und ich wollte eigentlich auch nicht fragen, ob ihr bemerkt habt, dass ich weg war, sondern ob es euch interessiert, was ich so erlebt habe.«

»Ja, davon musst du uns natürlich ausführlich berichten.« Der Vater erhob sich und steuerte auf den Fernsehsessel zu. »So eine Weltenbummlerin hat ja nicht jeder in seiner Familie. Wir sind ganz stolz auf dich.« Und damit knipste er den Fernseher an. Britt erhob sich und marschierte in ihr Zimmer, Leah half ihrer Mutter beim Abräumen des Geschirrs.

Das Kinderzimmer war unverändert, nahezu unberührt, obwohl das nicht stimmen konnte, denn es war ganz offensichtlich erst kürzlich gründlich gereinigt worden. Bunte Möbel quetschten sich dicht an dicht in dem engen Raum, der durch die große alte Anrichte und den sperrigen Kleiderschrank, beides von der Mutter ausgesucht, viel kleiner wirkte, als er in Wahrheit war.

Als Kinder hatten sie in der Schule einen Quadratmetervergleich veranstaltet und Leah hatte mit ihrem Reich von vierzehn Quadratmetern und zwei großen Fenstern erstaunlich gut abgeschnitten. Wie sich das anhörte, zwei große Fenster. Leah schwang sich auf die schmale Holzfensterbank, öffnete den einzigen Flügel, der sich überhaupt öffnen ließ, und presste ihre Stirn an die Gitterstäbe. Bevor sie eingeschult worden war, hatte sie oft versucht, ihren Kopf durch die Eisenstangen zu zwängen. Aber schon damals war ihr Schädel zu groß gewesen. Ihren Körper konnte sie geschickt zwischen den Stäben hindurchschieben, aber der Kopf war jedes Mal hängen geblieben. Leah streckte ihren Arm weit hinaus in die Sommerluft. Das hier war ihr Zuhause. Kein Kinderzimmer, sondern ein Kindergefängnis. Je älter sie wurde, desto eingesperrter fühlte sie sich.

Am nächsten Morgen hatte die Mutter mit all ihrem Elan und einer geradezu erdrückenden Patentheit bereits einen Arzttermin ausgemacht. Lange bevor Leah überhaupt aufgewacht war. Deshalb saßen Mutter und Tochter noch am selben Tag in einer hochmodernen Praxis und warteten – auf einen Spezialisten, wie die Mutter extra betonte.

Leahs erste Frage in einer Sprechstunde war immer dieselbe: »Leiden Sie persönlich auch unter Allergien und wissen Sie, wie sich das anfühlt?« Bislang war sie noch keinem Doktor begegnet, der diese Frage richtig verstanden hatte, was ein sicheres Zeichen dafür war, dass sie gar keinen Schimmer hatten, worum es eigentlich ging.

Jenseits aller biologischen Erklärungen über Eiweißmoleküle und unsinnige Histaminausschüttung hatte Leah eine ganz andere Erfahrung mit der lästigen Erkrankung gemacht. Instinktiv verstand sie, dass Menschen, die hochallergisch reagierten, sich im Widerstand befanden. Wogegen, mochte sich individuell unterscheiden, doch der physiologische Ablauf war in seiner Anti-Reaktion immer gleich. Darum fand sie auch den Ausdruck Kontaktallergie so lustig. Denn in der Tat lag dem krankhaften Toben der Schleimhäute eine Kontaktablehnung zugrunde. Natürlich nicht gegen Pollen oder Karotten oder Pfirsiche oder was auch immer ein Test ergeben mochte. Die Stoffe waren nur Auslöser.

Auch jetzt, in diesem sterilen Zimmer, hätte sie sich am liebsten die Augen aus den Höhlen gekratzt. Blutunterlaufen waren sie, von

Schwellungen umgeben, kaum konnten die Tränen abfließen. Als ihre Mutter ihr beruhigend den Arm tätschelte, löste das einen Niesanfall von mindestens zwanzig aufeinander folgenden Erschütterungen aus, gefolgt von einem trockenen Reizhusten, der in einem kläglichen Pfeifen endete.

Die Haut am Hals kratzte und als sie zum wiederholten Male darüber fuhr, fühlte sie jede Menge Quaddeln und Blasen, die sich während des Kratzens gebildet hatten. Es war vollkommen sinnlos, hier herumzusitzen. Sie würde bereitwillig das heftigste Blockademedikament schlucken, das man ihr verschreiben würde. Anderenfalls würde sie verrückter werden, als sie eh schon war. Denn dieser körperliche Zustand bewirkte regelmäßig, dass sich ihre Seele irgendwo tief unten hinter den Eingeweiden versteckte und nicht mehr in der Lage war, einen so genannten normalen Umgang mit der Außenwelt zu pflegen. Es kam ihr dann immer so vor, als säße sie weit entfernt von allen anderen und würde das Treiben um sich herum nur durch den engen Ausschnitt eines Zielfernrohres beobachten, was dem Verhalten der Menschen eine gewisse Lächerlichkeit verlieh.

Zwischen den anderen und ihr würde der Abstand immer weiter werden, das Sichtfeld immer begrenzter, so lange, bis Leah schließlich den Eindruck haben würde, überhaupt nichts mehr mit dieser Welt gemein zu haben.

In solchen Momenten wirkte sie auf ihre Eltern genauso befremdlich wie diese auf sie, und genau das wollte sie in den nächsten Tagen unbedingt vermeiden.

Bloß keine Eskalation, keine Dramen, das würde ihr nur einen Strich durch die Rechnung und ihren Plan, nach Punta zurückzukehren, zunichte machen.

Der Arzt, ein gut aussehender freundlicher Mann, empfing sie höflich, nickte allwissend, verneinte die Frage nach eigenen Allergien, ließ sich von der Mutter die Not in allen Einzelheiten schildern, schrieb, ganz wie Leah es erwartet hatte, ein Rezept aus, schlug wie alle anderen Ärzte zuvor eine neue Testreihe nach einer gewissen Beruhigungsphase vor und entließ die beiden mit aufmunterndem Kopfnicken. Der Mutter ging es gleich sichtbar besser. Wohlgemut steuerte sie die nächste Apotheke an und Leah nahm willig die Pillen, die ihr helfen sollten.

Zwei Tage lang langweilte sich Leah in ihrem Elternhaus, dann begann sie, Mutter und Vater nach und nach in ihre Pläne einzuweihen. Sie hatte Glück. Nach telefonischer Rücksprache mit dem Onkel in Galicien erlaubten die Eltern Leah recht zügig, ihren Schulabschluss dort zu versuchen. Allerdings nicht ohne ausdrücklich zu betonen, wie überaus großzügig und tolerant sie seien. Leah sollte lediglich Verständnis haben, dass auch Britt zum Ausgleich irgendein großer Wunsch erfüllt werden müsse, damit sich diese nicht zurückgesetzt fühlte. Als besonders perfide empfand Leah die Tatsache, dass sich die Mutter absichtlich etliche Male beim Schnäuzen und Wegdrücken von ein paar Tränchen erwischen ließ, damit ja deutlich wurde, wie sehr ihr das Nesthäkchen fehlen würde. Sie schaute ihrer Mutter mitleidlos ins Gesicht und empfand nur Hass für diesen Menschen, der offensichtlich auch in dieser Situation alles dafür tat, damit sie sich schlecht fühlte. Zum zweiten Mal seit ihrer Ankunft dachte sie an scharfe Messer und blutige Klingen, aber diesmal war sie sich ganz sicher, dass sie lieber in das Fleisch ihrer Mutter als in das eigene geschnitten hätte.

In den Sommernächten lag Leah oft stundenlang wach, schob den Vorhang zur Seite und spähte durch die vergitterten Fenster zu Mond und Sternen. Sie träumte sich an den Atlantik, empfand in ihrer Sehnsucht, aus dem Elternhaus fortzukommen, eine diffuse Zärtlichkeit für diejenigen, die zu diesem ganz anderen Leben gehörten. Sie vermisste die beiden Kinder, die beim Abschied herzerweichend geheult hatten, weil sie fürchteten, die große Gefährtin für immer zu verlieren. Auch an Hermana Consuelo, die ihr so unerschrocken gegenübergetreten war und in deren Gegenwart sie sich unerklärlich sicher und geborgen fühlte, dachte sie. Und Onkel Kurt erschien ihr in der Erinnerung viel angenehmer, als Familienvater irgendwie lässiger und erträglicher.

Auch er hatte schließlich freiwillig die deutsche Verwandtschaft verlassen. Vielleicht wäre es sogar möglich, sich eines Tages vertraulich mit ihm auszutauschen, wer wusste das schon. Und schließlich erstand vor ihren Augen das Bild von Helene. Die schlanke, geheimnisvolle Frau, zu der sie sich magisch hingezogen fühlte. Ihr fielen die ersten Male ein, als sie die damals noch Fremde am Strand hatte entlangrennen sehen. Wild und unbändig war sie ihr vorgekommen, und völlig verrückt. Als sie sich später kennen lernten, hatte sich dieser Eindruck in Luft aufgelöst. Helene war sanft und eigentlich doch recht praktisch veranlagt. Außerdem achtete sie immer darauf, dass sie gut angezogen war. Im Laufe des Sommers hatten sich sogar ihre Gesichtszüge etwas entspannt. Sie machte stets einen gepflegten, wenn auch nicht ganz intakten Eindruck. Niemals hatte ein verächtliches oder bewertendes Wort ihren Mund verlassen. Noch während Leah beinahe voll Liebe an Helene dachte, spürte sie einen aufregenden Stich in der Brust. Schwitzend wälzte sie sich hin und her und versuchte dieses Gefühl loszuwerden. Doch im Halbschlaf wurde daraus Lust, der sie sich hilflos ausgeliefert fühlte. Dieses Verlangen in ihr suchte Befriedigung. Wenn nicht jetzt, dann eben später. Wenn nicht durch Helene, dann durch jemand anderes. Leah verabscheute diese Nächte in der bunt bedruckten Kinderbettwäsche.

Ahnungslos, dass weit weg rote Punkte, Blasen und Ballons durch einen anderen Traum spukten, träumte Leah von den beiden Königinnen, die ihre Nächte schon seit Kindertagen begleiteten. Wie von einem Schachbrett gesprungen, sahen sie identisch aus, die eine weiß, die andere schwarz. Sie waren schon immer erwachsene Frauen gewesen, im Gesicht jedoch trugen beide Leahs kindliche Züge. Zwischen den beiden Figuren waren Leahs Fähigkeiten und Gefühle sorgfältig aufgeteilt.

Die Dunkle war stolz und mächtig, voller Kampfeslust, rachsüchtig und stark. Eine Siegerin, die ohne Gewissen über Leichen ging, mit der tiefen Überzeugung, dass ihr niemals jemand etwas anhaben konnte. Sie war allein, das war der Preis.

Doch auch ihr helles Spiegelbild war allein. In ihr vereinigten sich Güte und Verständnis, Hingabe und Mitgefühl. Vor allem aber war sie zart und verletzlich und damit das ideale Opfer der schwarzen Gegenspielerin. Immer verlor sie und das Einzige, was ihr blieb, war die Gewissheit, dass sich in ihr die richtigen Werte vereinigten. Nur was nützte das, wenn man trotzdem unterging?

In dieser Nacht kam es zu einem Duell der Königinnen. Ein Wettstreit auf dem Meer. Die Frauen glitten über die Wellen, als könnten sie fliegen. Sie glitten mit bloßen Füßen über die Wasseroberfläche. Die Weiße wurde von der Schwarzen gejagt, eingeholt und überrundet. Und während die eine an der anderen vorbeirauschte, geschah etwas Unerwartetes. Leahs träumendes inneres Auge haftete länger als gewöhnlich an den Gesichtern. Im Antlitz der dunklen Königin loderte ihr eigener Zorn, der sich verstärkte, je deutlicher die Metamorphose unter dem weißen Schleier durchschien. Denn dort verbarg sich nicht länger ihr eigener besserer Teil. Die helle Königin trug ganz eindeutig die Züge von Helene, blass und zart, verletzlich und wunderschön.

Leah erwachte schweißgebadet, das geliebte, gehasste Bild vor Augen, empfand sie ein scharfes Stechen, welches ihr von oben bis unten durch den Körper fuhr.

Eines Tages war das Wiedersehen mit den Klassenkameraden nicht mehr aufzuschieben. Die Ferien gingen zu Ende, zurückgekehrte Urlauber begannen, wieder von der Stadt Besitz zu ergreifen. Beim Einkaufen stieß Leah mit einem beliebten Mädchen zusammen, ohne das keine Party, kein Ausgehen denkbar war. Eine, die anziehen konnte, was sie wollte, immer sah sie sexy aus. Niemals musste sie einen zu großen Bauch verstecken, bewegte sich selbstbewusst und war jederzeit und überall willkommen. Um all dies hatte Leah sie oft beneidet. Doch das andere Mädchen schien davon nichts gespürt zu haben und forderte sie fröhlich auf, am selben Abend an einer Clubparty teilzunehmen.

In der Hoffnung auf ein bisschen Abwechslung und darauf, dass ihre lange Abwesenheit sie für den einen oder anderen interessant gemacht hätte, bereitete sich Leah auf eine lange Nacht vor.

Der Club lag versteckt hinter einem kleinen Wäldchen. Ein ehemaliges Ausflugslokal, das als coole Location von der Jugend in Beschlag genommen worden war. Leah war schon häufiger dort gewesen und mochte vor allem den dunklen, modrig riechenden Weg dorthin. Draußen im Gras saßen rund vierzig Leute mit Bierflaschen in den Händen, von denen sie die meisten kannte.

»Hey«, wurde sie begrüßt, »small town girl, wieder zurück?«

»Nee, nur auf Heimatbesuch. Ich zieh erst mal ganz nach Spanien, gefällt mir da besser.«

Ihre frühere gute Freundin Betsy drehte ihr den Kopf zu. »Leahle, die Provinz scheint dir gut zu tun, du siehst ganz rund und wohlig aus.«

»Wolltest wohl sagen, dass sie dicker geworden ist«, ergänzte der Junge, der locker einen Arm um Betsy gelegt hatte. »Ach, Quatsch, du nun wieder.« Betsy warf sich auf den Jungen und steckte ihm demonstrativ ihre große Zunge zwischen die Lippen.

Leah wartete. Sie hatte Christof entdeckt, der an der Außenwand der Holzbude lehnte und zu ihr herübersah.

Ihr Herz begann zu rasen.

»Hier, trink erst mal was.« Jemand drückte ihr ein Bier in die Hand. »Drinnen musst du Eintritt bezahlen, aber das Bier ist heute inbegriffen.«

Leah leerte die Flasche in einem Zug und blickte sich hilflos um. Wie kam es nur, dass sie sich auch von diesen Menschen so sehr unterschied? Sie trug denselben hellblauen glitzernden Lidschatten wie die anderen Mädchen und sie war nicht die Einzige, die exzentrische Lippenstifte benutzte. Ihre schwarzen Hosen saßen genauso knapp wie die der meisten anderen. Einige der Mädchen waren im Gegensatz zu ihr wirklich mollig, stellten aber ihre kugelrunden weichen Bäuche selbstbewusst unter kurzen Hemdchen zur Schau. Auch sonst konnte Leah keine gravierende Abweichung erkennen, trotzdem gehörte sie nicht dazu. Sie setzte sich in einen Kreis neben

Betsy und versuchte, sich an der Unterhaltung zu beteiligen. Alle schienen sich wohl zu fühlen, hatten aufregende Ferien gehabt, waren froh, endlich wieder gemeinsam abhängen zu können. Hin und wieder kam auch eine Frage nach der Zeit in Spanien. Wo sie denn genau gewesen sei und was sie dort so getrieben habe. Doch was immer Leah auch berichtete, immer erntete sie ironische Kommentare. Deshalb versuchte sie erst gar nicht, von den Geschichten aus Punta, dem Ende der Welt oder dem Kloster zu erzählen. Es hätte ja doch keinen Sinn gemacht. Jemand berührte sie vorsichtig an der Schulter. Christof beugte sich von hinten zu ihr herunter, die schmierig schöne Haartolle in der Stirn. »Mach dir nichts draus, Leah, so sind sie nun mal. Sich selbst immer am nächsten«, flüsterte die Stimme, die sie so vermisst hatte. Einen einzigen Satz sagte er. Der erste Satz und gleich ein Treffer. Der einzige Typ weit und breit, der wusste, worum sich das Leben drehte, das spürte sie sofort.

Sie hatte sich also nicht getäuscht. Er war der Richtige. Leah lächelte ihm zu, als er sie vorsichtig hochzog. »Du siehst toll aus. So braun und irgendwie so gesund.« Leah bedankte sich für das Kompliment und verschwieg, dass sie sich noch vor wenigen Tagen totkrank gefühlt hatte. Christof führte sie auf die hintere Terrasse und ließ dabei seinen Arm auf ihrem liegen. »Ich möchte dir jemanden vorstellen. Komm, wir holen von der Bar ein paar Drinks.« Zügig schütteten sie irgendetwas Kurzes auf ihr Wiedersehen hinunter und trugen dann ein Tablett mit drei bunten Cocktails, die Christof spendiert hatte, zu einer Nische, in der zwei Menschen in ein ernstes Gespräch vertieft waren. »Darf ich vorstellen«, verbeugte sich Christof mit gespielter, aber gut gemeinter Höflichkeit: »Das ist Leah. Leah, meinen Cousin Chris kennst du ja schon von früher, und das hier ist Friedi.« Damit zog er eine kleine Gestalt von der Bank und nahm sie liebevoll in den Arm. »Friedi, das ist Leah. Sie ist aus Spanien zurück, ich hab dir doch von ihr erzählt.«

Leah brauchte einen Moment, um die Situation zu begreifen. Schon reichte ihr Friedi förmlich die Hand. »Friederike von Schell«, sagte die zierliche Person. Sie war mindestens eineinhalb Köpfe kleiner als Leah und mindestens zwei kleiner als Christof, was ihrem Anblick Arm in Arm etwas Groteskes gab. Doch das fein geschnittene Gesicht, welches von ordentlich frisierten, nicht ganz kurzen Haaren weich umrandet war, strahlte etwas so Ruhiges, Selbstsicheres, fast Erhabenes aus, dass es Leah umzuhauen drohte. Aus klaren braunen Augen schaute Friedi zu ihr hoch: »Ja, Christof hat von dir gesprochen. Ich freue mich, dich kennen zu lernen. Ich hoffe, es geht dir besser, nach deinem Spanienaufenthalt. Christof hat sich Sorgen um dich gemacht.«

Leah brachte keinen Ton heraus. Schließlich kam ein gepresstes »Kann mir das hier mal jemand erklären?« zwischen ihren Zähnen hervor.

»Ja, klar«, beeilte sich Christof fürsorglich. »Friedi und ich haben uns vor vier Monaten kennen gelernt. Sie ist aus München hierher gezogen. Ja, und wir haben uns unheimlich verliebt und sind seitdem zusammen. Und ich vertraue ihr absolut, deshalb habe ich ihr auch von unserer verkorksten Geschichte erzählt, dass es jetzt längst vorbei ist, ich dich aber unheimlich gerne mag und als Menschen sehr schätze.«

In Leahs Ohren dröhnte es. Aus München, das sah man an den Klamotten. Was fand Christof denn an diesem komischen rosa karierten Schottenrock scharf? Unheimlich verliebt. In diese Zwergin? Als Mensch schätzte er sie – das hatte ihr gerade noch gefehlt. Sollte sie jetzt etwa ihrer großen Liebe gratulieren und künftig einen allzeit angenehmen Beischlaf wünschen, oder was? Leah zog am Strohhalm und leerte einen großen Teil des Cocktails.

Liebeskummer, Liebesschmerz. Diese kitschigen Begriffe nahmen in ihrem Körper Gestalt an. Ihr Herz verkrampfte sich, von innen gefror ihr die Haut. Das Grüppchen wollte sich wieder in die Nische setzen, geplant war scheinbar ein Schwätzchen zu viert, doch Leah verabschiedete sich haspelnd.

Das halte ich nicht aus, das halte ich nicht aus, hämmerte es in ihrem Kopf. Sie knallte ihr Glas auf die Tischplatte und lief davon. Heiße Beats schallten aus dem Club, am Eingang drängelten sich jene, die vorher so lässig im Gras gehockt hatten. Aufgekratztes Necken, erwartungsfrohe Partylaune. Leah würdigte sie keines Blickes und rannte schnurstracks in den Wald. Sie rannte und rannte, atmete den erdigen Moderduft, überquerte die Landstraße, lief weiter durch ein Neubauviertel, vorbei an der Einkaufsstraße Richtung Stadtmitte. Sie rannte fast die gesamte Strecke. Wie Helene, dachte sie zwischendurch und fragte sich, ob die möglicherweise auch vor etwas weglaufen wollte.

Leichter Regen hatte eingesetzt. Die Luft war voll von feuchtem Staub, dieser spezielle Geruch von nassen Straßen in Sommernächten.

Leah suchte Unterschlupf in einem Café, setzte sich an den Tresen, begann zu trinken und hatte später keine Erinnerung mehr, wie der Abend endete und wer sie zurück zu ihren Eltern brachte.

Dies ist die Geschichte von der versunkenen Stadt Duio

»Was ist das?«, fragte Helene mit heiserer Stimme in die Dunkelheit hinein.

Salvo hielt den Gegenstand, den er gerade vom Boden aufgehoben hatte, in den leuchtenden Mond. »Ein Blütenzweig. Er muss vom Oleanderbaum abgerissen worden sein.« Er half Helene auf, führte sie ins Schlafzimmer und sorgte dafür, dass sie sich bequem niederlegen konnte. Dann verließ er das Zimmer, Helene hörte das Rauschen eines Wasserhahnes. Gleich darauf war Salvo zurück, knipste die kleine Lampe neben dem Bett an und stellte ein Wasserglas daneben. Die Blüten an dem Oleanderzweig leuchteten in warmem Rot. Helene schloss die Augen. Nach einer Weile verließ Salvo lautlos die Casa Floreciente und verschwand in der Nacht.

Das quietschende Geräusch ungeölter Angeln ließ sie aufschrecken. Es mochte schon Mittag sein. Helene wusste nicht, wie viele Stunden sie steif an dem Holztisch gesessen hatte. Sie war am Morgen aufgestanden und hatte in ihrem Körper eine Veränderung bemerkt. Sie fühlte sich schwer und behäbig wie ein Steinbrocken. Aber nur äußerlich. Innerlich war sie leicht geworden, als hätte sich über Nacht eine große Luftblase in ihr ausgebreitet. Das Quietschen ließ sie hochschrecken.

Draußen an der kleinen Mauer, die den Patio umgab, stand Don Salvo in frischem weißem Hemd, die hellen Hosenbeine über den nackten Füßen hochgekrempelt, eine Zigarette im Mundwinkel, neben sich einen Korb mit Werkzeugen. Er reparierte die aus der Fassung gebrochenen Scharniere.

»Hola guapa«, lautete seine freundliche Begrüßung. »Zieh dich an, ich will mit dir aufs Meer und dir etwas zeigen, was du unbedingt kennen lernen musst.«

»Im Meer?«, fragte Helene erstaunt, dabei fiel ihr ein, dass sie noch ganz dringend etwas von gestern wissen musste. »Salvo, das mit den roten Papierschiffchen, was war das?«

Ein warmes Lachen. »Día del Cambio, Elena. Der Tag des Wechsels. Immer wenn die Strömung die Richtung des Wellenschlages dreht, dann gehen die Kinder aus Punta del Cambio an den Strand und übergeben dem Wasser die Boote. Sie haben sie schon lange vorher gebastelt und auf die Seiten ihre geheimsten Wünsche geschrieben. In der Hoffnung, dass die Wellen sie irgendwo hintragen, wo jemand die Wünsche liest und sie erfüllt. In diesem Jahr haben die Kinder sehr lange auf den nächsten Wechsel warten müssen … genau wie du.«

Helene nickte langsam, zog sich dann ins Hausinnere zurück, um sich anzukleiden. Während sie Beine und Arme bedächtig mit Sonnenschutz einrieb, dachte sie, wie seltsam es doch war, dass dieser fremde Mann so einfach in ihr Haus kam und sie so selbstverständlich mit ihm zu gehen bereit war, ganz so, als wäre er schon immer in ihrer Nähe gewesen.

Unter der gleißenden Julisonne wanderten sie an den duftenden Olivenbäumen vorbei den Küstenweg entlang und nahmen dann den steilen Trampelpfad hinunter zum Strand. Don Salvos Boot lag in Ufernähe bereit. Diesmal war der Außenbordmotor schon zu Beginn angebracht und nachdem Salvo ihn schwungvoll angeschmissen hatte, tuckerten sie wieder weit hinaus auf das Meer, bis ihnen Punta del Cambio nur noch wie eine kleine Spielzeugstadt vorkam, die an ein kunstvolles Felsmassiv geklebt war.

An der nördlichen Küste ragte das Cabo Finisterre ins Wasser, im Süden schmiegte sich Bucht an Bucht in die Silhouette des Festlandes.

»Magst du die Geschichten aus Punta?«, fragte Salvo unvermittelt in ihr einträchtiges Schweigen hinein.

»Ich weiß nicht«, zögerte Helene, »ja, es sind schöne Geschichten und so wie ihr sie erzählt, machen sie auch Sinn, oder?«

»Es gibt nicht nur schöne Geschichten, aber die machen auch Sinn, in gewisser Weise jedenfalls.«

»Wie meinst du das?«

»Geschichten sollten wir niemals mit Geschichte verwechseln. Historisch ist an unseren Legenden zwar immer was dran, aber natürlich nicht genau so, wie es die Überlieferung sagt.« Er hatte den Motor runtergedreht, sodass nur noch ein leises Tuckern zu hören war und das Boot sanft vor sich hin dümpelte.

»Hast du ein Beispiel?« Helene wandte ihren Kopf mit geschlossenen Augen zur Sonne.

»Sicher. Mach die Augen auf. Die Landzunge da, das berühmte Kap, welches das Ende der Welt markiert, der Ort des Sonnenuntergangs und des Todes, der äußerste Punkt im westlichen Europa.«

»Ja, und?«

»Es stimmt alles. Bis auf den westlichsten Punkt. Der liegt ein Kap weiter nördlich, dort biegt sich die Landschaft schon zuvor so sehr wie eine Beule ins Meer, dass die vorgelagerte Klippe westlicher liegt. Von wissenschaftlichen Landvermessern unwiderlegbar nachgewiesen.«

»So?« Helene verstand immer noch nicht, worauf dieser Mann hinauswollte.

»Der Rest stimmt natürlich. Die Todesküste hat zu Recht ihren Namen. Aber nicht nur wegen der vielen Schiffsuntergänge. Der Tod ist hier zu Hause. Anderen Geschichten zufolge auch die Toten.« Salvo suchte in Helenes Gesicht nach einer Regung, doch ihre Augen waren wieder geschlossen, die Mimik blieb unbewegt. Also fuhr er fort: »Einzelne Gebiete der Gegend waren vor unserer Zeitrechnung von so großer Einsamkeit und Verlassenheit, dass sich römische Legionäre wie Lemminge über die Klippen ins Meer gestürzt haben sollen … Auf der Suche nach dem wahren Kern der Geschichten bin ich oft die Küsten hoch und runter gefahren … Ich kenne das Gebiet hier wie meine Westentasche, am Landsaum wie unter Wasser, denn dort liegen die wahren Ursprünge versteckt.«

Helene hatte sich ihm zugewandt und die Miene einer Touristin aufgesetzt, die staunend ihrem Reisführer lauscht.

»Willst du, dass ich still bin?«, erkundigte sich Salvo.

»Nein, sprich weiter. Ich verstehe nur nicht, was du mir sagen willst.«

»Ich will dir gar nichts sagen. Ich will dir etwas zeigen. Du hast doch bestimmt die Geschichte von dem Busch in der Casa Floreciente gehört. Ich bin sicher, Hermana Consuelo hat dir davon erzählt.«

»Ja, schon.« Helene begann trotz Sonne und Windstille zu frösteln. Don Salvo schob mit der Linken die seltsame halbe Tonne unter seinem Sitz hervor und drehte sie so, dass Helene das im unteren Rand eingelassene Glas erkennen konnte. Geschickt hievte Salvo das Gerät ins Wasser, presste es mit seinen kräftigen Armen in die Tiefe, versenkte seinen Kopf darin und schien nach etwas Ausschau zu halten. Dann stellte er den Motor ganz ab, griff zu den Rudern, tat ein paar Schläge, wiederholte die Prozedur mit der Holztonne und griff nach Helenes Arm: »Komm, Elena, schau es dir selber an. Das hier funktioniert wie eine Taucherbrille mit Vergrößerungseffekt. Es ist mein Unterwasserauge.«

Helene ließ sich zur Bootswand ziehen. Dort drückte Salvo das Holzrund wieder ins Wasser und ermunterte sie, ihren Kopf über Bord in die Tonne zu stecken.

Zunächst konnte sie gar nichts erkennen, doch mit der Zeit gewöhnte sie sich an die verschwommenen Konturen. Sie befanden sich offenbar über einer Erhebung des Meeresbodens, die etliche Meter, vielleicht zehn oder zwölf, aus den Riffen hinausragte. An den Seiten fielen steile Hänge ab, die Tiefen der Meersenke waren fast überhaupt nicht auszumachen, nur ein mattes Grünbraun ließ darauf schließen, dass dort Grund war. Doch die Erhebung, die fast wie ein Berg in einer bizarren Landschaft aussah, war nach einiger Zeit recht klar in seinen Umrissen. Dunkles Gestein, fast wie der Granit an der Küste, allerdings von unzähligen Korallen, Muscheln,

Algen und Schlingpflanzen bewachsen. Botanisch so vielfältig, als blicke man in einen Unterwasserdschungel.

Helene bemerkte, dass sich das Boot langsam bewegte. Don Salvo steuerte es anscheinend so, dass sie vorsichtig um dieses Unterwassermassiv herumschipperten, dann entdeckte Helene plötzlich den Spalt und verstand, was ihr Begleiter meinte.

Auf der anderen Seite der Felsformation war ein Teil abgetrennt, von oben sah es so aus, als hätte der Berg eine kleine Kappe auf. Helene erkannte, dass die Natur hier einfach einen Hohlraum geschaffen hatte, der an Land eine kleine Binnenbucht ergeben hätte. Unterhalb des Wasserspiegels war das nicht ganz so eindeutig, denn das Meeresgrün war überall in und um dieses Gebilde herum. Aber Helene hatte längst die seltsamen Pflanzen in der Mitte der Aushöhlung entdeckt. Im Takt der Strömung wiegten sie sich. Ihre Form veränderte sich, dabei blitzten an den Enden der Pflanzen abwechselnd weiße und rote Punkte auf. Farbige Blütenkelche.

Weiter durch das hölzerne Auge in diese Unterwasserwelt starrend, verlor sie jedes Zeitgefühl. Als Helene spürte, dass ihr vorsichtig auf den Rücken getippt wurde und Salvo sie zurück ins Boot schob, schmerzte ihr Rückgrat von der gekrümmten Haltung.

»Was hast du gesehen?«, fragte er freundlich.

»Wie Blumen, wie Blüten … Ich weiß nicht, wie ich es beschreiben soll.«

»Genau. Verstehst du? Wenn das Cabo Finisterre nicht der westlichste Punkt ist, sondern dieser einige Meilen weiter nördlich liegt, dann verschiebt sich die gesamte alte Küstenwahrnehmung nach Norden. Erinnerst du dich, die Insel, wo das Lachen des Kindes den Vater zur Bucht geführt hat, aus der er dann den Oleanderbaum mitgenommen hat? Viele haben nach dieser Insel gesucht, aber immer an der falschen Stelle. Dort hinten«, und er zeigte mit ausgestrecktem Arm Richtung Süden, »dort, vor der portugiesischen Küste haben sie gesucht. Aber damit haben sie völlig falsch gelegen.«

Helene musste jetzt lachen: »Salvo, du willst mir doch nicht im

Ernst erzählen, dass hier unter uns diese Bucht liegt. Soll die Geschichte eine Allegorie sein für das echte Ertrinken des Kindes? Ich kann das alles nicht verstehen!«

»Nein, nein. Keine Allegorie. Ich will dir auch gar nichts weiter darüber sagen. Ich wollte nur, dass du es siehst. Und jetzt werde ich dir etwas anders zeigen.«

Damit ließ Salvo den Motor wieder an und fuhr direkt vor die Landzunge. Dieses Mal stoppte er gut siebenhundert Meter vor dem Kap und warf einen schweren Anker ins Wasser. Die See war an dieser Stelle unruhiger und Helene fürchtete, dass ihr übel werden könnte, sollte sie sich wieder über die Bordwand beugen. Tatsächlich hielt ihr Don Salvo das Gerät erneut hin und lud Helene zum Durchgucken ein. Als sie zum zweiten Mal durch das Glas blickte, bot sich ihr ein vollkommen anderes Bild. Das Wasser war viel flacher, der Meeresgrund deutlicher zu erkennen. Wasser und Boden leuchteten gleichermaßen in einem milchigen Smaragdgrün. Weit und breit keine Riffe und Felsvorsprünge, ein fast ebener Grund unter ihnen, dessen Oberfläche von einer gleichmäßigen, staubigen Schlammschicht bedeckt war. Jedoch konnte dieser Überzug die Steinquader, die darunter lagen, nicht ganz verbergen. Wieder bewegte Salvo das Boot langsam, so weit, wie es der Radius der Ankerkette zuließ. Durch seinen Ruderschlag löste sich hie und da etwas von dem grünlichen Schlick und gab den Blick auf die am Grund liegenden, von Menschenhand beschlagenen Steine frei. Sogar Überreste eines Ornamentes konnte Helene für einige Sekunden erhaschen. »Was um Gottes Willen ist das da unten?«, fuhr sie aus der Tonne hoch, um sich sogleich wieder hineinzustürzen und weiter zu staunen.

Als sie endlich genug gesehen hatte, ließ sie sich erschöpft auf den Boden des Bootes fallen. »Salvo, bitte, was ist das?«

»Die Ruinen von Duio.«

»Eine versunkene Stadt?«

»Eine von vielen versunkenen Städten an der Costa de la Muerte. Daher hat dieser Landstrich ursprünglich seinen Namen. Irgendwann gab es hier Siedlungen, lange bevor die römischen Legionäre kamen. Die fanden vermutlich nur noch das Echo der märchenhaften Geschichten aus grauer Vorzeit. Immerhin haben sie einiges von dem niedergeschrieben, was sie hier zu hören bekamen. Aus ganz unterschiedlichen Gründen sollen die meisten dieser alten Orte vom Meer verschlungen worden sein … aufgelöst und eins geworden mit den Elementen.«

»Vom Meer verschlungen?« Helene stockte. Salvo konnte das Blut aus ihrem Gesicht weichen sehen, und weil er Sorge hatte, dass diese Tour ihr vielleicht doch zu viel werden könnte, lichtete er mit festen Handgriffen den Anker, bediente das Startkabel und manövrierte das solide Holzboot geschickt über die schlingernde See zurück zum Strand von Punta.

Während der gesamten knapp einstündigen Rückfahrt hatte Helene nichts mehr gesagt, auch auf das Festland zurückgekehrt hielt sich eine leichte Unsicherheit. Sollte sie sich jetzt einfach verabschieden, wie sollte dieser verwirrende Ausflug enden? Ihre Besorgnis war umsonst. Mit gewohnt freundlichem Grinsen schob Don Salvo sie im Sand ein paar Schritte Richtung Punta del Cambio und signalisierte ganz ohne Worte, dass es noch mehr zu erfahren gebe und ihre gemeinsame Zeit keinesfalls beendet sei.

Nebeneinander stapften sie in der tief hängenden Nachmittagssonne die Treppen zum Ort empor.

Von weitem hatte Helene die Casa Grande schon häufig über die anderen Gebäude hinausragen sehen, doch als sie durch das dunkle Tor den Garten hinter der Sandsteinmauer betraten, war sie vom Anblick des alten Hauses einen Moment lang überwältigt. Mitten in dem gepflegten Palmengarten stand der blass rotbräunlich schimmernde Kubus. Außen, auf der Höhe der oberen bodentiefen Fenster, lief rundherum eine kleine Balustrade, sodass man gefahrlos aus jedem Zimmer ins Freie treten konnte.

Salvo, barfuß und hemdsärmelig wie er war, wirkte zwar nicht gerade so, wie man sich den standesgemäßen Herrn eines solchen Anwesens vorstellte, doch als er mit größter Selbstverständlichkeit die Casa betrat, Türen öffnete, Gläser und Getränke besorgte, ließ sein Auftreten keinen Zweifel, wessen Reich dies war.

Im Untergeschoss herrschte in den großen Räumen eine kühle Dämmeratmosphäre. Das Sonnenlicht blieb auch an den heißesten Tagen ausgeschlossen. Schwarzweißer Marmor, im Rautenmuster gelegt, bedeckte die Fußböden. Einige Wände waren mit schweren Holzintarsien verziert und auch die Decken bestanden aus kunstvoll dekorierten Holzkassetten. Doch als Helene die Eingangshalle sowie einen Saal durchquert hatte, landete sie in einem licht- und sonnendurchfluteten Patio, der das Geheimnis der Architektur preisgab. Das Gebäude war wie eine zweite Mauer um den quadratischen Innenhof herum gebaut. Auch hier gab es im Obergeschoss ein schmiedeeisernes Geländer, das eine großzügige Galerie umschloss. Offenbar konnte man von jedem der oberen, helleren Zimmer auf diesen überdachten Gang gelangen und so außen von jedem Raum in den benachbarten treten.

Unten im Hof sprudelte in der Mitte ein kleines Wasserspiel, umgeben von Pflanzenkübeln aus Ton, und unterhalb der Balkone stand etliches antikes Mobiliar. Helene gewann den Eindruck, Don Salvo lebe mehr draußen als drinnen.

Kein Mensch außer ihnen schien sich im Haus aufzuhalten. »Lebst du tatsächlich alleine hier?«, fragte sie, nachdem er ihr einen bequemen Korbsessel an einem schattigen Platz angeboten hatte.

»¡Sí! Solo«, lautete die knappe Antwort.

»Und wer kümmert sich um dieses riesige Haus?«

»¡Yo!« Da war es wieder, dieses immer währende Grinsen, während er nach einer neuen Zigarette kramte. »Ich, und manchmal ein paar Freunde aus dem Dorf.«

»Es ist das Haus deiner Familie, hat mir Suzanna erzählt.«

»¡Sí, claro! Sonst würde ich hier doch nicht leben.«

»Es ist ein wundervolles Haus, es hat so eine gewisse Atmosphäre. Alt, irgendwie erfahren und doch so leicht.«

»Das fühlt du?«

»Ja, so kommt es mir zumindest vor.«

»Es stimmt, das Haus hat viel gesehen. Dinge, aus denen dann in Punta Geschichten gewoben wurden – und das waren nicht immer nur gute Geschichten.« Salvo schwieg eine Weile, legte die langen

Beine mit den braun gebrannten Füßen auf ein Rattantischchen. »Als klar war, dass ich hier künftig alleine wohnen würde, habe ich einige düstere Erinnerungen entfernt. Aber das Wesentliche ist noch so, wie es immer war. Ich verweigere nur einigen Dingen den nötigen Respekt, das macht es so leicht.«

Helene erhob sich. »Möchtest du mehr von dem Haus sehen?«, erriet Salvo ihre Gedanken.

»Bitte, ja.« Sie erklommen zunächst eine steile hölzerne Stiege, die sie vom Innenhof auf die obere Galerie führte. Dort betraten sie verschiedene Räume. Überwiegend großzügige Schlafzimmer mit monströsen Betten, die von farbigen Vorhängen eingefasst waren. Dazwischen lagen Badezimmer mit alten Mosaikböden. Die Wände waren aus unbehandeltem, rohem Sandstein, das Mobiliar klassisch weiß. Alt und gepflegt. Auf gewisse Weise erinnerten diese Bäder an den ungewöhnlichen Waschraum in der Casa Floreciente. Im Vergleich zu Alter und Geschichte der Gemäuer viel zu modern.

Nach drei solcher Schlafzimmer-Bäder-Kombinationen erreichten sie einen großen Saal, der sich komplett über die ganze Länge des Hauses hinzog. Auch hier kostbare Steinböden, diesmal mit verspielteren grafischen Mustern. Aus diesem Raum waren offensichtlich alle alten Gegenstände entfernt worden. Die Wände waren mit bunten verschlungenen Pflanzenmotiven bemalt, moderne Arbeitstische standen zur Galerie hin und auf kleinen Regalen stapelten sich Farben, Pinsel und Leinwandrollen. »Du malst?« Helene ließ ihren Blick über die Tische gleiten. »Aber hier sind keine Bilder.«

»Einige Sachen mache ich hier, andere in anderen Räumen. Nicht jedes Bild kann an jedem Ort entstehen.«

Im nächsten Zimmer lehnten unzählige Holzrahmen an den Wänden. Ihre bemalte Seite war verdeckt zur Wand gedreht. Doch an den Umrandungen konnte man feststellen, dass es sich wahllos um sehr alte und neuere Bilder aus ganz unterschiedlichen Epochen handeln musste.

»Was malst du, Salvo?«

»Das Leben von Punta del Cambio und Umgebung. Alles, was ich sehe.«

Helene blieb stehen und musterte die Bilderberge. »Du kannst welche ansehen«, lachte die warme Stimme hinter ihr. »Ich will dir ja welche zeigen, aber sie befinden sich unten.« Er zog sie fort, vorbei an einer offen stehenden Tür, durch die sie ein ungemachtes Bett sehen konnte, darum herum verstreute Kleidungsstücke, Bücher und Zeichnungen.

In der Halle führte eine herrschaftliche Treppe mit zwei geknickten Absätzen nach unten. Linker Hand ging es in den geräumigen Küchentrakt, in dem sich Mahlzeiten für eine hundertköpfige Gesellschaft zubereiten ließen. Rechter Hand waren mehrere kleine, hintereinander liegende Boudoirs eingerichtet, offenbar alles Arbeitszimmer mit Bücherregalen bis unter die Decke. Von der Mitte der Halle aus betraten sie durch einen Steinbogen wieder den ebenerdigen Saal, der genau unter dem oberen lag und dessen große Glastüren dann wieder in den Patio führten. An zentraler Stelle stand der größte und massivste Holztisch, den Helene je gesehen hatte. Darauf befand sich ein Sammelsurium von Gegenständen, die nicht zusammengehörten. Besonders eine Reihe blank geputzter Schuhe neben einem Kasten mit Schuhputzcreme und Bürste fielen Helene ins Auge. Aber auch Geschirrstapel, Bücher, Fotoapparate sowie Farbeimer, Malpaletten und Gläser mit gebrauchten Pinseln standen herum, gleich daneben noch eine feine lederne Aktentasche und etliche Stapel mit prall gefüllten Ordnern.

Salvo lachte über Helenes Gesichtsausdruck. »Das war es nicht, was ich dir zeigen wollte. Hier, die Bilder«, und damit drehte er sie zur Rückwand, die vom Boden bis zur Decke dicht an dicht mit Ölgemälden zugepflastert war. Da hingen düstere historische Schinken in goldenen Rahmen neben neueren, dem Stil nach undefinierbaren Arbeiten, außerdem allerhand Skizzen und Zeichnungen, die einfach mit Reißzwecken oder Klebebändern achtlos an der Wand befestigt waren.

Helene ging auf und ab, wechselte die Entfernung zur Wand, damit sie auch die Darstellungen in den obersten Reihen erkennen konnte, und sagte lange Zeit kein Wort. Immer wieder näherte sie sich einem und dann einem anderen Bild, dabei schüttelte sie ab und zu stumm den Kopf.

»Das da«, sie zeigte auf eine kleine Landschaftsdarstellung, »das ist die Insel aus der Geschichte von dem Oleanderbaum aus der Casa Floreciente. Aber es ist sicherlich sehr alt. Wolltest du mir das zeigen?«

»Auch. Es ist in der Tat recht alt. Schätzungsweise vierhundert Jahre. Es trägt ein geschwungenes S in der Signatur, ein Vorfahre wird es gemalt haben.«

»Haben denn alle Salvotorinos gemalt?«

»Nein. Natürlich nicht alle. Aber alle paar Generationen soll ein begabter Spross die Tradition fortgeführt und zum Pinsel gegriffen haben.«

»Und haben sie, so wie du, ebenfalls eine besondere Vorliebe für die Geschichten von Punta gehabt?«

»Natürlich. Die meisten kannten ja nichts anderes.«

»Welche Bilder sind denn von dir?«

»Dies hier und dieses.« Salvo deutete mit der Hand auf einige Rahmen, die weiter unten hingen. »Und die meisten Skizzen und Zeichnungen.«

Bei genauerem Hinsehen erkannte Helene die Landzunge vom Cabo Finisterre, mehrfach das Treppenviertel von Punta, viele Meeresdarstellungen mit detaillierten Abbildungen der Wasserbewegungen und auch das Kloster aus mehreren Perspektiven. Als sie sich umwandte, hatte sich Don Salvo im Schneidersitz mitten auf dem großen Tisch niedergelassen und wühlte in einem Stapel Zeichnungen. Es war inzwischen etwas schummrig im Saal, nur die kalten Metallgehäuse der Fotoausrüstung reflektierten den Rest des Tageslichtes, das noch durch die Fenster einfiel. Zaghaft näherte sich Helene der Tischplatte und wie von einem Magnet angezogen, streckte sie beide Hände nach den silbrigen und schwarz gelackten Apparaten aus und ließ ihre Fingerkuppen fast zärtlich über die Gehäuse gleiten.

»Ich verstehe nichts von Kunst«, entfuhr es ihr plötzlich abrupt, ihre Hände zuckten zurück.

»Darum geht es auch gar nicht, Elena.« Salvos Tonfall blieb entspannt. »Ich habe durch mein Wasserauge versucht Duio zu fotografieren, bevor ich eine Stadtskizze anfertigte. Willst du die Fotos sehen oder die Bilder? Hier schau, es sieht eher aus wie ein unscharfes Muster.«

»Duio? Ach ja, die versunkene Stadt vor der Todesküste.«

Helene lächelte jetzt. Doch es war ein trauriges Lächeln.

»Glaubst du das wirklich?«

»Ich glaube gar nichts. Es sind Geschichten und weil es sie gibt, leben wir hier in Punta mit ihnen. Ich dachte, das hättest du inzwischen verstanden.«

»Ja schon. Aber es sind Geschichten.«

»Natürlich«, nickte Salvo. »Es sind Geschichten und in ihnen wird die Erinnerung bewahrt.«

»Es geht dir oder euch um Erinnerung?« Helene bemerkte, wie kalt ihr geworden war. Ihre Lippen begannen zu zittern. »Ich halte nichts von Erinnerungen.«

»Ich weiß!« Don Salvo sprang mit einem Satz vom Tisch. »Warte, ich besorge dir etwas zum Anziehen. Möchtest du auch eine Suppe?«

»Nein danke, lass nur.« Doch da war er schon aus der Tür. Helene machte ein paar Schritte um den Tisch Richtung Fensterfront. Neben einem hellen bauschigen Vorhang aus feinem Damast standen in der Ecke des Saales zwei große Staffeleien. Auf der einen klemmte ein frisch bespannter Rahmen. Auf der anderen war ein ungefähr ein Quadratmeter großes Bild mit einem hellen Tuch verhängt. Wie ein bleiches zusammengefallenes Gespenst fiel der Stoff über das Gestell.

Ein warmer Lichtschein umhüllte sie plötzlich. Salvo war zurück, legte ihr einen groben, aber warmen Männerpullover um die Schultern. Um sie herum spendeten mehrere kleine Wandleuchter angenehmes Licht. Wie nebenbei schaute Salvo zwischen dem verhängten Bild und Helene hin und her und lud sie dann mit einer Geste ein, am Tisch Platz zu nehmen, wo er ihr einen hochherrschaftlichen Stuhl, beinahe einen Thron, zuschob. Er selbst kletterte auf den Tisch und verschränkte die Beine. Gleich darauf entrollte er einige Karten und beschwerte sie mit den Fotoapparaten, damit sie gemeinsam einen Blick darauf werfen konnten. Helene hatte eine stark vergrößerte Landkarte der westgalicischen Küste vor sich und eine zweite, kleinere, handgemalte. Salvo deutete auf Inseln weiter nördlich bei La Coruña. »Hier, das sind die Sisargas. Es gibt noch etliche Landerhebungen im Meer, die so aussehen, als ob ihnen Natur- und Wassergewalt niemals etwas anhaben könnten. Aber diese Orte hier auf dem Festland, Muxia, Camelle, Laxe und Comme, auch Finisterre übrigens, die haben alle schon mit der Tragik der tobenden See Bekanntschaft gemacht. Überschwemmungen, Flutwellen, Landabbruch, alles ist vorgekommen. Selbst in jüngerer Zeit. Das ist dokumentiert.« Helene folgte dem dunklen Zeigefinger über die Karten. »Im Vergleich zu der alten Zeichnung siehst du, dass einige Inseln falsch platziert sind. Ganz normale Fehleinschätzungen, die von den heutigen Kartografen längst korrigiert wurden.« Jetzt zeigte er auf das Cabo Finisterre. Dort legte er einen Holzstab gerade an die Küste. Ganz eindeutig ragte auf dem neuen Plan der westlichste Punkt weiter oben hervor.

»Ist es nicht ganz egal, wo das Ende der Welt ist?«, warf Helene lakonisch in den Raum.

»Natürlich. Doch es ist da. Das ist genauso wie mit den Geschichten. Sie sind auch da.«

»Also gut, dann erzähl mir von der versunkenen Stadt.«

»Von den versunkenen Städten, Elena. Es gibt so viele Geschichten, zum Beispiel die von Gomorra in der Bucht von Corcubión. Sie soll an dem Tag versunken sein, als sich ihre Bewohner einem großen Fressgelage hingaben. Gegenüber dem Strand von Moraime lag einst Villaverde, die grüne Stadt, der Strand trägt heute noch diesen Namen. Valverde, das grüne Tal, ist die heutige Lagune von Trabe. Und sehr schön ist auch die Geschichte von A Fonte de Ricamonte bei Carnota. Dort soll sich um eine Quelle unter einem erzreichen Berg mit Silbermine eine Römerstadt verbergen. Erst von einer Flutwelle überschwemmt und dann nach Abzug des Wassers durch eine Erdverschiebung von einem berstenden Felsmassiv verschüttet. Doch die Königin der Legenden handelt von Duio. In lateinischen Schriften des Altertums wird der Ort auch Dugium oder Duxo genannt und es soll die älteste und später reichste Siedlung im gesamten Landstrich gewesen sein. Angeblich von den Neriern gegründet. Das war ein keltischer Stamm, der sich hier niedergelassen hatte. In ihrer Blütezeit soll Duio eine riesige Handelsmetropole gewesen sein, sogar die stolzeste Spaniens. Sie reichte bis zur heutigen Küste und wurde durch eine gigantische Welle abgetrennt und von einem apokalyptischen Sturm im Wasser begraben. Der Monte Facho, den wir zusammen mit deinen deutschen Freunden bestiegen haben, gehörte zu Duio. Es waren diese keltischen Gründerväter, die dort dem Sonnenaltar, Ara Solis, huldigten. Dieser heidnische Kult wird in den Sagen als Grund für die Überschwemmung angegeben. Eine göttliche Strafe sozusagen.«

»Wofür denn?« Helene hatte nun doch aufmerksam zugehört und fühlte sich, wie schon oft zuvor, von den Geheimnissen der Legenden gefangen genommen.

»Die Überflutung soll vor ungefähr zweitausend Jahren stattgefunden haben. Kurz nach der ersten Reise des Apostels Jakob an unsere Gestade. Er wollte den Ureinwohnern Gottes Wort predigen und sie zum Christentum bekehren, doch man schenkte ihm wenig Beachtung. Der Sonnenritus war in christlichen Augen eine Sünde und da Jakob kein Gehör fand, soll eines Tages Jesus Christus erschienen sein und gesagt haben: ›Möge Gott euch bekehren, wenn wir es nicht vermögen.‹

Direkt nachdem sich seine Erscheinung aufgelöst hatte, habe sich ein zerstörerisches Unwetter zusammengebraut. So erzählen es die Alten, die es wiederum von ihren Vorfahren so überliefert bekommen haben.«

»Leah würde jetzt sagen: ›Vermutlich sind die Gebeine des heiligen Jakobs deshalb wieder hierher zurückgebracht worden, damit er seine Bekehrungsaufgabe zumindest tot vollbringen konnte.‹«

Salvo lachte: »Ja, vermutlich. Und was sagst du, Elena?«

»Keine Ahnung. Eine weitere originelle Geschichte, von der ich noch nie etwas gehört habe. Was mich verwirrt, ist die Tatsache, dass du mir doch offenbar weismachen willst, du hättest diese versunkene Stadt gefunden.«

»Das ist auch so.«

»Aber das wäre doch eine Sensation. Da würden doch Wissenschaftler aus aller Welt in hellen Jubel ausbrechen.«

»Ach, wer interessiert sich schon für eine Gegend, in der alles und jedes aus alten Geschichten besteht? Außerdem ist das alles längst bekannt.«

»Du meinst, Duio ist untersucht worden?«

»Natürlich. Es gibt geologische Studien, die belegen, dass unter dem Sand und Schlick irgendetwas passiert sein muss, da die Bodenveränderungen zu abrupt erfolgten. Archäologen haben außerdem bedeutende Überreste gefunden, die kannst du im Museum von Santiago bestaunen.«

»So? Ich hätte vermutet, dass so ein geheimnisvoller Ort ein magischer Touristenanziehungspunkt sein würde. Und jeder Zweite versuchen würde, da runterzutauchen.«

»Tauchen geht ganz schlecht. Die Unterwasserströmungen sind sehr gefährlich, da kann man nicht eben rüberrudern. Man muss das Gewässer genau kennen.«

»Das tust du ja offensichtlich.« Helene nahm den Rotwein, den Salvo ihr nach seiner Erzählung gereicht hatte, und trank gierig ein paar Schlucke.

»Ja. Fast mein ganzes Leben bin ich mit dem Boot unterwegs.«

»Warum eigentlich?«

»Warum tun Menschen dieses oder jenes, Elena? Manche Dinge kann man nicht fragen, weil es keine richtige Antwort gibt. Aber für dich werde ich zumindest versuchen, es in Worte zu fassen: Ich schaue mir unser Leben an.«

»Eine seltsame Art, sich auszudrücken. Bist du auf der Suche nach etwas, Salvo?«

»Das ist eine gefährliche Frage. Was würdest du antworten, wenn ich sie dir stellen würde?«

»Oh … nichts.« Helene schwieg wieder eine Weile und betrachtete unterdessen ein weiteres Mal die vor ihnen ausgebreiteten Karten. Dann begann sie sich zu recken, die Beine zu massieren und erhob sich von ihrem Platz. Im fahlen Licht der vielen kleinen Lampen wanderte sie noch einmal die Gemäldegalerie ab und dieses Mal erschienen ihr die Abbildungen viel lebendiger, als hätten Don Salvos Erzählungen ihnen etwas Atem eingehaucht. In der Ecke vor den Leinwänden blieb sie stehen und starrte auf das weiße Tuch. »Und das hier soll ich nicht sehen?«

»Ich glaube nicht, dass du es sehen möchtest«, kam leise die Antwort aus der Dunkelheit. Helene blickte sich um und konnte Salvos Umrisse auf dem Tisch nur noch erahnen. Neben dem Fenster befand sich ein Lichtschalter. Sie knipste ihn an und ein heller Strahl schoss von der Decke auf die Mitte des verhüllten Bildes, wo er einen gleißenden Strahlenkranz bildete. Mit einem Ruck riss Helene den Stoff nach unten und erstarrte. Die Leinwand war ausschließlich mit blauer Ölfarbe bedeckt. Mit dicken Pinselstrichen waren, wie auf einer Skizze, deutlich zwei Figuren dargestellt. Gebeugt die größere, nackte, die sich gerade mit einem Handtuch die schweren Brüste abtrocknete, daneben ein kleiner Junge, der freudig eine Jakobsmuschel gen Himmel schwenkte. Die Blumen auf dem Badetuch, ihre Tasche, der Platz, an dem die beiden sich am Strand befanden, alles stimmte. »Du warst da?«, brach es keuchend aus ihr heraus. »Ja«, antwortete die Stimme, »ich war da. Ich habe dieses Bild schon vor einem Jahr gemalt.«

»Ich … es tut mir Leid«, stammelte Helene. »Ich muss jetzt gehen …« Und damit stolperte sie hinaus in die Halle.

»Ich weiß«, klang es schon wie aus weiter Ferne.

Don Salvo erhob sich und folgte ihr. »Gute Nacht, Elena«, sagte er leise, denn sie hatte das Haupttor schon erreicht und er wusste, sie würde ihn nicht mehr hören.

Dies ist die Geschichte vom Ende einer Pilgerfahrt

Davongekommen. Durchgehalten. Leah pustete die ganze Luft aus, die sie vor Spannung angehalten hatte. Noch einmal rückte sie näher an die Glasfront des Flughafengebäudes heran und versuchte, einen letzten Blick auf das Auto ihres Vaters zu erhaschen. Er hatte es tatsächlich gefressen.

Alle daheim hatten ihr die Nummer abgekauft. Entweder hatte sie ungeahnte schauspielerische Fähigkeiten, oder, und das war wahrscheinlicher, es war ihnen selbst am angenehmsten, Leah wieder loszuwerden, wo sie auch noch die gesamte Organisation in die Hand genommen hatte. Das war doch für alle gleichermaßen praktisch.

Zum Abschied hatte der Vater ihr eben vor dem geöffneten Kofferraum beinahe liebevoll die Wange getätschelt und verständnisvoll genickt, als sie mitteilte, dass sie lieber alleine zum Einchecken gehen wolle. Keine Szenen vor fremden Leuten. »Natürlich, mein Kind.« Seiner Zustimmung war die Erleichterung eindeutig anzuhören gewesen.

Leah hatte diesen Coup von langer Hand geplant. Die Idee war schon in Spanien geboren, doch sobald sie die Schwelle des elterlichen Hauses betreten und sich daran gemacht hatte, ihre Familie davon zu überzeugen, dass es das Beste wäre, wenn sie mindestens ein weiteres Jahr bei Onkel Kurt bleiben würde, hatte der Wunsch nach diesem kleinen Umweg immer konkretere Formen angenommen.

Problemlos war es ihr gelungen, die Mutter zu überzeugen, dass sie sich im Reisebüro selbst das Flugticket besorgen wollte. Auch das Bargeld war ihr ohne Zögern ausgehändigt worden, nachdem sie etwas von einem günstigen Schüler- und Studententarif gemurmelt hatte. Gutgläubig hatten die Eltern sogar Gefallen daran gefunden, dass ihre Tochter so vernünftig und praktisch vorging und einen gewissen Ehrgeiz bei der Umsetzung ihres jüngsten Zieles an den Tag legte.

Wie dumm sie doch waren. Wie wenig sie von ihrem eigenen Fleisch und Blut wussten. Als ob es eine Schwierigkeit darstellte, einen kleinen Trip ins europäische Ausland zu arrangieren. Wie unterschiedlich die Menschen sind, dachte Leah ob ihres Erfolges fast gütig. Was dem einen ein Problem war, war dem anderen ein Kinderspiel.

Vorsichtshalber hatte Leah tatsächlich ein Reisebüro aufgesucht und für ein angebliches Schulprojekt zum Thema Ferien einen leeren Umschlag von der spanischen Fluggesellschaft erbeten. Damit hatte sie beim Heimkommen fröhlich vor den Augen der Mutter gewedelt und ihn dann gut versteckt.

Die letzten Tage waren mit viel Zähnezusammenbeißen vorübergegangen und jetzt endlich, nachdem Leah dem Wagen des Vaters hinterhersah, der bei Grün aus der Parkbucht gerollt war, um sich in den drängenden Verkehr einzufädeln, jetzt endlich fühlte sich Leah frei. Wieder musste sie an Helene denken. Welch köstliches Gefühl … Freiheit! Ihr Herz begann zu klopfen.

Als sie sich ein wenig an diese neue Unabhängigkeit gewöhnt hatte, ging sie zur Anzeigentafel und notierte die Flugnummern der nach Barcelona abgehenden Flüge.

Dann schnappte sie sich Koffer und Tasche, schleppte sie wieder nach draußen zur Bushaltestelle und bestieg die Linie, die sie zum Bahnhof bringen würde. Auch dort in der großen Halle fiel ihr die Orientierung leicht. Kurz darauf besaß sie eine Fahrkarte. In der Hosentasche wartete ordentlich zusammengefaltet der Zettel mit der Anschrift, die auf Helenes Personalausweis gestanden hatte.

Im Waggon war es stickig. Zwar schien die Sonne nicht, doch die Luft war drückend und staubig. Dazu der beißende Geruch in den Verbindungsgelenken der Zugteile vor den Toiletten.

Obwohl Leah seit Tagen hohe Dosen ihres kortisonhaltigen Medikamentes eingenommen hatte, begann es ihr unangenehm in Nase und Hals zu kribbeln, über die Lungen legte sich ein dumpfer Druck.

Als sie endlich auf ihrem Platz saß, die am Fenster vorübergleitende Landschaft betrachtete und dem stetigen Redefluss der Mitreisenden lauschte, hatte sie das Gefühl, in Wahrheit nur aus Kopf, Stirnhöhlen und kranken Atemwegen zu bestehen. Die Geräuschkulisse um sie herum wurde leiser, als hätte jemand den Lautstärkeregler heruntergedreht. Dafür kam ihr das eigene Ein- und Ausatmen wie ein stürmisches Rauschen vor.

Kortison und andere allergiebekämpfende Mittel hatten eindeutig psychopharmakologische Nebenwirkungen, auch wenn das alle Ärzte dieser Welt bestritten. Leah wusste es besser und es war ihr auch ganz recht so. Schließlich gab ihr das die Möglichkeit, auch ohne Alkoholkonsum einen gewissen Rauschzustand zu erlangen.

Knapp drei Stunden später war sie am Ziel. Das übliche Gewusel in der Ankunftshalle. Leah fand einen Zeitungsladen, in dem sie einen Stadtplan erstand. In einer Telefonzelle wählte sie die Nummer, die zuletzt auf Helenes Handy-Display gespeichert gewesen war.

»Rechtsanwaltsbüro Scharper & Scharper«, meldete sich die Stimme auf einem Anrufbeantworter. Natürlich, es war Samstag, da haben Kanzleien geschlossen. Immerhin, Leah fühlte sich jetzt fast wie ein Privatdetektiv, sie war nun um einiges schlauer. Helene, die überwiegend stille, ungebundene, rennende Frau, ihre Freundin und das Objekt so vieler verschiedener unklarer Begierden, hatte offensichtlich Rechtsangelegenheiten zu klären. Natürlich, warum auch nicht. Irgendetwas musste ja schließlich in ihrem Leben vorgefallen sein, bevor sie so unvermutet in Punta gestrandet war.

Und nun war Leah kurz davor, dieses Geheimnis zu lüften.

Ihr Gepäck verstaute sie für die nächsten Stunden sicher in einem Schließfach. Nur mit einer kleinen Sporttasche, die ihr restliches Geld, den Ausweis und ihr schwarzes Tagebuch enthielt, machte sie sich auf den Weg zum U-Bahn-Durchgang.

Dort blätterte sie in ihrem Plan und suchte vor einer Schautafel die kürzeste Verbindung, fand wenig später das richtige Gleis, auf dem gerade der Zug einlief.

Zweimal musste Leah umsteigen. Sie war etwas angespannt. Immer wieder schaute sie auf die Karte, um sicherzugehen, dass sie die richtige Station nicht verpasste.

Am Ziel angekommen verließ sie ein winziges Haltestellengebäude und fand sich in einem ruhigen Vorort wieder. Kleine Geschäfte drängten sich rund um den Bahnhof, geschmackvolle Auslagen sollten die Kunden an die Schaufenster locken, doch kaum ein Mensch war unterwegs. Die meisten Läden waren geschlossen – Samstagnachmittag.

Leah schlenderte durch die Straßen des bürgerlichen Viertels. Überwiegend große Jugendstilhäuser säumten den Weg, alle gepflegt und hell gestrichen. Eine schöne Gegend, befand Leah. Hier hätte sie auch gerne gewohnt. Als sie weiterging, kam sie an einem Park entlang, dessen hohe Eichen und Kastanien uralt sein mochten. Sie hinterließen in der immer noch drückenden Stimmung einen düsteren Eindruck. Leah hastete vorbei. Hinter der Grünanlage begann ein Villenviertel. Große Grundstücke, ebenfalls mit altem Baumbestand, Auffahrten hinter schmiedeeisernen Toren, teure Autos vor den Türen. In der nächsten Straße, in die Leah einbiegen musste, waren die Häuser weniger hochherrschaftlich, doch gefiel es ihr hier fast noch besser. Was für ein Traum, in einer dieser stilvollen Villen leben zu dürfen.

Aufgeregt und neugierig auf das Haus, in dem Helene gelebt haben musste, und auf das, was sie dort erwartete, bog sie noch einmal rechts ein, gleich würde sie die richtige Adresse erreicht haben.

Genau, da war es. Leah spürte ihr Herz heftiger schlagen, als sie zu den Hausnummern schielte. Das da, das musste die Nummer acht sein. Ein Eckgrundstück, umgeben von einer nicht sehr hohen Hecke. Dahinter eine klassische weiße Villa. Aus den Fenstern drang kein Licht, Vorhänge fehlten, die Maueröffnungen starrten den Betrachter an wie tote Augen.

Sie ging näher heran und sogleich fiel ihr das Maklerschild ins

Auge. Diese typischen Holzgestelle, an denen die Tafeln wie an einem Galgen hingen. »Verkauft«, quer über Namen und Telefonnummer war dieses zweite Schild geklebt.

In Helenes Personalausweis stand also nur ihre ehemalige Anschrift. Leah spürte, wie die Enttäuschung in ihr hochkroch. Auf ihrer Haut hatte sich ein leichter Schweißfilm gebildet. Sie hob den Blick gen Himmel, an dem sich dunkle Wolkengebilde zusammenzogen. Kein Lüftchen regte sich und auch kein Laut. Etwas daran irritierte sie. Einen Moment lang sah sie sich um, dann näherte sie sich der Gartenpforte. Fest verschlossen. Sie drängte ihren Kopf an die geschmiedeten Stangen, schließlich war sie die Spezialistin im Erhaschen von dem, was hinter Gittern unerreichbar schien.

Jetzt konnte sie besser am Gebäude vorbei in den Garten spähen. An den Ästen einer riesigen, leuchtenden Rotbuche hing an langen Seilen ein einfaches Schaukelbrett. Und dieses Brett bewegte sich. Das war es, was ihre Verwirrung hervorgerufen hatte. Die Blätter des Baumes, auch alle anderen Pflanzen vor der Terrasse waren wie erstarrt, wie eingefroren, doch diese Schaukel schwang leicht vor und zurück, wie von einem unsichtbaren Finger angestoßen. Leah fühlte einen leichten Schauer über ihren Rücken laufen. Wieder blickte sie sich um, die ganze Straße entlang, hoch und runter. Keine Menschenseele war unterwegs, kein Auto fuhr, kein Vogelgezwitscher, ihr war, als wäre die Zeit für einen Moment stehen geblieben. Sie versuchte das Unbehagen abzuschütteln und kniff sich in den nackten Arm. Auf der einen Seite wusste sie ganz genau, dass diese Situation real war. Sie war wirklich hier, der Kniff schmerzte und hinterließ eine erst weißliche, dann feuerrote Druckstelle. Andererseits hatte sie den Eindruck, in eine vollkommen irreale, mysteriöse Atmosphäre abgeglitten zu sein. Ratlos trat sie von einem Bein auf das andere und schaute wieder auf das Haus. Ganz egal, was hier gerade passierte, sie versuchte diesen Moment als Sieg zu betrachten. Sie hatte immerhin den Platz gefunden, an dem Helene irgendwann einmal gelebt haben musste. Hier hinter diesen Mauern, in diesem wundervollen Haus, das inmitten dieses zauberhaften Gartens lag. Leah versuchte sich Helene vorzustellen, wie sie mit ihrem Auto hier vorfuhr, vielleicht einige Einkaufstüten unter dem Arm. Wer mochte noch hier gewohnt haben, wie hatte Helenes Alltag ausgesehen? Leah musste sich eingestehen, dass sie mit ihren Nachforschungen erst wenig vorangekommen war.

Mitten in diese Überlegung hinein hörte sie ein Schlurfen, begleitet von rhythmischem Hecheln, das sich ihr langsam von hinten näherte.

Eine dickliche alte Frau kam mit einem Hund an der Leine auf sie zu. In ausgetretenen Hausschuhen schleppte sie ihren massigen Körper, von dem einige viel zu große Kleidungsstücke schludrig herabhingen, über den Fußweg. Der Pinscher an ihrer Seite machte einen ebenso ungepflegten Eindruck wie sein Frauchen.

Leah ekelte sich. Komische Erscheinung für so eine Gegend, schoss es ihr durch den Kopf.

Als die Spaziergängerin das Mädchen erreicht hatte, blieb sie direkt vor ihr stehen und seufzte ihr einen übel riechenden Atem entgegen. »Das Haus ist schon verkauft. Da brauchst du gar nicht so zu gucken. Oder willst du einbrechen? Das lohnt nicht. Das ist doch leer.« Die Frau legte ihr schlechtes Gebiss frei.

»Nein, äh, nein«, stotterte Leah. »Ich will hier gar nichts. Ich, ich bin eine Freundin von Frau Hellkamp und wollte nur noch mal einen Blick drauf werden.« Das kam ihr unverfänglich vor.

»Frau Hellkamp ist doch verschwunden. Alle sind sie verschwunden. Einer nach dem anderen«, kam die lakonische Antwort.

In Leah keimte ein Hoffnungsschimmer. Vielleicht hatte sie ja Glück und könnte auf diese – zugegebenermaßen unangenehme Weise – doch noch etwas erfahren.

»Kennen Sie sie?«, fragte sie rasch nach.

»Na ja, was heißt kennen? Kann man überhaupt jemanden kennen? Ich hab hier schon immer gewohnt. Und ich geh hier schon immer mit meinem Freund meine Runden«, sie zeigte auf den immer noch wild hechelnden Hund am Boden. »Also hab ich sie gesehen. Eigentlich jeden Tag, seit sie damals mit ihrem Mann eingezogen ist.«

»Ihrem Mann?«, horchte Leah auf und hakte nach. »Ach ja, wo lebt der eigentlich jetzt?«

Argwöhnisch betrachtete die Frau sie aus verquollenen Augenschlitzen: »Woher soll ich denn wissen, wo der Klaus Hellkamp hin ist. Der hat sich nach der Trennung nicht mehr oft blicken lassen.«

»Ja, ja natürlich«, beeilte sich Leah und wandte sich zum Gehen, »ich muss jetzt auch los. Schönes Wochenende noch.« Sie ließ die Frau stehen.

An der Straßenecke dreht sie sich noch einmal um. Doch vor Helenes Haus stand niemand mehr. Aus dieser Entfernung waren noch gut die Zweige der Rotbuche zu erkennen und nun, da Leah wusste, was da hing, konnte sie sogar von hier die Strippen der Schaukel ausmachen. Sie hätte darauf wetten können, dass die Seile jetzt ganz still hingen. In der ganzen Straße fand sich nicht die Spur von etwas Lebendigem.

Rasch fuhr sie mit dem Finger die Liste im Telefonbuch herunter. Es gab eine Menge Hellkamps in der Stadt, vier K. Hellkamps, einen Klaus, Dipl.-Ing. Das passte doch. Vermutlich konnte sich ein Ingenieur so ein tolles Haus leisten. Leah beschloss, es auf gut Glück zu versuchen.

Es lief doch blendend. Sie war schon wieder klüger als zuvor. Helene hatte einen Mann gehabt und der hatte sie verlassen. Vielleicht war sie damit nicht zurechtgekommen und deshalb abgehauen. Leah versuchte, sich Helene als tragischen Part einer dramatischen Liebesgeschichte vorzustellen. Aber was war mit dieser Schaukel? Wo eine Schaukel war, da mussten auch Kinder sein. Ich hab's, dachte sie, der Mann hat ihr die Kinder weggenommen. Deshalb auch der Kontakt zum Rechtsanwalt. Leah lief die Treppe zur U-Bahn hinunter. Als sie wieder im Zug saß, unter Menschen, die lärmten und lachten, kam ihr diese Möglichkeit dann doch zu sehr an den Haaren herbeigezogen vor. Wenn Helene wirklich um ihre Kinder kämpfte, dann würde sie doch nicht Tausende von Kilometern entfernt von ihnen warten; das konnte nicht sein.

Zielstrebig hatte Leah den Wohnort dieses Dipl.-Ing. Klaus Hellkamp aufgesucht und stand nun vor der kleinen Gartenpforte eines Reihenhauses aus den dreißiger Jahren. Schlichte Klinker, mit deutlich mehr Deckenhöhe als gewöhnlich, doch längst nicht so geschmackvoll wie die weiße Villa.

Es begann zu regnen. Nur ein paar einzelne dicke Tropfen, die sofort in der Erde versickerten. Sie hatten auf ihrem Weg aus den Wolken den Staub der Dunstglocke über der Stadt eingesammelt, aber anstatt die schwüle Luft zu reinigen, verdichteten sie den stickigen Geruch des schmutzigen Sommers.

Leah sah im oberen Stockwerk Licht. Nach einigen Minuten ging es aus und nun war nur noch durch den Hausflur ein Lichtschein auszumachen.

Es war kurz nach sieben. Was soll's. Leah fasste sich ein Herz und überquerte den Weg zur Haustür. Mehr, als dass sie in einer Minute wieder hier draußen stehen würde, konnte ja nicht passieren.

Mit zitternder Hand drückte sie den Klingelkopf. Schritte waren zu hören, durch eine Glasluke konnte sie sehen, wie sich eine schemenhafte Gestalt näherte, dann wurde die Tür geöffnet.

»Ja bitte?« Vor ihr stand ein groß gewachsener Mann mit mittelbraunen glatten Haaren und einer Hornbrille auf der Nase. Er mochte Mitte, vielleicht Ende vierzig sein und trug ausgewaschene beige Kordhosen und einen dunkelblauen Pullover mit V-Ausschnitt. Ein viel beschäftigter Mann im Freizeitlook, schätzte Leah. »Was gibt es?«, fragte er noch einmal.

»Klaus Hellkamp?«

»Ja, so wie es am Klingelschild steht.«

»Sie sind der Klaus Hellkamp?« Leah ärgerte sich über sich selbst. Natürlich war er der Klaus Hellkamp, so wie jeder andere Klaus Hellkamp auch. Schon bemerkte sie ein leicht überhebliches Lächeln. Doch dann fragte er recht freundlich: »Welchen Klaus Hellkamp suchen Sie denn?«

»Ich bin eine Freundin von Helene.« Etwas anderes war Leah auf die Schnelle nicht eingefallen.

»Von Helene?« Der Mann runzelte die Stirn. »Von meiner Ex-Frau?«

»Ja. Ich bin Leah.«

»Na dann, guten Abend, Leah. Was kann ich für dich tun? Ist alles in Ordnung mit Helene?«

»Sie ist in Spanien.«

»Ja, ich weiß. Warum bist du hier?«

»Ich wollte gern ein bisschen mit Ihnen reden, wenn das geht.«

»Ja, schon.« Sichtlich erstaunt bat Klaus Hellkamp das Mädchen ins Haus. Er wollte sie durch das Wohnzimmer in sein Arbeitszimmer führen. Doch Leah blieb gleich im ersten Raum stehen und starrte an die Wand.

»Wer ist das?« Sie zeigte auf ein großes Schwarzweißfoto, auf dem eine bildschöne junge Frau und ein kleines Kind in inniger Umarmung zu sehen waren, die um die Wette zu lachen schienen.
»Das? Das ist Helene. Erkennst du sie nicht?«

»Nein, doch, schon, auf den zweiten Blick. Aber sie sieht so anders aus, so jung und so schön. Und wer ist das Kind?«

»Das ist Benjamin, unser Sohn.«

»Und wo ist der?«

Klaus Hellkamp senkte die Augen. »Verstehe. Komm mit und setzt dich erst mal.« Damit schob er Leah in sein Arbeitszimmer. Auch dort hingen verschiedene Fotos des Jungen. Das hübsche Kind blickte immer spitzbübisch in die Kamera, als hätte es das Spiel mit Linse und Objektiv längst durchschaut.

»Benjamin ist tot, das hat dir deine Freundin nicht erzählt, was?«

»Nein«, Leah rang nach Luft.

»Beruhige dich. Mich wundert das gar nicht, das ist ihre Art damit fertig zu werden. Jeder von uns muss da seinen eigenen Weg gehen.«

Leah war von den Fotos gefesselt. Wie konnte ein so lebendiges Kind tot sein? »Woran, ich meine, wie …?«

»Es war ein Tumor im Kopf. Vor ziemlich genau einem Jahr stellte es sich plötzlich heraus und wenige Wochen später war er schon nicht mehr am Leben.«

»Wie schrecklich!«

»Ja. Schrecklich.« Der Mann schluckte. »Aber eben auch nicht zu ändern.«

Leah schwieg eine Weile und kämpfte mit den Tränen, die ihr in die Augen gestiegen waren. Aber das wäre doch wohl zu albern, jetzt vor diesem fremden Mann zu weinen, der selbst viel mehr Anlass dazu gehabt hätte.

Klaus Hellkamp verließ kurz den Raum und kam mit einem Tablett zurück. »Ich wollte mir eh gerade eine Flasche Wein aufmachen, vielleicht leistest du mir auf ein Glas Gesellschaft?«

Leah nickte. Er war nett, der Ex von Helene, und sah irgendwie sogar ganz gut aus, jedenfalls für sein Alter. Sie beobachtete den Mann, wie er etwas umständlich die Flasche entkorkte. Sein Schreibtisch war übersät mit Papieren, aufgeschlagenen Büchern und Heftern.

»Was sind Sie denn für ein Ingenieur?«, fragte sie mehr der Höflichkeit halber und um nicht eine allzu lange Gesprächspause entstehen zu lassen.

»Wärmetechnik. Ich bin Dozent an der hiesigen technischen Universität. Interessierst du dich dafür?«

»Um Gottes willen, nein, wer interessiert sich denn schon für Wärmetechnik!«

Er lachte: »Das hat Helene auch immer gesagt. Aber im Winter interessiert das eine ganze Menge Leute und auch sonst, wenn die Maschinen in der Industrie plötzlich stillstehen.«

»Ja schon«, gab Leah kleinlaut zu. »Aber deshalb muss man so etwas ja nicht gleich studieren.«

»Bist du schon an der Uni?«

Leah war diese Frage sichtlich peinlich. Schließlich hatte sie ja noch nicht einmal einen gescheiten Schulabschluss, deshalb versuchte sie sich um die Antwort herumzumogeln. »Ich lebe in Galicien, an dem Ort, wo auch Helene ist.«

»Und was machst du da, in Galicien?«

»So eine Art Au-pair-Jahr.«

»Ach so, du lernst Spanisch?«

»Ja.« Leah war nicht sehr auskunftsfreudig.

»Und Helene? Wie geht es ihr, was macht sie?«

»Sie lebt in einer Kapelle, rennt durch die Gegend und züchtet Kräuter.«

Der Mann reichte ihr ein Glas und grinste sie amüsiert an.

»Was ist denn daran so lustig?«

»Dass Helene in einer Kapelle lebt, das passt. Sie hatte schon immer ein ausgesprochenes Faible für Gotteshäuser. Sie hat oft gemeint, es müsse toll sein, dort zu wohnen. In einem Tempel, einer Moschee, einer Kirche. Ganz egal. Ihr gefiel die großzügige Architektur und sie behauptete immer, in diesen Räume herrsche so eine gewisse geistige Klarheit und spirituelle Stärke, obwohl sie selbst mit Religion überhaupt nichts am Hut hat.«

»Es ist nur eine ganz kleine Kapelle, eine entweihte. Zigmal umgebaut, die sieht nur noch entfernt so aus wie eine richtige Kapelle«, versuchte Leah seinen Enthusiasmus zu bremsen.

»Na und? Es passt trotzdem. Ich hoffe jedenfalls, dass sie sich dort wohl fühlt.«

Du hast gut reden, dachte Leah, aber sie hatte keine Lust, von Helenes desolatem Zustand in den ersten Monaten zu berichten. Jetzt, da sie von dem toten Sohn wusste, erschien ihr Helenes Verhalten durchaus plausibel. Obwohl es an ihr nagte, dass Helene ihr gegenüber kein Wort über diesen Kummer verloren hatte. Auch der Vater sagte nichts weiter über den traurigen Verlust. Das schien hier so eine Art Exklusivschmerz zu sein.

»Also mal raus mit der Sprache, was willst du von mir oder von Helene? Irgendwas stimmt doch nicht?« Klaus Hellkamp sah ihr über den Rand seiner Brille hinweg eindringlich ins Gesicht.

Leah schlug eines ihrer langen Beine unter das Hinterteil und verkroch sich tief im Sessel. Es war ganz dunkel geworden, durch das geöffnete Fenster konnte sie dem regelmäßigen Rauschen des stärker gewordenen Regens lauschen.

»Ach, ich weiß nicht. Es ist so, dass ich viel Zeit mit Helene verbringe. Wir gehen spazieren und reden und so. Aber sie hat eben nie von früher erzählt und ich wollte als Freundin eben wissen, was mit ihr los ist.«

»Und nun weißt du es?«

Leah wand sich. »Ja, ein bisschen vielleicht. Sind Sie böse, dass ich gekommen bin?«

Er schüttelte den Kopf. Von der Schiebetür hinter ihrem Platz vernahm sie ein leichtes Knacken. Sie drehte sich, um die Ursache des Geräusches zu entdecken, und glaubte im selben Moment ein Gespenst vor sich zu haben. Da, im offenen Türrahmen stand der kleine Junge von dem großen Foto im Wohnzimmer. Erschrocken verharrte sie mit dem Glas in der erhobenen Hand. Das kleine Gespenst stierte ihr aus einem verschlafenen Gesicht entgegen, eine runde Hand wischte patschig einige Haarsträhnen aus der Stirn und rieb sich die Augen. Dann machte das Gespenst in seinem einteiligen hellblauen Schlafanzug ein paar Schritte vorwärts und wandte sich vorwurfsvoll an Klaus Hellkamp: »Dein kleiner Klaus kann nicht schlafen.«

»Oh, hat dich der Regen geweckt?«

»Nein. Dein kleiner Klaus will seine Ami.«

»Die Mami kommt übermorgen. Zweimal schlafen noch, dann ist sie wieder da. Komm, ich bring dich wieder ins Bett.« Damit nahm der Vater seinen Sohn auf den Arm und trug ihn hinaus.

Leah blieb zunächst sitzen und lauschte den Geräuschen des Hauses. Sie hörte Fußstapfen auf einer Holztreppe, das Gemurmel des Kindes, beruhigende Worte des Vaters, eine Klospülung und dann eine kleine Gute-Nacht-Musik. Sie erhob sich und schlich leise zurück zu dem Bild von Helene. Die Gesichter der Kinder waren sich verblüffend ähnlich. Doch dieses auf dem Bild hatte um die Augen mehr Ähnlichkeit mit Helene. Jedenfalls mit der jüngeren Helene auf dem Foto. Die hatten so ein strahlendes Leuchten, als hätten sie in ihrem Leben noch nie etwas Böses erlebt. Sie musste ein wunderbares Leben gehabt haben, bis … Klaus Hellkamp kam zurück. Da sprach sie es aus: »Sie muss ein wunderbares Leben gehabt haben.«

»Ja, sie war oft sehr glücklich. Eigentlich war sie von allen Menschen, die ich kenne, diejenige, die am glücklichsten sein konnte. Über die kleinsten Dinge.« Er schob Leah wieder in sein Arbeitszimmer, deutete auf die Flasche: »Noch ein Glas?«

»Gerne, danke.«

»Bevor du dir das Hirn zermarterst. Das war mein zweiter Sohn. Aus zweiter Ehe. Meine Frau ist für ein paar Tage weggefahren.«

»Sie haben Helene verlassen.«

»Davon hat sie also erzählt«, wunderte sich der Mann und schenkte großzügig nach.

»Nein«, erwiderte Leah und dachte an die hässliche Frau mit dem hässlichen Pinscher vor Helenes Villa. »Ich denke mir das so.«

»Ah, du denkst dir das so.« Er setzte sich hinter seinen Arbeitstisch, als wolle er sich hinter seinem Wissen verbarrikadieren.

»Wir haben uns schon vor vielen Jahren getrennt. Genauer gesagt eineinhalb Jahre nach Benjamins Geburt. Dieses Kind hat sie total verändert. Vielleicht auch uns beide.«

»Inwiefern?«

»Nun, Helene war eine ausgesprochen gesellige und fröhliche Frau. Das hatte mir Bücherwurm immer gut getan. Wir kannten uns schon eine ganze Reihe von Jahren, bevor wir heirateten. Helene war unheimlich beliebt, ständig eingeladen, immer unterwegs. Alle Kerle waren hinter ihr her und sie hatte eine Menge Freunde. Aber irgendwann waren ihr die Männer, die immer nur ihrer äußeren Attraktivität hinterherjagten, über. Zu diesem Zeitpunkt sind wir uns näher gekommen. Dann begann ihr Erfolg und, wenn ich das so sagen darf, mein eigener an der Universität auch.«

Leah unterbrach: »Was denn für ein Erfolg?«

»Davon weißt du auch nichts. Sag mal, willst du mich veräppeln?«

»Nein, natürlich nicht. Sie hat nie etwas von früher erzählt. Nicht einmal, wo sie früher gewohnt hat.«

»Und wie bist du dann hierher gekommen?« Jetzt wurde er doch misstrauisch.

»Ich hab es rausgefunden«, Leah zuckte mit den Achseln, »war gar nicht so schwer.«

Klaus Hellkamp stand auf, griff zu einer angebrochenen Whiskyflasche und schenkte sich daraus ein. Dann nahm er abwechselnd einen Schluck aus dem kleineren Glas und dann wieder von dem Wein.

Na, so selbstsicher, wie du tust, bist du wohl auch nicht, Klaus Hellkamp, sprach Leah leise zu sich selbst und wurde mutiger.

»Also, was für ein Erfolg?«

»Mit den Bildern. Sie hatte es nie gelernt. Helene hat sowieso nie was Richtiges gelernt. Darüber haben wir uns oft gestritten. Sie meinte, sie lerne durch das Leben und brauche keine Ausbildung. Dabei kam sie aus ganz kleinen Verhältnissen. Ihre Eltern waren Landwirte, Bauern, ganz einfache, biedere Leute, und sie war als junges Mädchen einfach so ins Blaue hinein in die Stadt geflüchtet. Doch mit ihrem Charme und ihrer Fröhlichkeit fand sie immer schnell Anschluss. Auch ich war ja sofort von ihr fasziniert. Sie war intelligent und, noch wichtiger, sie hatte einen guten Instinkt. Geradezu untrüglich. Sie begegnete Menschen, erkannte ihre Fähigkeiten und schaute sie ihnen ab. Ich meine, sie war keine Nachahmerin, aber sie begriff schnell, was gut und wertvoll war. Keiner wusste genau, warum, aber sie konnte unheimlich toll fotografieren. Das stellte sich irgendwann eher zufällig heraus. Wenn irgendjemand aus dem Freundeskreis einen Apparat für ein paar Schnappschüsse dabeihatte, fiel sofort auf, dass diejenigen Bilder, bei denen Helene auf den Auslöser gedrückt hatte, immer die besten waren. Deshalb wurde sie häufig gebeten, bei Festen die Fotos zu machen. Als hätte sie einen siebten Sinn, der ihr sofort sämtliche Facetten einer Persönlichkeit zeigte, war sie je nach Laune und Motiv in der Lage, genau diese Züge festzuhalten.«

»Sie reden so, als wäre Helene auch schon tot«, unterbrach Leah.

»Diese Helene ist ja vermutlich auch tot. Ich darf doch wohl annehmen, dass sie in den letzten Monaten nie wieder einen Fotoapparat angefasst hat, richtig?«

»Ich hab sie jedenfalls mit keinem gesehen. Aber in ihrer Tasche, da …« Leah sprach lieber nicht weiter.

»Na siehst du. Irgendwann hat sie dann auch Aufträge von Zeitschriften bekommen. Viele hat sie nicht gerne gemacht, aber sie wurden gut bezahlt. Als sie Ende zwanzig war, erschien dann ihr erster Fotoband, der sich für ein Bilderbuch sensationell verkauft hat. In der Fotoszene als junges Talent gefeiert, konnte sie sich künftig aussuchen, wen oder was sie fotografieren wollte.«

»Und das war?«

»Weiterhin Menschen und witzigerweise Architektur. Ich hatte immer damit gerechnet, dass sie ihr scharfes Auge eines Tages auf die Schönheiten der Natur und auf skurrile Landschaften richten würde, denn die haben ja schließlich auch so etwas wie eine Seele oder einen Charakter. Doch Helene gab sich der Faszination von alten Bauten hin und behauptete, diese hätten ebenfalls einen lebendigen Geist, den sie einfangen möchte. Der Witz war, sie hatte Recht. Sie war tatsächlich in der Lage, einem Mauerwerk oder einer unscheinbaren Fassade etwas abzugewinnen. Auf ihren Fotos sah das Abgebildete häufig viel interessanter aus als in Wirklichkeit. Ich weiß nicht, wie sie das gemacht hat. Es muss etwas mit ihrer besonderen Fähigkeit zur Wahrnehmung zu tun haben. Sie sah Dinge, die anderen Menschen verborgen blieben.«

Wenigstens das kann ich verstehen, dachte Leah. »Man könnte meinen, Sie würden mir hier von ihrer Ex-Frau richtig was vorschwärmen.«

Nachsichtig lächelte er vor sich hin: »Ja«, stimmte er dann leise zu, »sie war eine tolle Frau.«

»Und warum haben Sie sie dann verlassen?«

»Das eine hat mit dem anderen nichts zu tun. Oder vielleicht doch? Ich weiß es nicht.«

Leah hatte den Eindruck, dass Klaus Hellkamp ganz gerne über seine Ex-Frau sprach. Klar, die Neue hatte sicherlich wenig Spaß daran, sich von der Verflossenen vorschwärmen zu lassen. Und vielleicht tat es ihm sogar gut, sich die Geschichte mal von der Seele zu reden. Aber vielleicht war dieser Gedanke auch zu verdreht, typische Ausgeburt ihres halluzinierenden Hirnes.

» Wie auch immer«, begann Klaus Hellkamp unaufgefordert fortzufahren. »Irgendwann haben wir geheiratet und irgendwann bekamen wir ein Kind, so wie Millionen andere Paare auch. Doch schon während der Schwangerschaft war Helene anders. Sie wurde ruhiger, fast schon mütterlich, obwohl noch gar kein Baby da war. Und ängstlich, sehr ängstlich, ob auch alles gut gehen würde. Am Anfang dachte ich, das sind die Hormone, Frauen sind ihrem Körper da einfach ausgeliefert. Aber dann war die Geburt kompliziert.

Nicht wirklich gefährlich, aber für Helene offenbar beunruhigend und von Benjamins erstem Lebenstag an war sie voller Sorge um ihn. Ich meine nicht diese normale mütterliche Fürsorge. Das war alles ganz okay, aber sie war immer in Anspannung und es verging kaum ein Tag, an dem sie nicht die Angst äußerte, das Baby gleich wieder zu verlieren ... Heute denke ich manchmal, sie hatte damals schon so eine Vorahnung. Ihre spezielle Gabe der Wahrnehmung, ihr magisches Auge, denn am Ende hatte sie ja Recht mit ihrer Angst ... Zunächst hab ich nicht hingehört, aber mit zunehmender Dauer fing es an, mich ganz schön zu nerven. Wir verstanden einander nicht mehr. Sie war nicht wiederzuerkennen. Ich wollte meine fröhliche, lebenslustige Frau zurückhaben und ich wollte, dass sie glücklich war mit mir und mit unserem Kind. Aber irgendwie haben wir das nicht hingekriegt. Jedenfalls nicht zusammen.«

»Wie meinen Sie das?«

»Oh!« Er schreckte bei dieser Zwischenfrage hoch, als würde er sich darüber wundern, dass Leah noch immer in der Ecke in ihrem Sessel saß und er eine Zuhörerin hatte. »Na ja, als ich dann meine jetzige Frau kennen gelernt hatte und mich bei ihr besser aufgehoben fühlte, war das zunächst recht dramatisch für Helene. Sie fühlte sich ganz schön aus der Bahn geworfen. So sehr, dass mich oft ein schlechtes Gewissen geplagt hat. Aber dann erholte sie sich erstaunlich gut und in dem Maße, in dem ihr das Leben wieder Spaß zu machen schien, verlor sie auch diese unerklärliche Angst um das Kind. Die beiden waren ein Superteam. Helene war eine wunderbare Mutter, na ja, und Benjamin war unser beider Augenstern. Aber weil ich sah, wie glücklich die beiden waren und wie gut sie zu zweit klarkamen, habe ich den Jungen nicht allzu oft gesehen. Ich muss zugeben, einer der Gründe lag sicher auch darin, dass Karoline, meine jetzige Frau, schon mit dem kleinen Klaus schwanger war und nicht allzu erpicht darauf war, dass ich zu viel Zeit mit meiner alten Familie verbrachte.« Nach einer kurzen Pause fügte er leise hinzu: »Dieser inoperable Tumor tauchte dann vergangenes Jahr vollkommen überraschend auf. Man konnte nicht mehr viel tun.

Ich meine, ich bin fest davon überzeugt, Helene hat das Beste getan, was sie in dieser Zeit für Benjamin tun konnte. Ich habe mich auch da sehr zurückgehalten. Ich dachte, es stünde mir nicht mehr zu, ihr von diesen letzten Stunden etwas zu rauben. Aber um ganz ehrlich zu sein, ich war auch zu feige – was man von Helene sicher nicht behaupten kann.«

Er schaute auf seine Armbanduhr. »Mein Gott, es ist schon nach elf. Wir sitzen hier schon seit Stunden. Und ich wollte heute noch die Seminararbeiten durchgucken.«

Eine leichte Abkühlung war vom Fenster her zu spüren. »Du musst doch jetzt sicher gehen?«, fragte er, während er die leere Weinflasche und seine Gläser auf das Tablett stellte.

»Es ist vielleicht etwas komisch, das Gespräch an dieser Stelle abzubrechen, aber es gibt eigentlich nichts mehr dazu zu sagen.«

»Schon gut.« Auch Leah erhob sich und stand unschlüssig vor der Bücherwand. »Danke, dass Sie mir das alles anvertraut haben.«

»Soll ich dir ein Taxi rufen? Wo musst du denn eigentlich hin?«

»Nirgends. Ich muss nirgendwohin. Heute Nacht geht kein Zug mehr. Beziehungsweise, es geht einer, aber dann muss ich im Morgengrauen umsteigen und etliche Stunden auf den Anschluss warten.«

»Vermisst dich niemand?«

»Nein, das heißt ja. Wenn ich weiß, wo ich bleibe, ruf ich an und sag Bescheid, dass ich einen Tag später komme. Morgen früh geht nämlich ein durchgehender Zug bis Barcelona.«

»Du scheinst den Fahrplan auswendig gelernt zu haben«, lächelte er sie jetzt wieder leicht spöttisch an. »Mit anderen Worten, du hast keine Bleibe, richtig?«

Leah zuckte mit den Achseln.

»Warum sagst du das denn nicht gleich? Du kannst oben unterm Dach in unserem Gästezimmer übernachten. Das ist wirklich kein Problem.«

»Oh, danke. Das ist super. Und …«, sie zauderte einen Moment, fragte dann aber ganz locker: »Und kann ich auch mal eben Ihr Telefon benutzen? Für ein Ferngespräch? Nur ganz kurz, wirklich.«

»Bedien dich. Telefonieren kostet heute ja nun wirklich nicht mehr die Welt.«

Leah grinste und dachte, während sie Tante Muriellas Nummer wählte, an ihren Vater, der bei jedem Telefonat eine Sanduhr umzudrehen pflegte. Klaus Hellkamp war mit dem Tablett hinausgegangen und hatte sie allein gelassen. Es war ihr egal, ob er zuhörte und mitbekam, dass sie Onkel Kurt, der den Anruf entgegennahm, etwas vorflunkerte. Mit der Wahrheit konnte sie doch jetzt unmöglich rausrücken. Also erfand sie ein Märchen über eine Panne beim Zwischenstopp in Barcelona und dass die Fluggesellschaft die Kosten für ein Hotelbett übernehme und sie sich morgen wieder melden würde, wenn sie ihre genaue Ankunftszeit in Erfahrung gebracht hätte.

Warum sollten sie ihr in Punta nicht glauben? Das Nest lag so abgeschieden von den Widrigkeiten des großstädtischen Lebens, dass man diese geduldig hinnahm, ohne sie zu hinterfragen.

Helenes Ex-Mann zeigte ihr eine kleine Dachkammer, in der nur ein schmales Bett und ein alter Schrank standen. Nebenan war eine winzige Toilette mit Waschnische, die unter einer Gaube eingebaut waren.

»Hier im Schrank findest du Bettzeug und da sind auch noch ein paar alte Sachen von mir, falls du ein T-Shirt oder so was zum Schlafen willst. Sag mal, hast du überhaupt was gegessen?«

Leah schüttelte den Kopf. »Ich bring dir noch etwas, mach es dir inzwischen gemütlich.« Er verschwand über die Stiegen und Leah durchsuchte den Schrank nach einem passenden Schlafgewand. Neben dem Fach mit dem Bettzeug fand sie einen Fotoband. Neugierig zog sie ihn heraus. »Behausungen der Götter, Text Joachim Singer, Fotos Helene Hellkamp«. Leah schlug das Buch auf und sogleich fielen ihr etliche von Hand erstellte Abzüge entgegen, auf denen verschiedene Menschen abgelichtet waren.

Sie erkannte Klaus Hellkamp, lachend mit einem ziemlich dämlichen Hut auf dem Kopf. Auf einem anderen waren die beiden zusammen zu sehen, in einen innigen Kuss vertieft. Weitere Aufnahmen zeigten ein sehr kleines, weiches, unglaublich niedliches Babygesicht.

Leah begutachtete ein Foto nach dem anderen, griff dann aber wieder zu dem Kuss. Sie konnte sich Helene beim besten Willen nicht beim Küssen vorstellen. Diese unnahbare Frau.

»Kann ich reinkommen?« Klaus Hellkamp kickte die Tür mit der Fußspitze auf und stellte einen Teller auf den Fußboden vor das Bett. Darauf lagen mehrere Brotschnittchen mit Käse und Streichwurst, dazu ein paar Scheiben frisch geschältes Obst. Leah lächelte dankbar. Sehr fürsorglich, das hätte sie ihm gar nicht zugetraut, aber es behagte ihr nicht, dass er sie geradezu väterlich behandelte. Doch der Appetit siegte und sie griff herzhaft zu.

»Ah, du hast die Fotos schon gefunden. Das Buch hätte ich dir eh noch rausgelegt, falls es dich interessiert. Was sind denn das für einzelne Aufnahmen? Zeig mal her!«

Leah reichte ihm die Bilder rüber. »Ja, so sah das wohl früher aus. Dies hier stammt übrigens aus der Phase, in der Helene mit dem Selbstauslöser herumexperimentiert hat. Da hat sie die lustigsten Sachen gemacht.« Er deutete auf den Kuss: »Sogar beim Küssen, wie man sieht.«

Dann ging er zur Tür und schaute Leah mit einem Ausdruck an, der sowohl liebevoll als auch traurig war, und sagte zum Abschied: »Ich glaube, du hast für heute genug von der Vergangenheit gehört. Schlaf schön, Leah, Freundin von Helene.« Und damit zog er die Tür hinter sich zu.

Wenn es eines gab, worüber sich Leah ganz sicher war, dann darüber, dass sie in dieser Nacht, in diesem Haus bestimmt nicht gut schlafen würde – dafür war sie noch immer viel zu aufgeregt.

Nachdem die Geräusche in der Etage unter ihr stiller geworden waren, zog sie sich aus und versuchte, sich vor dem winzig kleinen Handwaschbecken Schmutz und Schweiß abzuwaschen.

Das war in dem beengten Raum nicht gerade einfach, denn sowie sie einen Arm ausstreckte oder versuchte, ein angewinkeltes Bein zu heben, um den dazugehörigen Fuß einzuseifen, stieß sie mit ihren langen Gliedmaßen entweder gegen die Wand hinter sich, an das seitlich verlaufende Wasserrohr oder knallte gleich mit dem Kopf gegen einen quer verlaufenden Dachsparren.

Als es ihr endlich einigermaßen gelungen war, fühlte sie sich zwar sauber, doch das kleine Bad war über und über mit Wassertropfen und Seife voll gespritzt. Wie peinlich. Also versuchte Leah, nackt wie sie war, mit dem einzigen kleinen Handtuch, das sie gefunden hatte, die Spuren ihrer Säuberungsaktion zu beseitigen.

Mit einem weiteren, frischen, leicht süßlichen Schweißfilm benetzt ließ sie sich in die sauberen Laken des Bettes fallen, stopfte sich die letzten Brotstückchen in den Mund und blätterte in dem Fotoband.

Anders wäre es ihr lieber gewesen. Wenn sie zum Beispiel irgendetwas hätte entdecken können, was Helene gemacht hatte und was sie ausnahmsweise mal überhaupt nicht leiden konnte. Doch so war es nicht. Sie musste sich eingestehen, dass ihr die Abbildungen sogar ausgesprochen gut gefielen. Jedes Bild verströmte eine besondere Stimmung, hatte eine ungewöhnliche Ausstrahlung. Die einzelnen Ausschnitte zeigten jeweils in aller Deutlichkeit, was dort zu sehen war: ein Altar, ein Portal, ein Bogengang. Doch trotz dieser Klarheit hatte Leah den Eindruck, sie hätte zugleich Einblick in eine andere Ebene. Sie hatte Schwierigkeiten, in Gedanken die richtigen Worte für das zu finden, was sie sah. Etwas geradezu Magisches ging von diesen Fotos aus, ohne im Entferntesten beängstigend zu wirken. Wahrscheinlich war es das, was Helenes Ex-Mann gemeint hatte, als er davon sprach, dass sie die Seele von Gegenständen sichtbar machen konnte. Hatte er nicht sogar von Helenes magischem Auge gesprochen?

Leah klappte das Buch energisch zu. Was machte diese Frau mit ihr? Immerzu spukte sie in ihrem Kopf herum. Sie hatte alles von Helene wissen wollen und jetzt, da sie in ihren Nachforschungen so weit vorangekommen war, fand sie immer noch keine Ruhe.

Leah erhob sich und durchwühlte noch einmal gründlich den Kleiderschrank. Dort lagen ein paar leicht muffig riechende Herrenpullover. Eine Kiste mit Christbaumschmuck. Weitere Laken und einige alte Tischdecken. Beim Schließen glitt ihr die Tür aus der Hand und krachte mit einem lauten Rums ins Schloss.

Die Erschütterung löste einen weiteren dumpfen Knall aus – und der kam von der Rückwand. Offenbar hatte sich dort etwas gelöst und war zu Boden gefallen. Leah bückte sich. An der Wand lugte eine schmale Holzleiste hervor. Vorsichtig rückte sie den Schrank einen Spaltbreit zur Seite und zog einen großen Bilderrahmen hervor.

Sie ahnte schon, was darauf war, als sie nur die untere Hälfte eines Beines erkennen konnte: Helenes Bein. Da war auch das andere, in halterlosen schwarzen Strümpfen, die Füße steckten in hohen spitzen Schuhen. Der Körper leicht verdreht, sodass ihr prächtiges rundes, strammes Hinterteil in die Kamera gewendet war. Locker hingen darüber zwei unbefestigte Strapse. Die Beine waren gekreuzt, sodass sie sich dort, wo der heißeste Punkt einer Frau lag, mit dem Fleisch der Schenkel selbst berühren konnte. Der Oberkörper leicht nach vorn gebeugt. Pralle Brüste quollen hinter den verschränkten Armen hervor. Die zartgliedrigen langen Finger, mit kostbaren Ringen geschmückt, schienen die Ellbogen zu liebkosen. Helenes Gesichtsausdruck war pure verträumte Sinnlichkeit. Das lange, glatte Haar über die linke Seite gelegt, wo es wie ein Vorhang über ihre Schulter fiel, die sich leicht angehoben davon streicheln ließ.

Niemals zuvor hatte Leah ein so aufreizendes Bild gesehen. Und dass diese Person Helene war, raubte ihr den Atem.

Verwirrt untersuchte sie das Foto von allen Seiten. Als sie auch noch die Rückwand in Augenschein nahm, fand sie einen Kontaktbogen, der daran festklebte. Um ihn besser erkennen zu können, schob sie den Rahmen unter das kalte Licht der Deckenlampe und inspizierte die vielen Schnappschüsse im Diaformat.

Dies musste eine von Helenes Selbstauslöserarbeiten sein, die Klaus Hellkamp erwähnt hatte. Denn auf einigen Bildern sah man sie noch mit verrenkten Gliedmaßen oder mit einem über sich selbst lachenden Gesichtsausdruck. Hier war dokumentiert, wie

Helene alle möglichen Posen ihres Körpers ausprobiert hatte, wobei sie sehr weit gegangen war. Während Leah Helenes Nacktheit aus vielerlei Perspektiven betrachtete, bemerkte sie, wie ihr selbst immer heißer wurde. Ihre eigene Nacktheit verströmte glitschige Feuchtigkeit. Endlich riss sie sich vom Anblick der Bilder los.

Ihr junger Körper pulsierte und sie berührte sich selbst. Doch schon beim zartesten Kontakt ihrer Fingerspitzen mit der eigenen Scham war ihr das Unbefriedigende dieser Situation bewusst. Sie wünschte, sie könnte sich die Hand abhacken und als fremden Gegenstand an ihren Leib heranführen, doch zugleich war ihr die Absurdität dieser Idee klar.

Leah rannte aus dem Zimmer, sprang in der Dunkelheit vorsichtig die Treppe hinunter und erreichte bald das Arbeitszimmer, in dem sie die angebrochene Flasche Whisky vermutete. Da stand sie im fahlen Schein der Straßenlaternen. Leah griff danach, setzte an und ließ die brennende Flüssigkeit in großen Zügen in sich hineinlaufen. Es kümmerte sie nicht, dass ihr ein wenig davon zu den Mundwinkeln wieder herauslief. Das scharfe Nass vermischte sich mit ihrem Schweiß und ihrer Lust, und sie unterstützte diesen Prozess noch, indem sie mit den Handflächen die Mixtur tief in ihre Haut einrieb.

Die Wirkung des Alkohols setzte schnell ein und das ermunterte sie, sogleich noch ein paar weitere Schlucke zu nehmen. Dann geisterte sie durch die fremde Wohnung, rieb ihren Körper an den kühlen Möbeln, die Helenes Ex-Mann und seiner Frau gehörten. Empfand pure Freude, als sie sich mit der hohlen Hand zwischen die Beine griff und etwas von ihrer schleimigen Weiblichkeit hervorholte, um damit die Papiere auf Klaus Hellkamps Arbeitstisch zu benetzen, und schließlich stellte sie sich vor das Foto der lachenden Frau mit ihrem Jungen im Arm und presste ihre jugendlichen Brüste gegen das kalte Glas, hinter dem die frühere Helene eingesperrt war – unerreichbar.

Leah stockte. Da kam doch ein Knarren von der Treppe her? Sie war unbedacht und vielleicht viel zu laut gewesen. Warum nur lagen der

Genuss von Freiheit und die drohende Peinlichkeit der Entdeckung immer so nahe beieinander? Warum bestand ihr Leben ausschließlich aus Bestrafung?

Tatsächlich, da kam jemand die Treppe herunter. Eine große Gestalt, also der Vater, nicht das Kind. Leah überlegte fieberhaft, was sie jetzt tun sollte, doch sie wusste, wenn sie versuchen würde sich zu verstecken, würden ihre Bewegungen auf jeden Fall die Aufmerksamkeit des Mannes auf sich ziehen. Da war es besser, einfach reglos stehen zu bleiben und zu hoffen, dass die Dunkelheit ihren Körper verschlucken würde.

Für einen Augenblick war kein Laut zu hören. Der Mann schien innezuhalten. Dann hörte sie seinen Atem, eine Art Schnüffeln oder Schnuppern. Hatte er ihre Witterung aufgenommen? Leah versuchte einen Hauch von sich selbst zu riechen und erschrak über die Stärke ihrer Ausdünstung.

Dann ging der Mann weiter, mit sicheren Schritten Richtung Arbeitszimmer. Sie hörte Gläserklirren.

Aha, noch einer, der sich seine Schlaflosigkeit mit Trinken versüßte. Leah hörte Klaus Hellkamp zurücktappen und die Treppe erklimmen. Er war fort. Sie war unentdeckt geblieben. Vermutlich jedenfalls. Leah rutschte zu Boden und spürte das stumpfe Holz unter ihrem nackten Gesäß.

Tausendundein Gedanke schwirrte durch ihren Kopf: über sich selbst und diese obskure Orgie, die sie hier gerade veranstaltet hatte, über den Mann im Schlafzimmer über ihr. Wie der sich wohl fühlen musste in dieser Nacht, da er einem wildfremden Mädchen von seiner Ex vorgeschwärmt und über den Tod seines Erstgeborenen gesprochen hatte; über Helene, deren altes Leben sie in diesen Minuten besuchte, den Frauenkörper, der im Gästezimmer versteckt gehalten wurde, und, und … Leah versuchte den Kopf frei zu bekommen. Nichts mehr von alledem sollte sie martern. Sie schlich noch einmal, nun mit allergrößter Umsicht, in den Raum mit der Whiskyflasche und trank die letzten Schlucke, die Klaus Hellkamp übrig gelassen hatte. Er musste bemerkt haben, dass sie sich schon davor bedient hatte. Egal. Leah setzte sich in den Sessel, stützte ihren Kopf mit den blonden Locken in die Hände und versuchte sich zu beruhigen.

Der Glockenschlag einer Kirchturmuhr war zu hören. Ein Uhr, die Geisterstunde ist vorbei, dachte Leah.

Mit vollkommener Selbstverständlichkeit tat sie, was sie glaubte tun zu müssen. Für ihre Heilung, zur Linderung so vieler Schmerzen, als Rache.

Im ersten Stockwerk angekommen öffnete sie die erste Tür. Es war die falsche. In einem Gitterbettchen schlief friedlich der Junge, der von sich selbst als dem kleinen Klaus gesprochen hatte. Zwei andere Türen waren verschlossen, nur die letzte war halb geöffnet, geradezu einladend. Leah näherte sich, spähte hinein und entdeckte Klaus Hellkamp im Dämmerlicht einer grünlichen Nachtbeleuchtung mit geschlossenen Augen unter einer dünnen Decke liegend.

Sie ging auch die letzten Schritte, hob die Decke und schob ihren nackten Leib neben den des Mannes. Dieser rührte sich nicht. Eine Zeit lang jedenfalls. Doch nach einigen Minuten rollte er sich halb über Leah, als wälze er sich im Schlaf, drückte sein hartes Geschlecht gegen ihre angezogenen Knie, schnappte mit den Lippen nach der Knospe ihrer linken Brust, sog fest daran, umfasste mit einer Hand die andere, stöhnte: »Was für feste Tittchen«, und mit einer einzigen gekonnten Bewegung hatte er ihre Beine gespreizt und war in sie eingedrungen.

Dies ist die Geschichte von einer verwirrenden Fesselung

Drei Tage lang verfiel Helene wieder in ihren alten Rhythmus von Rennen und stundenlanger Strandhockerei. Obwohl es ihr körperlich wesentlich besser ging, waren die langen Läufe in der Sonne zunehmend beschwerlich, selbst wenn sie schon früh am Morgen aufbrach. Während sie dem Wellenschlag hinterherträumte und mit den Füßen in dem heranrollenden Plätschern spielte, überkam sie hin und wieder das Bedürfnis, sich in die Fluten zu werfen.

Doch scheiterte die Erfüllung dieses Wunsches an dem schlichten Umstand, dass sie keinen Badeanzug in ihrem Gepäck verstaut hatte. An Schwimmen hatte sie damals, als sie ihren Haushalt aufgelöst hatte, nicht gedacht. Sich einfach ohne Bekleidung ins Meer zu werfen war unmöglich. So wie am Día del Cambio wollte sie schließlich nie wieder entdeckt werden.

Don Salvo tauchte regelmäßig mit seinem Boot auf. Grüßte höflich aus der Distanz, ließ sie aber ansonsten in Ruhe. Als wüsste er, dass sie in diesen Tagen sowieso nicht mit ihm sprechen würde.

Gegen Abend besuchte er sie allerdings weiterhin regelmäßig auf ein halbes Stündchen in der Casa Floreciente, schenkte sich und ihr ein Glas vom mitgebrachten Wein ein, trank in ruhigen Zügen, schaute gemeinsam mit ihr in den Himmel, wünschte dann freundlich eine gute Nacht und verschwand wieder.

Nach drei Tagen kam Helene diese Prozedur lächerlich vor und deshalb erwiderte sie am nächsten Tag seinen Gruß, setzte sich zu ihm und fragte nach seinen Bootsausflügen.

Er erzählte ihr, dass er, wenn es das Wetter erlaube, beinahe täglich einige Stunden auf dem Meer verbringe, dass es ihm gut tue, vielleicht vergleichbar mit ihren Strandläufen.

»Seit wie vielen Jahren fährst du denn schon?«, wollte sie wissen. Er verzog unsicher das Gesicht: »Vermutlich schon immer. Als ich sehr klein war, hat mich mein Vater mitgenommen, und später habe ich dann jemanden gefunden, der mir alles über die seltsamen Strömungsverhältnisse und Söge unterhalb des Kliffs beibringen konnte. Mit diesem Wissen habe ich mich als Junge alleine immer weiter hinausgetraut und schließlich waren die stürmischen Winde vor dem Kap nur noch ein Kinderspiel.«

Er zog sie mit sich und ermunterte sie zu einem gemeinsamen Gang am Dorf vorbei. Dort, in der Nähe der Bewohner, hatte Helene ihre einsamen Erkundungen immer abgebrochen, deshalb war ihr der steile Weg hinter der Ortschaft, das Kliff hinauf, bisher nie aufgefallen. Unregelmäßige Felsvorsprünge bildeten eine Art natürlicher Treppenstufen. Auch wenn der Pfad schmal war, konnte man den Klippenrand problemlos erreichen.

Oben angekommen bot sich ein herrlicher Ausblick über die Dächer des Dorfes im Süden und über die ovale Bucht von Punta del Cambio, die majestätisch vom Klosterhügel abgerundet wurde. Im Norden öffnete sich der Blick auf die freie See, der von einem geraden grauen Küstenstreifen unterbrochen wurde, der dunklen Landzunge vor Finisterre, die tatsächlich so aussah, als strecke die Erde Himmel und Meer die Zunge heraus.

»Als Kind war dies mein Lieblingsplatz. Von hier aus habe ich mir das Ende der Welt angeschaut.« Er lachte wieder sein warmes Lachen.

»Du hast von deinem Vater gesprochen, mit dem du gerudert bist, und im Dorf sagen sie, deine Familie hätte ein Unternehmen oder eine Fabrik in Santiago, aber was war mit deiner Mutter?«

»Ich weiß nicht viel über meine Mutter. Sie starb kurz nach meiner Geburt. Mein Vater hat nie über sie gesprochen. Er war ein fleißiger, aber strenger Mann und die Bootsfahrten waren eigentlich das Einzige, was wir gemeinsam machten.«

Salvo blickte ruhig über den Horizont. »Er ist auch recht jung gestorben, ich war noch sehr klein, aber es war besser so …«

»Warum?« Helene blickte ihn erschrocken an.

»Es war so!«

»Willst du sagen, dass du seinen Tod akzeptiert hast?«

»Nein. Das würdest du vielleicht sagen wollen. Für mich war es einfach richtig, so zu leben, wie ich lebe, völlig unabhängig davon, was mit meiner Familie ist.« Jetzt blickte er sie schief von der Seite an. »Ich bin nicht gerade das, was man einen Familienmenschen nennt. Darüber lachen die Puntas schon seit Jahren, denn bei uns werden die Verwandtschaftsbande ja stets sehr hochgehalten, wie du sicher schon gemerkt hast. Komm, Elena.« Er führte sie wieder hinunter in das Dorf.

An einer Wegbiegung passierte es. Er wollte ihr helfen. Sie war gestolpert und schon während sie fiel und er sie festhielt, wusste sie, dass gleich etwas absolut Unmögliches geschehen würde.

Sie war mit einem Fuß weggerutscht und dabei leicht umgeknickt. Der Schmerz war kurz und nicht sehr heftig gewesen. Dennoch standen beide noch eine Sekunde lang voreinander, Salvo sah ihr prüfend ins Gesicht, ob mit ihr auch wirklich alles in Ordnung sei, und Helene bemerkte, dass diese Sekunde sehr viel länger dauerte als je eine Sekunde zuvor. Plötzlich nahm sie alles um sich herum anders wahr als vor dem Sturz. Umgeben von zerklüfteten Steinwänden, die die Hitze des Mittags gespeichert hatten, über ihnen der wolkenlose blaue Himmel, von diesem Standort aus war nicht das kleinste Fitzelchen Wasser zu sehen, als ob sie sich in einer Felsschlucht befinden würden. Dabei musste doch nur zwei, drei Stufen und eine Wegbiegung weiter das unendliche Glitzern des Atlantiks warten.

Es war ganz still. Helene fühlte die Wärme, die auch ihr Körper gespeichert hatte, und wieder fühlte sie sich leicht, leichter noch als leicht, fast leer, als wäre da in ihr ein Loch, eine große Höhlung, die sich danach sehnte, gefüllt zu werden. Und vor ihr stand dieser Mensch, der sie nicht aus den Augen ließ, und sie wusste nicht einmal, wer dieser Mann überhaupt war. Aber er war da und auch er strahlte Wärme aus, das konnte sie jetzt sehr genau spüren. Dieser Körper vor ihr war immer warm, in diesem Moment vielleicht sogar heiß, seine gebräunte Haut sandte seltsame Signale der Wärme aus und immerzu ruhte sein Blick auf ihrem Gesicht, ganz still und fest. Helene dachte daran, dass dieser Mann möglicherweise etwas besaß, das diese unendliche Leere in ihr ausfüllen könnte, auch physisch, so wie Männer das bei Frauen tun. Sie wollte diesen absurden Gedanken schnell wieder verbannen, aber der Mann ließ seinen Blick nicht von ihr. Wenn er doch endlich wegschauen oder sich wenigstens bewegen würde. Da rührte er sich und sie selbst bewegte sich ebenfalls, vollkommen gegen ihren Willen. Man sah es kaum, doch schienen sie beide ihre Hälse zu strecken, ihre Gesichter befanden sich unerhört dicht voreinander, sodass die Luft, die der eine ausatmete, zwangsläufig vom anderen eingeatmet werden musste. Dann hatten sich ihre Köpfe so sehr einander genähert, dass sie den Hals ein ganz klein wenig abknicken mussten, damit ihre Nasen nicht aneinander stießen. Es war nicht einmal mehr ein Millimeter Platz zwischen ihren Mündern und bei jedem Atemzug konnte sie jetzt die oberste Hautschicht seiner Lippen spüren. Gleichzeitig bemerkte sie, dass ihre eigenen Lippen vorne etwas rau und deshalb so unheimlich empfindsam waren, dass aber hinter dieser trockenen ersten Schicht der gesamte Inhalt ihres Blutkreislaufes hindurchzupeitschen schien. In ihr herrschte ein starkes Prickeln und diese fremden, anderen Lippen direkt vor ihr schienen verlockend weich zu sein. Das Augenpaar über der leicht zur Seite geneigten Nase schaute immer noch so intensiv, als ob es direkt hinab in das große Loch in Helenes Unterleib blicken könnte. Das war doch … allen Ernstes … das war doch … konnte doch nicht sein! Um diesem Theater, hier eingequetscht zwischen den heißen Felsen, ein Ende zu bereiten, sagte sich Helene, ich zähle bis zwei, dann zähle ich noch einmal bis zwei und dann ist es vorbei. Sie zählte bis zwei, legte ein winziges bisschen Spannung in ihre Mundwinkel, so dass sich ihre

Lippen leicht, aber wirklich nur ganz leicht vorwölbten, und setzte im gleichen Moment einen zarten Kuss auf den Mund vor ihr. Sie schmeckte die salzige Wärme des rosigen Fleisches, zählte wieder bis zwei und zog dann beinahe ebenso langsam wie auf dem Hinweg ihren Kopf wieder in seine ursprüngliche Position zurück.

Salvo schob seine Hand unter ihren Unterarm und half ihr über die nächsten kantigen Felsvorsprünge hinweg. Da war auch schon wieder das Meer zu sehen und sowie es in Sichtweite war, konnte man auch sein gleichmäßiges Rauschen vernehmen. Unten angekommen ließ Salvo sie los und ging voran zum Strand. Dort machte er sich an seinem Boot zu schaffen.

Keiner von beiden verlor eine Silbe über das, was bei den Felsen zwischen ihnen vorgefallen war.

Von nun an gehörte Don Salvo auf gewisse Weise zu Helenes Leben. Der abendliche Kurzbesuch, ein paar Worte am Strand. Nachmittags, nachdem die ganz große Hitze sich in den länger werdenden Schatten verzog, wanderte Helene wieder regelmäßig nach Espíritu Hijo und verbrachte einige Stunden mit Hermana Consuelo. Die hatte inzwischen mit der Ernte der jungen Kräutertriebe begonnen, die in diesen Wochen nach der Speicherung der Sonnenwärme den Höhepunkt ihrer aromatischen Kräfte entfalteten. Helene lernte viel über die Grundsubstanzen, einfache Trocknungsverfahren, die mit großer Sorgfalt zu überwachen waren, sowie über Einlagerung und Vorratshaltung.

Eines Tages platzte sie mit einer Überlegung heraus, die sie schon seit einiger Zeit beschäftigte: »Ich hätte mit Leah irgendwohin fahren sollen.«

»Wieso?« Die Klosterfrau unterbrach ihre Arbeit nicht.

»Dann hätte Leah mal etwas anderes gesehen und ich hätte mir einen Badeanzug kaufen können.«

Consuelo lachte schallend auf. »Wem gilt jetzt die Sorge, dem Mädchen oder der Garderobe?«

Helene musste in das Lachen einstimmen: »Ich weiß, es klingt dumm. Aber ich meine es ernst. Leah wäre bestimmt gerne mal unterwegs gewesen und ich hätte sie gerne dabeigehabt, denn ich habe überhaupt keine Lust, alleine in die Stadt zu fahren.«

»Na, wenn es keinen zwingenden Grund gibt …«

»Gibt es aber.«

»Einen Badeanzug?«

»Nicht nur. Es sind halt so ein paar banale Dinge. Ich habe mich seit Monaten um nichts gekümmert. Ich meine, vielleicht sollte ich irgendwann mal Putzmittel kaufen und Seife und … Ach, nicht lachen.«

»Doch, doch! Ich verstehe das. Wir kümmern uns also jetzt um so banale Dinge wie Putzmittel, he? Meine Liebe, das Leben ist genauso banal, wie es nicht banal ist. Was heißt schon dieses Wort? So viel wie alltäglich, oder? Und es gibt nun mal einen Alltag. Wenn man sich den mit einem erfrischenden Bad versüßen will, dann braucht man eben einen Badeanzug.«

Consuelo wandte sich wieder den Kräutern zu und zupfte an den kleinen Blättern. Sie standen unter einem schattigen Bastdach vor einem der kleinen Steingebäude. »Salvo fährt nach Santiago. Jede Woche.«

»Und Sie meinen, den soll ich zu einem Einkaufsbummel überreden?«

»Warum nicht?«

»Nein!«, entgegnete Helene resolut. »Dann fahre ich schon lieber alleine. Gleich morgen.«

In der Nacht hatte es sich bewölkt und ein frischer Wind war aufgekommen, sodass Helene ihr Vorhaben nicht mehr als so dringlich empfand. Doch weil sie sich ausrechnen konnte, dass diese Wettereintrübung nur von kurzer Dauer sein würde und sie, wenn erst das Meer wieder einladend türkis unter der Sonne funkelte, erneut Lust haben würde hineinzuspringen, entschloss sie sich, den Ausflug in die Stadt dennoch zu machen.

Als sie ihren Wagen über den holperigen Weg zwischen den üppig tragenden Olivenbäumen hindurchkutschierte, kam ihr Hermana Consuelo winkend entgegen.

»Ich dachte, vielleicht können Sie mir ein paar Kleinigkeiten aus Santiago mitbringen? Ich habe eine Liste gemacht.« Sie reichte Helene ein Blatt Papier durch das Fenster. Helene erkannte Buchstaben und Zahlenkombination: »Ich kann das nicht entziffern, was ist damit gemeint?«

»Das sind Rezepturen, die ich gerne aus einer Farmacia hätte. Es ist eine ganz besondere Apotheke, gegründet im 15. Jahrhundert von den Mönchen des Colegio de Fonseca, dort, wo heute die pharmazeutische Universität untergebracht ist. Nur getrennt durch eine kleine Gasse liegt die alte Apotheke. Man kennt mich dort. Fragen sie nach Dr. Casares, ein Gruß und die Notizen reichen aus.«

»Gut«, antwortete Helene, »aber ich bringe die Sachen erst spät. Ich dachte, auf dem Rückweg statte ich dem Ende der Welt mal wieder einen kleinen Besuch ab.« Hermana Consuelo schien diese Nachricht nicht zu gefallen. Sie schüttelte langsam den Kopf und formulierte dann eindringlich: »Nicht heute, Helene. Heute ist nicht der richtige Tag.«

»Wieso nicht? Das bisschen Wind wird doch nicht so schlimm sein.«

»Nein, es ist nicht der Wind. Wie soll ich es ausdrücken?« Es entstand eine kleine Pause. »Also, sagen wir mal so, das Ende der Welt ist heute belegt oder besetzt oder wie immer man das in Ihrer Sprache ausdrücken würde. Glauben Sie mir, es ist einfach nicht der richtige Tag.« Damit strich sich Consuelo den grauen Rock glatt und wandte sich zum Gehen.

Helene schaute ihr noch einen Moment hinterher, bevor sie die Bremsen löste und ihren Weg fortsetzte.

Sie parkte ihr Auto unten am Rande der Altstadt und legte den Rest zu Fuß zurück. Sie fühlte sich seltsam an diesem Morgen, mitten unter den hektisch hin und her eilenden Menschen, umgeben vom Rufen und Lärmen einer belebten Großstadt. Jedermann schien hier zu wissen, wo er hingehörte, und selbst die Touristen bewegten sich zielstrebig zu den Sehenswürdigkeiten ihrer Wahl. Helene hatte sich wie jeden Morgen sorgfältig angekleidet, sie trug einen hellen knielangen Rock aus weichem, fließendem Stoff und eine kurzärmelige weiße Baumwollbluse. Doch als sie ihre eigenen Schritte auf dem städtischen Pflaster beobachtete, fühlte sie sich in den abgetragenen Turnschuhen reichlich unwohl. In der Rua Nova blieb sie vor einem Schaufenster stehen und musterte die Gestalt, die sich darin spiegelte. Als sie konzentriert durch die Scheibe hindurch in das Innere des Geschäftes blickte, bemerkte sie, dass sie vor einem Friseursalon stand. Kurz entschlossen betrat sie den kleinen Raum und ließ sich zum ersten Mal seit Monaten wieder die Haare schneiden und frisieren.

So ging es weiter – von Geschäft zu Geschäft: In den Arkaden hinter dem Prazo do Toural erstand sie zwei neue Paare Segeltuchschuhe und nebenan in einem noblen Lederwarengeschäft ein Paar Sommersandalen dazu. Das feine Wäschegeschäft »Damas Intimas« führte auch Bademoden und nach langem Anprobieren entschied sich Helene für einen teuren, gut geschnittenen, aber schlichten weißen Einteiler. Eine edle Parfümerie lockte mit ihren Düften und Helene spendierte sich alle möglichen Lotionen und Cremes, Dinge, die sie zwar auch in der Vergangenheit gewohnheitsmäßig benutzt, deren Genuss sie aber in den letzten Monaten vergessen hatte. Eine um die andere hübsch verschnürte Tasche legte sich über ihre Handgelenke. Mit jeder Ladentür kehrte ein Stück Erinnerung daran zurück, dass es auf der Erde dingliche Erscheinungen gab, die zu den Menschen gehörten, die Menschen nutzen durften, an denen sie sich erfreuen konnten, selbst wenn es sich nur um vergleichsweise kleine Freuden handelte. So wurde das, was für einen außenstehenden Beobachter wie ein ausgedehnter Kaufrausch aussehen musste, für Helene ein zaghafter Schritt zurück zu sich selbst.

Ihre Sinne waren bis aufs Äußerste gespannt, beinahe trunken vom Befühlen der Stoffe und Materialien, die Augen brannten vom Studieren der Flaschen und Tiegel. Den beißenden Geruch einer Drogerie in der Nase, lief sie zurück zu ihrem Wagen und füllte den geräumigen Kofferraum mit Paketen, Tüten und Netzen. Das Erwerben des Fensterputzmittels beglückte sie dabei in gleichem Maße wie der Kauf eines fliederfarbenen Sommerkleides – Flieder, die Farbe des Loslassens und Lösens. Die Last der luxuriösen Lebensmittel, die sie in einem Feinkostgeschäft erstanden hatte, wog genauso leicht wie der in Seidenpapier eingeschlagene weiße Badeanzug, der mehr oder weniger Anlass für diese Einkaufstour gewesen war.

Nachdem Helene ein Vermögen unter die Geschäftsleute von Santiago verteilt und auch den Besuch bei dem Pharmazeuten in der schattigen Gasse zwischen den alten Gemäuern nicht vergessen hatte, verstaute sie ihre letzte Beute, einen einfachen zusammenklappbaren Liegestuhl, ebenfalls im Auto, löste dann die Bänder ihrer Turnschuhe, streifte diese ab und warf sie in den nächstbesten Abfalleimer.

Mit bloßen Füßen und direktem Kontakt zum Boden machte sie sich noch einmal auf den Weg und näherte sich dem wahren Zentrum von Santiago.

Die schrägen Seitenblicke auf ihre nackten Füße ignorierte sie und versuchte ein leichtes Zittern zu unterdrücken, als sie sich mit so festen Schritten wie möglich der Kathedrale näherte. Als sie den Prazo do Obradoira überquerte, schielte sie über die beiden rautenförmigen Treppen hinauf zu den barocken Eingangstüren. Beide standen weit offen. Natürlich. Gut, dachte sich Helene, wenn also Gott der Herr jetzt zu Hause ist und ich schon einmal hier bin, dann kann ich auch ein bisschen mit ihm sprechen. Sie erklomm die Treppe Stufe um Stufe, machte am oberen Rand einen kleinen Bogen um den Platz, auf dem sie einst, zu einer anderen Zeit, in einem anderen Leben, gesessen hatte, und betrat das Innere des berühmten Heiligtums.

Vor der mittleren Säule des Eingangsportals stand eine lange Schlange wartender Gläubiger, die unter den Augen des Erlösers, vierer Evangelisten, acht Engeln, zweiundvierzig Seliger sowie vierundzwanzig Ältester ihre rechte Hand in fünf Vertiefungen im Marmor stecken wollten. Diese Berührung sollte sie vor Ungläubigkeit schützen. Auf der anderen Seite der Säule standen etliche Kinder, aber auch einige Erwachsene, um ihre Stirn auf den Kopf einer knienden Steinfigur zu legen. Angeblich hatte sich hier Meister Mateo, der große Baumeister der Kirche, selbst verewigt. Das Kopf-an-Kopf-Legen sollte ein gutes Gedächtnis fördern. Helene hatte vor ihrer ersten Reise nach Santiago über all diese Bräuche gelesen. Jetzt, da sie sah, dass tatsächlich ganze Schwärme von Pilgern unterwegs waren, um in Gesten und Gebeten ihren Glauben auszudrücken, war sie ein wenig erschrocken – über den Glauben der anderen genauso wie über ihre eigene Haltung. Auf jeden Fall würde sie niemals ihre Stirn gegen die des kleinen Steinmännchens pressen. Auf ein gutes Gedächtnis wollte sie gerne verzichten.

Unter den heißen Fußsohlen war die Kühle der alten Steinplatten zu spüren. Ihre Augen brauchten einen Moment, um sich an die Lichtverhältnisse zu gewöhnen, als sie tiefer in den kreuzförmigen Bau vordrang. Langsam begann sie, die Gänge des Kirchenschiffes zu durchstreifen, geblendet von dem verschnörkelten Schmuck der Seitenaltäre, bis sie schließlich vor dem goldenen Altar mit der Statue des Heiligen stand, dessen Geschichte diese Stadt durch die Jahrhunderte am Leben erhalten hatte. Hinter dem Altar führte ein bogenförmiger Gang zu weiteren Kapellen, der heiligen Pforte und zum Eingang des Allerheiligsten. Eigentlich waren es zwei Eingänge. Der eine führte hinab, unter den Altar, wo ein silberbeschlagener Kasten mit den Gebeinen des Apostels verehrt wurde. Der andere führte ein paar ausgetretene Stufen hinauf und mitten hinein in den Altar, wo die Statue des heiligen Jakobs umarmt und geküsst werden konnte.

Helene kümmerte sich nicht um die Betenden, Pilger, Kunstliebhaber oder wer sonst dieses Gotteshaus bevölkern mochte.

Während sie darüber nachsann, was sie hier eigentlich wollte, kam ihr das Mädchen wieder in den Sinn. Leah, die bei einer ihrer ersten Begegnungen von sich behauptet hatte, sie trage den Namen der Frau, die anstelle einer anderen dem alttestamentarischen Jakob untergeschoben worden war. Ein Ersatz, eine Stellvertreterin, voller Wut und Trauer über die ihr versagte Liebe und Anerkennung, aber auch voller Mut und chaotischer Vitalität. Was hätte wohl Leah dem heiligen Jakob zu sagen gehabt?

Helene streckte ihre rechte Hand aus, als wolle sie die Figur ehrfurchtsvoll berühren, doch stattdessen zwickte sie die kalte Materie in die Schulter. Verdammt, dachte sie und blickte sich um, ob auch niemand in Hörweite stand. Dann sprach sie es laut aus: »Verdammt noch mal! Wenn du damals da gewesen wärest und deine Tore nicht vor unserer Nase verschlossen hättest, dann wäre das vielleicht alles nicht passiert. Dann wäre unsere Geschichte vielleicht ganz anders verlaufen.« Und damit schlug sie noch einmal kräftig gegen den harten Stein.

Auf der langen Rückfahrt weinte Helene. Sich durch die salzigen Tränen hindurch auf die Straßen zu konzentrieren, war schwer. Deshalb hielt sie schließlich doch an, als sie das freie Feld vor dem Cabo Finisterre erreichte, und beschloss, trotz der Warnung von Hermana Consuelo auszusteigen und sich die Beine zu vertreten. Eigentlich hatte sie gar nicht vorgehabt, weit an den Klippenrand vorzulaufen, denn es war inzwischen recht windig geworden und ihr war kalt. Doch als sie hinüberblickte, wurde ihre Aufmerksamkeit geweckt. Sie konnte es nicht genau erkennen, aber da vorne, etwas weiter unten, da entdeckte sie etwas, das sich nicht einordnen ließ. Sie ging noch etwas näher heran.

Nach einigen Sekunden war sie sich ganz sicher: Da vorne saß eine kleine Gestalt auf einem Stein. Von den Umrissen her konnte es kein Tier sein. Gefährlich nahe an der Steilküste, genau dort, wo sie gemeinsam mit Leah in das strudelnde Wasser geblickt hatte, saß ein kleiner Mensch. Vielleicht ein Kind, schoss es ihr durch den Kopf und sie begann zu rennen.

Tatsächlich saß da auf einem hohen Felsbrocken ein Mensch. Sie konnte den Rücken in einer braunen, alten Jacke erkennen sowie den zerzausten Hinterkopf, von dem ein paar spärliche Haarsträhnen im Wind flatterten. Erst als sie sich an der Gestalt vorbeidrückte und sich so nah, wie die Klippen es zuließen, davor stellte, begriff sie, dass es sich keineswegs um ein Kind handelte, sondern um die uralte Frau, die im Haus von Leahs Verwandten lebte. »Um Gottes willen«, entfuhr es Helene. Der Wind pfiff durch die dünnen Haare und blähte die Kleider. Helene fürchtete, eine stärkere Böe könnte die filigrane Gestalt einfach über die Klippen wehen.

»Sie brauchen nicht so besorgt zu gucken«, sprach die Alte mit ihrer heiseren Krächzstimme. »Ich bin festgebunden.« Sie hob die über dem Schoß gefalteten kleinen Hände und unter den viel zu großen Ärmeln der Herrenjacke konnte Helene zwei grobe Stricke ausmachen, mit denen die kleine Person über dem Bauch verschnürt an den Felsbrocken gefesselt war. »Wer hat das gemacht?«, wollte Helene erschrocken wissen. »Mein Freund«, lautete die lakonische Antwort. Vielleicht ist sie doch verrückt, dachte Helene und war unsicher, wie sie dieses Gespräch fortsetzen sollte. Mehr aus Verlegenheit denn aus Neugierde fragte sie also: »Ja, aber was machen Sie hier?«

Die Frau sah ihr aus dem völlig runzeligen Gesicht böse entgegen: »Ich sitze hier und sehe mir das Ende der Welt an. Das hier ist mein Platz und ich will nicht gestört werden.« Damit wandte sie ihr Gesicht stur Richtung Horizont. Helene stand hilflos daneben und wusste sich keinen Rat. Dann beugte sich die kleine Frau plötzlich wieder in ihre Richtung und musterte sie von Kopf bis Fuß, um schließlich in ein kehliges Lachen auszubrechen.

»Jetzt laufen Sie ja auch schon genau wie er ganz ohne Schuhe herum.« Helene fand, dass sich die Stimme eigentlich gar nicht so verrückt anhörte, sondern beinahe ein wenig wohlwollend. Sie hob ihre nackten Füße und bemerkte, dass sie tatsächlich immer noch keine Schuhe trug. Die Sohlen waren an einigen Stellen blutig eingerissen. Daran mussten die scharfen Felskanten schuld sein.

»Wie sind Sie denn überhaupt alleine hierher gekommen?«, fragte sie vorsichtig.

»Er hat mich gebracht. Mit dem Auto.«

»Wer denn?«

»Mein Freund.«

»Ihr Freund?«

»Kein Grund zur Eifersucht. Ich trage Schuhe.« Damit streckte sie ihre winzigen braunen Damenschuhe hervor.

»Sie reden doch nicht etwa von …«

»Don Salvo. Doch, natürlich. Er ist der einzige Freund, den ich jemals in meinem Leben hatte. Eigentlich bin ja mehr ich seine Freundin. Irgendjemand musste sich damals um ihn kümmern, als er noch ein kleiner Kerl war. Ich hab das gemacht. Ich bin jeden Tag zu ihm in die Casa Grande gegangen und habe für ihn gesorgt. Und ich habe ihm alles beigebracht«, fügte sie mit Stolz hinzu.

»So? Was denn, das Malen?«

»Nein«, erklang ein meckerndes Lachen. »Das Malen ist doch nicht wichtig. Das hat er von seinem Vater. Der war auch ein schöner Mann. Der hätte mir gefallen seinerzeit, obwohl er ja auch viel zu jung für mich war.«

Helene hockte sich auf den Boden neben den Felsen. »Und was haben Sie ihm beigebracht?«

»Das Wasser. Alles vom Wasser. Strömungen, Strudel, das Geheimnis vom Punta del Cambio.« Sie machte eine kurze Pause und sprach dann weiter in den Wind hinein: »Die Männer in Punta waren immer dumm. Vermutlich ist das überall auf der Welt so, aber davon weiß ich nichts. Doch in Punta haben immer die Frauen die Geschichten aufbewahrt und verstanden ... aber ihm hab ich es beigebracht!«

»Verstehe!«

»Ah. Nein«, ließ sie wieder ihr meckerndes Lachen erklingen. »Sie verstehen gar nichts.« Und dann musterte sie Helene wieder. Ihr kleines Gesicht ähnelte dem einer alten Schildkröte. »Aber weil Sie nun mal da sind und mich stören, werde ich Ihnen etwas verraten, denn er wird es Ihnen niemals sagen, er ist ein Mann. Er war immer bei Ihnen! So ist das! Vom ersten Tag an, da Sie hierher gekommen sind, war er immer bei Ihnen. Sie werden nicht mehr fortkönnen. Er sieht Sie und er passt auf. Aber er ist vorsichtig. Denn gleich beim ersten Mal, als Sie nach Punta gekommen sind, hat er sich gewünscht, dass Sie wiederkommen ... nur der Grund, der Sie hergeführt hat, das hat er natürlich nicht gewollt ... Er weiß es nicht, aber er fühlt sich schuldig. Weil er es sich so sehr gewünscht hat. Er ist eben ein Mann«, schloss sie schließlich unwirsch.

Helene kniff im Wind ihre Augen zusammen und begann zu

stottern. Sie wollte noch etwas fragen, doch da sie nicht wusste, was sie eigentlich wissen wollte, begann sie nur zu stammeln: »Ich … also … Sie … woher …«

»Ich bin hundert Jahre alt. Um ehrlich zu sein, ich weiß gar nicht genau, wie alt ich am Ende bin. Aber ich weiß um die Dinge, die sich hier abspielen.«

Abrupt erhob sich Helene: »Soll ich Sie nach Hause bringen?«

»Nein, natürlich nicht! Sie sollen verschwinden und Ihr Leben leben.«

»Und Sie?«

»Ich bleibe hier. Das hier ist genau der richtige Platz für mich.« Entschlossen blickte sie wieder über den Rand der Klippen.

»Es wird vielleicht Sturm geben«, versuchte Helene sie zu überreden.

»Ich bin nicht gekommen, um da rüberzugehen, auf die andere Seite, wenn Sie das meinen«, und dabei nickte sie in Richtung Wasser. »Ich will es mir nur angucken. Manchmal ist es mir in Punta ein wenig zu langweilig. Doch mit Ihnen haben ja wieder neue Geschichten begonnen und ich will mir unbedingt anschauen, wie die weitergehen.« Noch einmal erklang das meckernde Lachen, blieb einen Moment in der Luft hängen und wurde dann vom Wind davongetragen.

»Gehen Sie jetzt«, fuhr die Alte sie unhöflich an, »gehen Sie, so viel Zeit habe ich nicht mehr, aber das, was mir bleibt, will ich genießen.« Und mit einer wedelnden Handbewegung wurde Helene verscheucht.

Nachdenklich und humpelnd trat sie den Rückweg an. Was auch immer mit der alten Frau los war, ihr stoischer Wille war beeindruckend und woher immer dieses Geschöpf in diesem verbrauchten Körper seine Kräfte nehmen mochte, ihr Geist schien stark und intakt.

Irgendwie erschien es Helene richtig, der Frau ihren Willen zu lassen, wenn sie hier unbedingt allein im Wind herumsitzen wollte. Andererseits war es vielleicht doch verantwortungslos, jetzt einfach wegzufahren. Es würde bald dämmern und die Alte könnte schließlich nicht die ganze Nacht gefesselt auf einem Stein verbringen. Außerdem spürte Helene eine gewisse Neugierde.

Deshalb wendete sie den voll beladenen Wagen, lenkte ihn hinter einen großen bewachsenen Felsvorsprung, wo die Schneise für die Waldarbeiterfahrzeuge begann, und wartete. Sie musste ziemlich lange warten, ihre Füße schmerzten, sie hatte Durst und begann fürchterlich zu frieren. Doch geduldig verharrte sie hinter dem Lenkrad. Nach etwas mehr als zwei Stunden tauchte auf der Küstenstraße ein Paar Scheinwerfer auf, eine dunkle Limousine näherte sich und bog auf den Platz ein, auf dem zuvor schon Helene geparkt hatte.

Helene stieg aus, wagte sich ein bisschen vor, blieb aber so weit hinter dem Felsen verborgen, dass sie nicht entdeckt werden konnte. Es war tatsächlich Don Salvo, der den altmodischen Wagen verließ und mit seinen hochgekrempelten Hosen über die Klippen eilte. Mit zügigen Bewegungen löste er die Stricke, hob die kleine Person hoch, wickelte die Jacke ein wenig enger um den schmalen Körper und trug die alte Frau den ganzen Weg zurück. Helene konnte genau erkennen, mit welch zärtlichen Gesten er die Frau in den Armen hielt und wie umsichtig er sie durch die Beifahrertür ins Innere des Wagens setzte. Dann wendete das schwarze Auto und fuhr Richtung Punta del Cambio davon.

Dies ist die Geschichte von einer Heimkehr auf Umwegen

Ekelhaft, widerlich, abscheulich, so fühlte sich Leah, als sie endlich über den Zugangsarm das Flugzeug verlassen konnte.

Sie war völlig übermüdet, von der turbulenten Reise war ihr speiübel, aber sie spürte Erleichterung darüber, wieder in Spanien zu sein. Mit letzter Kraft wankte sie über den grünschwarzen Marmor, der unter ihr wie verschimmelte Sülze waberte. Noch auf den Koffer warten, ein Telefon suchen, Onkel Kurt anrufen, abgeholt werden und dann endlich schlafen. Das waren die Schritte, die sie hinter ihrer feuchten Stirn immer wieder vor sich her betete.

Bei allem Unwohlsein war ihr durchaus bewusst, dass sie diese reibungslose Rückfahrt mehr als nur einem glücklichen Zufall zu verdanken hatte. Rasch warf sie einen Blick in die Reisetasche. Obenauf schimmerte der feine Glanz der Seidenstrümpfe und durch das dünne, knisternde Papier konnte sie die Spitzen auf dem Strumpfgürtel fühlen.

Nach einer recht aufregenden Zusammenkunft mit Helenes Ex-Mann im gnädigen Nebel des Whiskyrausches war dieser noch vor dem Morgengrauen neben ihr eingeschlafen und hatte im Traum so viele verschiedene Frauennamen vor sich hin gemurmelt, dass Leah sich schließlich gefragt hatte, ob sie vielleicht selber träumte. Doch sie war hellwach gewesen, leicht ernüchtert und ein wenig ängstlich. Wie sollte sie diesem Mann am nächsten Morgen begegnen, ihm klar in die Augen sehen? Eine abwegige Vorstellung.

Also hatte sie sich vorsichtig aus dem Bett geschoben, war leise nach oben geschlichen und hatte in der Gästekammer ihre Sachen zusammengeklaubt. Nur mit Überwindung war sie wieder in die getragenen Kleider geschlüpft, in denen ein strenger Geruch hing. Vorsichtig hatte sie die Treppe nach unten genommen. Eigentlich hatte sie gar nicht mehr schnüffeln wollen; ihre Neugierde war durch den aufregenden Tag schon reichlich belohnt worden. Doch die Brieftasche von Klaus Hellkamp war beim besten Willen nicht zu übersehen gewesen. Sie lag gleich neben der Eingangstür auf dem Sims eines kleinen Fensters, so als hätte sie dort auf Leah gewartet. Nur einmal reinschauen, hatte sie gedacht, aber die Verlockung der vielen grünen Geldscheine war umwerfend gewesen.

Ein dickes Bündel Hunderter hatte im hinteren Fach gesteckt, bestimmt zwölf, vielleicht sogar fünfzehn Scheine. Was immer der Besitzer der Brieftasche mit dieser Summe vorgehabt hatte, er musste mit fünfhundert weniger auskommen, denn so viel hatte sich Leah in die Hosentasche gestopft, wohl wissend, dass diese Summe ihr eine Menge Ärger ersparen würde.

Der kurze Lauf zum Bahnhof hatte sie erfrischt. Sie erwischte gerade noch einen Nachtzug, der sie nach Frankfurt brachte. Nachdem sie ihr Gepäck ausgelöst hatte, ließ sie sich von einem Taxi direkt zum Flughafen fahren. Ihre Glückssträhne hielt an. Gleich in der Früh um sieben sollte eine Maschine nach Madrid starten, und da sie bar bezahlen konnte, bekam sie direkt auf dem Flugsteig das Ticket ausgehändigt.

Beim Betreten der Maschine hatte sie dann nach einer der angebotenen Tageszeitungen gegriffen. Nicht, weil sie sich wirklich für das Tagesgeschehen außerhalb ihres Dunstkreises interessiert hätte, sondern eher der Vorstellung folgend, eine junge allein reisende Frau, die sich mal eben einen Linienflug leisten konnte, sollte eine Zeitung unter den Arm geklemmt haben. Leah wollte wissen, wie sich das anfühlte.

Gelangweilt blätterte sie über Steuerpolitik, Erdbeben und Weltpremieren hinweg. Sie las zwar die Überschriften, verstand die Worte, konnte sich aber trotz aller Mühe nicht vorstellen, dass hier von Menschen die Rede war, die ihr auch nur ansatzweise ähnelten.

Deren Sorgen und Nöte hatten mit den ihren nichts, aber auch gar nichts gemein. Als stünde da etwas von einer anderen Gattung Mensch geschrieben. Auf der letzten Seite stolperte sie dann doch über einen Artikel, den sie von Anfang bis Ende studierte. In der Rubrik *Weltspiegel* war zu lesen: *Der Schnitt geht tiefer – Immer mehr Mädchen ritzen sich die Haut auf – wenn das Blut fließt, lässt der Schmerz nach.*

Ein gewisser Herr Stößlein beschrieb einen Teufelskreis aus Wut, Scham und Verzweiflung. Von Sucht und Rasierklingen war die Rede. Die Abstände zwischen den Verletzungen würden immer geringer und auch die Dosis, das heißt die Tiefe der Wunden, würde von Mal zu Mal erhöht. Und jetzt gab es auch noch ein Theaterstück über dieses Thema. Mit dem passenden Namen *Ritzen.*

Leah kochte. Wie konnte es jemand wagen, so etwas zu schreiben. Diese Klugscheißer von der Zeitung hatten doch nicht den blassesten Schimmer, um was es ging. Wenn ich diesen Herrn Stößlein mal in die Finger kriege, dann beiß ich ihm die Eier ab, dachte sie wütend. Wenn man mit irgendetwas nichts zu tun hatte, sollte man gefälligst auch die Klappe darüber halten.

In der spanischen Hauptstadt war ihr schwindelig gewesen. Aber was blieb ihr anderes übrig als durchzuhalten? In der Wartezeit zum Anschlussflug nach Santiago war sie durch elegante Ladenpassagen gestrichen und hatte ihre Stirn an den Schaufensterscheiben gekühlt. Ohne sich wirklich erinnern zu können, wie sie eigentlich hineingekommen war, hatte sie plötzlich in einem Damenmodegeschäft gestanden und nach eleganter Wäsche gefragt. Die Verkäuferin hatte sie zwar abschätzig gemustert, ihr aber schließlich doch Strümpfe und Strapse gezeigt und Leah hatte ein Ensemble gewählt, das dem von Helenes Akt am ähnlichsten sah. Als sie den raschelnden Stoff berührte, hatte sich ein Gefühl des Triumphes in ihr ausgebreitet. Sie genoss den Gedanken, dass der Samen von Klaus Hellkamp noch immer in ihrem Körper klebte, genauso wie die sichere Überzeugung, dass diese Strümpfe an ihren jungen, langen Beinen unwiderstehlich aussehen würden. Also hatte sie sie gekauft.

Damit war das Geld aufgebraucht. Nicht nur das geklaute, sondern auch jenes, das die Mutter für die angeblich direkt gebuchte Rückreise rausgerückt hatte. Ohne einen Cent, aber mit dem eleganten Päckchen in der verknautschten Tasche hatte Leah eine weitere Stunde totschlagen müssen. Dann endlich konnte sie die letzte Etappe antreten.

Während das Flugzeug abhob, wurde ihr noch einmal das ganze Ausmaß ihres Glückes bewusst. Die Vorstellung, sie hätte zwei Tage in Zügen verbringen oder möglicherweise eine längere Strecke als Tramperin zurücklegen müssen, hatte sie, wenn sie ehrlich war, beunruhigt.

Nun also war sie da. Fast jedenfalls. Da kam auch schon ihr Koffer. Die Münzen für ein Telefonat zu erbetteln war viel einfacher, als sie sich vorgestellt hatte. Reisende waren am Ankunftsort mit sich und der Welt zufrieden, umso mehr, wenn ihnen ein Besuch beim heiligen Jakob bevorstand.

Leah musste in der Fernsprechzelle nicht lange warten. Muriella meldete sich am Apparat und gab ihr die Adresse der Firma von Don Salvo am Rande der Altstadt durch. Dorthin sollte sich Leah von einem Taxi bringen lassen, dessen Fahrer an der Pforte bezahlt werden würde.

Zu ihrer Überraschung war es nicht Onkel Kurt, der sie in Empfang nahm, sondern Don Salvo höchstpersönlich. Einen Moment lang glaubte Leah, ihre Fantasie würde ihr ob der großen Übermüdung einen Streich spielen, aber dann begriff sie, dass tatsächlich der grinsende Mann aus Punta del Cambio vor ihr stand. Unbeschreiblich verwandelt allerdings, kaum wiederzuerkennen. Die Lachfältchen verschwanden fast vollkommen hinter dem dunklen Rand der Brille, das Haar war feucht über den Hinterkopf gestrichen und der dunkle Anzug verlieh ihm das Aussehen eines in die Jahre gekommenen Dandys.

Doch die sicheren Bewegungen, die selbstverständliche Art, mit der er sie zum Auto führte, und die Leichtigkeit, mit der er ihr Aufkreuzen hinnahm, das alles passte zu ihm.

Während der Fahrt hängte Leah immer wieder den Kopf aus dem Fenster. Die saubere Luft der näher kommenden Küste und das weiche rötliche Abendlicht taten ihr gut. Immerhin war sie seit mehr als sechsunddreißig Stunden auf den Beinen, hin und wieder stiegen ihr vor Erschöpfung Tränen in die Augen.

Don Salvo fragte nichts und sagte nichts. Aber Leah fühlte sich durch seine Seitenblicke irgendwie unangenehm beobachtet.

In Punta angekommen, schulterte er ihr gesamtes Gepäck inklusive der kleinen Reisetasche und schleppte es vor Leah her vom Dorfplatz hinunter zum Haus ihrer Verwandten. Er klopfte, nickte Muriella freundlich zu und wandte sich sogleich wieder zum Gehen. »Sie muss schlafen.« Das waren seine einzigen Abschiedsworte.

Also schlief Leah. Sie schlief sogar bis zum nächsten Abend durch. Dann duschte sie ausgiebig und verschlang das Essen, das Muriella ihr aufgehoben hatte. Die Kinder hüpften überdreht vor Freude, dass sie zurück war, um sie herum und auch die Tante schien froh, dass sie wieder bei ihnen war. Nur in Onkel Kurts Augen spiegelte sich ein gewisses Misstrauen, doch ließ er sie in Ruhe und verzichtete auf lästige Fragen.

Nach dem Essen hielt sie es nicht länger aus. Sie verließ Punta über die Strandtreppe, jagte über den hellen Sand, wobei sie freudig immer wieder mit den Füßen durch das Wasser lief, und erklomm schließlich den steinigen Pfad, von dessen Ende aus man sowohl das Kloster als auch die Casa Floreciente erreichen konnte.

Leah schlug den Weg durch die Olivenplantage ein und war außer Atem, als sie die Casita erreichte. Den ganzen Weg über hatte sie mit sich gerungen, was sie Helene sagen und was sie lieber verschweigen sollte. In dem Moment allerdings, als Helene den Rufen folgend das Tor öffnete und vor ihr stand, brach es auch schon aus ihr hervor: »Warum hast du es mir nicht gesagt? Warum, warum,

warum?« Und dabei ergriff sie Helenes Oberarme und begann die völlig verdutzte Frau durchzuschütteln. »Ich hab gedacht, du bist meine Freundin, aber du bist eine eisige Fata Morgana, die für niemanden wirklich existiert, die niemanden an sich heranlässt, und damit machst du die Menschen unglücklich.«

Helene befreite sich aus der Umklammerung und strich sich das Kleid glatt. Erst jetzt bemerkte das Mädchen, dass Helene zum ersten Mal farbige Kleidung trug. Der fliederfarbene fließende Stoff des Sommerkleides umschmeichelte die Figur, deren nackte Details sich in Leahs Gedächtnis eingebrannt hatten.

Helenes Blick war jedoch wie immer, still und ausdruckslos.

»Ich finde, du hättest es mir sagen sollen«, versuchte sie es noch einmal mit einem vorwurfsvollen Unterton.

»Ich freue mich, dass du wieder da bist. Aber ich verstehe nicht, was du meinst, Leah.«

»Dein Sohn. Benjamin. Dein Ex-Mann. Dein ganzes Leben. Die Bilder. Ich weiß alles.«

Leah spürte, wie Helene erstarrte. »Wie kannst du nur so tun, als hätte es all das nicht gegeben?«, beharrte sie. »Wie kannst du das alles einfach begraben wollen? Glaubst du wirklich, dass man so was hinter sich lassen kann?« Ihre Stimme bekam etwas Schrilles. Oder kam es ihr selber nur so vor, weil Helene so völlig regungslos blieb? Wie angewurzelt standen beide voreinander im Patio.

Weil Helene immer noch kein Wort sagte, konnte Leah nicht an sich halten: »Ich war bei deinem Haus. Ich war bei deinem Mann und seinem neuen Kind. Ich habe deine Bücher gesehen und Fotos von dir. Verstehst du? Du bist mir so wichtig, dass ich wissen wollte, was mit dir los ist, und du verlierst kein Wort darüber. Weißt du überhaupt, was es heißt, jemanden gern zu haben, sich für jemanden zu interessieren? Aber das ist dir wahrscheinlich egal. Genauso egal wie allen anderen.«

Nicht wissend, wohin mit ihren widersprüchlichen Gefühlen, fuchtelte Leah so wild mit den Armen vor sich herum, dass es aussah, als wolle sie auf Helene einhämmern. Die stand weiter regungslos vor dem Mädchen und sah sie durchdringend an. Erst als sie tief ausatmete, bemerkte Leah, dass Helene offenbar schon seit einer geraumen Zeit die Luft angehalten hatte. Dann packte sie Leahs Schulter mit erstaunlicher Kraft und dreht sie zum Tor. Noch einmal wiederholte sie ihre Worte, dieses Mal viel leiser und offensichtlich kostete es sie Mühe, überhaupt zu sprechen: »Ich freue mich, dass du wieder da bist. Aber ich verstehe nicht, was du meinst, Leah.« Sie schob das Mädchen sanft, aber bestimmt durch den Torbogen und verriegelte leise hinter ihr das Schloss.

„Du sollst zu Don Salvo kommen, in die Casa Grande«, begrüßte sie Onkel Kurt drei Tage später freundlich, als Leah mit den beiden Kleinen vom Schwimmen nach Hause kam.

»Wieso das denn?«, fragte sie unbeteiligt. In Wahrheit jedoch freute sie sich über diese Aufforderung. Nach dem verunglückten Besuch bei Helene hatte sie sich reichlich elend gefühlt und sich kaum noch aus dem Haus getraut. Gestern Nachmittag war sie dann Don Salvo zufällig begegnet, als sie mit den Kindern durch das Treppenviertel tollte.

Allerdings war sein übliches Grinsen verschwunden. Er hatte sie seltsam durchdringend angeschaut. Zwar wieder barfuß in seinem hellen Fischeraufzug, doch irgendwie mit einer neuen Attraktivität ausgestattet. War es das Wissen, dass er ganz anders aussehen konnte, wenn er nur wollte, oder grundsätzlich der neu entdeckte Reiz an Männern, die viel älter als sie selbst waren, oder war es nur die Enttäuschung über den Reinfall mit Helene? Leah wusste es nicht.

Aber irgendetwas musste schließlich passieren, sonst könnte sie ja gleich wieder nach Hause fahren. Deshalb war sie höchst gespannt, was Don Salvo wohl von ihr wollte.

Gegen Abend bemerkte sie, dass ihr die Begegnung mit diesem selbstsicheren Mann doch etwas mehr Mut abverlangen würde, als sie sich momentan zutraute. Deshalb durchforstete sie kurz die Brandybestände des Onkels und genehmigte sich ein paar ordentliche Schlucke, während sie sich zurechtmachte. Mit stark geschminkten Augen und dunkel bemalten Lippen fühlte sie sich ein Stückchen verwegener. Und weil das ein so angenehmes Gefühl war, trank sie gleich noch ein paar Schlucke.

Während der Alkohol zu wirken begann, fielen ihr die feinen Seidenstrümpfe wieder ein. Sie riss die teure Verpackung auf und nahm den Stoff in ihre Hände. Wie angenehm sich das glatte Gewebe über ihre Haut rollen ließ und wie fest sich die Strapse über ihrem nackten Hintern anfühlten.

Leah drehte und wendete sich oben in ihrem Zimmer vor einem kleinen Spiegel, probierte Röcke und Blusen und vergaß vor lauter Wonne über ihre bestrumpften Beine beinahe, pünktlich zur Verabredung aufzubrechen.

Also stülpte sie sich eilig ein schwarzes längeres Kleid über und schlüpfte in ihre Sandalen. Ohne Zweifel wollte sie Don Salvo gefallen und ohne Zweifel würde sie Don Salvo gefallen – davon war sie fest überzeugt.

Es war schon fast dunkel, als sie beschwipst über die Treppen hüpfte. Eine leichte Erregung sorgte für ein flaues Gefühl im Magen. Noch nie zuvor war Leah in der Casa Grande gewesen. Wenn sie es sich recht überlegte, hatte sie das Haus auch nie wirklich wahrgenommen. Umso überwältigender war der Anblick, der sich ihr bot, als sie durch die geöffnete Tür den Garten betrat. Wogende Palmenspitzen zeichneten sich kräftig vor den erleuchteten Fenstern des Obergeschosses ab. Das Rauschen der Wellen wurde vom Abendwind deutlich herübergetragen, hinter den geöffneten Fenstern zu ebener Erde sah man Kerzenlicht flackern. Leah kam sich vor wie in einem Märchen. Ihre Schritte knirschten über den Kies. Hin und wieder drückte sich ein Steinchen durch die Riemen ihrer Sandalen, sodass sie stehen bleiben musste, um es zu entfernen.

»Sí, sí, komm herein«, hörte Leah aus dem Inneren des Hauses eine Stimme. Niemand war zu sehen. Sie durchquerte die Halle und steckte ihren Kopf in die Seitenräume. Doch weder im Küchentrakt noch in den kleineren Zimmern traf sie jemanden an. Komisch, dachte Leah, ein so großes Haus müsste doch eigentlich voller Menschen sein. Eine riesige Familie hätte hier Platz und jede Menge Bedienstete. Aber sie hatte ja schon gehört, dass Don Salvo alleine lebte.

Nachdem sie sich gründlich umgesehen hatte, folgte sie einem Geräusch und fand den Eingang zum unteren Saal, der auf den Innenhof hinausging.

Der Mann saß mit weit aufgeknöpftem Hemd, ohne Schuhe, eine Zigarette im Mundwinkel, tief in einen großen Sessel versunken nahe den geöffneten Gartentüren.

Um ihn herum standen etliche alte Kandelaber, von deren brennenden Kerzen heißes Wachs auf den Boden floss.

Leah wartete vor dem großen Holztisch, auf dem sich ein ungeordneter Haufen von Dingen befand. Leah fand das cool. Was für ein komischer Kauz dieser Don Salvo doch war. Unkonventionell, geradezu revolutionär für sein Alter.

Ihr Blick streifte die vielen Gemälde an den Wänden, deren Einzelheiten bei dieser spärlichen Beleuchtung nicht auszumachen waren. »Hola niña. Komm, Mädchen, setz dich zu mir.«

»Hallo«, antwortete Leah und stöckelte unsicher um den großen Tisch herum. Don Salvo schob ihr mit der Fußspitze einen Sessel zu. Bei dem Versuch, sich einigermaßen elegant zu setzen, plumpste sie tief in die Polster und der Rock ihres Kleides rutschte weit über die Knie. Ungeschickt zupfte sie den Stoff zurecht und blickte ihren Gastgeber erwartungsvoll an.

Hinter ihm stand eine große Staffelei, darauf lugte ein Bild ganz in blauer Farbe hervor. Leah konnte die Figuren nicht erkennen, denn ein weißer Vorhang war wie ein Schal darüber drapiert.

»Wer ist das?«, versuchte sie eine Unterhaltung zu beginnen und deutete hinüber.

»Das ist sie. Das heißt, das war sie …«

»Wer?«

»Elena!«

»Elena?«

»Sí, Elena, die schöne Frau, die läuft und weint.«

»Ach so, Helene.«

»Sí, Elena.« Er hatte eine angenehme Stimme. Das hatte Leah schon früher bemerkt, aber es war ihr nie so bewusst geworden wie jetzt, da sie ganz alleine mit ihm sprach.

»Kann ich vielleicht etwas zu trinken haben?«

Don Salvo griff neben seine Sessellehne, hob eine geöffnete Flasche mit bronzener Flüssigkeit vom Boden und hielt sie ihr hin.

»Einfach so?«, lachte Leah.

»Warum nicht?«

Also setzte Leah die Flasche an die schwarzen Lippen und trank.

Angenehm rau brannte es in ihrer Kehle. Sie wusste immer noch nicht, was sie hier eigentlich sollte, aber sie fand es äußerst angenehm, in diesem alten Haus in einem bequemen Sessel zu sitzen und dieses scharfe Zeug zu trinken. Dafür, dass Don Salvo sie extra hierher bestellt hatte, war er allerdings nicht gerade gesprächig. Überhaupt schien er gar nicht richtig daran interessiert, dass sie bei ihm war.

Leah rutschte auf dem Polster herum, sodass die Strümpfe unter dem Kleid knisterten.

»Und wer hat Helene gemalt, wenn ich fragen darf?«, versuchte sie erneut die Unterhaltung in Gang zu bringen.

»Ich.«

»Oh … darf ich es sehen?«

»Natürlich.« Don Salvo wedelte ihr mit der Hand lässig den Weg frei. Leah stand auf, ging langsam auf die Staffelei zu und zog hinter Don Salvos Rücken den weißen Stoff von dem Gestell. »Oh!«, entfuhr es ihr ein zweites Mal. Und weil sie nicht wusste, was sie zu dieser sinnlichen, glücklichen Helene sagen sollte, bemerkte sie knapp: »Helene hat kein Kind.«

»Elena hat ein Kind«, lautete die gelassene Entgegnung.

»Hat sie nicht. Ihr Kind ist nämlich tot. Du hast ja keine Ahnung.« Leah spürte eine Woge von Aggressionen in sich hochsteigen. Wozu sollte sie eigentlich herkommen, und was sollte das hier mit dem Bild? Sie versuchte ruhig zu atmen und setzte sich betont lässig zurück in den Sessel.

»Vielleicht hast du keine Ahnung«, schmunzelte Don Salvo vor sich hin.

»Was soll das?«, forderte Leah endlich eine Erklärung. »Bin ich hier, um über Helene zu sprechen, oder was?«

»Ja, richtig.«

»So? Na dann ist ja gut. Denn zufälligerweise habe ich 'ne ganze Menge Ahnung, was Helene betrifft, auch wenn mir nicht ganz einleuchtet, warum ich davon erzählen sollte.«

»Sollst du nicht.«

»Was soll ich denn dann?« Leah trank wieder aus der Flasche.

»Ich möchte nur wissen, was du mit ihr gemacht hast.«

»Wie, was ich mit ihr gemacht habe?«

»Du warst doch bei ihr in der Casita, am Tag nach deiner Ankunft. Ich habe dich wegrennen sehen.«

»Ja, und?«

»Sie spricht nicht mehr und sie geht auch nicht mehr zum Meer. Seit drei Tagen spricht sie nicht. Sie redet kein Wort. Mit niemandem. Nicht einmal mit Hermana Consuelo.«

»Tja, mit mir spricht sie ja auch nicht, jedenfalls nicht über die wichtigen Sachen.«

»Also, was hast du mit ihr gemacht?«

»Gar nichts.« Leah sträubte sich im Sessel. »Was soll denn das? Was kann ich denn dafür, wenn sie nicht spricht. Sie spricht ja generell nicht viel. Hast du doch gerade selber gesagt: die Frau, die rennt und heult.«

Jetzt endlich schaute Don Salvo sie mit gespannter Aufmerksamkeit an. Eine Weile blieb er so sitzen, dann erhob er sich und machte ein paar Schritte in den Patio. Erst lauschte er mit gespitzten Ohren einen Augenblick Richtung Meer, dann sagte er: »Sie ist wie eine Welle. Sie kommt und sie geht. Aber es ist nicht normal, wenn eine Welle geht und nicht zurückkehrt.«

»Ich hab echt keine Ahnung, was das alles soll. Aber wenn du unbedingt was von Helene wissen willst, kann ich dir was erzählen. Die hat eine Macke. Ist ja auch verständlich. Ihr Sohn ist tot. Sicher, das ist schrecklich, aber sie versucht so zu tun, als ob sie selbst tot wäre, als ob es ihr ganzes Leben gar nicht gibt. Das ist doch genauso schrecklich.«

»Sei still«, unterbrach Don Salvo sie barsch.

»Warum denn? Ich bin doch nicht blöd. Ich kapier ganz gut, was hier abgeht.« Leah sprühte vor Zorn: »Du bist doch irgendwie scharf auf Helene, aber ich muss dir leider sagen, das ist vollkommen vergeblich! Die hat so ein Trauma wegen dieses Kindes. Die kapiert doch gar nicht, was mit ihr selbst los ist. Sie hatte ein tolles Leben.« Dann begann Leah von all den Dingen, die sie über Helene herausgefunden hatte, zu schwärmen. Von dem Mann, von dem sie zu berichten vergaß, dass er schon seit Jahren von Helene geschieden war, von der weißen Villa, den Erfolgen als Fotografin, von ihrer Beliebtheit. All das schmückte sie so stark aus, fand dafür so plastische Beschreibungen, als hätte sie dieses Leben geteilt, als sei sie dabei gewesen und als sei sie, Leah, das letzte wahrhaftige Rudiment, übrig geblieben aus dieser verloren gegangenen Zeit.

In diesen leidenschaftlichen Ausbruch hatte sich ein weiteres Gefühl gemischt: Eifersucht. Sie war eifersüchtig auf das frühere Leben von Helene, genauso wie auf die Tatsache, dass dieser Typ hier, in diesem beschissenen abgelegenen Ort, südlich vom Ende der Welt, ganz offensichtlich genauso von Helene fasziniert war wie sie selbst. Während ihres Vortrags hatte sie sich so sehr in Rage geredet, dass sie aufspringen musste. Begeisterung, Zorn, Eifersucht und Eitelkeit rangen in ihr. Doch diese Gefühle gehörten ihr ganz allein und waren weder zum Teilen noch zum Mitteilen gedacht. Don Salvos Grinsen war einer beunruhigenden Ernsthaftigkeit gewichen. Leah registrierte, wie genau der Mann jede ihrer Bewegungen verfolgte, und wünschte sich den Ausdruck des Wohlwollens in seine Züge zurück. Wieder trank sie aus der Flasche, reichte den Schnaps weiter und auch er nahm einige große Schlucke. Dann zündete er sich eine neue Zigarette an und blies große Wolken in ihre Richtung.

»Das alles ist verloren«, versuchte Leah ein Resümee zu ziehen. »Vorbei. Helene will alles sterben lassen. Darüber habe ich mit ihr gesprochen. Wie furchtbar das ist, habe ich ihr gesagt, wenn du es unbedingt wissen willst.«

»Nichts stirbt. Nur die Formen verändern sich.«

»Ach ja, das glaubt ihr hier in Punta del Cambio. So heißt es doch auch in eurem Volkslied. Die Hymne auf die Veränderung. Ich kann mich gut daran erinnern. Ich vergesse nämlich überhaupt nichts.« Leah begann sich um sich selbst zu drehen und summte im richtigen Takt den eigenartigen Sprechgesang nach. Der Saum ihres Kleides hob sich sacht und begann sich wie eine schmale Glocke um ihre Beine zu bauschen.

Don Salvo rauchte weiter und beobachtete sie aufmerksam. Leah bückte sich in der Drehung und hob dabei erneut die Flasche auf, setzte sie aber dann wieder ab. Sie hatte genug getrunken. Sie fühlte sich in Bestform und sie trug die schönsten Strapse der Welt. Es gab keinen Grund, warum sie das nicht auch zeigen sollte. Ja, sie wollte gesehen werden. Jetzt. So, wie sie war.

»Ich kann dir beweisen, dass Helene nicht mehr ist, was sie war«, versuchte sie ihn zu locken. »Der Grund ist nämlich ganz einfach der, dass Helene ganz anders war, als du glaubst.« Damit begann sie ihr Kleid aufzuknöpfen. Doch weil ihr die Finger nicht mehr richtig gehorchen wollten, riss sie das Vorderteil auf und ließ es theatralisch zu Boden gleiten. Da stand sie mit nacktem Oberkörper, die schlanken, langen Beine in edlen schwarzen Strümpfen, am Oberschenkel mit feinen Spitzen verstärkt, woran das Satinband des Strumpfgürtels befestigt war. Der lag geschmeidig um ihr gewölbtes Bäuchlein. Leah wiegte und dreht sich, sodass Don Salvo sie von allen Seiten begutachten konnte, und versuchte dabei die eine oder andere Pose zu imitieren, die sie von Helenes Aktfotos erinnerte. »So war Helene. Das hättest du nicht gedacht, was? Sie hat es geliebt, frivol rumzulaufen. Es gibt sogar jede Menge Fotos davon und sie hat diese Bilder sogar rumgezeigt. Das habe ich selbst gesehen. Da willst du mir doch nicht erzählen, dass es diese Helene noch gibt. Du hast eben doch keine Ahnung«, fügte sie keck hinzu.

Don Salvo hatte sie die ganze Zeit über angestarrt. Seine Miene war nicht zu deuten. Erstaunt sicherlich, aber da war noch mehr. Interessiert, belustigt, ablehnend? Leah konnte sich keinen Reim darauf machen. Da ihr nichts Besseres einfiel, posierte sie weiter und wackelte besonders verlockend mit dem Hinterteil.

Endlich reagierte Don Salvo. Er schmiss die Zigarette achtlos in den Hof und winkte sie zu sich. Lächelnd näherte sich Leah, wobei sie im Gehen bereitwillig ihre Brüste sowie den hellen Flaum ihrer Scham präsentierte. Erschrocken fuhr sie zusammen, als er sie mit der gleichen Berührung wie vor wenigen Tagen Helene an der Schulter packte und sie umdrehte. Nur im Unterschied zu Helene schob er sie nicht sanft fort, sondern zog sie ziemlich gewalttätig rücklings zu sich heran. Sie sah noch, wie er mit geschickter Bewegung seine Hose öffnete, dann packte er mit der einen Hand ihre Hüfte, mit der anderen drückte er ihren Kopf tief nach unten, sodass sie weit nach vorn übergebeugt vor ihm stand und sich ihr Geschlecht direkt dem seinen entgegenstreckte. Grob drang er in sie ein. Es folgten wenige, aber so heftige Stöße, dass es ihr wehtat. Sie wollte ihn wegdrücken oder ihm entgleiten, doch der Griff an Kopf und Hüfte war fest und entschlossen.

Leah wimmerte. So hatte sie sich das nicht vorgestellt. Doch während sie nach einem Ausweg suchte, war es auch schon vorbei. Don Salvo ließ von ihr ab.

Sie kauerte sich in den Sessel und beobachtete, wie er sich einen Rest Flüssigkeit von der Spitze seines immer noch erigierten Penis wischte, ihn dann verstaute und seine Hose verschloss. Anschließend hob er die fast leere Flasche sowie das zerfetzte Kleid auf und hielt ihr beides hin. Leah griff zitternd danach und drückte beides an sich. Don Salvo hatte sich ihr gegenüber niedergelassen, zog in aller Selenruhe eine weitere Zigarette aus der Hemdtasche und entzündete sie an einer Kerze. Dabei schien er sie kaum zu beachten, so als sei sie schon gar nicht mehr da.

Leah wartete eine Zeit lang, dann erhob sie sich und wickelte das kaputte Kleid so gut es ging um ihren Körper. Sie wollte gehen, dachte aber, dass sie diese groteske Situation nicht einfach so stehen lassen konnte. Don Salvo schien sie zu ignorieren.

»Warum hast du das getan?«, flüsterte sie.

»Wenn du der Welt immer nur deinen Arsch zeigst, musst du

dich nicht wundern, wenn dich die Welt von hinten fickt«, flüsterte er zurück.

Leah strich sich die blonden Locken aus dem Gesicht, nickte, so als ob sie verstehen würde, und machte sich mit schmerzendem Unterleib auf den Heimweg.

Dies ist die Geschichte von anderen Umständen

Kühl und kostbar lagen die silbernen Kettenglieder um ihr Handgelenk. Helene war erst aufgewacht, als Don Salvo ihr das Armband angelegt hatte. Wie er in das Haus gekommen war, hatte sie nicht bemerkt. Er sah betrübt aus, so wie er da auf ihrer Bettkante hockte und wartete, bis sie reagieren würde. Sie war froh, ihn zu sehen.

Nachdem sie drei Tage in vollkommenem Schweigen verbracht und bei seinen allabendlichen Besuchen nicht einmal ein Glas Wein von ihm genommen hatte, war sie wenig verwundert gewesen, dass er schließlich gar nicht mehr gekommen war. Es waren keine guten Tage gewesen. Aber jetzt war er wieder da. In der Zeit seiner Abwesenheit hatte Hermana Consuelo sie betreut. Vormittags und nachmittags hatte sie dafür gesorgt, dass sie, wenn sie schon jegliche Nahrung ablehnte, wenigstens regelmäßig trank.

Helene hatte tagsüber in ihrem Liegestuhl gesessen und versucht, die Grabeskälte in ihrem Inneren mit den Strahlen der späten Augustsonne zu vertreiben. Es war ihr nicht gelungen.

Sie stützte den Kopf auf und ließ das Armband an ihrem Handgelenk klimpern. Große, in sich gedrehte Silberösen reihten sich aneinander, gehalten von einer kleinen Fibel. Die Anhänger daran drehten sich lebendig und gaben ein feines Klirren von sich, jedes Mal, wenn sie mit den Kettengliedern zusammentrafen. Helene nahm die Anhänger in Augenschein. Da drehte sich eine kleine silberne Jakobsmuschel, daneben die Knospe einer Oleanderblüte, und unverkennbar war das kleine runde Gebilde, das auch eine Trommel hätte sein können, die Blechdose, die sie aus Deutschland mitgebracht hatte. Als Letztes hing ein Miniaturpinguin an einer der Ösen.

»Kannst du das tragen?«, fragte Salvo vorsichtig. Sie nickte.

»Ich habe einen Fehler gemacht, aber der hat damit«, er zeigte auf ihr schmales Handgelenk, »nichts zu tun. Das hatte ich schon vor längerer Zeit bei einem Freund, einem Platero aus Santiago, in Auftrag gegeben.«

»Es ist ein sehr schönes Geschenk. Danke!«

»Du solltest dich nicht bedanken, Elena, du solltest mir verzeihen.«

Dann erzählte er von dem unsäglichen Abend mit Leah. Keine Einzelheiten, nichts von dem, was Leah aus Helenes Vergangenheit berichtet hatte, kein Wort von den Strapsen; doch von der grundsätzlichen Provokation und seiner Bestrafung verschwieg er nichts.

Helene hatte sich in den Kissen aufgesetzt und aufmerksam zugehört. Durch das Fenster grüßte der Tag.

Als sie den Eindruck hatte, dass Salvo geendet hatte, bemerkte sie kurz angebunden: »Das geht mich nichts an. Du tust, was du tust.«

»Natürlich geht dich das etwas an, es ging ja die ganze Zeit nur um dich.«

»Nein – ging es nicht.« Dann, nach einigem Zögern, fügte sie hinzu: »Wenn du dich entschuldigen willst, dann solltest du das viel eher bei dem Mädchen tun.«

Er schüttelte den Kopf: »Ich hab die Nase voll von diesem Mädchen. Ich werde nicht mehr mit ihr sprechen. Sie bringt die Dinge durcheinander.« Und damit war das Thema für ihn offenbar erledigt.

Helene stand auf, machte sich fertig und begleitete Salvo zum Strand. Es war Zeit, wieder am Meer zu sein.

Leah ließ sich nicht blicken. Sie war zurückgekehrt, aber sie war nicht da. Weder im Kloster noch am Strand, und selbst den Ort wusste sie zu meiden.

Muriella und Kurt hatten anfänglich gedacht, ihre neue Häuslichkeit und das starke Bedürfnis, sich um die Kinder zu kümmern, sei als positives Zeichen zu werten. Doch zumindest Muriella hatte bald geahnt, dass da etwas nicht im Lot war. Leah war ruhiger als sonst, weniger aufsässig, zog sich normale Kleidung an, war ausgesprochen fürsorglich mit den Kleinen und packte sogar im Haushalt kräftig mit an. Den Eindruck, dass es ihr dabei gut ginge, vermittelte sie allerdings nicht.

Wenn Kurt sich vorsichtig nach der Familie in Deutschland erkundigte oder gemeinsam mit ihr Zukunftspläne schmieden wollte, reagierte sie stets ausweichend.

Was sollte sie auch sagen. Wie konnte sie erklären, dass sie Dinge getan hatte, die es ihr nun genauso unmöglich machten, nach Hause zurückzukehren, wie hier in Punta einen Fuß vor die Mauern von Muriellas Haus zu setzen.

Sie fühlte sich, als hätte sie sich aus dem eigenen Kosmos herauskatapultiert. Einsam und verlassen in der Schwerelosigkeit.

Als sie dann einige Wochen später von einer dauerhaften Übelkeit gequält wurde, hielt sie es nicht länger aus.

In der Abenddämmerung machte sie sich auf den Weg zu Helene. Das flaue Gefühl, eine Mischung aus Übelkeit und Angst, verbot es ihr, die Strecke so wie sonst im Laufschritt zurückzulegen. Langsam trottete sie also den Küstenweg entlang, wobei sie die untergehende Sonne beobachtete. Der große goldene Strahlenkranz machte sie traurig – er war so weit weg. War nicht allein diese Tatsache schon Grund genug, um unglücklich zu sein? Immer ist das Leuchten fern.

In der Olivenplantage duftete es herb nach bevorstehender Reife und auch dieser an sich angenehme Geruch machte sie traurig. Weil die Bäume schon vor ihr da waren und auch noch lange nach ihr weiterwachsen würden, weil ihre eigene kurze Existenz in der Zwischenzeit so unwichtig schien.

An der Casita angekommen stutze sie. Aus dem Patio waren deutlich Stimmen zu hören. Das hatte sie noch nie erlebt. Helene war doch sonst immer allein. Und auch diese Entdeckung, dass selbst die geflüchtete, unglückliche Helene nicht so sehr zur Einsamkeit verdammt war wie sie selbst, verstärkte ihre Trauer.

Leah klopfte und fuhr erschrocken zurück, als ihr Don Salvo die Tür öffnete. Sie wollte sich gerade wieder abwenden, als Helene sie entdeckte, aufsprang und sie in den Hof bat.

Die beiden hatten offensichtlich bei einem Glas zusammengesessen, weiß der Himmel worüber geschwatzt und gemeinsam den Abend genossen. Auf dem Steinboden an der Wärme abstrahlenden Hauswand lagen ein Haufen Decken und Kissen, auf denen sie es sich anscheinend gemütlich gemacht hatten.

»Ich … ich wollte nicht stören«, stotterte Leah. Dabei konnte sie kaum ihren hektischen Atem unterdrücken.

»Nein, es ist gut, dass du da bist.« Helene nahm sie beim Arm und geleitete sie zur Steinbank, auf die sie ein Kissen legte. Leah setzte sich.

»Ich gehe.« Don Salvo war an der Tür stehen geblieben.

Helene hob den Kopf. In ihrem Nicken sowie ihrem Blick lag etwas Ungewohntes, was Leah beunruhigte. Doch Helene ließ ihr keine Zeit zum Nachdenken.

»Ich bin wirklich so froh, dass du gekommen bist. Ich habe dich vermisst.«

Leah wusste nicht, was sie darauf antworten sollte. Bei ihrem letzten Treffen hatte Helene etwas Ähnliches behauptet und sie anschließend vor die Tür gesetzt. Sie atmete tief durch.

»Ich brauche Hilfe, Helene, ich hab Scheiß gebaut und ich weiß nicht weiter.«

Helene griff nach ihrer Hand: »Mir ist es völlig egal, was du getan hast, Leah. Nicht, weil du mir egal bist, sondern weil es für mich egal ist, was geschehen ist.«

»Das sagst du nur, weil du nicht weißt, was passiert ist.«

»Falls du das mit Don Salvo meinst – er hat es mir erzählt.«

»Er hat … ?« Leah schniefte und suchte nach einem Taschentuch.

Dann nahm sie all ihren Mut zusammen: »Ich habe auch mit deinem Ex-Mann geschlafen … freiwillig … das mit Salvo war eigentlich auch gewollt … bloß nicht so.« Sie blickte Helene erwartungsvoll an.

Die sagte eine ganze Zeit lang nichts, dann begannen sich plötzlich ihre Mundwinkel zu heben. »Du hast mit Klaus geschlafen? Ich möchte nicht wissen, was seine Frau dazu sagt«, schmunzelte sie.

»Du bist deshalb nicht sauer auf mich?«, fragte Leah ungläubig.

»Nein, warum sollte ich? Klaus gehört nicht mehr zu meinem Leben.«

»Aber … irgendwie, kommt dir das gar nicht komisch vor, dass ich ihn besucht habe?«

»Nein. Wenn dir das Sorgen bereitet, kannst du sie vergessen, Leah.«

»Ja. Das heißt nein. Das ist nämlich nicht alles.« Sie schlug die Hände vors Gesicht: »Ich bin schwanger, Helene. Ich krieg meine Regel nicht und mir ist seit Wochen speiübel. Ich weiß es ganz genau. Ich kriege von einem dieser beiden Männer ein Kind.«

Als sie es ausgesprochen hatte, kam es ihr plötzlich unwirklicher vor als zuvor, da sie allein über diesen Umstand gebrütet hatte.

Helene nahm sich lange Zeit. Prüfend blickte sie Leah von Kopf bis Fuß an, dann schenkte sie sich ein Glas Rotwein ein: »Dir koche ich einen Tee«, meinte sie schließlich. »Von mir kriegst du keinen Tropfen mehr.«

Als sie das Tablett mit Tassen und Kannen in den Hof trug, hatte sie sich scheinbar gefasst. »Was willst du tun?«

»Wie meinst du das?«

»Mensch Leah. Wir leben doch nicht im Mittelalter. Willst du das Kind haben oder nicht? Von dieser Frage hängt doch ab, was wir jetzt tun.«

»Wir?«

»Bist du nicht gekommen und hast behauptet, du brauchst Hilfe?«

»Ja«, nickte das Mädchen kleinlaut. »Aber ich hab keine Ahnung, was ich tun soll. Ich kann doch hier schlecht ein Kind kriegen. Onkel Kurt schmeißt mich sicher hochkant raus und die Leute aus Punta werden mich zerreißen, wenn rauskommt, dass vielleicht

Don Salvo der Vater ist. Also, wenn ich das Kind kriege, muss ich weg. Aber glaub nicht, dass ich zu Hause in Deutschland von meinen Eltern Unterstützung erwarten kann.« Hastig nahm sie einige kleine Schlucke aus der Teetasse. »Also muss das Kind weg. Und du glaubst doch nicht, dass man das hier in Spanien so ohne weiteres machen lassen kann. Aber zu Hause gibt es auf jeden Fall so viel Ärger, das halt ich nicht aus. Ich seh mich schon in so einem dämlichen Frauenhaus landen, mit lauter so Sozialtussen um mich herum.«

»Leah, komm mal auf den Teppich«, wurde ihr Redeschwall von Helene unterbrochen. »Kein wenn, dann, hätte, könnte. Was willst du? Das allein ist wichtig.«

Leah begann wieder zu schniefen. »Ich weiß es nicht. Glaubst du, man kann unter solchen Voraussetzungen ein Kind in die Welt setzen?«

Helene hob die Brauen: »Natürlich! Kinder kommen unter ganz anderen Bedingungen zur Welt. Wenn es nicht möglich sein sollte, dann wärst du jetzt unter Garantie gar nicht schwanger.«

»Komisch, Helene«, Leah lächelte ein wenig. »Irgendwie hab ich das Gefühl, dass ich dich gar nicht richtig kenne. Aber trotzdem ist es gut, mit dir zu sprechen.«

Sie unternahmen wieder gemeinsame Strandspaziergänge. Einige Tage behielten sie das kleine Geheimnis für sich. Sie hatten beschlossen, erst einmal gar nichts zu tun, außer die üppigen Spätsommertage zu genießen.

Die Vormittage, während derer Leah mit den Kindern zusammen war, verbrachte Helene wieder im Kloster.

Consuelo schien sich nicht daran zu stören, dass sie mal kam und dann wieder in einer anderen Stimmung fernblieb. Doch wann immer Helene auftauchte, wurde sie mit gleich bleibender Freundlichkeit empfangen.

Consuelo teilte dann mit ihr Zeit, Arbeit und Mahlzeiten. Die Kräuterernte war längst beendet. Duftende Strauchbüschel hingen zum Trocknen unter schattigen Lauben und die beiden Frauen schleppten aus dem Kellergewölbe unzählige Tontiegel, braun gefärbte, verschließbare Gläser und Kupferkessel nach draußen.

Beim ersten Mal, als Helene Consuelo über die ausgetretenen Stufen in das dunkle Untergeschoss folgte, war ihr sofort das Geräusch gluckernden Wassers aufgefallen. Consuelo hatte ihr erklärt, dass es sich um einen weiteren Zugang zur alten Quelle von Espíritu Hijo handele. »Niemand weiß, wie das Wasser seinen Weg durch die Trümmer des Ruinenberges findet. Aber ich vermute, dass man beim Bau des jetzigen Gebäudes eine Wasserleitung aus dem Brunnensystem abgeleitet hat. Das Quellwasser hat die gleiche Qualität wie draußen im Brunnen. Ich habe das vor einigen Jahren prüfen lassen«, hatte sie erklärt.

Als Helene sich ausgiebig in den Kellerräumen umgesehen hatte, musste sie feststellen, dass sie zwar gerne im Garten half und ernstlich an der Pflanzenkunde interessiert war, dass ihr aber die Vorstellung, hier unten aus den verschiedenen Kräutern Tinkturen, Pasten und Pulver zusammenzumixen, nicht behagte. Als sie wieder an der frischen Luft waren, hatte sie versucht Hermana Consuelo vorsichtig darauf vorzubereiten, wo die Grenzen ihrer Hilfsbereitschaft lagen.

»Ich denke, dabei wird Leah künftig anpacken«, sagte Consuelo mit einem verschmitzten Lächeln.

»Leah? Wie kommen Sie denn auf Leah?« Helene konnte ihr Erstaunen nicht verbergen.

»Ich denke, Leah wird vielleicht ein bisschen bei mir im Kloster wohnen.« Damit wandte sie sich einem großen Stapel Gläser zu, die sie gespült hatten und die nun in der Wärme trocknen sollten.

Der Gedanke, Leah hier eine Weile unterzubringen, schien gar nicht so abwegig. Helene beschloss, Leah so schnell wie möglich davon zu überzeugen, dass Hermana Consuelo mit Sicherheit die Richtige war, um vernünftig über das ungeborene Kind zu sprechen.

Am folgenden Tag unternahm Helene deshalb einen ihrer immer noch seltenen Ausflüge ins Dorf und klopfte nach den Einkäufen ans Tor der Familie Gomez.

Leah war mit den Kindern allein und da diese fast gar kein Wort Deutsch verstanden, konnten die beiden ungestört miteinander reden.

Zunächst fürchtete sich Leah davor, Hermana Consuelo einzuweihen, doch Helene konnte sie mit einiger Mühe davon überzeugen, dass von Seiten der Klosterschwester und deren sechsten Sinn weder Überraschung, Ärger noch Verrat zu erwarten waren.

Also verabredeten sie für den Abend einen gemeinsamen Besuch auf dem Klosterhügel.

Es sollte der erste Abend seit Wochen werden, an dem Helene fröstelte. Das Rot der untergehenden Sonne war so glühend und intensiv, dass man förmlich sehen konnte, wie sich der Jahreszeitenwechsel ankündigte. Ende September, bald würde der Herbst beginnen.

Auch Hermana Consuelo hatte sich eine dicke Strickjacke übergezogen, denn die drei Frauen wollten das rosige Licht auf der Bank im Klostergarten genießen.

»Wir möchten gerne etwas besprechen«, versuchte Helene das Gespräch vom Wetter auf Leahs Zustand zu lenken.

»Ja, bitte, um was geht es denn?«

Leah druckste herum und traute sich nicht so recht anzufangen.

»Na, raus mit der Sprache!«, die Klosterfrau sah sie freundlich über den Rand der Brille hinweg an.

Es kostete Leah sichtlich Überwindung, aber schließlich brachte sie es doch übers Herz, ihre Schwangerschaft zu bekennen.

»Du tust ja gerade so, als wäre das ein Verbrechen, Leah.« Consuelo strich ihr sanft über den Arm. »Aber diese Vorstellung hat sich Gott sei Dank längst überlebt.«

»Ja schon. Aber ich weiß eben nicht, was ich machen soll. Helene meint, ich soll das Kind kriegen, wenn ich es will, ganz egal, was passiert.«

»Na und, willst du?«, fragte Consuelo.

»Ich weiß nicht … eigentlich schon … es fühlt sich irgendwie bei aller Übelkeit ganz schön an … es ist bloß mit der Vaterschaft etwas kompliziert.«

»Aha. Aber darüber willst du sicher nicht mit mir sprechen. Oder bist du hier, um über das Zustandekommen zu reden?«

»Nein, nein«, wehrte Leah schnell ab.

Helene mischte sich nun in das Gespräch: »Ich glaube, das ist nicht nötig. Fakt ist: Sie erwartet ein Kind. Offensichtlich möchte sie es bekommen, weiß aber nicht, wie und wo sie künftig leben soll.«

»Verstehe! Tja, dann muss ich dir jetzt wohl anbieten, Leah, dass du selbstverständlich hier im Kloster Unterschlupf finden kannst.« Und mit warmem Lachen fügte Consuelo an: »Für solche Fälle sind Klöster doch schließlich da.«

Im Verlauf des Abends schmiedeten die drei Frauen Pläne, überlegten hin und her, wen man von dem bevorstehenden Ereignis besser sofort, wen man erst später informieren sollte. Sie malten sich aus, wie Leahs Leben als Mutter aussehen könnte, wer sich wann um das Baby kümmern würde, damit das Mädchen Zeit finden würde, um doch noch den Schulabschluss nachzuholen. Sie beschlossen auch, dass sie das Thema Vater niemals wieder anschneiden wollten.

»Aber alles nur unter einer Bedingung«, forderte Consuelo am Ende. »Ich verlange von dir, dass du demnächst mit uns einen Gynäkologen aufsuchst und deinem Kind die beste aller möglichen Chancen gibst, und das heißt: keinen einzigen Tropfen Alkohol. Einverstanden?«

»Einverstanden … oh Mann, ich kriege ein Kind!«

Aufregende Zeiten brachen an. Weniger, weil die Bekanntgabe von Leahs Zustand in Punta del Cambio für Wirbel gesorgt hätte. Im Gegenteil: Das Ungewöhnliche bestand eher in dem Umstand, dass sowohl Muriella als auch Kurt relativ gelassen mit den Neuigkeiten umgingen. Für sie war klar, dass die Schwangerschaft Folge eines Treffens mit dem Freund im fernen Deutschland war. Und da sie liebesversessen, wie sie nun einmal beide waren, Verständnis dafür hatten, dass Leah zumindest die Frucht dieser zerstörten Romanze retten wollte, sicherten beide ihre Unterstützung zu. Speziell was drohende Auseinandersetzungen mit den Eltern anging. Die wollte man vorerst raushalten, schließlich war Leah volljährig und sollte ihre Entscheidung ungestört ausbrüten können.

Als sich Leahs Bauch langsam zu dehnen begann, schob sie ihn stolz vor sich her, sodass auch die Dorfbewohner mitbekommen mussten, was sich unter den immer enger gespannten Pullovern abspielte.

Natürlich hatte Helene mit Don Salvo gesprochen. Der hatte sie zum ersten Mal verdutzt und ratlos angeblickt und war auf dem Absatz umgekehrt, um bei Leah vorzusprechen.

»Wenn es möglich ist, dass ich der Vater bin, dann werde ich für das Kind sorgen und für dich auch – wie für eine Tochter.« Und damit war er sogleich wieder im Treppenviertel verschwunden.

Tatsächlich sprach er von da an wieder mit ihr, wenn sie sich bei Helene oder im Dorf begegneten. Er hielt sich an sein Versprechen und behandelte das Mädchen fortan mit väterlicher Gutmütigkeit.

Der Regen setzte ein. Leahs Bauch wuchs weiter, doch musste sie ihn unter immer dickeren Pullovern verbergen. Es war kalt geworden. Das Thermometer stieg selten über zwölf Grad und im Klostergarten begann die zweite Ernte. Mannshohe Kohlpflanzen, Kartoffeln, immer wieder Tomaten, aber auch Orangen und Zitronen wollten eingebracht werden. Die Tage verliefen gleichförmig. Helene war die Einzige, die sich neben dem Warten auf das Kind heimlich mit einem anderen Thema beschäftigte.

Don Salvos Weg führte ihn nach wie vor allabendlich in die Casa Floreciente. Doch tagsüber lockte er Helene immer wieder in die Casa Grande. So demonstrativ, wie er seine Fotoausrüstung dabei vor ihr präsentierte, war sie schließlich schwach geworden und hatte einen der Apparate in die Hände genommen. Von da an zog es sie beinahe täglich in das große Haus, dessen architektonische Eigenheiten Helene mit sicherem Blick einfing. Sie fotografierte jedes einzelne Zimmer, die Balustraden, die Galerien, die Mosaike der kostbaren Böden und schließlich nahm sie auch Don Salvo als Modell, der sich anfangs etwas zierte.

Nachdem er ihr in einem der unteren Arbeitszimmer eine eigene Dunkelkammer eingerichtet hatte, war für Helene ein weiterer Damm gebrochen. Nun begann sie, mit der Kamera lange Streifzüge durch das Dorf zu unternehmen, die anderen Gebäude und Winkelgassen abzulichten, bis sie sich endlich traute, die Menschen vor ihre Linse zu bitten.

Unzählige Bilder entstanden auch von Leah. Wobei sie nicht nur das Gesicht des Mädchens in allen möglichen Stimmungslagen festhielt, sondern auch eine ganze Serie von ihrem Körper erstellte, als Dokumentation der fortschreitenden Schwangerschaft.

Leah genoss diese Aufmerksamkeit, die ihr nun durch Helene zuteil wurde, befand sich, seit die aufsteigende Übelkeit nachgelassen hatte, in allerbester Stimmung, spielte weiterhin rührend mit Carlos und Ricarda, wobei sie zunehmend darüber nachsann, wie es wäre, irgendwann mit dem eigenen Kind zu spielen, und hielt Wort: kein Tropfen Alkohol. Wozu auch? Sie fühlte sich so zufrieden wie niemals zuvor. Ihr Spanisch war inzwischen fließend, sodass sie ohne Probleme nach der Geburt eine Schule würde besuchen können. Damit sie eines Tages selbstständig nach Muros gelangen könnte, hatte Helene begonnen, ihr auf den rumpeligen Wegen durch den Olivenhain und den daran anschließenden Feldern und Wäldern in dem großen weißen Auto das Fahren beizubringen.

Als Helene eines Nachmittags, es war ein stürmischer Tag mit bizarrem Wolkenspiel am Himmel, durch das nur hin und wieder in grellen Strahlen die Sonne hindurchschien, mit der Fotoausrüstung draußen unterwegs war, überkam sie zum ersten Mal die Lust, das Wasser optisch einzufangen. Für eine Bootsfahrt herrschte zu unruhige See, aber auch vom Ufer aus ließen sich erste Studien einer neuen Meeresreihe machen. Während sie Wellenkämme und Gischt auf Zelluloid bannte, wurde ihr klar, dass auch der Sand, der Himmel, die Felsen – überhaupt alles, was die Natur hier zu bieten hatte – gute Modellstudien abgeben würden, und sie machte seit langem zum ersten Mal einen Plan für die Zukunft. Sie würde den

Kosmos von Punta del Cambio im Verlauf der Jahreszeiten ablichten. Das gab ihr Stoff für ein Jahr. Das würde sie durchhalten.

Zu den aufregenden Naturerscheinungen von Punta gehörten selbstverständlich auch die Pflanzen im Klostergarten, deren Gedeihen sie ja nun schon eine Saison lang miterlebt hatte. Helene erinnerte sich an den Tag, an dem sie fasziniert von der Vielfalt der Blätter, Triebe und der Grüntöne gewesen war, und deshalb wollte sie auch alle diese Pflanzen während der kommenden Wachstumsperiode fotografieren.

Dieser Gedanke war so verlockend und löste im aufziehenden Unwetter eine solche Sehnsucht nach den schützenden Klostermauern in ihr aus, dass Helene sich sogleich auf den Weg machte.

»Ach, Besuch«, wurde sie freudestrahlend von Consuelo in Empfang genommen. »Und gerade rechtzeitig. Ich habe einen riesigen Kübel Gemüse zu Eintopf verkocht und brauche dringend Verstärkung fürs Abendessen.«

Die Frauen aßen in der Klosterküche neben dem holzbefeuerten Herd und ließen sich die Mahlzeit schmecken. Helene hatte einen geradezu unbändigen Hunger nach dem langen Aufenthalt im Freien.

»Sieht nach einem Día del Cambio aus«, deutete die Schwester aus dem Fenster.

»Das wäre doch schon der dritte oder vierte in diesem Jahr. Lassen die Kinder denn jedes Mal ihre kleinen Papierschiffe zu Wasser?«

»Ah, davon hat wohl Salvo erzählt.« Consuelo lächelte. »Nein, nicht jedes Mal. Nur im Sommer, nach der langen Wartezeit. In manchen Frühjahrs-, Herbst- und Winterperioden geht es so heftig zu, da kämen die Kinder aus dem Falten gar nicht mehr raus.«

»Woher stammt dieser Brauch eigentlich?«, erkundigte sich Helene und zog ihre warme Wolljacke enger um sich.

»Leider kann ich diese Frage nicht genau beantworten. Aber vermutlich hängt das irgendwie mit der Gründung des Klosters zusammen – so wird es jedenfalls in der Legende erzählt.«

»Diese Geschichte kenne ich ja immer noch nicht. Ist es jetzt nicht langsam Zeit, dass ich sie hören darf?«, fragte Helene höflich.

»Natürlich, längst«, lautete die Antwort. »Da sind uns wohl nur in diesem Sommer einige Ereignisse dazwischengekommen. Aber sagen Sie, es wird spät, haben Sie überhaupt noch Zeit?«

»Wieso sollte ich denn keine Zeit haben?«, fragte Helene lachend zurück.

»Na ja, ich meine ja nur. Ihr abendlicher Besucher.«

»Falls Sie Don Salvo meinen, der ist heute nach Santiago gefahren und wollte dort übernachten. Das wäre also nicht das Problem.«

»Ach ja, natürlich, das hätte ich fast vergessen. Also gut, da Sie heute mein Gast sind, werde ich Ihnen jetzt Ihre Gastgeschichte erzählen.«

Sie räumte noch die Suppenteller in eine steinerne Spüle, brachte eine Karaffe mit Wein zum Tisch, zündete einige Kerzen an, schob die Brille zurück und begann zu erzählen.

Dies ist die Geschichte von Espíritu Hijo

Punta del Cambio war niemals ein Ort der Gottlosigkeit.

Schon lange bevor die katholischen Könige ganz Spanien beherrschten, lebten die Menschen von Gottes Gaben. Die Fischer verkauften Muscheln, Hummer und Krabben an die wachsenden Städte im Hinterland, die Bauern boten die feinen Erzeugnisse aus dem grünen Küstengürtel auf den Märkten feil. Eine lange Karawane von Ochsenkarren und Pferdekutschen zog durch die hügeligen Pinienwälder, um die Güter nach Santiago zu transportieren. Dort wurden Universitäten gegründet, Silberschmiede und andere Gewerke begannen im Schatten der Kathedrale zu gedeihen. Die feine Kundschaft bescherte auch den Puntas stetige Einnahmen.

Einer der fleißigsten und geschicktesten Händler unseres Ortes soll Vater von sieben Töchtern gewesen sein. Umso glücklicher war er, als doch noch ein Sohn auf die Welt kam. Der Stammhalter wurde gehätschelt und gefördert, schließlich ruhte die Zukunft der Familie auf seinen Schultern.

Domelo musste Lesen und Schreiben lernen, und schon früh durfte er den Vater in die große Stadt begleiten, um sich mit den Gepflogenheiten der Geschäftsleute vertraut zu machen.

Doch fehlte dem kleinen Domelo der rechte Sinn für den Handel. Immer wieder schlich er davon und durchstöberte den Hügel von Santiago, steckte seine Nase in jede Kirchenpforte und fühlte sich vor allem von der Stille dicker Klostermauern angezogen.

Nach beendeter Arbeit musste der besorgte Vater sich häufig auf den Weg machen, um den ungezogenen Jungen wieder einzufangen. Doch konnte er das Kind schlecht bestrafen, wenn er es betend in einer Kirchbank auflas oder vertieft in das Gespräch mit einem freundlichen Mönch.

Als Domelo ein wenig älter war und durchsetzte, dass er seine Studien in einer Klosterschule fortsetzen durfte, lernte der Junge das medizinische Wissen der Benediktiner kennen und war fasziniert von ihren Heilkünsten.

Der Vater hatte gehofft, dass eine begrenzte Zeit in der Männergesellschaft genügen würde, um in dem Jungen die Sehnsucht nach Fröhlichkeit, Leben und Handel entstehen zu lassen. Doch ahnte er nicht, wie glücklich sich der heranwachsende Knabe schätzte, als er das Lateinische so gut beherrschte, dass er die dicken Bücher endlich alleine lesen konnte.

Sein Wissensdurst war nicht zu stillen. Und als es an der Zeit war, zu seiner Familie nach Punta del Cambio zurückzukehren, um den Vater zu unterstützen, da äußerte Domelo den Wunsch, als Bettelmönch durch Europa ziehen zu dürfen, um noch mehr von der Welt zu erfahren.

Mutter und Vater waren entsetzt: Ein Spross aus gutem Hause als bettelnder Wandersmann in der Fremde – das war undenkbar. So kam es zum Streit.

Am nächsten Tag war Domelo fort.

Über die Einzelheiten der Reise ist nicht allzu viel bekannt. Doch muss ihn sein Weg bis nach Frankreich in das große Mutterhaus der Zisterzienser geführt haben. Dort verbrachte er offenbar einige Jahre als Novize, bevor er sich dem Orden endgültig anschloss. Er fand Frieden, Bildung und Austausch mit klerikalen Größen. Es herrschte ein reges Kommen und Gehen von reisenden Theologen und Äbten sowie Boten mit Berichten aus Rom oder dem Heiligen Land.

Im Laufe der Jahre wurde ihm die wahre Bedeutung des Mönchtums klar. Er erkannte, dass Müßiggang und Lustlosigkeit bei vielen Brüdern zu einem Gefühl von Leere und Nutzlosigkeit führten. Deshalb bejahte er die Forderung des heiligen Bernhards, auch im Kloster regelmäßig zu arbeiten.

Einige Zeit hielt er sich strikt an die Charta der göttlichen Liebe, die das liturgische Leben zugunsten der handfesten Tätigkeiten in den Hintergrund stellte: Getreide ziehen, Schafe züchten, Kleidung herstellen, Abwasch, kehren, im Garten arbeiten. Die Mönche in ihren groben hellen Kleidern bildeten eine unabhängige Insel, die ganz nebenbei Fachleute wie Müller, Walker, Weber, Maurer, Bäcker, Färber und Schmiede hervorbrachte.

Nur eines missfiel dem jungen Domelo: Die meisten Arbeiten wurden von Laienbrüdern ausgeführt; nicht alle Mönche strebten nach der gleichen Selbstständigkeit. Sein Unmut muss ihn dazu bewogen haben, für einige Zeit die Einsamkeit zu suchen. Wir wissen nicht genau, wie lange er sich als Eremit in die französischen Hügel zurückzog. Doch es muss lange genug gewesen sein, um allein mit sich und seinem Schöpfer zu der Erkenntnis zu gelangen, dass er all sein erworbenes Wissen zurück in die Heimat bringen wollte. Als gefestigter Mann machte er sich also mit dem Segen des Ordens auf den Weg zurück, über die Pyrenäen, den Jakobsweg entlang, Richtung Westen.

Dem gebrechlichen Vater muss es wie ein Wunder vorgekommen sein. Denn er war es, der zuvor im Bewusstsein des nahenden Todes aus Verzweiflung über den Verlust des geliebten Sohnes mitten in einem brausenden Sturm betend an den heimatlichen Gestaden gestanden hatte und als Symbol seines allergrößten Wunsches ein kleines Papierfaltboot auf die Wellen gesetzt hatte, in der Hoffnung, es möge seinen Sohn erreichen und ihn zurückbringen. Das Glück war unermesslich, als sich nur wenige Tage später eine Gruppe von schweigenden Männern in armseligen Kutten und ausgetretenen Sandalen dem Dorfplatz näherte. Domelo hatte während seiner Reise etliche Anhänger gewonnen, die bereit waren, südlich vom Ende der Welt ein Kloster zu bauen.

Zunächst gefiel nicht allen Dorfältesten die Idee, wieder ein Gotteshaus und dazu auch noch einen Orden in ihrer Bucht zu beherbergen; die Wunden der alten Zerstörungen waren tief in das Gedächtnis von Punta del Cambio eingegraben. Doch der frohe Vater versöhnte die Zweifler, indem er bereit war, das Gelände am Südende der Bucht für eine stattliche Summe zu erwerben, damit es sich künftig in Privatbesitz befinde und von keinem Kirchenherren der Welt angetastet werden konnte. Dieser Vorschlag fand allgemeine Zustimmung.

Dankbar machte sich Domelo mit seinen Gefährten an die Errichtung der ersten Gebäude. Sein Vater hatte längst dafür gesorgt, dass seine sieben Schwestern, mit einer ordentlichen Mitgift versehen, gut verheiratet waren. Künftige Erlöse seines Handelsimperiums sollten auch nach seinem Tod für die Fertigstellung des Klosterbaus verwendet werden.

Und so entstanden die Mauern um Espíritu Hijo, denn das war der Name, den der Vater in seinem Testament verfügt hatte: Der Geist des Sohnes, im Geist des Sohnes, ein Platz, an dem sich die Seele seines Sohnes ausbreiten durfte.

Der Klosterkomplex bekam Form und Aussehen einer typischen Zisterzienseranlage: wenig Verzierung, kaum Ornamente.

Die Äbte in den Zentren Europas nahmen mit großer Genugtuung zur Kenntnis, dass endlich in dem von Sagen und heidnischen Einflüssen durchwobenen Gebiet nahe der Todesküste eine Enklave errichtet wurde. Domelo war das recht. Allerdings hatte er nicht vor, die Bewohner von Punta zu folgsamen Schafen der päpstlichen Kirche zu erziehen. Er verfolgte sein eigenes Ziel. Den Wunsch, Menschen zu heilen, hatte er seit den Tagen, die er als Junge bei den Benediktinern verbracht hatte, nie aufgegeben. Und im Laufe der Jahre hatte er die Fruchtbarkeit seiner Heimat nicht vergessen. Domelo war zur heiligen Quelle zurückgekehrt, um neues und altes Wissen zu vereinen. Es war den europäischen Ordensleuten zwar längst untersagt, offiziell als Mediziner aufzutreten, aber nicht überall hielt man sich an dieses Verbot.

Schon wenige Jahre später konnte der Gründer von Espíritu Hijo auf ein erfolgreiches Werk zurückblicken. Es gab kein Heilkraut, das in seinem blühenden Garten nicht zu finden war, die Klosterapotheke florierte. Domelo klärte seine Mitbrüder und alle, die kamen, um zu lernen, über das richtige Maß von Arbeit und Muße, Freude und Ernst, Stille und Gemeinschaft auf. So halfen sie den Ratsuchenden, heilten die Kranken, kümmerten sich um die Armen, Einsamen und Unglücklichen. Nirgendwo sonst am gesamten Küstensaum wurden die Menschen so alt.

Ansonsten hielt sich Domelo streng an die Riten. Man betete und sang, in der kleinen Kirche wurde Gottesdienst gehalten. Die Kapelle hinter dem Hügel wurde zur Einsiedelei. Wer sich für einige Zeit aus der emsigen Gemeinschaft zurückziehen wollte, um mit Gott Zwiesprache zu halten, sollte dort Gelegenheit dazu haben.

Ruhm und Ruf des Klosters breiteten sich aus und unweigerlich bekamen auch die Ordensherren in Frankreich Wind von dieser Mönchsklause, die sich anmaßte, einen so eigenwilligen Weg zu beschreiten. Eine Delegation reiste an, um das Treiben von Domelo zu untersuchen. Es kam zum Streit, dessen Echo bis nach Rom hallte und wieder zurück, sodass die Dominikaner, die Kettenhunde des Papstes, einschritten. Die Brüder wurden abgeführt. Domelo jedoch, der sich strikt weigerte, seinen Heimatort zu verlassen, um vor einem Kirchengericht auszusagen, wurde ohne Verhandlung bei lebendigem Leibe im Klosterhof verbrannt. Die Asche flog über die Dächer, die er gebaut hatte, verkroch sich in den Ritzen des Mauerwerkes und verteilte sich im prächtig gedeihenden Garten.

Espíritu Hijo. Der Geist dieses Sohnes sollte ewig hier ruhen.

Dies ist die Geschichte vom Wechsel

Zwei Tage nachdem Helene im Kloster übernachtet hatte, kündigten graue Wolkenmassen, die sich im rasenden Tempo von Norden her über das Land schoben, das Ende des winterlichen Sturmes und mit ihm einen Día del Cambio an.

Der Wechsel des Wellenschlages sollte erwartungsgemäß um die Mittagszeit eintreten, sodass Helene eine Chance sah, das Naturspektakel endlich mit eigenen Augen zu sehen.

Nach der langen Erzählung von Consuelo war sie nicht mehr in ihre Casita zurückgekehrt. Durch den Olivenhain war der Wind mit solcher Macht gebraust, dass er Äste abgebrochen und sogar einen der uralten Bäume entwurzelt hatte. Die beiden Frauen hatten daraufhin beschlossen, dass Helene in einer der hergerichteten Kemenaten des Gästetraktes übernachten sollte.

Am folgenden Tag, während einer kurzen Phase, in der sich das Unwetter ein wenig beruhigt hatte, war sie in strömendem Regen nach Hause gerannt. Dort hatte sie Zeit, über die Geschichte von Espíritu Hijo, seinen Geist und ihr eigenes Leben als eine Art Eremitin nachzudenken. Zum ersten Mal ahnte sie, warum die Puntas die alten Erzählungen so wichtig nahmen. Konnte es wirklich sein, dass die Geschichten sich ununterbrochen in einem fort verschlangen, verwoben, verwandelten und sich bis in die Gegenwart hinein weiterentwickelten?

Ihr waren die Oleanderblüten eingefallen, die sie während des Sommers zum Pressen unter einige schwere Bücher gelegt hatte. Als sie die vollkommen ausgetrockneten, flach gepressten Blütenblätter hervorholte, war von dem purpurnen Rot nichts mehr zu sehen. Durch den Druck hatten die Blüten die Form von Posaunentrichtern angenommen, ihre Farbe war wie das Braun geronnenen Blutes.

Helene hatte die Blätter langsam gestreichelt und schließlich in die Höhlung der weißen Jakobsmuschel gelegt.

Am Morgen des Día del Cambio riss sie eine unbeschriebene Seite aus einem alten Schulheft, von denen sich noch etliche in einem Karton befanden, faltete daraus ungeschickt ein kleines Papierboot, notierte darauf einen Gruß an die Ewigkeit, setzte einen Kuss in die mittlere Öffnung und verstaute es vorsichtig in der Tasche. Warm verpackt machte sie sich auf den Weg zum Dorf, wo sie den steinigen Pfad hinter den letzten Häusern erklomm, den ihr Don Salvo einst gezeigt hatte.

Oben auf dem kleinen Felsplateau angelangt, entdeckte Helene zu ihrer Überraschung, dass sie nicht die Einzige war, die mit der Hoffnung auf gute Sicht heraufgeklettert war. Da standen Suzanna und ihr Ehemann, der Dolores fest in eine Decke gehüllt im Arm hielt. Auch die Gebrüder Campa hatten den beschwerlichen Weg auf sich genommen und noch einige Menschen mehr, mit denen Helene vom Sehen her vertraut war.

Sie alle starrten stumm auf das Meer hinaus. Dunkelgraue Wassermassen rollten in unglaublich großen Bögen von Norden über das Kap Finisterre an das kleine Kap von Punta heran. Die Wellenkämme reihten sich gleichmäßig hintereinander auf, um wieder und wieder die gleiche Form anzunehmen, im unteren Teil fast schwarz, oben zu den schaumigen Spitzen hin in einem schmutzigen Weiß. Sie wuchsen und wuchsen und just in dem Moment, als man glaubte, jetzt seien sie zu schwer geworden und müssten sich vornüber abrollen, hatten sie den Felsen erreicht und krachten mit einem ohrenbetäubenden Lärm dagegen. Doch nach dem Zerbrechen sammelte sich unter dem Oberflächenspiegel sogleich eine immer noch recht große Menge Flüssigkeit zu einem neuen Wellengebilde, das wie ein gewaltiger Ausläufer kraftvoll in die Bucht von Punta einrollte.

Eine geraume Weile beobachtete die kleine Gruppe diesen Vorgang, ab und zu wurden fachmännische Kommentare ausgetauscht, die Helene nicht verstand.

Der Himmel war von ähnlichem gebrochenem Weiß wie die Schaumkronen. Eine dicke geschlossene Decke, hinter der man das frische Blau nur vermuten konnte. Als hätte jemand in einem Tuschkasten weiße Paste mit ein wenig Grau verschmiert und mit einem dicken runden Pinsel in kreisförmigen Bewegungen den gesamten Horizont gestrichen.

Es war immer noch windig, doch die Luft war seltsam weich und viel weniger feucht als bei anderen Unwettern, die Helene hier schon miterlebt hatte.

Plötzlich hatte sie den Eindruck, dass der Himmel direkt vor ihr um eine winzig kleine Nuance heller geworden war. Und während sie überprüfte, ob es sich dabei nicht doch um eine optische Täuschung handelte, entdeckte sie, dass sich an der hellen Stelle die Wolkendecke zu öffnen begann. Erst war es nur wie ein Fadenriss, dann wurde ein ganz kleines längliches Loch daraus, umgeben von einem immer heller werdenden Strahlenkranz. Und schließlich hatte das helle Rund eine solche Größe erreicht, dass aus seinem Inneren ein breiter Sonnenstrahl hindurchschoss. Helene blickte sich irritiert um. Der übrige Himmel war nach wie vor von jenem stumpfen hellen Grau. Die Leute hinter ihr nickten ihr zu, sie solle nach vorne schauen. Im selben Moment, da der Sonnenstrahl das Wasser berührte, war der Wechsel eingeläutet.

Als Helene dem gelben Licht folgte, sah sie, wie der gleißende Strahl eine Welle anleuchtete. Diese wuchs und mäanderte genauso wie alle anderen vorwärts, das Licht blieb wie ein Verfolgerscheinwerfer auf ihr, so lange, bis sich die Woge der Küste näherte und sich die Menschen oben am Kap von dem sich fast in die Waagerechte neigenden Sonnenstrahl geblendet fühlten. Dann war das Tosen der brechenden Welle zu hören. Doch das grollende Rauschen der Ausläufer blieb aus, und als Helene wieder auf das Meer hinausschaute, bemerkte sie, dass der Wellenrückschlag in entgegengesetzter Richtung aus der Bucht hinauslief und die neuen

Kämme aus südlicher Richtung mit viel geringerer Kraft angeschwemmt kamen. Die Menschen hinter ihr lachten und klatschten und stimmten ein fröhliches Lied an.

Helene starrte noch lange auf das immer ruhiger werdende Gewässer sowie auf den Himmel, an dem das Wolkenband nun auf recht beträchtlicher Länge aufgerissen war, sodass Sonnenstrahlen ihr Gesicht erwärmten. Das also war das Geheimnis von Punta del Cambio. Ein Wechselrhythmus der Natur.

Erst nach einer Weile, als die anderen schon längst fort waren, machte sich Helene auf den Weg hinunter zum Strand. An einer ganz bestimmten Stelle, dort wo sie einst in einem anderen Leben unbeschwert am Ufer gelegen hatte, dort ließ sie ihr zerknülltes Papierschiff zu Wasser und schickte es auf große Fahrt.

Salvo blieb an diesem Abend ohne Ankündigung fern. Ihr fehlte das Ritual. Sonst tauchte er regelmäßig während der Dämmerung auf, ganz egal, ob sie sich vorher am Tag schon gesehen hatten oder nicht. Er blieb auf ein Glas Wein, sie saßen unter freiem Himmel, sprachen oder schwiegen miteinander. Helene hatte sich daran gewöhnt.

Nun schlief sie unruhig, rannte am folgenden Morgen bei heiterem Wetter stundenlang die Küste entlang, besuchte Hermana Consuelo auf dem Klosterhügel und kehrte erst nach Anbruch der Dunkelheit zurück, als könne sie sich auf diese Weise selbst hintergehen, um nicht einen weiteren Abend vergeblich warten zu müssen.

Doch er war schon da. Don Salvo saß mit herabhängenden Schultern oben auf dem Mauersims neben dem Eingangstor der Casa Floreciente. Er trug feste Schuhe. Irgendetwas war geschehen.

Schweigsam folgte er ihr in das Haus. Stumm trank er den Wein. Helene entdeckte tiefe Schatten unter seinen Augen und begann sich zu fürchten.

Als Salvo bemerkte, dass er um Helenes willen eine Erklärung abgeben musste, fing er schwerfällig an: »Sie ist tot. Die alte Abuela

Gomez. Sie ist in den frühen Morgenstunden gestorben.« Er streckte sich. »Ich habe die ganze Nacht bei ihr gesessen und sie dann noch vor dem Morgengrauen fortgebracht.«

»Wohin?«

Kraftlos hob er die Hand und ließ sie sogleich wieder schlaff fallen.

»Weißt du das nicht?«

»Du hast sie doch nicht etwa …? Ihr Lieblingsplatz?«

»Doch, natürlich. Das war ihr Wunsch.«

»Was sagen denn die anderen dazu? Muriella und ihre Familie?«

Er hob die Schultern, um seine Ahnungslosigkeit anzudeuten. »Sie wollte es so, die anderen wussten davon.«

»Aha.«

»Sie hat noch einmal gesprochen, bevor sie eingeschlafen ist.«

»Und?«

»Sie hat von dir gesprochen, von deinen schönen Füßen, und dann hat sie gelacht.«

Helene wusste nicht, was sie darauf erwidern sollte. Wusste Don Salvo von ihrer Begegnung mit der gefesselten Alten?

Ihr wäre es lieber gewesen, wenn nicht. Also murmelte sie nur: »Es tut mir Leid.«

»Nein, Elena, nein. Das braucht dir nicht Leid zu tun. Ich bin nur so furchtbar müde.« Dann fügte er zuversichtlich hinzu: »Sie war weit über hundert Jahre alt, sie hat so viel gesehen und jetzt war es ihre Zeit zu gehen. Weißt du, die Leute in Punta werden alle so schrecklich alt, aber meistens, wenn ein neuer Mensch erwartet wird, dann ist das für einen Alten der richtige Moment zu gehen.«

»Du meinst Leahs Baby?«

»Sie hat davon gesprochen. Sie hat gesagt, nun, da Leah schwanger sei, wüsste sie ja, dass die Geschichte eine weitere Wendung bekomme, nun müsse sie sich nicht länger mit dem jungen Volk herumärgern, nun könne sie endlich ausruhen.«

Nach einer Weile sah er ihr direkt in die Augen und fügte an: »Ich denke, Elena, wir sollten auch ein wenig ausruhen.« Dabei versuchte er, ihre Hand zu ergreifen.

Doch Helene schreckte auf: »Nein, nein! Das kann ich nicht.«

»Warum nicht?«

Panisch, wie ein in die Enge getriebenes Tier blickte sich Helene um: »Weil, weil, ich kann das nicht erklären. Ich will das auch nicht erklären. Ich kann das einfach nicht fühlen.«

»Das ist doch nicht wahr.« Salvo hatte ihren Arm gepackt, hielt sie fest und zwang sie, ihn anzuschauen.

»Salvo, hör auf damit. Ich will das nicht.« Ihr stiegen Tränen in die Augen und ihre Stimme begann sich zu überschlagen. »Ich habe dafür nichts in mir, verstehst du? Eigentlich bin ich tot. In mir ist nichts, da lebt kein Herz.« Sie griff sich an die Brust. »Ich bin nichts. Ich bin ein Monster, ein Zombie, ich lebe nicht.« Helene weinte nun hemmungslos, während sie weiterklagte. »So etwas wie mich gibt es gar nicht. Hast du darüber schon mal nachgedacht? Wenn ein Mensch den Mann oder die Frau verliert, dann werden sie Witwer oder Witwe, wenn ein Kind die Eltern verliert, dann wird es Waise; aber was ist, wenn die Eltern ihr Kind verlieren? Kannst du mir das sagen?« Sie schrie jetzt fast. »Was ist das, eine Mutter, deren Kind gestorben ist? Was bleibt da übrig? Eine Mutter? Gewiss nicht! Eine Frau? Mit Sicherheit auch nicht! Was bleibt, ist eine leblose, geschändete Hülle voller Schmerzen und quälender Gedanken, die nicht weiß, wohin sie gehört und wie sie die restliche Zeit, zu der sie verflucht ist, hinter sich bringen soll.« Sie schüttelte sich, um sich zu beruhigen. Dann sprach sie leiser weiter: »Nein Salvo, das, was du über mich denkst, ist falsch. Ich bin gar nicht wirklich am Leben. Meine Haut brennt und meine Knochen sind brüchig, in mir lodert ein Feuer aus Unglück, von mir ist in Wirklichkeit schon lange nichts mehr übrig. Das ist nicht das, was du willst!«

Salvo hatte ihr während dieses Ausbruches zugehört und sie dabei aufmerksam angesehen. Als sie geendet hatte und wieder einigermaßen gefasst war, schnappte er erneut ihren Arm und zog sie ohne weiteren Kommentar durch den Flur in das halbrunde Badezimmer am Ende der Casita. Dort schaltete er das Licht ein und positionierte Helene direkt vor dem großen Spiegel. Er selbst blieb hinter ihr stehen, damit sie ihm nicht entwischen konnte.

»Das, was du denkst, ist falsch!«, sagte er ihrem Spiegelbild. »Schau jetzt da rein«, und damit riss er ihr unsanft die Kleider vom Leib, Schicht für Schicht, bis sie nackt vor ihm stand.

Helene ließ es willenlos zu. Immer, wenn ihr Blick zu Boden gleiten wollte, herrschte er sie an, sie solle ihr Spiegelbild betrachten.

»Das bist du, Elena, schau dich an. Du hast weder dünne Haut noch kaputte Knochen, dein Herz schlägt bis zum Anschlag, wie du deutlich an diesem Pochen sehen kannst – und du bist schön. Ich weiß das und ich will, dass du es endlich wieder akzeptierst. Schau dich an, da ist nichts, was dir verbieten könnte zu leben.«

Helene starrte in den Spiegel und nachdem sich der Schreck über Salvos unsanftes Verhalten gelegt hatte, begann sie, den nackten Menschen, der ihr aus dem kalten Glas entgegensah, genauer zu betrachten. Don Salvo hatte Recht. Ihre Haut war nicht dünn. Sie war glatt und zart und von einer tiefen gesunden Farbe, die von den langen Aufenthalten im Freien herrührte und sich den ganzen Winter über zu halten schien. Das Fleisch an ihrem Körper war fest und durchtrainiert. Sie stand auf muskulösen Beinen, ihr Oberkörper ruhte aufrecht auf den geschwungenen Hüften und ihre Brüste zeigten an den Spitzen von ganz alleine ihre lebendige Reaktion. Schützend verschränkte Helene ihre Arme davor, wobei sie bemerkte, dass auch ihre Arme von der Arbeit im Kloster gestarkt waren. Ihr Haar, von der Sonne gebleicht, war gewachsen und lag schmeichelnd über ihren Schultern. Die Augen strahlten ihr, obwohl sie gerade geweint hatte, in einem tiefen Blau entgegen, ihr Mund war weder spröde noch dünn.

Auf diese Weise mit ihrem Äußeren konfrontiert, musste Helene sich eingestehen, dass sie sich innerhalb des vergangenen Jahres verändert hatte und nicht im Entferntesten den Eindruck einer toten Frau machte. Es war ihr, als erblicke sie ein verwandeltes Selbst. Älter natürlich, aber nicht alt. Vielmehr schien dort ein Wesen gespiegelt zu werden, das, ähnlich wie Hermana Consuelo oder auch Don Salvo, einen unerklärlichen alterslosen Zustand erreicht hatte. Noch lange standen sie still vor dem Spiegel, bis Salvo endlich selbst die Kleider ablegte und Helene umarmte.

So blieb Don Salvo in der Casa Floreciente, für Nächte, in denen sie beieinander lagen wie Menschen, die im Einverständnis miteinander verbunden sind.

Alles in allem war es eine gute Zeit. Während das Leben um den Jahreswechsel herum in Punta etwas stiller geworden war und Hermana Consuelo oben im Kloster erste Vorbereitungen für den Einzug von Leah traf, übte diese fleißig weiter das Autofahren und verfasste für die Kinder von Kurt und Muriella lustige Verse, die sie an den langen dunklen Nachmittagen den Eltern vortrugen.

Helene verbrachte tagsüber viel Zeit in der Casa Grande, wo sich inzwischen schachtelweise Fotos mit den unterschiedlichsten Motiven stapelten, und ihr wurde bewusst, dass sie dort, wenn sie wollte, Material für mehrere Ausstellungen zusammengesammelt hatte.

Doch verschwendete sie keinen Gedanken an so etwas. Sie war weiterhin bemüht, die Welt, in die sie eingetaucht war, in all seinen Erscheinungsformen abzulichten, so als könne sie sich selbst erst darin zurechtfinden, wenn sie sich im wörtlichen Sinne ein Bild davon gemacht hätte.

In den gräulichen Januartagen, die viel Regen brachten, war es für Leah Zeit, in Begleitung von Helene und Consuelo zum zweiten Mal die Praxis eines Frauenarztes aufzusuchen.

Dort, nach eingehender manueller Untersuchung und der Abgabe von Blut- und Urinproben, sollte der aufregende Moment kommen, in dem Leah auf dem Monitor neben dem Ultraschallgerät zum ersten Mal einen Blick auf ihr ungeborenes Kind werfen durfte. Sie war bereits am Ende des fünften Monats. Gebannt verfolgten die drei Frauen das schwarzweiße Durcheinander, das sogleich einen Blick auf ein rundes Köpfchen und einen feingliedrigen Körper bot. Die hektischen Bewegungen und das rasende Pochen des Herzens ängstigten Leah zunächst. Doch nachdem ihr versichert worden war, dass dies vollkommen normal sei, beobachtete sie verzaubert, was sich dort im Inneren ihres Bauches abspielte.

Der Arzt war ein älterer Herr, der keine unangenehmen Fragen stellte. Nüchtern und freundlich erklärte er, was sie über die Schwangerschaft wissen musste, und Leah gewann mehr und mehr den Eindruck, dass es richtig war, dieses Kind auszutragen.

Auch wenn Helene es niemals deutlich ausgesprochen hatte, so hatte sie in den zurückliegenden Wochen doch immer wieder durchblicken lassen, wie sehr auch sie dieses Kind willkommen heißen würde – ganz gleich, auf welchem Wege es zustande gekommen war. Und niemals hatte sie angedeutet, dass sie sich möglicherweise unglücklich an ihre eigene Mutterschaft erinnert fühlen könnte. Niemals! Bis zu diesem Tag, an dem Leah von fachkundigen Händen untersucht wurde.

»Alles in bester Ordnung«, ließ der Arzt nach gründlicher Betrachtung der Ultraschallbilder verlauten.

»Es wächst und entwickelt sich normal und ich bin mir ziemlich sicher, dass es ein Junge wird.«

»Ein Junge?« Leah schaute dem Arzt so erstaunt ins Gesicht, als wäre ihr diese Möglichkeit völlig neu.

»Was ist, hatten Sie das Gefühl, es sei ein Mädchen?«

»Nein, das nicht gerade. Um ehrlich zu sein, ich habe immer nur an ein Baby gedacht, gar nicht daran, dass es ein Junge oder ein Mädchen wird«, keuchte Leah immer noch liegend über ihren Bauch hinweg.

»Nun«, entgegnete der Mann belustigt, »das ist aber nun mal so in der Natur, dass die Lebewesen entweder das eine oder das andere Geschlecht besitzen. In den meisten Fällen jedenfalls.« Und nach einer Weile fügte er noch »Gott sei Dank« hinzu.

Als Leah sich wieder angezogen hatte und mit den anderen auf dem Heimweg befand, plapperte sie aufgekratzt über das kleine männliche Wesen, das in ihrem Körper planschte.

Helene lenkte den Wagen zurück, Hermana Consuelo saß neben ihr und Leah hatte es sich mit hochgelegten Beinen auf der Rückbank bequem gemacht.

»Wisst ihr was? Wenn es wirklich ein Junge wird, dann hab ich schon einen Namen. Ich werde ihn nach Helenes Sohn nennen.«

Beide Frauen auf den Vordersitzen hoben im selben Moment die Augenbrauen in die Höhe.

»Ja, ist doch ganz klar: Ich werde ihn Ben…« Doch weiter kam sie nicht. Die Reifen quietschten, der Wagen begann zu schlingern und rutschte seitlich in einen flachen Graben. Dort blieb er liegen. Leah suchte Helenes Augen im Rückspiegel und sah, dass sie puterrot geworden war. Keine von ihnen schien verletzt, doch anstatt sich nach dem Schock zu erholen, hielt sich in Helenes weit aufgerissenem Blick so ein Funkeln, dass Leah angst und bange wurde.

»Ist alles in Ordnung?«, fragte Consuelo zu beiden Frauen gewandt.

»Ja, ja, alles okay, aber was ist denn überhaupt los?«, wollte Leah verunsichert wissen.

»Ich glaube, das mit dem Namen, das ist keine gute Idee«, erklärte die Klosterschwester geduldig.

»Oh, ich dachte doch nur, es wäre vielleicht schön, so in Erin…«

»Ich sagte doch schon, Leah, das ist keine gute Idee. Lass es gut sein, bitte.« Und damit wandte sich Hermana Consuelo zu Helene.

»Bei Ihnen auch alles in Ordnung?«

Nur sehr langsam kam aus Helenes Richtung ein kurzes Nicken, mehr nicht. Und weil keine der drei wusste, was sie in diesem Moment sagen sollte, blieben sie einfach schweigend sitzen.

Nach einer halben Stunde bestand Consuelo dann darauf, dass man das Auto verlassen solle, um es mit vereinten Kräften wieder auf die Fahrbahn zu schieben. Der Motor war abgewürgt aber nicht beschädigt und sprang gleich wieder an.

Bis auf kleine Laute der Verständigung bei dem Bergungsmanöver hatten sie weiter geschwiegen und so blieb es die ganze Fahrt über bis Punta del Cambio still. Nur das Getriebe schnarrte. Als Helene auf den Dorfplatz eingebogen war und eine Stelle zum Parken suchte, hatte immer noch niemand gesprochen. Leah musste gehen. Onkel und Tante warteten sicher schon eine Weile. Doch sie traute sich nach diesem Zwischenfall nicht, einfach den Wagen zu verlassen und die Tür hinter sich zuzuschlagen. Die ganze Freude über das gesunde Kind, die sie noch in der Arztpraxis gespürt hatte, war verflogen. Immer muss ich etwas falsch machen, dachte sie, immer liege ich daneben, dabei habe ich es wirklich nur gut gemeint, aber das versteht natürlich wieder keiner.

Helene hatte sich hinter dem Lenkrad aufgerichtet, so als wolle sie noch etwas sagen. Denn auch sie hatte den Rest der Rückfahrt nachdenklich verbracht und darüber gebrütet, was ihr Consuelo einst geraten hatte. Sie solle aufpassen, dass ihre und Leahs Geschichten nicht durcheinander gerieten und miteinander vermischt wurden. Deshalb wandte sie sich plötzlich zu Leah um. »Es tut mir Leid, Leah. Du kannst deinem Kind selbstverständlich jeden Namen geben, der dir gefällt. Aber ich möchte nicht, dass du es für mich tust, verstehst du?« Das ungesunde Rot auf ihrer Haut war verschwunden und auch ihre Augen hatten ihren normalen stillen Ausdruck zurückgewonnen. »Es gibt viele gute Namen, ich bin sicher, dass du den richtigen wählen wirst«, ergänzte sie versöhnlich.

Leah fiel ein Stein vom Herzen. »Danke«, sagte sie und noch mal, »danke, Helene!«, dann sprang sie so schwungvoll, wie es ihr Zustand zuließ, aus dem Auto und knallte die Tür hinter sich zu.

»Danke, Helene«, sagte auch Hermana Consuelo, als sie vor der Auffahrt zum Kloster angelangt waren. »Danke, das war sehr hilfreich.«

Helene zuckte die Achseln. »Ich hätte es einfach nicht ertragen, verstehen Sie?«

»Kein Wort mehr darüber.«

»Consuelo?« Helene wollte die Frau noch nicht gehen lassen.

»Ja?«

»Warum tun Sie das alles? Ich meine für mich, für Leah? Was ist mit Ihrem eigenen Leben?«

Hermana Consuelo blickte milde über den Rand ihrer Brille hinweg. »Ich tue es für mich selbst. Wenn man es schafft, anderen das zu geben, was sie brauchen, dann gibt man es auch sich selbst.«

»Und was brauchen Sie?«

»Ich brauche das Leben von Espíritu Hijo! Genauso wie Sie und auch Leah.«

»Aber aus welchem Grund?«

»Sie meinen, Sie möchten meine Geschichte hören?«

»Ja«, sagte Helene nach einer kurzen Pause. »Ja, sehr gern, wenn Sie davon erzählen mögen.«

Es regnete. Dicke Tropfen prasselten auf das Autodach und gegen die Windschutzscheibe. In rascher Folge platzten sie auf dem Glas, verschwammen miteinander und bildeten eine geschlossene Wasserschicht, durch welche die Außenwelt nicht mehr zu erkennen war.

Im Wageninneren blinzelte Hermana Consuelo, seufzte, lächelte dann vor sich hin und meinte: »Na gut. Also jetzt.«

Dies ist die Geschichte von Hermana Consuelo

Ich habe nicht immer hier in Punta del Cambio gelebt. Ich bin hier zwar geboren und aufgewachsen, aber dann war ich viele Jahre fort. Ich bin weggelaufen – geflohen, wenn man so will. Dabei war da eigentlich gar nichts mehr, wovor ich hätte fliehen müssen.

An meine Kindheit habe ich bis zu einem gewissen Punkt wundervolle Erinnerungen. Mein Leben war leicht und unbeschwert. Es ging meiner Familie immer gut und wir mussten uns niemals Sorgen machen.

Mein Vater war ein stattlicher Mann, der viel arbeitete und deshalb häufig außer Haus war. Meine Mutter war eine zarte, fast durchsichtige Person, die sich tagsüber damit beschäftigte, die Dinge so zu regeln, dass ihr Ehemann, mein Vater, am Abend gern wieder zu uns nach Hause kam. Das sei sehr wichtig, hat sie uns Kindern immer wieder eingetrichtert.

Diese unterwürfige Liebe zu meinem Vater lenkte ihre Aufmerksamkeit in recht angenehmem Maß von uns ab. Mein Bruder und ich lebten in unserer eigenen Welt.

Rückblickend kann ich nicht mehr beschreiben, was an unserer Kindheit so besonders war. Wir sind im Sommer schwimmen gegangen, machten lange Streifzüge durch das Hinterland, das wir als unser Königreich empfanden, spielten mit den anderen Kindern des Dorfes im leer stehenden Kloster und fühlten uns unbeschwert und frei. Darin unterschieden wir uns nicht von den anderen. Es war wohl mehr die Art, wie wir die Dinge erlebten, als die Dinge selbst.

Denn wir waren nie allein. Mein Bruder und ich teilten alles. Von dem Zeitpunkt an, an dem meine Erinnerung einsetzt, waren wir unzertrennlich. Ich fühlte mich in den kräftigen Armen meines Bruders geborgen und beschützt. Er konnte die spannendsten Geschichten erzählen, hatte die unterhaltsamsten Einfälle, war der Anführer beim Spielen und stand mir unerschütterlich treu zur Seite. Ich war stolz auf ihn und liebte ihn, wie man nur einen Menschen lieben kann, der einem von Geburt an vertraut ist.

Ich war die Prinzessin seiner Abenteuer. Wenn wir durch die Gegend zogen, erkor er mich stets zum Mittelpunkt seiner Fantasien, kämpfte, um mich gegen Drachen oder Seeräuber zu verteidigen, stahl für mich die süßesten Orangen, rettete mich aus den Fängen der anderen Kinder und überhäufte mich mit Geschenken wie seltenen Steinen oder Muscheln.

In der Schule, in die wir täglich nach Corcubión gebracht wurden, kamen wir beide gut mit. Das Lernen bereitete uns keine Schwierigkeiten, wir waren aufgeweckte und begabte Kinder. Etwas problematischer waren die Zeiten zwischen den Unterrichtsstunden auf dem Pausenhof. Daran gewöhnt, immer zusammen zu sein, suchten wir als Geschwister auch während dieser Freizeiten Kontakt zueinander. Vor allem mein Bruder war Opfer der Hänseleien seiner Kameraden aus den höheren Klassen. Doch schien er damit fertig zu werden, mich trafen die hämischen Kommentare über das Bruderschätzchen viel härter als ihn. Mit groben Fäusten ging er gegen die Anstifter vor und ließ sich nicht darin beirren, auch in der Schule so viel Zeit wie möglich mit mir zu verbringen.

Eine glückliche, unschuldige Kindheit, würde ein Beobachter von außen urteilen. Doch im Nachhinein weiß ich, dass wir schon damals nicht ganz so unschuldig waren, wie es den Eindruck erweckte. In unserer Liebe füreinander waren uns der Umgang, die Nähe miteinander so selbstverständlich, Berührungen und Zärtlichkeiten so natürlich, dass wir nicht merkten, dass wir vermutlich schon zu diesem Zeitpunkt eine Grenze überschritten hatten. Über diese frühen Jahre kann ich keine Einzelheiten berichten, denn alles, was wir taten, gehörte für mich in den Bereich des absolut Möglichen und Normalen. Doch erinnere ich mich sehr wohl, wie früh wir entdeckt hatten, dass ein liebevoller Kuss länger dauerte als nur eine kleine, schmatzende Sekunde und dass das Gefühl von zwei sich berührenden Zungen, die fröhlich im Mund des anderen spielten, ein prickelndes Gefühl an allen möglichen Körperstellen auslöste; man wollte es wieder und wieder probieren.

Wir wussten nicht, was wir da taten.

Es war nicht die Zeit, in der über so etwas gesprochen wurde. Und da unsere Eltern vollkommen ahnungslos waren, kam niemand auf die Idee einzugreifen.

Keiner bemerkte, was vor sich ging. Wir waren ein beliebtes Geschwisterpaar und galten den Erwachsenen von Punta sogar als Beispiel für Familientreue.

Dann, ich trug noch meine langen Zöpfe und war gerade neun Jahre alt geworden, starb meine Mutter. Viel zu früh natürlich. Zu früh für eine so junge Frau, zu früh für uns Kinder und viel zu früh für meinen Vater, der in eine Traurigkeit verfiel, die er nie wieder ablegen konnte. Sicher, er ging seinem Tagwerk nach, er wurde seiner Rolle als angesehener Mann gerecht, er versuchte unsere Familie so gut es ging zu führen. Doch in seiner eigenen Trauer hatte er keinen Platz für das Unglück seiner mutterlosen Kinder. Er kümmerte sich nur noch äußerlich um uns. Das heißt, er sorgte für genügend Personal, das uns ankleidete, bekochte und in die Schule kutschierte. Doch wann immer wir seine Nähe und seinen Trost suchten, reagierte er unwirsch, so als könne er unsere Verzweiflung in seiner eigenen nicht auch noch ertragen.

Das war eine grausame Zeit und es dauerte viele Jahre, bis wir uns an das Leben ohne unsere Mutter gewöhnt hatten. Es war seltsam, denn als sie noch bei uns war, hatte sie in unserem Alltag gar keine große Rolle gespielt. Unsere Welt war wohl zu heil, als dass wir uns Gedanken über sie gemacht hätten. Erst ihr Fehlen veränderte alles.

Das Haus wirkte dunkel und trostlos und unsere hungernden Kinderseelen fanden häufig keinen Schlaf. Also taten wir das, was andere Geschwister auch tun, wir krochen zueinander in die Betten und versuchten uns gegenseitig Trost zu spenden. Der warme Körper meines Bruders bedeutete immer Geborgenheit. Wir lagen zusammen, eng umschlungen, und pressten uns aneinander, bis wir die Ruhe zum Schlafen gefunden hatten. Später, als wir älter wurden und der Schmerz über den Verlust der Mutter nicht mehr so rasend war, behielten wir diese Gewohnheit bei. Warum auch nicht? Wir liebten einander, so wie uns sonst niemand liebte, und wir fanden bei dem anderen etwas, was uns sonst niemand geben konnte. Wir wussten noch immer nicht, was wir taten.

Mit den Jahren, als sich unsere Körper zu verändern begannen und die Nächte mehr und mehr von aufregenden Zärtlichkeiten durchdrungen waren, unser Atem heißer und unsere Körper feuchter wurden, stand es für mich fest, dass es für mich niemals einen anderen Mann neben meinem Bruder geben würde. Alles, was wir machten, fühlte sich schön an und konnte deshalb nur richtig sein. Doch natürlich begannen wir genau wie die anderen Heranwachsenden, über unsere Zukunft nachzudenken, uns auszumalen, wie und mit wem wir einst leben würden. Während unsere Freunde bald in diese, bald in jene Richtung schöne Augen machten und ihre ersten Verliebtheiten auslebten, stand für meinen Bruder und mich fest, dass uns nichts und niemand trennen konnte. Was uns damals nicht bewusst war – wir lebten schon seit Jahren wie ein glückliches Ehepaar zusammen.

Dann geschah etwas Unvorhergesehenes. Wenn unsere Mutter noch gelebt hätte, wäre ich von ihr sicherlich besser darauf vorbereitet worden, doch in unserer Familie kümmerte sich niemand um die Belange eines heranwachsenden Mädchens.

Meine Menstruation blieb aus. Das war ein Schock. Fast genauso stark wie der Tod meiner Mutter. Jedenfalls, nachdem ich in den folgenden Wochen aus vorsichtigen Gesprächen mit unserer Küchenhilfe und einigen älteren Mädchen im Dorf herausgefunden hatte, was das genau zu bedeuten hatte.

Dass Bruder und Schwester kein Kind zusammen haben konnten, wussten wir natürlich, auch wenn darüber niemals gesprochen worden war.

Wir beide waren erschüttert und zum ersten Mal musste ich meinen großen Bruder ratlos erleben. Wochenlang schlichen wir durch das Haus und versuchten, so wenig Aufmerksamkeit wie möglich auf uns zu lenken. Der Gedanke, dass das Kind wegmüsse, kam uns natürlich, sorgte aber für Streit, denn eigentlich erschien es uns beiden gleichermaßen falsch. In unserem kleinen Universum wollten wir ja gerade wie Mann und Frau sein, nun galt es einen Weg zu suchen, diesen Umstand auch dem Rest der Welt verständlich zu machen. Doch wir wussten vom ersten Tag an, dass wir keine Chance hatten.

Unglücklich klammerten wir uns in den Nächten aneinander, liebten uns wild und mit einer neuen verzweifelten Kraft, wir lockten und bissen einander und versuchten mit dem physischen Schmerz unserer Umarmungen das schrille Reißen in unseren Herzen zu überspielen.

Dabei müssen wir eines Nachts einen solchen Lärm gemacht haben, dass unser Vater davon aufwachte. Zum ersten Mal seit dem Tod seiner Frau stolperte er schlaftrunken durch das Haus, um nach seinen Kindern zu sehen. Dabei fand er uns. Seinen erstgeborenen Sohn, der wie von Sinnen seine einzige Tochter penetrierte, die dabei offenbar ungemeine Lust empfand und so tief keuchte und stöhnte wie eine reife, erfahrene Frau.

Das war das Ende.

In unbändigem Zorn riss mein Vater meinen Bruder von meinem Körper und prügelte ihn besinnungslos. Er war immer noch ein kräftiger Mann. Wenn mein Bruder sich verteidigt hätte, wäre es ihm vielleicht nicht gelungen, ihn so stark zu verletzen. Doch mein Bruder nahm die Schläge widerstandslos hin. Ich fürchtete, mein Vater würde ihm alle Knochen brechen, schnell verwandelte sich das Schlafzimmer in ein Schlachtfeld, denn mein Vater schlug so wahllos zu, dass er auch im Weg stehende Gegenstände um sich schleuderte. Bald war der junge Körper meines Bruders von Platzwunden übersät. Während mein Vater schrie und tobte, saß ich zusammengekauert im Bett, ein dünnes Laken um den Leib geschlungen, und wusste nicht, was ich tun sollte. Erstarrt beobachtete ich die Szene. Ich werde mein Entsetzen nie vergessen, als mein Vater auf den nackten jungen Körper einschlug und mehrmals hintereinander in sein entblößtes Geschlecht trat.

Als mein Bruder sich schließlich nicht mehr rühren konnte und wie leblos auf dem Boden lag, donnerte und wütete mein Vater weiter, nun in meine Richtung. Blutschande und Familienehre, Fluch und Brut, solche Worte schleuderte er in meine Richtung. Er war außer sich. Als er sich mir näherte, fürchtete ich, ebenfalls Opfer seiner Gewalttätigkeiten zu werden. Doch als er das Laken von meinem Körper riss und mich in meiner Nacktheit sah, veränderte sich plötzlich seine Stimmung. Er kam näher, zerrte brutal meine Arme auseinander, die ich schützend um mich geschlungen hatte, und taxierte mich von Kopf bis Fuß. Mein Vater war ein erfahrener Mann. Ich bin sicher, dass er nach dem Tod meiner Mutter, auch wenn er ihren Verlust niemals verwinden konnte, in so manchem Etablissement Befriedigung für seine Männlichkeit gefunden hatte.

Fachmännisch berührte er meine Brüste und warf einen geradezu gierigen Blick in meinen Schoß. Selbst wenn ich mich bis zu diesem Moment unschuldig gefühlt hatte, durch diesen Blick meines Vaters verlor ich alles Reine.

Während er so vor mir stand, spürte ich, wie erregt er war. Das machte mir noch mehr Angst. Ich blinzelte zu meinem am Boden liegenden Bruder und bemerkte, dass er bei Bewusstsein war und meinen Vater aus geschwollenen Augen beobachtete. Der umfasste meine Brüste ein zweites Mal, befühlte meinen Bauch mit nüchternen Handgriffen und war, als erfahrener Mann und Vater, im Bilde. Er ohrfeigte mich, dass ich noch Tage später ein feuerrotes Mal auf der Wange trug. Dann wandte er sich zum Gehen und trat meinem Bruder im Vorbeikommen mit solcher Gewalt in den Magen, dass dieser sich übergab.

Lange traute ich mich nicht, mich zu rühren, von meinem Bruder war kein Geräusch mehr zu hören. Ich weiß nicht mehr, ob ich glaubte, dass er tot war, oder ob ich hoffte, er könne von alleine wieder auf die Beine kommen. Ich jedenfalls war von solcher Angst und solchem Schrecken gepackt, dass ich mich nicht aus meiner Starre lösen konnte.

Ich dachte, ich hätte kein Auge zugetan in dieser Nacht, doch als am Morgen ein paar Sonnenstrahlen durch die Fensterläden schienen und mich in der Nase kitzelten, wurde mir klar, dass ich irgendwann vor Erschöpfung eingeschlafen war.

Im Haus herrschte vollkommene Stille. Ich brauchte nur einen kleinen Moment, um mir das Grauen der Nacht wieder ins Bewusstsein zu rufen, dann stellte ich fest, dass mein Bruder nicht mehr da war. Eine breite, blutige Schleifspur zog sich durch das Zimmer Richtung Tür. Nur mit dem Laken bedeckt folgte ich ihr hinaus auf den Flur bis zur Treppe. Dort musste er sich am Geländer hochgezogen haben, denn auf den Stufen waren jetzt blutige Fußspuren zu erkennen, auf dem Handlauf klebten eingetrocknete Krusten.

Die Spuren führten in den Garten durch unser Tor in das Treppenviertel. Dort waren nur noch ab und zu einzelne Blutstropfen zu erkennen, die den Weg meines Bruders zum Strand markierten.

Im Sand fand ich seine wankenden Fußabdrücke. Er hatte sich zu unserem Liegeplatz geschleppt, das Boot ans Ufer geschoben und sich dem Meer anvertraut.

Er kam nie zurück.

Ich verbrachte einen einsamen Tag voller Angst. Mein Vater hatte offensichtlich dem Personal freigegeben und war selber schon in aller Herrgottsfrühe aus dem Haus. Als ich ihn am Abend hörte, erwartete ich ihn furchtsam. Er zwang mich, das ganze Haus vom Blut meines Bruders zu reinigen, und sprach ansonsten kein Wort mit mir. In der Nacht überfiel er mich dann in meinem Schlafzimmer. Er zwang mich, mein Nachthemd auszuziehen, damit er sich, wie er es ausdrückte, die Bescherung noch einmal genauer anschauen könne, fasste mich aber nicht an. Das ging drei Nächte so, vor Angst machte ich ins Bett. In seiner Gier und seinem Zorn wusste er sich offenbar keinen Rat und ich fürchtete nichts mehr, als dass er nochmals seine Beherrschung verlieren könnte.

Nachdem mein Bruder auch am dritten Tag nicht aufgetaucht

war, riss ich aus. Als fünfzehnjähriges Mädchen hatte ich natürlich keine große Wahl. Aber ich erinnerte mich an die Casa Floreciente, die leer stehende Einsiedelei, in der wir uns oft als Kinder versteckt hatten. Dorthin rannte ich, als ich wusste, dass mein Vater für einige Stunden fort war. Ich rannte durch die Mittagshitze in der Hoffnung, dass mich niemand aus dem Dorf beobachten würde.

Stundenlang saß ich im Innenhof und grübelte darüber nach, was ich nun tun sollte. Je mehr Zeit verging, desto ruhiger wurde ich. Dann bemerkte ich, dass mein Körper vor lauter Angst und Kummer ganz angespannt und hart war. Während ich also versuchte mich zu entspannen und durchzuatmen, spürte ich einen starken Krampf, der meinen Unterleib durchzuckte, danach das Gefühl, dass etwas durch mich hindurchlief und aus mir herauswollte. Wenig später entdeckte ich die roten Flecken an meinem Kleid. Ich untersuchte mich selbst, fand meine Unterwäsche von Blut durchtränkt und sah, als ich mich hinunterbückte, dass an meinem Geschlecht etwas hing. Also zog ich daran und hielt einen Augenblick später ein schleimiges rotes Gebilde in der Hand. Es sah aus wie eine etwas größere geschälte Dosentomate – es war mein totes Kind. Obwohl man nichts erkennen konnte, war ich mir aus unerfindlichem Grunde sicher, dass es ein Junge war.

Lange hockte ich weiter in meinem Versteck. Das winzige Wesen in meinen Händen gab mir Mut. Ich wollte ihm, nach der gesamten Brutalität, die ich in den Tagen zuvor erfahren hatte, zumindest eine kleine Geste der Würde entgegenbringen. Als ich meinen Blick irgendwann über die Mauern hob, fiel er auf den Turm des Klosters. Espíritu Hijo, natürlich! Das war der einzig in Frage kommende Ort. Bei Einbruch der Nacht schlich ich hinauf zum Kloster. Ich kannte mich gut in den Gemäuern aus und wusste, dass es noch ein paar uralte Geräte in einem Schuppen hinter dem verwilderten Garten gab. So besorgte ich mir eine Schaufel und begrub meinen ungeborenen Sohn im Klostergarten.

Drei Tage blieb ich dort, ernährte mich von den Früchten der wild wuchernden Pflanzen und lag erschöpft in der Sonne. Dann hielt ich es nicht mehr aus. Schließlich wollte ich wissen, ob es

Nachrichten von meinem Bruder gab. Also wusch ich meine Kleider mit dem Wasser des Brunnens und machte mich am helllichten Tag auf den Weg. Meinem Vater wollte ich keinesfalls in der Dunkelheit in die Arme laufen. Vor unserem Haus war eine Menge los. Etliche Menschen hatten sich dort versammelt. Zunächst war ich erleichtert, denn je mehr Menschen da waren, desto weniger hatte ich meinen Vater zu fürchten. Doch schnell erfasste ich die seltsame Stimmung der Leute, die mich still ansahen und dann den Weg freigaben. Auch im Haus befanden sich viel mehr Menschen als sonst. Unsere Angestellten waren zurück und ich erkannte den Hausarzt sowie einige Nachbarn. Bevor sie mich aufhalten konnten, stürmte ich durch das Haus in den Patio. Dort hing mein Vater – aufgeknüpft an seiner seidenen Krawatte baumelte er an einem Geländer des Obergeschosses. Fliegen umschwirrten seinen geöffneten Mund.

Eine Woche nachdem er seinen Sohn fast zu Tode geprügelt hatte und erst dieser und dann auch noch seine schandbare Tochter verschwunden waren, hatte er sich das Leben genommen.

Die Zeit danach war ein Albtraum. Bis die Vormundschaftsverhältnisse geklärt waren, lebte ich in einer Art Vakuum. Der Grund für die Familientragödie, wie man es im Dorf vorsichtig nannte, sickerte irgendwie durch. Vermutlich hatten sich die Mädchen schließlich doch einen Reim auf meine Fragen nach dem Ausbleiben der monatlichen Regel gemacht und ihre Gerüchte in Umlauf gebracht. Doch niemand sprach mich darauf an. Selbst argwöhnische Augen konnten unter meinem Kleid kein Anzeichen für eine Schwangerschaft entdecken.

Mit Mitteln aus meinem nicht unbeträchtlichen Erbe wurde ich wenig später nach Deutschland geschickt. Dort habe ich im Fränkischen einige Jahre lang eine Klosterschule besucht. Der Ort hatte nicht die geringste Ähnlichkeit mit meiner Heimat, doch die Stille des Kreuzganges und der blühende Garten, der von einer fröhlichen Schwester betreut wurde, erinnerten mich an Espíritu Hijo und an das, was ich dort zurückgelassen hatte.

Schwester Leandra war es, die meine Liebe zu den Heilkräutern weckte und mich in den freien Stunden, die ich neben dem Unterricht in diesem Garten verbrachte, vieles darüber lehrte. Nachdem ich die deutsche Sprache erlernt und mich in dem Mädchenpensionat einigermaßen eingelebt hatte, wurde ich eine angepasste, gute Schülerin.

Ich verbrachte viel Zeit mit Büchern, denn ich scheute die Gespräche der anderen jungen Mädchen. Was sollte ich auch dazu sagen, wenn sie sich heimlich ihr ersten Erfahrungen aus den Ferien anvertrauten?

Ich fuhr während der Schließungszeiten nicht nach Hause. Erst blieb ich bei den Schwestern und teilte ihren regelmäßigen Tagesablauf. Später unternahm ich dann mit ihrer Genehmigung kleinere Reisen, um mir das Land etwas genauer anzuschauen.

Nach der Schulzeit begann ich in Tübingen zu studieren. Die kleine Universitätsstadt schien mir überschaubar.

Ich suchte immer noch Heilung, also studierte ich Medizin. Weil das nicht half, suchte ich Gott und studierte Theologie. Beides brachte nicht den gewünschten Erfolg. Aber da ich nun schon einmal so weit war und mich zwischen beidem nicht entscheiden mochte, nahm ich noch ein Graduierten-Stipendium in den USA an. Ich forschte über Naturheilverfahren und hielt erste Vorträge über die Klostermedizin des Mittelalters. Aber auch das machte mich nicht froh. Ich wusste, irgendwann müsste ich den Status einer – wenn auch hochbegabten – Studentin aufgeben und etwas Richtiges anpacken. Doch wollte ich weder in einem Krankenhaus noch für die Kirche arbeiten. Der gesamte medizinische Betrieb war mir ebenso suspekt wie die Verwaltung der kirchlichen Organisationen.

Eine Zeit lang schob ich die Entscheidung hinaus. Ich versuchte mein Leben zu genießen. Ich kannte viele interessante Leute, ging aus und reiste. Doch lernte ich nie wieder einen Menschen kennen, mit dem ich gerne mein Leben geteilt hätte.

Ich konnte Punta del Cambio nicht vergessen, meine Heimat, zu der ich all die Jahre nur durch einige Briefwechsel Kontakt hatte.

Als ich dann erfuhr, dass es relativ einfach sein würde, das hiesige Kloster wieder zu beleben, habe ich nicht gezögert.

Eine Stimme in meinem Inneren sagte mir, dass ich nur hier, in der Nähe des Meeres, am Ort meiner Kindheit wirklich zufrieden sein könnte.

So bin ich nach mehr als zwanzig Jahren Abwesenheit zurückgekehrt.

An dem Tag, an dem ich in das Kloster gezogen bin, habe ich auch die Casa Floreciente besucht und beschlossen, sie für besondere Gäste herrichten zu lassen. Das war übrigens der Tag, an dem ich zwischen all den weißen Blüten des Oleanderstrauches auch eine rote entdeckte.

Dies ist die Geschichte vom kleinen Bruder

»Helene? Helene, bist du hier?« Die Stimme klang eigenartig angestrengt. Helene steckte den Kopf zum Fenster heraus und sah Leah mit watschelnden Schritten durch den Garten auf die Casa Grande zu rennen. Sie prustete kräftig und in ihrem rundlich gewordenen Gesicht leuchteten die Wangen rot.

Es war ein frischer Märztag am südlichen Atlantik kurz nach ihrem neunzehnten Geburtstag. Leah war, ihren großen Bauch vor sich her balancierend, zum Kloster spaziert, von da zur Casa Floreciente gelaufen und als sie Helene dort auch nicht angetroffen hatte, war sie erschöpft zurück ins Dorf gegangen. Ihr letzter Versuch galt der Casa Grande.

»Komm erst mal rein.« Helene führte Leah in die große Küche, in der sie gerade gemeinsam mit Don Salvo Gemüse zerkleinerte.

»Hola gordita – hallo Dickerchen«, wurde Leah neckend begrüßt. »Du siehst ja aus ... was ist denn los?«

»Ich war heute Morgen im Kloster, um schon mal ein paar Sachen in mein Zimmer zu bringen, und da hat diese verrückte Nonne mich die ganze Zeit so seltsam angesehen und mir dann die Hand auf den Bauch gelegt und so komisch getan, gelauscht mit geschlossenen Augen und so. Das war ganz furchtbar, ich hab mich richtig gegruselt, aber das konnte ich doch nicht sagen.«

Ohne weiter auf diesen Bericht einzugehen wies Don Salvo sie zurecht: »Wenn ich du wäre, würde ich Consuelo nicht noch einmal als verrückte Nonne bezeichnen.«

»Abuhh«, stöhnte Leah auf. »Na komm, ich mein das doch nicht böse.«

»Aber sie mag nicht, wenn man über so etwas scherzt. Schließlich ist sie keine Nonne.«

»He, was soll denn das jetzt?« Leah blickte sich Verständnis suchend nach Helene um, die unwissend die Schultern hob.

»Wieso ist sie keine Nonne?«, wollte Leah wissen.

»Weil sie keine werden wollte. Was ist denn daran so merkwürdig?«

»Aber sie wohnt doch im Kloster und heißt Hermana Consuelo?«

Salvo lachte laut heraus: »Und deshalb hast du geglaubt, sie müsse eine Nonne sein?«

Leah schaute ihn beleidigt an. Da sprang ihr Helene bei. »Ehrlich gesagt, bin ich auch davon ausgegangen, kannst du uns nicht mal aufklären?«

»Ist doch ganz einfach. Sie wird Hermana Consuelo genannt, Schwester Consuelo, weil sie die berühmteste Schwester ist, die Punta del Cambio jemals hervorgebracht hat.« Salvo wurde nun doch wieder ein wenig ernster. »Da gab es etwas in der Familiengeschichte, was für eine Schwester eher ungewöhnlich war.«

»Ja, ich weiß, sie hat mir davon erzählt.«

»So? Hat sie? Dann hast du doch gewusst, weshalb sie zurückgekommen ist und auf dem Klosterhügel lebt.«

»Ja schon, aber ich dachte trotzdem, dass …« Helene versuchte irritiert ihre Gedanken zu ordnen. Da sprach Salvo auch schon weiter: »Als ich es endlich geschafft hatte, sie in meinen Briefen davon zu überzeugen, dass sie ohne Probleme nach Hause zurückkehren könnte, wünschte sie sich das Kloster als Wohnsitz. Da hab ich es ihr natürlich gegeben.«

»Du hast es ihr gegeben?« Helene überkam eine seltsame Ahnung.

»Ja, ich. Sie ist doch schließlich meine Schwester. Und nach dem, was wir beide durchgemacht hatten, war es doch klar, dass ich ihr jeden Wunsch erfüllen würde, wenn sie sich entschließen könnte heimzukommen.«

Helenes Mund stand offen, aber kein Ton kam daraus hervor. Sie begann ein klein wenig zu zittern.

»Was ist hier eigentlich los?«, mischte sich Leah ein, die bislang auf ihrem Stuhl gehockt und zugehört hatte. »Deine Schwester? Hier läuft doch gerade was Schiefes, oder?«

»Ja, vermutlich«, hauchte Helene und sah Salvo mit einem fast feindseligen Ausdruck ins Gesicht. »Du bist der Bruder von Consuelo! Warum hast du mir das nicht gesagt?«

»Weil nie die richtige Zeit dafür war. Wir haben uns doch überwiegend mit anderen Geschichten befasst«, lächelte er sie freundlich an. »Was ist denn los? Es gibt noch viele Dinge, deren Geschichte du noch nicht kennen gelernt hast.«

»Du und Consuelo, Bruder und Schwester«, stammelte sie vor sich hin, und da endlich begriff Don Salvo ihre Erschütterung.

»Leah, kleinen Moment, wir sind gleich zurück.« Mit diesen Worten nahm er Helene bei der Hand und zog sie in den großen Saal vor die Wand mit den vielen Gemälden.

»Elena, schau mich an und hör zu.« Er hob ihren Kopf nach oben, sodass sie ihn anblicken musste: »Ja, wir sind Geschwister. Aber es ist nicht so, wie du denkst. Sieh her.« Er deutete zu einer kleinen Zeichnung, auf der drei Kinder zu sehen waren. Zwei größere und ein kleines, welches noch auf dem Boden krabbelte. »Ich bin der hier, der jüngere Bruder. Ramiro Salvotorino. Das hier«, er deutete auf die größte Figur, »ist Pemon Salvotorino, der heute eigentlich Don Salvo sein sollte. Unsere Mutter ist kurz nach meiner Geburt gestorben, das habe ich dir doch schon einmal erzählt. Ich vermutete als kleiner Junge, sie würden mir dafür die Schuld geben und hätten mich deshalb alle verlassen. Consuelo und Pemon hatten sich nach dem Tod auf ihre Weise getröstet und an ihrem viel jüngeren Bruder kein Interesse gezeigt. Mein Vater war sowieso viel zu sehr mit sich selbst beschäftigt. Ich bin oben in der Südgalerie mit einer Amme und später mit wechselnden Kinderfrauen aufgewachsen. Von meinen beiden Geschwistern habe ich kaum etwas mitbekommen. Aber ich war es, der mit sechs Jahren unseren Vater eines Sommermorgens in unserem Patio hängend fand. Da überkam mich eine Ahnung, dass in diesem Haus außer mir auch noch andere Menschen unglücklich waren. Das ist alles sehr lange her.«

»Puhh«, Helene schnaubte. »Ich dachte eben in der Küche, dass du und Consuelo…«

»Ich hab's gemerkt. Darum hab ich dir das Bild gezeigt. Das hat übrigens mein Vater gezeichnet.«

Helene betrachtete die drei Kinder. Einen großen hübschen Jungen mit ernsthaftem Gesicht von vielleicht zehn oder elf Jahren, das etwas kleinere Mädchen mit dunklen Zöpfen und einem verschmitzten, klugen Lächeln und als Letztes das Krabbelkind, das zu Füßen der Geschwister mit einem kleinen Boot spielte und von dem nur der rundliche, lockige Hinterkopf zu sehen war.

»Wie hast du danach weitergelebt? Wer hat sich um dich gekümmert?«

»Verschiedene Menschen, denen ich es allen nicht ganz leicht gemacht habe. Ich hatte mir nämlich in den Kopf gesetzt, ich müsste unbedingt hier bleiben, in der Casa Grande, falls jemand zurückkehren würde. Ich wartete auf meine Mutter, die ich ja nur aus Erzählungen kannte und von der man mir gesagt hatte, dass sie eine Reise in den Himmel gemacht hatte. Eine Reise ist schließlich irgendwann beendet und dann kommt man zurück, hatte ich geglaubt. Auch meine Schwester war verreist, weit weg nach Deutschland und würde irgendwann wiederkehren und mein großer Bruder war über das Meer gefahren, der würde vielleicht sogar als Erster wieder eintreffen, hatte ich gehofft. Als er nicht kam, fing ich an, ihn zu suchen. Das ist der Grund, warum ich schon als Kind täglich mit dem Boot draußen war und jede Bucht und jedes Kliff kenne. Ich habe dort jahrelang nach Pemon geforscht. Die Hoffnung ihn zu finden hat mir geholfen, größer zu werden. Es gab immer wieder Verwandte, die bereit waren, mich zu sich zu nehmen, doch wann immer jemand versuchte, mich aus meinem Elternhaus zu entfernen, habe ich einen Aufstand gemacht, sodass sie am Ende nachgaben. Also haben immer abwechselnd irgendwelche Tanten und Onkel für einige Zeit bei mir gewohnt. Das Haus war schließlich groß genug.«

»Das alles klingt einfach unglaublich«, bemerkte Helene. Die beiden schauten sich lange an. Erst nach einer Weile traute sie sich weiterzufragen: »Und was ist mit eurem älteren Bruder?«

Don Salvo hob mit typischer Geste die Hände in die Luft: »Er ist sicher ertrunken. Er wird nicht die Kraft gehabt haben, das Boot irgendwohin zu steuern.«

Bedrückt sah sich Helene noch einmal die Zeichnung an.

»Elena«, wiederholte er ruhig, »es ist sehr lange her. Du brauchst dir darüber keine Sorgen zu machen. Consuelo und ich haben viel darüber gesprochen, als wir uns als Erwachsene richtig kennen gelernt haben. Es ist zu einer der Geschichten von Punta del Cambio geworden.«

»HAALLOO!« Leah rief von draußen, um anzukündigen, dass sie jetzt den Saal betreten würde. Rasch wanderten ihre Augen durch den hellen Raum, den sie so ganz anders in Erinnerung hatte. Doch für solche Gedanken war jetzt der falsche Zeitpunkt.

»Ich hätte da auch noch 'ne Frage, falls es nicht stört. Es geht mich ja nichts an, was ihr hier zu tuscheln habt, aber wieso kannst du«, und damit streckte sie ihren Zeigefinger in Salvos Richtung, »Klöster vergeben? Du magst ja hier vielleicht der Don vom ganzen Ort sein, aber du bist doch schließlich kein Abt oder so was?« Bei der letzten Bemerkung musste sie kichern.

Salvo tastete seine Taschen nach einem Zigarettenpäckchen ab.

»Wie schön, dass es auch leicht zu beantwortende Fragen gibt«, grinste er. »Der Klosterkomplex ist im späten Mittelalter an unsere Familie gefallen. Er befand sich im Privatbesitz des Klostergründers und nach dessen Tod fiel das ganze Gelände an seine jüngste Schwester, die eine Urahnin von uns ist. Ganz einfach – oder?«

»Na, dann hält Consuelo ja wenigstens ein bisschen die Familientradition hoch – auch wenn sie keine Nonne ist«, bemerkte Leah trocken.

»Ja, wenn du so willst.« Salvo grinste wieder.

Helene war noch immer ganz benommen von dieser seltsamen Familiengeschichte und ihrem eigenen Irrtum.

Gemeinsam schlenderten sie zurück zur Küche, um ihre Arbeit wieder aufzunehmen.

»Weshalb bist du eigentlich gekommen?«, wollte Salvo wissen. »Du hast doch vorhin erwähnt, dass dir Hermana Consuelo so seltsam vorgekommen sei.«

»Ach ja.« Leah fiel wieder ein, was der Grund für ihren Besuch war. »Sie hat in so einem komischen Tonfall gesagt, das Kind sei zu schwach, und sie ist ganz ernst gewesen und hat mich zu Helene geschickt, damit sie mich ins Krankenhaus fährt.«

»WAS?« Helene erschrak.

»He, keine Panik. Muss ja nicht sofort sein. Aber ihr wisst ja, wie sie ist. Wenn sie was will, dann muss es eben gemacht werden. Es hat mich nur so ein bisschen verstört, sie war so eigenartig.«

Helene und Salvo tauschten einen besorgten Blick. »Was heißt das?«

»Na ja, sie hat mich so angefasst. Das hört sich vielleicht bescheuert an, aber das war irgendwie so, als ob sie in meinen Bauch reinfühlen könnte.«

»Sie kann da reinfühlen«, sagte Salvo sachlich. »Ich weiß nicht, wie, aber sie hat da so einen ganz speziellen Sinn.«

Vor Helenes Augen tauchte ein Bild von Hermana Consuelo auf, die eine Hand um den Kopf eines Jungen gelegt hat.

»Nein, um Gottes willen, das kann doch nicht sein …«

»Was ist denn, Helene? Du bist ganz blass.«

»Wenn Consuelo sagt, du sollst ins Krankenhaus, dann solltest du ins Krankenhaus. Sofort.«

Salvo nahm das Mädchen beim Arm: »Komm, Leah, ich fahr dich nach Santiago.«

»Aber ich fühl mich total okay. Was soll ich denn im Krankenhaus?«

»Komm, Leah!« Und damit zog er sie einfach aus der Küche hinaus.

Dies ist die letzte Geschichte

Sie hatte damit gerechnet. Sie hatte es gewusst und sie hatte versucht, sich so gut es ging vorzubereiten. Deshalb war sie auch nicht überrascht, als drei Tage später vor den Mauern der Casita Rufe zu hören waren. »¡Señora Elena!« Jemand klopfte gewaltig. »Señora Elena, sind Sie da? Bitte machen Sie auf.«

Helene öffnete Muriella, die mit zerzausten Haaren vor ihr stand und nach Luft rang. »Können Sie nach Santiago fahren, bitte! Mein Mann hat gerade angerufen, Leah weint und tobt die ganze Zeit. Das Kind soll noch heute geholt werden. Bitte fahren Sie ins Krankenhaus. Hermana Consuelo wacht dort schon zwei Nächte an ihrer Seite, aber das nützt nichts. Vielleicht können Sie Leah beruhigen.«

Helene verabredete mit Muriella, dass sie eine gute Stunde später bei ihr vorbeischauen würde, um einige Kleidungsstücke für Leah entgegenzunehmen und dann aufzubrechen.

Einige Minuten blieb sie alleine im Patio stehen und blinzelte in das diffuse Licht des Morgens. Dunkle, graue Wolken zogen an einer helleren Wolkendecke vorbei. Sie fröstelte.

Im Haus wählte sie eine bequeme helle Kammgarnhose sowie einen großen weichen Rollkragenpullover und schlüpfte in neue feste Turnschuhe. Dann frisierte sie sich ordentlich und griff zu einem zarten Puder und Lippenrot. Sie legte ihre Armbanduhr um das linke Handgelenk. Am rechten klimperten vertraut die Silberanhänger. Während sie sich fertig machte, erforschte sie eingehend ihr Spiegelbild. ›Das hier bist du, Helene, vermisch nicht die Geschichten‹, sprach sie zu sich selbst.

Nachdem sie mit ihrem Aussehen zufrieden war, schnappte sie sich die große Lederhandtasche, warf Schlüssel, Geld und eine Flasche Wasser hinein, legte sich ein Wollcape um und holte den Wagen.

Im Hause der Gomez' bekam sie von der bedrückten Tante ein Paket mit frischer Wäsche für Leah ausgehändigt. »Hoffentlich geht alles gut. Man weiß ja noch gar nicht so genau, was mit dem Kind eigentlich ist. Aber die Herztöne sind in den letzten vierundzwanzig Stunden so schwach geworden, dass die Ärzte sagen, sie können ihm besser helfen, wenn es draußen ist.« Muriella versuchte eine weniger besorgte Miene aufzusetzen. »Ich würde ja gern mitfahren, aber einer muss schließlich bei den Kleinen bleiben. Kurt ist auch in der Stadt, sagen Sie ihm einen Gruß und dass zu Hause alles in Ordnung ist, wenn Sie ihn sehen?«

»Natürlich!« Helene und die Frau umarmten sich ohne weitere Worte. »Ich fahre besser gleich. Bis bald.«

Nach den vielen Niederschlägen der Wintermonate waren die Wälder gut durchfeuchtet und von saftigem Grün. Je weiter sie sich auf der Straße Santiago näherte, desto mehr wunderte sich Helene über die Vielfalt der Pflanzen. Sie hatte Punta del Cambio während des gesamten Winters nicht einmal verlassen und sich so stark an den Anblick der Küstenvegetation gewöhnt, dass sie beinahe vergessen hatte, dass nur wenige Kilometer weiter hinter den Hügeln das Land ganz anders aussah. Die feuchten Blätter der Baumkronen schimmerten leicht silbrig, Schmarotzerlianen umwucherten die Stämmen, zwischen dem Grün der Bodendecker leuchteten erste blassblaue und gelbliche Blüten. Bald würde es wieder Sommer sein.

Als sie Santiago de Compostela erreichte, hing eine große Regenwolke über der Stadt, aus der es zu schütten begann. Helene parkte ihren Wagen im Südteil der Stadt hinter dem Parlamentsgebäude. Sie wollte noch einige Minuten zu Fuß gehen, bevor sie sich in das Krankenhaus begab. Durch die steinernen alten Gassen schlug sie den Weg Richtung Kathedrale ein, auf deren anderer Seite sie hinter dem Franziskanerkonvent über einen von hohen Mauern umsäumten Pfad zum Hospital gelangen würde. Die Stadt wirkte im Vergleich zum Trubel des Sommers wie ausgestorben. Viele Geschäfte hatten geschlossen, auf den Wegen waren nur wenige Menschen unterwegs. Kaum ein Pilger plante seinen Besuch zu dieser Jahreszeit. Helene genoss den Gang durch das einsame Viertel. Die Niederschläge hatten die Stadt selbst zum Leben erweckt. Viele der alten Wände, Dächer und Simse waren über und über von Moosen und Flechten bedeckt. Von blaugrün bis hellgelb waren alle Farbschattierungen dabei, das schlichte Steinwerk zu verzieren. Aus Mauerritzen sprossen Farne und einige sehr alte Klosterumfassungen boten sogar Platz für kleine Gewächse mit weißen Blüten an fadenförmigen Stängeln. Helene hatte so etwas noch nie gesehen.

Sie begab sich durch den Eingang vom Praza das Praterias aus in die Kathedrale, durchquerte das abgedunkelte Kirchenschiff, hob sacht die Hand wie zum Gruß, als sie vor dem Altar an der Statue des heiligen Jakobs vorbeieilte, und verließ die Kirche über das Hauptportal.

Der Platz vor der Kathedrale wirkte öde und leer. Kein Mensch war zu sehen, die großen Steinplatten glänzten im Regen wie Lack.

Sie suchte und fand den Eingang zu der kleinen Straße, die sie an den Franziskanern vorbei zum Freilichtmuseum der Heiligen Erde führte, und erkannte die schlichte Betonfassade des Krankenhauses. Sie blieb stehen und äugte zu den gleichförmigen Fenstern hinauf. Irgendwo dort oben musste Leah liegen und etwas erleben, was man eigentlich gar nicht erleben kann.

All diese grausamen Schicksale, die sich in diesen Anstalten der Doktoren und Professoren abspielten – oder dort endeten. Sie wollte nicht daran denken.

Helenes Atem ging schneller. Sie war sich nicht mehr sicher, ob es ihr gelingen würde, überhaupt einen Schritt in dieses Gebäude zu setzen.

Der Ton eines Signalhorns ließ sie zusammenfahren. Auf dem Parkplatz war ein Krankenwagen gestartet und raste mit eingeschalteter Sirene vom Hof. Die Töne waren hoch und durchdringend, von anderer Melodie als das deutsche Martinshorn, doch wie überall auf der Welt verfehlte das Signal seine Wirkung nicht. Die Menschen horchten auf und waren bereit für außergewöhnliche Notfallumstände. Die Sirene wurde etwas leiser, als die Ambulanz auf der Rückseite des Gebäudes in die Hauptstraße einbog. Doch in den sich entfernenden Schall mischten sich weitere Sirenen. Helene konnte von ihrem Standort aus die Schnellstraße, die zum Campus Norte führte, einsehen. Von dort näherten sich zwei Feuerwehrlöschzüge. Ihr Blaulicht drehte sich zunächst stumm, in Intervallen wurden dann die Sirenen hinzugeschaltet. Weiteres Alarmgeheul kam von einem hinterhersausenden Polizeifahrzeug. Die Luft war voller Kreischen. Helene hielt sich die Ohren zu und holte tief Luft. An anderen Orten warteten andere Katastrophen auf andere Menschen.

Sie gab sich einen Ruck und marschierte Richtung Empfang.

Neonlicht, elektrische Türen, weiße Kittel, Rollbahren auf den Gängen, Besuchertrauben vor den Fahrstühlen. Helene zwang sich weiterzugehen.

Auf der Station für Frauenheilkunde lief ihr eine stattliche Schwester über den Weg, bei der sie sich nach Leah erkundigte.

»Schon wieder jemand für die junge Señorita«, kam brüsk die Antwort, »das geht aber nicht. Die ist ganz durcheinander und braucht Ruhe. Es sind schon genug da oben.«

Helene bestand darauf, dass man ihr den Weg wies, und erfuhr nach einigem Drängen, dass Leah in einem abgesonderten Bereich ein Stockwerk höher untergebracht war.

Mit Blei in den Beinen stieg Helene die Stufen hinauf und öffnete die Milchglastür. Dahinter lag ein kleiner Flur, an dessen Ende Don Salvo rauchend an der Wand lehnte. Vorn auf einer Bank aus gewölbtem Drahtgeflecht saß zusammengesunken ein blasses Paar. Als sie Helene erblickten, standen sie erwartungsvoll auf. Auch Salvo hatte Helene entdeckt und stürzte nach vorne: »Das sind die Eltern.«

»Oh, guten Tag«, wandte sich Helene schüchtern an die pummelige Frau und den großen, sehr hageren Mann vor ihr.

»Guten Tag, wir sind die Eltern von Leah und wer sind Sie?«, fragte die Mutter, offensichtlich froh, mit jemandem in ihrer Muttersprache reden zu können.

»Ich bin Helene, eine Freundin.«

»Ach, Sie sind diese Freundin, von der Leah erzählt hat. Aber Sie sind ja viel älter, als wir gedacht haben.« Die Frau musterte Helene neugierig.

»Na, wenigstens scheint sie ja auf Sie zu hören, sie hat stundenlang Ihren Namen geschrien, hat man uns gesagt.« Der Mann setzte sich wieder. »Sie müssen entschuldigen, wir sind gerade erst angekommen und das ist dann doch alles ein bisschen viel auf einmal.«

»Wie geht es ihr denn?« Helene drehte sich suchend nach Salvo um, doch der hatte sich mit einer neuen Zigarette schon wieder in die Nähe des Aschenbechers gestellt.

»Das wäre bei uns auch nicht möglich«, sagte der Vater mit belehrendem Tonfall, »dass fremde Männer auf so einer Frauenstation rumhängen und auch noch die Luft verpesten.« Er sandte einen giftigen Blick zur hinteren Ecke.

»Wo ist Leah denn, wie geht es ihr?«

»Ihr geht es wohl ganz gut«, begann die Mutter zu schluchzen. »Sie haben vor einer Stunde das Baby per Kaiserschnitt geholt und es an eine Menge Geräte angeschlossen. Wir haben es nicht genau verstanden, denn mein Bruder Kurt, den kennen Sie ja wohl auch, hatte nicht so viel Zeit für uns. Der wollte so eine Nonne wegbringen und für uns ein Quartier besorgen.« Sie krallte sich mit ihren Händen, auf denen sich dicke goldene Ringe um die wurstigen Finger quetschten, in Helenes Armen fest: »Wissen Sie, wir haben ja bis gestern von all dem gar nichts gewusst. Sie hat es uns einfach nicht gesagt. Das ist so eine Enttäuschung für uns. Die eigene Tochter, können Sie das verstehen? Wie furchtbar das für uns ist?« Die Frau ließ sie los, sackte neben ihren Mann und jammerte eine Weile weiter.

Helene nestelte unglücklich an ihren Haaren.

»Ist denn hier kein Arzt, mit dem man sprechen könnte?«

»Doch, doch, hier sind ja jede Menge Leute, die meinen, dass sie sich um meine Tochter kümmern müssen, aber die versteht ja kein Mensch«, antwortete der Mann nun voller Sarkasmus.

In diesem Moment schwang die Glastür auf und Kurt trat zu ihnen in den Flur.

»Ach, Helene, Sie sind schon da. Gut. Sie haben sich schon bekannt gemacht? Kommen Sie, ich möchte eine Sekunde mit Ihnen unter vier Augen sprechen«, versuchte er sie außer Hörweite an ein Fenster zu lotsen.

»Was soll das denn? Jetzt auch noch Geheimniskrämerei, mein lieber Schwager, meinst du nicht, dass du uns in alle weiteren Erklärungen einbeziehen solltest?« Der Vater sprach laut und betont sachlich, doch ihm war deutlich anzumerken, wie zornig er war.

Beschwichtigend versuchte seine Frau auf ihn einzuwirken, wurde aber unwirsch abgewiesen.

»Nein«, kam Kurts knappe Antwort, dann widmete er sich Helene. »Ich habe Hermana Consuelo nur schnell in Don Salvos Stadtwohnung gebracht. Sie braucht dringend etwas Schlaf, sie hat ununterbrochen an Leahs Bett gesessen. Er«, er nickte hinüber zu dem rauchenden Mann in der Ecke, »war zwischendurch auch immer wieder hier, aber Leah hat immer nur geschrien und nach Ihnen verlangt. Wissen Sie schon, was passiert ist?«

»Nur, dass das Kind per Kaiserschnitt geholt wurde und es ihm nicht gut geht.«

»Nicht gut ist optimistisch. Es scheint gar nicht lebensfähig zu sein. Kommen Sie, wir gehen jetzt am besten zu Leah, die hatte keine Vollnarkose, ist aber durch ein Beruhigungsmittel etwas benommen.« Kurt führte Helene zu einer der weißen Türen mit verhülltem Glasfenster und trat ein. Helene sah noch, wie Leahs Eltern aufstanden, etwas sagen wollten, sich dann aber wortlos wieder hinsetzten.

»Ich musste es ihnen sagen. Sie hatten in den letzten Tagen unzählige Male angerufen und ich hatte keine Ausreden mehr, warum Leah nicht ans Telefon kommen konnte. Ich hatte angenommen, sie hätte ihnen längst von der Schwangerschaft geschrieben, aber ich konnte sie förmlich vom Hocker fallen hören, als ich ihnen von den Komplikationen berichtete.«

Helene sagte immer noch nichts. Vor ihnen im Bett lag Leah an einem Tropf und blinzelte zu ihnen hoch.

»Helene«, flüsterte sie, »endlich! Helene, ich glaube, mein Baby stirbt. Sie haben es mir schon weggenommen. Ich habe es gar nicht gesehen.« Tränen füllten ihre Augen.

»Sch, sch...« Helene setzte sich zu Leah auf das Bett und streichelte ihr Gesicht. »Deine Eltern sind da.«

»Ja, ich weiß. Auch das noch, die sind die Letzten, die mir jetzt helfen können.«

»Eigentlich ist das sehr lieb von ihnen, dass sie sich gleich ins Flugzeug gesetzt haben«, versuchte Kurt sie aufzumuntern.

»So ein Quatsch. Und das weißt du auch ganz genau.«

Achselzuckend verschwand der Onkel wieder im Flur.

»Helene, was soll ich bloß machen?«

»Gar nichts, Leah, ausruhen. Du kannst jetzt nichts machen.«

»Aber ich muss doch wissen, was mit meinem Kind ist.«

»Haben sie dir denn noch nichts Genaueres sagen können?«

»Doch. Es ist ein Junge. Ein kleiner Junge. Aber sein Herz ist zu schwach, und mit seinen Lungen stimmt auch etwas nicht. Er ist auf der Säuglingsstation in einem Brutkasten. Sie haben ihn gleich aus meinem Bauch an Schläuche angeschlossen und ihn weggefahren. Da laufen wohl schon seit Stunden irgendwelche Untersuchungen.«

»Aber dann päppeln sie ihn dort vielleicht etwas auf.«

Leah schüttelte verzweifelt den Kopf. »Ich hab so ein ganz komisches Gefühl. Kannst du nach ihm sehen, wenn sie fertig sind? Ich habe dem Arzt gesagt, dass ich dir die Erlaubnis gebe, dass du zu ihm in die Neugeborenenstation darfst. Wirst du das tun, Helene, gehst du zu meinem Kind?«

Helene nickte langsam. Es klopfte und ein ganzes Team von Ärzten und Schwestern betrat das Zimmer.

Helene und Leah schauten gleichermaßen entsetzt.

»Alles in Ordnung«, versuchte ein Mann die Situation zu entschärfen. »Wir wollten nur mal sehen, wie es unserer jungen Patientin nach der OP geht.«

Damit näherte er sich Leah und bat Helene, draußen zu warten.

»Nein«, zeterte Leah. Dafür, dass sie schon ein Beruhigungsmittel bekommen hatte, war ihre Stimme erstaunlich kräftig. »Ich will, dass sie hier bleibt.« Der Arzt ignorierte den Protest, begann seine Untersuchung und ließ Helene von einem Krankenpfleger hinausbringen.

Draußen im Flur war die Situation eskaliert. Kurt war heftig mit seinem Schwager aneinander geraten. Leahs Vater beharrte auf dem Vorwurf, dass er der Verwandtschaft seine jüngste Tochter anvertraut habe und diese nicht in der Lage gewesen wäre, auf das Mädchen aufzupassen. Die Schwangerschaft sei ja wohl die Krönung. Kurt verteidigte sich mit dem Hinweis, dass Leah erstens volljährig sei und dass zweitens daheim in Deutschland offensichtlich auch niemand mit dem Mädchen zurechtgekommen sei.

Leahs Mutter saß zwischen den beiden stehenden Männern wie ein Häufchen Elend und lauschte ihnen mutlos.

Helene konnte Salvo nicht mehr entdecken. Kurt bemerkte ihren suchenden Blick. »Er holt Hermana Consuelo zurück. Die Ärzte haben schon mit mir gesprochen, es sieht böse aus.«

Ein Schrei kam aus Leahs Zimmer, gefolgt von weiterem lautstarken Klagen und Geschimpfe. Die Tür flog auf, eine Schwester eilte über den Korridor und verschwand in einem anderen Raum. Helene und die Männer konnten sehen, wie sich Leah wütend gegen den Griff von zwei Pflegern wehrte, die versuchten, sie im Bett festzuhalten.

»Es geht nicht anders, es tut uns Leid, aber wir müssen sie fixieren. Sie darf nicht aufstehen, das ist zu gefährlich für die frische Wunde«, rief der leitende Arzt durch die Tür. Die Schwester eilte mit einer aufgezogenen Spritze zurück ins Krankenzimmer und schloss die Tür.

»Mein Gott, was ist hier eigentlich los?« Der Vater rang um Fassung. »Meine Tochter ist mir nichts dir nichts von einem Unbekannten schwanger, will zu irgend so einer dubiosen Schwester ins Kloster ziehen, wildfremde Menschen dürfen zu ihr, was dem eigenen Vater versagt wird, und mein Enkelkind liegt mutterseelenallein in einem Brutkasten. Das kann doch alles nicht wahr sein!«

»Dein Enkelkind stirbt. Und wenn du dich jetzt mal für einen Augenblick beruhigen magst, dann kann ich euch erklären, was die Ärzte mir gerade berichtet haben.«

Leahs Mutter schluchzte auf, der Vater fiel nach diesem Ausbruch in sich zusammen und Kurt konnte ihn gerade noch stützen, damit er nicht neben der Bank landete.

»Das Kind hat einen Herzfehler, der nicht operabel ist. Sie halten den Körper momentan mit Maschinen am Leben, aber sie sind ganz sicher, dass es unter keinen Umständen ohne diese Maschinen überleben kann. Wenn man es also weiter künstlich am Leben erhält, wird es sich niemals richtig bewegen lernen, damit sind starke Behinderungen sowie geistige Störungen vorprogrammiert. Mit anderen Worten, wenn man es am Leben lässt, ist es zum Leiden verdammt. Ich denke, sie wollen Leah mit dieser Aussage möglicherweise eine Wahl in Aussicht stellen.«

Ungläubig hingen Leahs Eltern an Kurts Lippen.

»Ob der Arzt Leah davon in Kenntnis gesetzt hat?«, wollte Helene wissen.

»Ja, das hatte er bei dieser Visite vor.«

Ungefähr zwei Stunden später tauchte Don Salvo wieder auf der Station auf und brachte Hermana Consuelo mit. Vor allem Kurt wunderte sich, wieso es so lange gedauert hatte, denn die Stadtwohnung lag in Fußnähe zum Hospital.

Abwechselnd hatte jeweils einer der Besucher bei der schlafenden Leah gesessen, auch die Eltern.

Salvo setzte Helene leise auseinander, was Consuelo in der Zwischenzeit mit dem Chefarzt der Neonatologie vereinbart hatte: Mit

Leahs Einwilligung sollten noch in dieser Nacht die lebenserhaltenden Maschinen abgestellt werden, denn es wäre absolut sinnlos, das Leiden des Kindes sowie Leahs Kummer zu verlängern.

»Consuelo wird mit Leah darüber sprechen, wenn sie aufwacht. Sie wird die richtigen Worte dafür finden«, versicherte er.

Helene nickte zustimmend. Was sonst konnte sie tun. Auf dem Flur herrschte eine resignierte Anspannung. Alle, die Eltern, Kurt, Don Salvo, ja sogar die Krankenschwestern, waren mit dieser traurigen Situation überfordert. Stunden vergingen, sie tranken Tee, der ihnen von einem Pfleger gereicht wurde, und versuchten, es auf der Drahtbank sowie einigen herbeigeschafften Stühlen auszuhalten. Spät hatte sich noch einmal die Glastür geöffnet und Muriella war zu ihnen gestoßen. Sie hatte es nicht länger ausgehalten, alleine in Punta zu warten. Unglücklich fiel sie ihrem Mann in die Arme. Ihre beiden Kinder durften bei Suzanna übernachten, deren Mann Muriella nach Santiago gefahren hatte.

Helene hatte ihr Cape auf den Boden gelegt und sich darauf gesetzt mit dem Rücken gegen die Wand. Sie schaute durch das Fenster. Draußen war es dunkel, doch die Stadt spiegelte sich mit tausend Lichtpunkten in den Regentropfen, die an der Scheibe klebten. Als Kurt das Fenster ein wenig kippte, um frische Luft in den Flur zu lassen, tauchte das Spiegelbild der Kathedrale im Fensterrahmen auf – falsch herum allerdings, die Türme ragten mit den Spitzen nach unten. Helene lächelte müde. Die Welt stand wirklich Kopf. Sie saß in einem Krankenhausflur und wartete auf den Tod eines Kindes, das möglicherweise ein kleiner Bruder war oder der Sohn eines anderen kleinen Bruders. Diese Welt war total verrückt. Irgendwo in diesem Gebäude lag ein kleines hilfloses Wesen, das getötet werden musste, weil es so besser war. Das Leben war grausam.

»Ich würde so gerne weinen«, meinte Helene zu Consuelo, die sich neben ihr auf dem Boden niedergelassen hatte, »aber ich kann nicht mehr weinen.«

»Es ist auch ganz egal, ob wir weinen.« Helene verstand nicht, was Consuelo damit sagen wollte.

Gegen zweiundzwanzig Uhr, kurz nachdem Leah aufgewacht war, kamen noch einmal zwei Ärzte zur Visite.

Diesmal gab es kein Geschrei und Hermana Consuelo wurde nach einer Weile ins Zimmer gebeten. Etwa eine halbe Stunde blieb sie bei Leah, bevor sie hinaus in den Flur trat und die anderen hereinwinkte.

Die Eltern des Mädchens mussten von Kurt wachgerüttelt werden, sie waren vor Erschöpfung Schulter an Schulter eingenickt. Doch als sie angestupst wurden, fuhren sie sofort hoch und strichen die Kleider glatt. Der Vater zog eine Maske der Ungerührtheit über sein verschlafenes Gesicht, doch der Mutter waren Strapazen und Trostlosigkeit deutlich anzusehen. Sie taten Helene Leid.

Consuelo führte sie alle in das Krankenzimmer, sodass sie um Leahs Bett herumstanden. Niemand wusste, was die beiden miteinander besprochen hatten, doch Leah lag ruhig in ihren hochgestellten Kissen und blickte ihnen aus verheulten Augen entgegen.

Consuelo räusperte sich wie zu einer Ansprache, sagte dann aber nur: »Leah ist einverstanden.«

Verzagte Blicke auf die bedauernswerte junge Mutter. Niemand sagte ein Wort.

»Ich habe einen Wunsch.« Leah begann wieder zu weinen. »Wisst ihr, es ist ja nun so, dass dieses kleine Ding nicht mal eine schöne Geburt hatte. Ich möchte, dass es wenigstens einen schönen Tod hat. Versteht ihr? Also, ich will nicht, dass die Ärzte einfach die Geräte abstellen, ich möchte, dass mein Kind wenigstens einmal in den Arm genommen wird und ein bisschen … ich möchte, dass es einer von euch tut, nicht irgendein Fremder.«

Schweigen.

»Aber Leah, das geht doch zu weit. Das kannst du doch nicht verlangen. Ich könnte das niemals tun, dabei würde ich dir jetzt so gerne helfen«, platzte es schließlich aus der Mutter heraus. »Oder denkst du da anders?«, wandte sie sich an ihren Mann. »Willst du das tun?«

Leahs Vater schüttelte schnell den Kopf: »Da bin ich wohl nicht der Richtige.«

Die anderen warfen einander fragende Blicke zu, doch niemand sagte etwas.

»Für das kleine Menschenkind wäre es sicher richtig, wenn Leahs Wunsch …«, versuchte Consuelo sie stockend zu unterstützen. Aber immer noch antwortete niemand.

Helene, die weiter hinten gestanden hatte, fixierte die ganze Zeit über einen Knopf auf der Bettdecke. Sie konnte den Anblick von Leah nicht aushalten, die zu begreifen schien, dass ihr Wunsch nicht in Erfüllung gehen würde.

Ich kann das nicht, dachte sie und wieder kam ihr das Bild von einem kleinen nackten Bündel in den Sinn, ich kann das nicht, und sie stierte weiter auf den Knopf.

Durch das erdrückende Schweigen zog eine Woge sauren Schweißes. Kurt scharrte unruhig mit den Füßen.

Das ist eine absolut unmögliche Situation, dachte Helene weiter.

»Ich kann das nicht, wirklich, mein Kind, ich kann das nicht«, bat die Mutter verzweifelt um Verständnis.

Wieder Schweigen. Helene dachte nichts mehr. Da war nur noch dieser Knopf. Ein Wäscheknopf, vermutlich aus Metall, vielleicht auch aus Holz, mit weißem Baumwollbezug und zwei kleinen Löchern in der Mitte, durch die ein weißer Zwirnsfaden geschlungen war. Zwei kleine Löcher nur, wie Nasenlöcher oder ein Paar Augen. Doch einfach nur ein Knopf. Genauso einer wie die anderen, wenige Zentimeter weiter. Dinge des Lebens. Knöpfe, Kinder.

»Ich gehe hin!«, flüsterte Helene in die stickige Atmosphäre hinein und verließ den Raum.

Leah hatte ein weiteres Schlafmittel verabreicht bekommen. Die kleine Besucherschar folgte dem diensthabenden Arzt auf die Frühchenstation. Durch eine große Glasscheibe sah man in einen hell erleuchteten Raum. Ihre Augen, an die abgedunkelte Beleuchtung in den nächtlichen Krankenhausfluren gewöhnt, wurden vom Deckenlicht geblendet. Helene schaute auf ihre Uhr, es war weit nach Mitternacht.

Der Arzt erklärte ihr, wie sie den Inkubator öffnete und wo die Technik auszuschalten sei.

Helene musste auf die Toilette. Im kalten Waschraum spritzte sie sich einige Hände noch kälteren Wassers ins Gesicht und tupfte es wieder trocken. Sie war ganz wach.

Draußen standen Salvo und Consuelo mit den Verwandten und sahen durch die Scheibe ins Innere des hellen Raumes. Im hinteren Teil standen sechs Brutkästen, fünf davon dunkel und leer, ein sechster, etwas nach vorne gerückt, wurde von einer internen Quelle mit violettem Licht versorgt. Darin lag Leahs Kind. Helene schaute noch einmal zu dem Grüppchen, dann betrat sie den Raum. Übermäßige Wärme schlug ihr entgegen, fast dreißig Grad mussten es sein. Sie sah sich nach einem Lichtschalter um. Zwei von drei Neonröhren gingen aus.

Neben dem Brutkasten standen mehrere Apparate, aus denen Schläuche in den Glaskasten führten. Helene zog sich einen Stuhl heran, setzte sich und betrachtete das Kind. Es war nicht einmal sehr klein, doch noch sehr zartgliedrig und seltsam schlaff, als fehlte ihm jegliche Körperspannung. Es lag auf dem Bauch, das Köpfchen zur Seite gedreht. Über die Augen hatte die Säuglingsschwester aus einem Verband einen kleinen Lichtschutz gebunden. Es sah aus wie eine winzige Stoffsonnenbrille. Ansonsten war der Junge bis auf eine um die Hüften geknotete Stoffwindel nackt. In seinem Ärmchen steckte eine Miniaturnadel, von der ein durchsichtiger Plastikschlauch zu einem Tropf führte, der außerhalb des Brutkastens an einem Gestell hing. Durch beide Nasenlöcher führten Sonden in das Innere des Kindes und eine winzige Sauerstoffmaske war dem Gesicht so übergestülpt, dass seine Züge kaum zu erkennen waren. Glatte schwarze Härchen bedeckten den Kopf wie eine richtige kleine Frisur. Helene schauderte beim Anblick der kleinen Hände und Finger, auf denen man nach den Fingernägelchen suchen musste. Von Zeit zu Zeit durchfuhr ein kleiner Ruck diese Hände, ein minimales Zittern.

Neben dem Glaskasten befanden sich ein Monitor sowie der Sauerstoffanschluss. An einem weiteren Überwachungsgerät entdeckte Helene den Hauptschalter, den sie umkippen sollte. Sie versuchte ihn zu ignorieren. Stattdessen stand sie auf, öffnete den Verschluss des Inkubators, schob die Klappe nach unten, untersuchte den Verlauf von Schläuchen und Anschlüssen und griff dann nach dem kleinen Bündel. Die Haut war rosig und warm. Sie hob den Jungen mitsamt den an ihm befestigten Strängen heraus und setzte sich mit dem Kind auf dem Schoß zurück auf den Stuhl. Ihr war so warm, dass sie ihren Pullover etwas hochzog, und einem Impuls folgend legte sie den Körper des Babys an ihren nackten Bauch.

Ich kann nichts denken, ich kann nichts machen, dachte Helene und streichelte mit sehr vorsichtigen Berührungen das kleine Kind.

Plötzlich zuckte sie leicht zusammen. Sie wusste nicht mehr, wie lange sie hier schon saß oder ob sie in der Zwischenzeit eingeschlafen war. Das Baby lag noch immer an ihrem Bauch. Ihr fiel wieder ein, weshalb sie eigentlich hier war, und sie wunderte sich darüber, dass es tatsächlich sie war, die hier saß und diesem Kind beim Sterben helfen sollte. Ihr war, als sehe sie sich selbst dabei zu, wie sie hier in diesem warmen Zimmer vor einer Glasscheibe saß.

Wieder verstrich eine lange Zeit.

Dann hob sie dem Baby ganz langsam die Sauerstoffmaske von Mund und Nase und legte sie zur Seite. Dabei waren ihre Bewegungen so umsichtig, dass sie hoffte, der Junge würde sie vielleicht gar nicht spüren. Ebenso vorsichtig entfernte sie die Nadel aus seinem Arm. Dann zog sie zaghaft an den beiden Schläuchen, die dem Kind in der Nase steckten. Mit einem sachten Wippen kamen die weichen Enden zum Vorschein. Helene besah sich das Gesicht des Kindes. Wie jeder kleine Mensch sah es aus wie ein Wunder. Und es atmete. Es atmete mit ruhigen tiefen Zügen. Es atmete.

Und hier erst beginnt Bens Geschichte.